全國高等院校古籍整理研究工作委員會資助項目
上海大大學211工程第三期項目『轉型期中國的民間文化生態』資助項目
全國古籍整理出版規劃領導小組資助出版

乾嘉詩文名家叢刊

張寅彭 主編

畢沅詩集 上

楊焄 點校

人民文學出版社

圖書在版編目(CIP)數據

畢沅詩集:全2册/楊焄點校.—北京:人民文學出版社,2012
(乾嘉詩文名家叢刊)
ISBN 978-7-02-008972-7

Ⅰ.①畢… Ⅱ.①楊… Ⅲ.①古典詩歌—詩集—中國—清代 Ⅳ.①I222.749

中國版本圖書館CIP數據核字(2012)第018393號

責任編輯 葛雲波
裝幀設計 柳 泉
責任印製 史 帥

出版發行 人民文學出版社
社　　址 北京市朝内大街166號
郵政編碼 100705
網　　址 http://www.rw-cn.com

印　　刷 北京新魏印刷厂
經　　銷 全國新華書店等

字　　數 870千字
開　　本 880毫米×1230毫米 1/32
印　　張 39.125 插頁4
印　　數 1—3000
版　　次 2015年1月北京第1版
印　　次 2015年1月第1次印刷

書　　號 978-7-02-008972-7
定　　價 140.00圓(全兩册)

如有印裝質量問題,請與本社圖書銷售中心調换。電話:01065233595

乾嘉詩文名家叢刊總序

張寅彭

歷史概而言之，就是由時間貫穿起來的人和事件。文學則是用凝聚和刻畫的特有方式來呈現歷史的一種形式。而對於歷史也好文學也好，感受和認識反過來又需要時間。例如唐代文學的價值，就是在當代人和宋明以後人持續的感受中被認識的；宋代文學的特徵，也是在當代人及明清以後人的贊成與反對中逐漸被廓清的。明清文學的被認知歷程自然應該也是如此。惟距今時間尚不遠（尤其是清代文學），故對其面貌和性質的認識，目前仍還處在探究的過程之中，尚未達成如同唐宋文學那樣的共識程度。當然，如從根本上來說，對於文學和歷史的體認，又總是不可能窮盡的，永無停止的那一刻。

此次編纂『乾嘉詩文名家叢刊』，就是嘗試認識清代文學特徵的一次新的努力。清代文學由於距今較近，較多地受到諸如晚清以來所謂『新學』的影響〔一〕，以及西式生活方式流行等現實因素的干擾，一直並非正常地處於主流研究及普徧閱讀的邊緣。在諸種體例中，小說、戲曲等或以俗文學之故，尚能稍受優待，詩、文等正統樣式則最為新派人士所排擊，如『桐城派』、『同光體』

〔一〕民國以來學者多視清代學術為高峰，文學為小丘。其論最典型和影響最大者，莫如梁啟超《清代學術概論》，其有云：『清代學術在中國學術史上價值極大，清代文藝美術在中國文藝史美術史上價值極微，此吾所敢昌言也。』

等文、詩派別，多被置於負面的地位，誤會至今未能盡去。直至近三十年，對於清代詩文的正面研究，方才漸次開展。

如再就詩、文之體進一步細究之，則清初和晚清兩個時期之作，以能反映家國變故、社會動盪的緣故，其遇又稍優；惟中葉乾隆、嘉慶兩朝，或又以『國家幸』之故，作為文學時期反而最受漠視，詩、文作家能被新派文學觀詮釋的，可謂寥若晨星。故今欲研究有清一代之詩文，宜其從世人相對較為陌生的乾嘉時期入手乎？

乾隆朝歷六十年，嘉慶朝歷二十五年，前後凡八十五年，約占全部清代歷史的三分之一。這是中國傳統社會的最後一個盛世。此後歐西文明長驅直入，中華文明遂不復純粹矣〔二〕。作為文學創作的外在生成環境，這一『傳統盛世殿軍』的特殊性質，使得乾嘉時期文學最後一次從內容趣味到技法形式仍然整體地保持着傳統樣色，其內在所有的發展變化，都仍屬固有範疇內部之事。而在這一點上，詩、文以其正統性，較之其他體例顯示得尤為典型。這個最大的時代社會性質最終投射予文學的影響，不論是積極的還是消極的，無疑都是最值得關注的。它使乾嘉詩文而不是此後的道咸同光文學，平添上文學史最近一塊『化石』的意義。

另一個方面，與此義形同悖論的是：事實上國家的幸與不幸，對文學的好壞又並不具有決定的意義。文學寫作是個人之事，文學作品的價值最終取決於作者個人。詩人的至情至性，無論『幸』與

〔二〕此用余英時之說。見其《試論中國文化的重建問題》等文。

『不幸』，才更關乎作品的成敗。而國家的盛衰與否，反而是退居其次的因素。在現實層面上，國家幸，詩人也可以不幸；而詩人又可能將現實的『不幸』，轉換超越為文學的『幸』，這才是永恆的。這也才可以解釋堪稱中國文學最上品之一的《紅樓夢》何以產生於此一盛世時期的事實。本時期袁枚、汪中、黃景仁等詩家文家的現象，莫不如是。縱覽全清一代詩史，前期的錢謙益、吳偉業、王士禛，以及後期的龔自珍、鄭珍、陳三立，也莫不如是〔一〕。

這一個末期盛世的詩、文作品數量和作者數量，如以迄今容量仍為最大且最具一代整體之觀的詩文總集《晚晴簃詩匯》和《清文匯》為據，作者即已達一千七百餘家之多，詩七千六百餘首，文近二千篇〔二〕，比例占到四分之一以上。而實際的總數目，按照柯愈春《清人詩文集總目提要》的著錄，乾隆朝詩文家達四千二百餘人，詩文集近五千種；嘉慶朝詩文家一千三百八十餘人，詩文集近一千五百種。這是目前最為確切的統計了〔三〕。這個龐大的數量表明其時詩文寫作風氣

〔一〕蔣寅曾提出一個清代最傑出詩人的十人名單：錢謙益、吳偉業、施閏章、屈大均、王士禛、袁枚、趙翼、黃景仁、黎簡、龔自珍（見其《清代文學的特徵、分期及歷史地位》一文，載其《清代文學論稿》）。余則稍有不同：前期牧齋、梅村、漁洋，中期隨園、籜石齋、兩當軒，晚期定庵、巢經巢，末期散原、海藏，亦為十人。說詳另文。

〔二〕徐世昌輯《晚晴簃詩匯》約從卷七十至卷一一二為乾隆時期，錄詩人一千二百餘家，卷一一三至卷一二九為嘉慶時期，錄詩人五百五十餘家。此據正文統計，原目人數標示有誤。又沈粹芬等輯《清文匯》，乙集七十卷錄乾嘉兩朝作者四百八十餘家，文一千九百六十餘篇，今以作者詩、文往往兼善，故不重複統計。

〔三〕參見柯愈春《清人詩文集總目提要》（二〇〇一年北京古籍出版社）。

的普及，應該是不在話下的〔一〕。

普及之餘方有精彩多様可期。此時論詩有『格調』、『性靈』、『肌理』諸説並起，論文有桐城派創為『義理、考據、辭章』之説，駢文亦重起文、筆之爭，一時蔚為大觀。更有一奇文《乾嘉詩壇點將録》，將並世近一百五十位詩人月旦論次，分别短長重輕，結為一體，雖語似遊戲，然差可抵作一部當代詩的史綱。此文今署舒位作，實乃其與陳文述等多人討論之作也〔二〕。凡此皆屬未及染上道光以後新習之見識，宜成為現代閲讀及研究的基礎。

本叢書第一輯所選各家，驗之《點將録》，如畢沅為『玉麒麟盧俊義』，錢載為『智多星吴用』，王昶為『入雲龍公孫勝』，法式善為『神機軍師朱武』，彭兆蓀為『金槍手徐寧』，楊芳燦為『撲天雕李應』，孫原湘為『病尉遲孫立』，王曇為『黑旋風李逵』，郭麐為『浪子燕青』，王文治為『病關索楊雄』，皆為天罡或地煞首座；惟王又曾未入榜，則又可見此文或亦不無疏失矣。

上述十餘位，加上此前已為今人整理者如袁枚（及時雨宋江）、蔣士銓（大刀手關勝）、趙翼（霹靂火秦明）等所謂『三大家』，以及黄景仁（行者武松）、洪亮吉（花和尚魯智深）、舒位（沒羽箭張清）、張問陶（青面獸楊志）等人，庶幾形成一規模，可為今日閲讀研究乾嘉詩文者提供一批基本的文獻。而為避免重複出版，袁枚等遂不再闌入，非未之及也。

〔一〕袁枚《隨園詩話》十六卷，録詩人近二千家，對當年作詩普及的現象，更有直接的記載。
〔二〕詳見拙文《汪辟疆〈光宣詩壇點將録〉與晚清民國舊體詩壇》。

整理標準則以點校為主。底本擇善而從，如彭兆蓀《小謨觴館集》取有注本等。無善本者則重編之，如畢沅有詩集無文集，其文則須重輯之；王文治亦無文集，今取其《快雨堂題跋》代之；王曇集別本甚夥，此次不僅諸本互勘，且考訂編年，斟酌補入，彙為一本；諸如此類。同一家之詩、文集，視其篇幅，或合刊，或分刊。各家並附以年譜、評論等資料，用便研讀者參看。其他校勘細則，依各集情形而定，分別弁於各集卷首。

乾嘉時期，詩文名家眾多，至於第二輯的繼續整理出版，則請俟來日。

作於上海大學清民詩文研究中心

前言

《水滸傳》中有一位英雄人物玉麒麟盧俊義，可謂一人之下衆人之上，卻總難讓人們心服口服。近人宋雲彬評説道：『盧俊義的上梁山，完全是吳用擺佈的計策，他本人没有一點英雄好漢的氣概，爲什麽上了梁山以後，非請他坐第二把交椅不可？』〔一〕這無疑道出了很多人的心聲。乾嘉時期的舒位撰《乾嘉詩壇點將録》，恣意評點並世詩人，將畢沅擬爲『玉麒麟盧俊義』。雖然只是一時興到的遊戲筆墨，但得以與師長輩的沈德潛（『托塔天王晁蓋』）和袁枚（『及時雨宋江』）並列爲『詩壇都頭領』，形成三足鼎立之勢，也足以證明當日畢沅詩名的顯赫。然而時過境遷，沈、袁兩位至今仍威名不墜，畢氏卻已如明日黄花，幾乎成了詩歌史上的失蹤者。畢沅也陷入與盧俊義一樣的尷尬境地，難免會引發後人如此的疑問：他何以能在乾嘉詩壇上有著如此重要的地位？

一

畢沅（一七三〇—一七九七），字纕衡，一字湘衡，號秋帆，又號弇山、靈巖山人，江蘇鎮洋（今江蘇

〔一〕宋雲彬《談〈水滸傳〉》，載《文藝月報》一九五三年三月號。

省太倉市)人。乾隆十八年(一七五三),中順天鄉試。二十年(一七五五)以舉人補内閣中書,直軍機處。二十五年(一七六〇),以一甲一名進士授翰林院修撰,充日講,官起居注。三十一年(一七六六),充會試同考官,授翰林院侍講。三十二年(一七六七),授甘肅鞏秦階道。三十五年(一七七〇),調安肅道。次年,改任陝西按察司使,參與平定大、小金川。三十八年(一七七三),擢陝西巡撫。四十六年(一七八一),會同平定回部之亂。五十年(一七八五),奉命調補河南巡撫。五十三年(一七八八),授湖廣總督,兼署湖北巡撫。五十九年(一七九四),因事牽連,降職為山東巡撫。六十年(一七九五),再任湖廣總督,平定苗民之亂。嘉慶元年(一七九六),受命剿滅白蓮教。二年(一七九七),奉旨前往湖南,辦理苗疆善後事宜,七月病卒於辰州官舍。

畢沅雖然宦途顯要,位高權重,卻偏嗜風雅,不廢吟詠。乾、嘉兩朝本是清代詩學最為繁盛的時期,不同流派異采紛呈,『格調』、『性靈』、『肌理』諸説相繼而起,分立壇坫,彼此爭勝,各擅勝場。身處其間的畢沅卻能在詩學觀念上具備兼容並包的特點,這與其家學背景、師承淵源以及交遊狀況等都有著密不可分的關聯。

畢沅之母張藻,字于湘,江蘇長洲人,為雍、乾間知名女詩人,有《培遠堂詩集》傳世。畢沅自幼受其教導,十歲時便通曉聲韻,十五歲時即學為詩。幼年時所受到的母教對於畢沅詩學觀念的形成有著極為深遠的影響,以至在作品中屢屢提及(二)。直至晚年編定詩集,仍對此念念不忘:『行年十五,先

(二) 參見《自題慈闈授詩圖四首序》、《四十生朝自述三首》其二、《為洪稺存題機聲鐙影圖》、《敬題先太夫人手抄唐詩選後》、《六十生朝自壽十首》其二諸詩。

太夫人教之學詩，云：「詩之為道，體接風騷，義通經史，非冥心孤詣、憔悴專壹數十年，不能工也。」敬遵慈訓，因舍畫而專攻詩，今忽忽花甲已周矣。頭白目眵，老境漸逼。搜篋中賸稿，編成《靈巖山人集》三十九卷，又《聯句》一卷，共四十卷。雖不能盡合風雅之旨，而刻楮鏤冰，此中亦頗費苦心，略開面目。恨我母見背已閱一紀，不及見是集之編成。追企徽形，曷勝痛感！』（《再題一首序》）

耳濡目染之際，母親的偏好自然也會影響到畢沅。他在《自題慈闈授詩圖四首序》中回憶道：『沅甫十齡，母氏口授《毛詩》，為講聲韻之學。閱一二年，稍稍解悟。繼以《東坡集》示之，日夕復誦，遂銳志學詩。』由母親親自指授的蘇軾詩文，也就順理成章地成為他心摩手追的對象。如其《艤舟亭》云：『昔年玉局翁，雙棹曾暫駐。……夜雨讀公詩，心香燒一炷。』《夜憩東湖與嚴冬友侍讀宛在亭玩月五首》其三云：『蘇門一派瓣香殘，衣缽由來付託難。留得東湖湖上月，分明許我兩人看。』《重過東湖》云：『焚香莫怪低頭拜，熟讀公詩已卅年。』都直接表明瓣香所在。乾隆三十七年（一七七二），他還特地召集門下幕賓為蘇軾生日設祀紀念，其後更是成為每年的慣例〔二〕。時人曾有記載云：『先生於古人中最服蘇文忠，每到十二月十九日，輒為文忠作生日會。懸明人陳洪綬所畫文忠小像於堂上，命伶人吹玉簫鐵笛，自製迎神、送神之曲，率領幕中諸名士及屬吏、門生衣冠趨拜，為文忠公壽。拜罷張宴設樂，即席賦詩者至數百家，當時稱為盛事。』〔三〕可見這已成為其幕府中一項極為重要的文學

〔二〕參見史善長《弇山畢公年譜》『乾隆三十七年』條。
〔三〕錢泳《履園叢話》卷二十三《雜記上·蘇東坡生日會》，中華書局一九七九年版，第六一一頁。

活動。

當然，在母親的指導之下，畢沅泛覽涉獵的範圍極為廣泛，並不囿於東坡一家。據其幕賓史善長稱，畢氏十五歲時『方卒業《文選》，泛覽秦漢唐宋諸大家，窮其正變，詩取徑眉山，上溯韓、杜，出入玉溪、樊川之閒，蓋甫入文壇，已獨樹一幟矣』〔一〕。畢氏時常會在詩文中提及自己心儀效仿的對象，如『詩則李杜，文則柳韓』（《遣興》），『爰賦長句，以記其異，即次太白原作二章韻』（《紀夢詩序》），『爰依《輞川集》中王、裴倡和詩數，成二十章。記靈境之難逢，感清遊之非偶。至於詞旨荒蕪，遠媿前哲，所弗計也』（《訪唐王右丞輞川別業二十首序》），『後有續天隨《笠澤》書者，或可采錄焉』（《吳淞櫂歌五十章序》），『從張鳳岡先生處假得《山谷集》，中有《演雅》一章。愛其意新格創，因擬作此詩』（《演雅序》），此外其詩集中尚有《哀愚民効白傅體》、《新春效長慶體賦生春詩四首》、《集石供軒席上效香山一字至七字體詩同賦花月二首》、《讀韓冬郎無題詩因追和其韻有寄》及《再和倒押前韻一首》、《聽雨樓對雪用歐陽文忠公聚星堂雪詩韻并效其體》、《尋絳雪堂舊址即用歐陽文忠千葉紅梨花詩原韻》、《書王荆公集後三首》、《偶閱元人集齋中詠物八首》等等，都是直接步和效仿前人之作，所涉範圍遍及唐宋，並無清初以來詩論家評定唐宋詩孰優孰劣時常常抱持的非此即彼的偏見。對於清初的詩文名家，他也頗有好感，在《暮春梁瑤峯修撰移居魏染衚衕相傳為吳梅村祭酒舊寓暇日同吳大鑑南過訪得詩四律奉贈》其三中就說道：『我是婁東吟社客，瓣香私淑不勝情。』表達了對吳偉業的尊崇歆慕。年輩稍晚於

〔一〕史善長《弇山畢公年譜》『乾隆九年』條。

畢沅的聶銑敏在其《蓉峰詩話》中云：『先生公餘吟詠，大雅不羣，奄有漁洋風味。刻《靈巖山人詩集》。余嘗讀其《硯山怡雲》一卷。……諸什均可謂風思霞想，縹緲欲仙。』〔一〕則又認爲畢氏詩風和王士禛相仿。凡此種種，都足以證明史氏所説絶非虚言溢美，而是符合實情的。

家族中的其他成員對於畢沅的文學生涯也有著不容忽視的影響。他二十二歲奉母命遊京師，從學於舅父張鳳孫。鳳孫字少儀，號息圃，江蘇長洲人，著有《寶田詩鈔》，時人有『詩辭秀麗，淩轢一時』〔二〕之評，畢沅也盛讚其『才名蘇玉局，詞賦馬相如』（《呈息圃舅氏八首》其三），『筆陣驅靈怪，詞壇建鼓旗』（同上，其五）。與畢沅交誼頗深的王昶曾説：『秋帆制府少得詩法於其舅張郎中少儀。』〔三〕畢沅能得其指點，在創作上自然有長足的進步。故晚年在編訂《靈巖山人詩集》時還特地約請張鳳孫爲之撰序，實有飲水思源之意。除親承指授外，張鳳孫『弱冠游京師，周旋於前輩諸老先生壇坫者，久聞其緒論，矗知津逮』〔四〕，畢沅又通過他結識了衆多文壇前輩。畢氏曾追憶道：『予弱冠謁見黄崑圃、史文靖、汪文端、勵衣園諸前輩，俱許爲酷似舅氏。』（《呈息圃舅氏八首》其六自注）黄叔琳（號昆圃）、史貽直（謚文靖）、汪由敦（謚文端）、勵宗萬（字衣園）諸人均爲雍、乾間名流，或博涉經史，或精擅詩

〔一〕聶銑敏《蓉峰詩話》卷三，嘉慶十四年文德堂刻本。
〔二〕李富孫《鶴徵後錄》卷六，昭代叢書本。
〔三〕王昶《湖海詩傳》卷二十二《蒲褐山房詩話》，嘉慶八年三泖漁莊刻本。
〔四〕張鳳孫《靈巖山人詩集序》，載《靈巖山人詩集》卷首。

文，或淹通書畫，他們的獎掖提攜對於初涉文壇的畢沅而言自然意義深遠。遊歷京師期間，其叔祖畢誼對他也多有照顧。誼字元復，號咸齋，官至内閣中書、刑部主事。他雖詩名不著，卻常與諸多文士結社雅集，畢沅也得以隨其前往，『時臺閣中尚多康熙、雍正年間諸老前輩，每結消寒雅集，拈韻徵歌，必為投轄之飲。先生令予執壺旁坐。客稱既醉，主曰未央，觥籌交錯，長夜不倦。文采風流，宛然在目』（《敬題家叔祖兵科給事中咸齋公遺照六首》其五自注）。頻繁接觸如此多的詩壇前輩，自然對畢沅增長見聞、開拓視野、提高詩藝帶來極大的裨益。

除了家學背景之外，師承淵源也對其影響深遠。畢沅於乾隆十五年（一七五〇）開始從遊於知名詩人沈德潛。沈德潛，字確士，號歸愚，江蘇長洲人，以標舉『格調』說著稱，著有《竹嘯軒詩鈔》、《歸愚詩文鈔》、《說詩晬語》等，另有《古詩源》、《唐詩別裁集》、《明詩別裁集》、《國朝詩別裁集》等衆多選本。乾隆十四年（一七四九），年近八旬的沈氏剛剛卸任告歸，回鄉主持紫陽書院，一時之間門下名士輩出，其中最著名的當屬由沈德潛親自編選刊刻其詩作為《吳中七子集》，從而得以並稱的王鳴盛、吳泰來、王昶、趙文哲、錢大昕、曹仁虎及黄文蓮。畢沅雖未預其列，但與七子多有交往，還曾共結詩社，因而也同樣受到沈德潛的獎掖提拔。在其《後梅花十首序》中曾說道：『余早歲讀書靈巖山中，與吳下同社諸子賦《梅花》詩十章。歸愚先生許為於「暗香」、「疏影」外別開面目，能為此花寫真。』對於這位年高德劭的恩師，他始終感懷在心，集中奉贈沈氏的作品就有《香雪海探梅歌呈沈宗伯歸愚德潛先生》、《將抵都門寄呈歸愚先生》、《呈歸愚先生二首》等。潛移默化中，沈德潛的詩學觀念也對其創作產生極大的影響。例如沈氏在《唐詩別裁集·凡例》中云：『唐人選唐詩多不及李、杜，蜀韋縠《才調集》收李不收杜，宋姚鉉《唐文粹》祇收老杜《莫相疑行》、《花卿歌》等十篇，真不可解也。元楊伯謙《唐音》，羣推善本，亦不收老杜。明高廷禮《正聲》收李、杜浸廣，而未極其盛。是集以李、杜為宗，玄圃夜光，五湖原泉，彙集卷内，别於諸家選本。』又在《重訂唐詩別裁集序》中再次強調自己編選此集的緣由：『新城王阮亭尚書選《唐賢三昧集》，取司空圖「不著一字，盡得風流」、嚴滄浪「羚羊掛角，無跡可求」之意，蓋味在鹽酸外也，而於杜少陵所云「鯨魚碧海」、韓昌黎所云「巨刃摩天」者，或未之及。余因取杜、韓語意，定《唐詩別裁》，而新城所取亦兼及焉。』〔一〕可見沈德潛在梳理詩學譜系時以李、杜為宗而尤為強調老杜的重要。而畢沅曾經稱頌沈氏道：『春秋甲子尊耆宿，壇坫東南仗主盟。曾記心香拈一瓣，終思碧海掣長鯨。』（《呈歸愚先生二首》其一）顯然對他揭櫫的這一詩學門徑極為認同。當時人評論畢氏詩風，『鮮不以浣花一瓣香推之，謂有神似，而非貌似』〔二〕，也說明他的這種認同並不是一時的迎合師說，而確實是付諸創作實踐的。

畢沅雖然尊重師法，卻並未受到師法的限制。杜甫『轉益多師是汝師』（《戲為六絕句》其六）的思想也同樣體現在他身上。例如對於因宣揚『性靈』之說而與沈德潛有過激烈爭論的袁枚，畢沅就頗有好感。集中投贈袁枚的作品即有《過隨園訪袁太史子才枚先生不值二首》、《寄懷袁簡齋前輩》、《重過隨園訪袁簡齋前輩不值即題小倉山房壁》、《題袁簡齋前輩隨園雅集圖》、《寄祝簡齋前輩七十初度四

〔一〕沈德潛《唐詩別裁集》，乾隆二十八年教忠堂本。
〔二〕張鳳孫《靈巖山人詩集序》，載《靈巖山人詩集》卷首。

首》、《題袁簡齋前輩隨園雅集圖》等多首。而袁枚不僅將畢沅之作輯入《隨園續同人集》、《隨園雅集圖題詠》，還在《隨園詩話》内多次論及畢沅，大為推重，甚至說過：『吳中詩學，婁東為盛。二百年來，前有鳳洲，繼有梅村；今繼之者，其弇山尚書乎？』〔一〕稱許其為承續王世貞、吳偉業的婁東詩學一脈的代表人物。對當時人如孫星衍、徐鑅慶等好將畢氏與自己『相提而並論』〔二〕，也頗為認同和欣喜，足見兩人之投契。

作為乾嘉時期的封疆大吏，畢沅並未自恃身份，而是頗有愛才下士之名。宦跡所至，時常邀請各地士人入其幕中。入其幕府者前後多至八十餘人〔三〕，其中有詩集留存至今的就有三十餘家，列名於舒位《乾嘉詩壇點將錄》中的幾近二十人。雖然這些來自各地、性格各異的文士之間時有齟齬，但作為幕主的畢沅對他們卻能一視同仁，居間調停，掃除門戶之見，與他們進行平等的交流。畢沅在其幕府中時常會舉行大規模的詩歌集會活動，如乾隆三十七年（一七七二）為蘇軾設祀，召集幕賓同題賦詩，成《蘇文忠公生日設祀詩》一卷〔四〕；乾隆四十八年（一七八三）又與幕中文士為消寒之會，分題拈韻，成

〔一〕袁枚《隨園詩話》卷十一，人民文學出版社一九八二年，第三七〇頁。

〔二〕袁枚《隨園詩話》卷十一，人民文學出版社一九八二年，第三八八頁。

〔三〕參見尚小明《清代士人遊幕表》，中華書局二〇〇五年；倪惠穎《畢沅幕府與文學》第二章第二節，江蘇人民出版社二〇一〇年。

〔四〕參見史善長《弇山畢公年譜》『乾隆三十七年』條。

《官閣圍鑪詩》二卷〔一〕；小規模的宴集賦詩更是不計其數。畢沅還常與幕中文士進行聯句詩的創作，今存《樂遊聯唱集》就是他與吳泰來、嚴長明、錢坫、洪亮吉、孫星衍等人合作的結果。此類宴飲賦詩、集會聯句的活動在發揮其社交功能，提供娛樂消遣的同時，也使得畢沅與諸多幕賓之間得以切磋學問，交流技藝，取長補短。

畢氏集中尚有不少與友人酬贈唱和的作品，如與王文治有關的即有《與王夢樓談揚州舊事》、《送王夢樓同年出守臨安》、《寄懷王夢樓同年時官臨安》、《岳陽樓玩月偶彈水仙操題壁即寄夢樓》、《題雲笈山房雙修圖為夢樓作》等多首。晚年編定詩集時，還特邀王文治作序並予以批評，足見兩人多年來交誼深厚，相知至契。因而兩人詩學觀念雖不盡相同，王氏卻能毫無顧忌，暢所欲言。畢氏對其意見也能虛心接納，並遵照所言進行修改〔二〕。

除此之外，畢沅還親自操持選政，編選刊刻《吳會英才集》，收錄方正澍、洪亮吉、黄景仁、楊倫、楊芳燦、孫星衍等十餘位詩人的作品，甚至還將孫星衍夫人王采薇之作採錄其中。對於各家之作，畢沅均有小序予以品評，如謂洪亮吉『奇思獨造，遠出常情』，徐書受『悱惻纏綿，意由心發』，楊倫『逸氣橫流，才思煥發』，楊芳燦『博貫群書，屬辭比彩』，顧敏恒『氣清詞贍，藻密思沉』，王嵩高『蒼涼高激，風韻

〔一〕參見史善長《弇山畢公年譜》『乾隆四十八年』條。

〔二〕參見拙文《王文治批點本〈靈巖山人詩集〉的文獻價值》，載《文獻》二〇一二年第四期。

邈含』等等[二]，從中可見諸人風格各異，而他兼收並蓄、不拘一格的詩學觀念亦足以彰顯。

二

畢沅一生吟詠不輟，所作不僅數量衆多，而且題材廣泛。其中有三類作品尤其值得關注，因其不僅能展現畢氏詩歌創作的整體風貌，也在某種程度上凸顯出清代詩歌不同於前代的特徵。

其一為紀遊詩。記述行程、吟詠風物的傳統本來自古有之，而至清代又出現了一次創作高潮。畢沅一生往來南北，行跡遍及吴、越、甘、陝、豫、鄂、黔、魯、湘各地，甚至遠涉朔方、新疆等邊塞地區，所到之處均有詩歌紀錄遊覽經歷。在其筆下雖然不乏小橋流水、鶯飛草長的秀美風物，但更多的是奇險瑰麗、高峻巍峨的壯闊景象。其《自題秋月吟笳集》云：『天山涼月重陽雪，總與詩人助壯懷。』又《登龍門山觀黄河出陿作》云：『流連山水奇，可當異書讀。』可見其對奇崛山川的偏好。後人評價其詩作時也抉發出這一特色，稱其『性好遊覽山水，為詩益多且工』[三]。所作如《自蘭州至嘉峪關紀行詩一百韻》、《古玉門關》、《蒲海望月歌》、《博客達山歌》、《鳴沙山》等，且多為長篇歌行，力拓異境，自鑄偉詞，一氣舒卷，奇肆奔放，讓人耳目一新。除了單篇之作外，畢沅尤其喜好用大型組詩的形式來進行

[二] 引文據畢沅編《吴會英才集》，嘉慶刻本。
[三] 徐世昌《晚晴簃詩匯》卷八十九，民國十八年退耕堂刻本。

創作，如《西山紀游詩二十首》、《春和園紀游詩二十四首》、《絢春園即景十首呈望山先生》、《盤山紀游詩六十首》、《山行雜詩十二首》、《游終南山十五首》、《訪唐王右丞輞川別業二十首》、《重游終南山》、《嵩嶽紀游詩六十首》、《涉沅十九首》、《浮湘》、《衡嶽紀游詩六十首》、《紅苗竹枝詞二十首》等等。另如《靈巖山人詩集》第三十三卷《玉井搴蓮集》，整卷均為關中紀行之作，實際上也相當於大型組詩。由於採取聯章組詩的形式，其作品就更易以宏大的氣勢給讀者帶來深刻的印象。王文治在評點其詩集時，就曾對《遊終南山十五首》讚不絕口，譽為：『古今第一傑作，覺昌黎《南山》徒冗長耳。集中詩無奇不出，無妙不臻，然當以此十五首詩為冠。』〔一〕在清人別集中類似的紀行、遊覽組詩，專集數量極多，有些詩集甚至完全由紀行之作構成。在畢沅之前且較著者就有王士禛《蜀道集》《南海集》《雍益集》諸集、葉封《嵩遊草》、葉燮《己畦西南行草》數家，或記錄某次旅程，或遊覽一地風景。由於王士禛等人為詩壇樹立了成功的典範，此類紀行、遊覽組詩、專集也逐漸演變發展為清人別集中一種習見的形式，構成清詩的一大特色〔二〕。畢沅的這些詩作正是清人紀遊詩發展過程中的重要一環。

其二為題畫詩。清人題畫文學極為風行，清初朱彝尊、惲壽平、王士禛、查慎行等人均有數量可觀的題畫之作，康熙四十六年（一七八一）陳邦彥奉敕編刻《御定歷代題畫詩類》一百二十卷，又推波助

〔一〕王文治批語，見南京圖書館藏青箱書屋鈔本《靈巖山人詩集》。

〔二〕參見蔣寅《清代文學的特徵、分期及歷史地位》，載《清代文學論稿》，鳳凰出版社二〇〇九年。

瀾，進一步激發文人對此類作品的興趣。畢沅創作大量的題畫詩，除了受此時代風會的影響之外，也與其幼年時一度耽於繪畫不無關係。據其晚年自述：『予丱角就傅，在家塾殘書中得唐六如居士畫譜一冊，課經稍暇，搦筆橅倣，學為山水。父師見之，亦弗禁也。』（《再題一首序》）即便之後興趣轉移至詩歌創作，他也並沒有拋卻對於書畫的喜好，好收藏而精鑒賞。更何況與其關係密切的王昶、王文治、洪亮吉、黃景仁等人也都有為數不少的題畫之作，彼此切磋交流，自然促進其題畫詩的創作。而且因其身為詩人而兼通畫理，故所作題畫詩不僅數量衆多，涵蓋山水、花鳥、人物等不同繪畫類型，而且創作緣由也較為多樣，既有應邀為他人畫作題寫的詩篇，也有為親友揮毫潑墨之餘的自題之作。清人論題畫詩源流，多推崇杜甫之作。如沈德潛稱杜甫『題畫詩開出異境，古人往往宗之』[一]，又說：『唐以前未見題畫詩，開此體者，老杜也。其法全在不粘畫上發論。如題畫馬、畫鷹，必說到真馬、真鷹，復從真馬、真鷹開出議論，後人可以為式。又如題畫山水，有地名可按者，必寫出登臨憑弔之意；題畫人物，有事實可拈出者，必發出知人論世之意。本老杜法推廣之，才是作手。』[二]受其影響，畢沅題畫詩也多效仿老杜。有時不僅工於描摹，更善於表現出畫作本身所不能傳達的意味。如《題董東山師所藏郭河陽關山行旅圖》：『白塔紅亭綠樹尖，戍樓驛館平沙外。飛禽沒處見山城，一抹浮雲與堞平。旌

[一] 沈德潛《唐詩別裁集》卷六杜甫《奉先劉少府新畫山水障歌》評語，乾隆二十八年教忠堂本。
[二] 沈德潛《說詩晬語》，人民文學出版社一九七九年版，第二四五頁。

旗慘淡秋色裏，風來髣髴聞笳聲。』精通書畫的王文治對此作歎賞不已，謂之：『為畫傳神，妙有遠韻。』[一]有時則會品評畫家技藝，間或闡述畫理，如《家藏董文敏山水一軸曹竹虛同年見而愛焉即題長歌卷圖以贈》：『即如此圖蒼翠雲濛濛，下筆工妙凌南宗。愛之入骨世有幾，模糊藻鑒使我心忡忡。君昔采藥曾入黄山去，芒鞵踏遍青芙蓉。今將看山之眼來看畫，自然豁然洞鑒畫山真贋之形容。』董其昌論畫標榜南北二宗之説，畢氏此詩即以此來評價其畫作，可見對畫論、畫藝頗為熟稔。有時則置身畫中，生發議論，寄託感慨，如《友人以紈扇索畫為寫幽蘭一叢並題》：『本來與俗别寒暄，只耐清閒不耐煩。何況同心人落落，自應空谷淡無言。』並不粘滯於畫幅本身，而對畫意作更深入的引申和闡發，呈現出清代題畫詩的成熟風貌。

其三為論學詩。王國維對清代學術發展的歷程有過極為精闢的概括：『國初之學大，乾嘉之學精，而道咸以來之學新。』[二]乾嘉學術之『精』表現在考據學的興盛上。流風所及，也逐漸影響到文人創作，出現了以學問入詩文的趨勢。沈德潛曾説：『以詩入詩，最是凡境。經史諸子，一經徵引，都入詠歌，方别於潢潦無源之學。……但實事貴用之使活，熟語貴用之使新，語如己出，無斧鑿痕，斯不受古人束縛。』[三]已經意識到惟有取資廣博，方能突破前人窠臼。道、咸間的吴仰賢在評述清代前中期詩

[一] 王文治批語，見南京圖書館藏青箱書屋鈔本《靈巖山人詩集》。
[二] 王國維《沈乙庵先生七十壽序》，載《觀堂集林》卷二十三，中華書局一九五九年影印本。
[三] 沈德潛《説詩晬語》卷上，人民文學出版社一九七九年版，第一八八頁。

人時感慨道：『竹垞以經解為韻語，趙甌北以史論為韻語，翁覃溪以考據金石為韻語，雖各逞所長，要以古人無體不備，不得不另辟町畦耳。』〔一〕則道出清人不得不以學問入詩的苦衷。畢沅早年問學於吳派創始人惠棟，『叩門請謁，問奇析疑。徵君輒娓娓不倦，由是經學日邃』〔二〕。又於蓮池書院求教於知名學者張敘，『於漢唐諸儒之說疏證精覈，其學大成』〔三〕。平生交遊也多為戴震、段玉裁、錢大昕、王鳴盛、趙翼、王昶、錢坫、臧庸、孫星衍、洪亮吉、邵晉涵等飽學之士。後在衆多幕賓的襄助下刊刻《經訓堂叢書》，收有《山海經新校正》、《老子道德經考異》、《墨子注》、《經典文字辯證》、《關中金石記》、《中州金石記》等二十餘種著作，足見其治學旨趣與乾嘉考據之學完全吻合。雖然在文學觀念上與乾嘉時期『以學為詩』的代表人物翁方綱不無分歧，但集中仍有《歸舭詩次翁宮詹覃谿方綱韻》這樣的酬唱之作。受這一時代風氣的影響，畢沅詩集中也不乏《周忽鼎聯句》、《開成石經聯句》之類以金石考訂為主旨的作品。好在他並不像翁方綱那樣癡迷於掉書袋，不少討論金石、碑版、文物、法書的作品，如《焦山瘞鶴銘歌》、《古碑歎》、《唐昭宗賜錢武肅王鐵券歌》、《訪唐侯君集紀功碑》、《題童二樹鈺古錢譜》等，筆勢運轉自如，風格質厚典雅，堪稱清代學人詩中的佳作。

〔一〕吳仰賢《小匏庵詩話》卷一，光緒八年刻本。

〔二〕史善長《弇山畢公年譜》『乾隆十三年』條。

〔三〕史善長《弇山畢公年譜》『乾隆十七年』條。

前人評論畢沅詩作風格，或云『信筆直書，天骨開張』〔一〕，或稱『如飛瀑萬仞，不擇地流』〔二〕，或謂『清靈雋雅，純任性情』〔三〕，或曰『學杜而得其悲涼壯闊者』〔四〕，雖然不無溢美，但也確實道出畢沅詩歌所具有的多樣化風貌。平情而論，其詩雖不及沈德潛、袁枚兩家獨具特色，鼎足之勢似有所偏斜，但因其身兼詩人、達官和學者的三重身份，故所作亦能自成一格，足以名家。其詩俱在，讀者自可覆案，無待贅言。

早有論者指出，乾嘉時期存在著一大批主持風雅的達官貴人，包括盧見曾、沈德潛、朱珪、朱筠、王昶、翁方綱、曾燠、法式善、伊秉綬、阮元等等，他們『以權勢、才學、名望、財力等諸種因素綜合而成的優勢廣攬人才，「結佩」相交，並非只是一種純文學的風雅韻事。在具體歷史條件下，他們所起的作用是使「務期於正」的指歸得以貫徹於實踐，從而淨化著高層次人才圈的氛圍』〔五〕。從上文所述不難發現，畢沅既在詩學思想方面整合了乾嘉詩壇衆多歸趨各異的流派主張，又在創作實踐方面彰顯了清詩的諸多特色，還能統領群倫，召集了一大批文人才士進行切磋交流，無疑是這批官僚詩人中的傑出代表。舒位在《乾嘉詩壇點將錄》中將之擬為『玉麒麟盧俊義』，就其地位重要而言，可謂順理成章，確有所

〔一〕王昶《湖海詩傳》卷二十二《蒲褐山房詩話》，嘉慶八年三泖漁莊刻本。

〔二〕洪亮吉《北江詩話》卷一，人民文學出版社一九八三年，第四頁。

〔三〕潘瑛、高岑國《國朝詩萃初集》，清刻本。

〔四〕方恒泰《橡坪詩話》，道光刻本。

〔五〕嚴迪昌《清詩史》第三編《『昇平盛世』的哀樂心聲：清中葉朝野詩壇》，浙江古籍出版社二〇〇二年，第六五七頁。

據。雖然其顯赫詩名在其身後逐漸黯淡，最終歸於沉寂，不經意間就成了被文學史家忽視的對象。但若我們對歷史演進的原貌仍存有一份真切的渴求，就不該遺落像畢沅這樣的詩歌史上的失蹤者。

三

畢沅的詩歌作品主要保存在其本人所著的《靈巖山人詩集》及其與諸多幕賓合撰的《樂遊聯唱集》之中，以下對兩書的成書情況略作介紹。

畢沅從事詩歌創作始於十五歲時，集中有《楊編修文叔繩武先生索觀近製親為評點獎借倍至即座賦呈》，又《删詩》云：『小坐嚴删舊日詩，箇中得失寸心知。』《環香吟閣遣懷》云：『自改新詩編甲子。』可知其詩作不僅很早就得到前輩文士的指點，自己也時常會加以潤色和删定，並按時間先後予以編錄。這些逐年編訂的詩集很早就開始在不少師友之間流傳，如袁枚曾提及畢沅『詩編三十二卷，曰《靈巖山人詩集》』[一]；另據嘉慶《直隸太倉州志》所述，曾有『《靈巖山人詩》三十六卷，門人嘉興王復刻於偃師』[二]，但這些都因無實物留存，詳情已無從查考。

[一] 袁枚《隨園詩話》卷十一，人民文學出版社一九八二年，第三七〇頁。

[二] 王昶等纂修《直隸太倉州志》卷二十八《人物》，嘉慶七年刻本。

乾隆五十五年（一七九〇），王文治拜訪畢沅於武昌，應約為其詩集作序〔一〕。由此獲讀其稿本，並添加了不少批語。王氏手批原本已佚，但存世有兩種過錄本，現略述如下。第一種過錄本現藏南京圖書館，分訂兩冊〔二〕，封面題『靈巖山人詩集上冊（或下冊）貞居藏』。上冊扉頁題『靈巖山人詩集　禹卿王太史硃筆原評　邑後學邵貞久珍藏』，下冊扉頁題『靈巖山人詩集　夢樓先生原評　邑後學邵貞久珍藏』，均鈐有『貞久歡喜』朱文印。下冊卷末有識語兩條，其一云：『庚戌春正月廿二日讀起，至三月晦日讀竟。丹徒王文治記。』並鈐有『文治』白文印；其二云：『宣統庚戌六月十九日邑後學周樾讀』。上下冊末均鈐有『邵貞久讀書畫記』朱文印。正文部分半頁八行，行二十一字。版心下署『青箱書屋』。全書按集抄錄，並不分卷，各集名稱與後來的四十卷刊行本略有出入，上冊為《青瑣吟香集》、《閬風集》、《聽雨樓存稿》、《萍心漫草》、《商絃寫憶集》，下冊為《商絃寫憶集》、《華嶽搴蓮集》、《持節青門集》、《持節青門續集》、《梁園唫稿》、《江漢扣舷集》、《香艸集》。第二種過錄本由今人瞿冕良先生收藏，瞿氏曾撰《靈巖山人集外詩——記抄本王文治評〈靈巖山人詩集〉》予以介紹〔三〕，現據該文略加說明。此本經瞿父重加裝訂為一冊，並手題眉簽，原貌如何已不可知。正文部分半頁八行，行十六

〔一〕參見王文治《靈巖山人詩集序》，載《靈巖山人詩集》卷首。

〔二〕裝訂時上、下冊封面出現錯置。

〔三〕瞿冕良《靈巖山人集外詩——記抄本王文治評〈靈巖山人詩集〉》，載錢仲聯主編、蘇州大學中文系明清詩文研究室編《明清詩文研究資料集》第一輯，上海古籍出版社一九八六年。

至十八字不等，版心下署『杏雨草堂』。全書亦按集抄錄，與上述第一種過錄本相較，又增出《樂遊聯唱集》、《隴頭吟》兩集。這兩種鈔本所過錄的王文治批語全無重合之處，彼此之間究竟是何種關係，還有待進一步考察。將這兩種鈔本和後來刊刻的四十卷本對比，可以發現在篇目、字句、卷次等方面都有不少出入，可知畢沅當日曾參考王氏批註的意見對詩作進行過刪改。

乾隆五十八年（一七九三），畢沅重新編訂自己的作品〔一〕，『搜篋中賸稿，編成《靈巖山人集》三十九卷，又《聯句》一卷，共四十卷』；次年又將所作『續編一集，為《繪聲漫稿》』（《再題一首并序》）；之後另有《海岱駿鸞集》，兩者合編為一卷，隨即取代了原先的《聯句》一卷，接續前三十九卷，成為現在所見到的四十卷本《靈巖山人詩集》〔二〕。在此次編集過程中，畢氏手下衆多幕賓都參與編校，今存四十卷本《靈巖山人詩集》各卷之後均列有編校者的姓氏、籍貫，具體如下：卷一餘姚門人邵晉涵，卷二、十二陽湖門人洪亮吉，卷三、六、九、二十九秀水門人王復，卷四、二十一嘉定門人錢坫，卷五、十八、三十八陽湖門人孫星衍，卷七、二十七無錫門人楊芳燦，卷八、三十二、三十七、四十無錫門人楊揆，卷十武進門人莊炘，卷十一、十五泰州門人陳燮，卷十三通州門人劉錫嘏，卷十四太倉門人王宸，卷十六寶應門人王嵩高，卷十七通州門人丁堦，卷十九永濟門人崔龍見，卷二十上海門人趙秉淵，卷二十二長洲門人孫雲桂，卷二十四寶山門人毛大瀛，卷二十五武進門人莊復旦，卷二十六南城門人吳照，卷二十

〔一〕參見畢沅《行年六十有四詩集編成因題長句并柬知音》，載《靈巖山人詩集》卷三十九。

〔二〕《清史稿》卷一百四十八《藝文志》集部別集類著錄畢沅有《文集》四十卷、《詩集》二十卷，似有錯訛。

八武進門人徐書受，卷三十曲阜門人桂馥，卷三十一錢塘門人黃易，卷三十三鎮洋門人王湘，卷三十四太倉門人張景江，卷三十五吳江門人史善長，卷三十六江寧門人嚴觀，卷三十九太倉門人陸模孫。

四十卷本《靈巖山人詩集》編竣之後，畢沅並未停止創作。據史善長《弇山畢公年譜》記載，畢沅於乾隆六十年有《五谿籌筆集》一卷、嘉慶元年有《采芑集》一卷、嘉慶二年有《五谿籌筆續集》一卷，此三集雖然也曾續編入《靈巖山人詩集》中，但存稿於家中，並沒有付梓〔一〕。因此前述四十卷本《詩集》當刊於乾隆五十九年（一七九四）〔二〕，隨后版片一直藏於畢氏家中。至嘉慶四年（一七九九），又曾據此版再次刷印，並附錄史善長於之前一年剛剛完成的《弇山畢公年譜》。至嘉慶五年（一八〇〇），此版片毀於戰火之中〔三〕，之後似再未刊刻〔四〕。

〔一〕史善長《弇山畢公年譜》「乾隆九年」條提到「公所著《靈巖山人詩集》四十四卷存稿始于是年」，多出的四卷應當就是《五谿籌筆集》一卷、《采芑集》一卷、《五谿籌筆續集》一卷，外加《樂遊聯唱集》一卷。另據今人柯愈春《清人詩文集總目提要》（北京古籍出版社二〇〇一年）介紹，山西大學圖書館藏有張氏鈔本《靈巖山人詩集後》八卷，為畢沅晚年所作詩。因原書未見，詳情待考。

〔二〕葉德輝《郎園讀書志》卷十二曾載《靈巖山人詩集》有乾隆五十五年庚戌刻本，當是根據卷前王文治序末所署時間推斷，並未細察書中作者自述。另國家圖書館藏有鄭振鐸舊藏《靈巖山人詩集》，經仔細比對，實際上就是嘉慶四年刻本，因書中牌記佚失，導致錯誤著錄為乾隆五十五年刻本。

〔三〕參見史善長《弇山畢公年譜》同治十一年刻本末畢長慶跋語。

〔四〕李靈年、楊忠主編《清人別集總目》（安徽教育出版社二〇〇〇年）著錄北京圖書館（今國家圖書館）藏有道光十五年刻本《靈巖山人詩集》，經查訪，並無此本。

《樂遊聯唱集》二卷，收録畢沅與其幕賓吳泰來、嚴長明、洪亮吉、孫星衍、錢坫、張復純、吳紹昱等人的聯句之作，初刊行於乾隆四十七年（一七八二），又收入《經訓堂叢書》内。據前文所述，乾隆五十五年（一七九〇）王文治批點的畢氏詩集稿本中也收録了此集。其内容也應當包含在畢沅乾隆五十八年（一七九三）編訂《靈巖山人詩集》時所收的『聯句一卷』之中〔二〕，只是次年不知何故，又被剔除在《詩集》之外。

此次編訂的《畢沅詩集》除了《靈巖山人詩集》與《樂遊聯唱集》之外，還輯録了畢沅的集外詩詞作品，並附有若干附録，以便讀者參考。相關詳情可參見《校點凡例》。整理過程中出現的疏漏，尚祈專家學者不吝賜教。

楊焄　庚寅歲杪於滬上

〔二〕王昶《湖海詩傳》卷二十二收録畢沅詩作，内有《壽王述菴臬使六十聯句》，考王昶生於雍正三年（一七二五），六十歲時爲乾隆四十九年（一七八四），故此詩當作於《樂遊聯唱集》行世之後，因而也有可能和《樂遊聯唱集》一起被收入乾隆五十八年時所編的《聯句》一卷之内。

凡例

一、《靈巖山人詩集》以嘉慶四年畢氏經訓堂刻本爲底本，《樂遊聯唱集》以乾隆四十七年西安節署刻本爲底本。

一、南京圖書館藏有青箱書屋鈔本《靈巖山人詩集》，内容係過録王文治批本，今據以爲參校本，簡稱青箱書屋本。今人瞿冕良藏有杏雨草堂鈔本《靈巖山人詩集》，内容係過録王文治批本，且與上述青箱書屋鈔本不同。今據其《靈巖山人集外詩——記抄本王文治評〈靈巖山人詩集〉》一文（載錢仲聯主編《明清詩文研究資料集》第一輯）所録異文，録入校勘記中，簡稱杏雨草堂本。其文中間有語焉不詳之處，暫付闕如。

一、同時參校部分總集、别集中所録畢氏作品，具體書名、版本及簡稱如下：

畢沅輯《卜硯集》，道光元年寶拙堂刻本，簡稱《卜硯集》；

袁枚輯《隨園續同人集》，光緒十八年上海圖書集成印書局《隨園三十六種》本，簡稱《續同人集》；

袁枚輯《隨園雅集圖題詠》，羅振常輯邈園叢書本，簡稱《雅集圖題詠》；

嚴長明輯《官閣消寒集》，宗舜年、宗惟恭輯咫園叢書本，簡稱《消寒集》；

王昶《湖海詩傳》，嘉慶八年三泖漁莊刻本，簡稱《詩傳》；

王豫《羣雅集》，嘉慶十二年刻本，簡稱《羣雅集》；

王豫《江蘇詩徵》，道光元年焦山海西庵詩徵閣刻本，簡稱《詩徵》；

符葆森《國朝正雅集》，咸豐七年刻本，簡稱《正雅集》；

徐世昌《晚晴簃詩匯》，民國十八年徐氏退耕堂刻本，簡稱《詩匯》；

孫星衍《澄清堂稿》，嘉慶年刻《孫淵如先生全集》本，簡稱《澄清堂稿》；

吳璜《黄琢山房集》，嘉慶刻本，簡稱《黄琢山房集》；

高雲《雲笈山房詞》，嘉慶十三年雲笈山房刻本，簡稱《雲笈山房詞》。

一、《靈巖山人詩集》及《樂遊聯唱集》卷首序言文字與各家别集所錄間有不同，均一仍其舊，不另出校。另自洪亮吉《卷施閣文》乙集卷三内輯得《靈巖山館詩集序》，列於《靈巖山人詩集》卷首張鳳孫、王文治二序之後。

一、目錄原分列於各卷之首，為便讀者閱讀，現予以合併，移至全書之首。

一、集中原有雙行夾註，均改為單行小字。

一、集中原用歲陽歲陰紀年，為便讀者查考，現用括號添注干支紀年。

一、集中各卷末原列有編校人姓氏，現因重新校訂，故概予删除。具體情況請參看前言。

一、文中避諱字，如『玄』、『邱』、『甯』、『弘』等均回改，不另出校。部分異體字、生僻字徑改為常用字，不另出校。有明顯訛誤者徑改，並出校記説明。

一、為排版齊整起見，韻文部分書名等未添加書名號。

一、青箱書屋鈔本《靈巖山人詩集》頁眉有王文治批語，今逐錄於每篇之末，冠以『青箱書屋本王批』。杏雨草堂鈔本《靈巖山人詩集》亦有王文治批語，今據瞿冕良之文，過錄於每篇之末，冠以『杏雨草堂本王批』。

一、青箱書屋本、杏雨草堂本、王昶《湖海詩傳》《國朝詞綜》、王復《晚晴軒稿》、錢泳《履園叢話》、王培荀《聽雨樓隨筆》等文獻中載有部分畢沅集外詩詞，現彙為一編，以供讀者參考。

一、附錄包括史善長《弇山畢公年譜》、畢沅傳記資料、畢沅詩文集著錄情況、畢沅評論資料四部分。年譜以同治十一年畢長慶刻本為底本，參校嘉慶四年經訓堂刻本《靈巖山人詩集》所附史譜。其餘文獻均據通行本輯錄。原文未分段落，為便閱讀，酌情分段。

目錄

前言……一
凡例……一

靈巖山人詩集

靈巖山人詩集序……張鳳孫　三
靈巖山人詩集序……王文治　五
靈巖山館詩集序……洪亮吉　七

卷一

硯山怡雲集
閼逢困敦(甲子)
琴操三章……九
題靈巖山館壁……一〇
古劍篇……一〇
玉階怨……一〇
采蓮曲……一一
秋夜行婁江道中……一一
寒山別墅遇王丈日初昱賦贈……一一
虎丘步月坐千人石試第三泉……一二
渡海吟……一二
樂郊園十二景題沈子居畫册……一三
春曉臺……一三
藻野堂……一三
松閣……一三
霞外……一四
帆影樓……一四
涼心堂……一四
掃花庵……一四
就花亭……一五
浣香徑……一五

田舍　一五
竹屋　一五
雪齋　一六
詠井上古柏　一六
旃蒙赤奮若（乙丑）
硯石山房　一六
虎丘冶春詞十首有序　一七
折花曲　一八
更衣曲　一八
香夢齋春日雨中作　一九
題徐徵君俟齋畫靈巖山圖即用前韻　一九
幽居再用前韻　一九
楊編修文叔繩武先生索觀近製親為評點獎借倍至即座賦呈　二〇
遊馬鞍山登文筆峰展眺　二〇
月夜聽琴　二〇
訪隱者不遇　二一
冬日郊行　二一
柔兆攝提格（丙寅）
早春園梅欲放喜而有作　二二
失釵怨　二二
詠玉環　二二
初夏　二三
蕉花詩有序　二三
題惲南田瑤臺豔雪圖爲劒飛二弟瀧作　二三
秋夜宿靜然上人房題壁　二四
將遊西山書示同社諸子　二四
吳企晉泰來邀李丈客山果王鳳喈鳴盛錢曉徵大昕趙損之文哲王蘭泉昶曹來殷仁虎集聽雨篷小飲即席有作　二五
盛丈青嶁錦出示蜀道集即題卷後　二五
月　二五
蒿里曲三首　二六
贈顧行人抱桐陳堉先生　二六

菊影 …… 二六
夜宿拈花寺 …… 二七
米南宮漢玉筆山歌 …… 二七
和諸竹莊世器表兄村居詩 …… 二八
歲暮山齋題壁 …… 二八
雜詩 …… 二八
紅梅 …… 二九
綠萼梅 …… 二九
自題慈闈授詩圖四首有序 …… 二九

卷二

硯山怡雲集

強圉單閼（丁卯）
昭君曲 …… 三〇
萬峰寺看梅花作 …… 三一
春陰行 …… 三一
春野行 …… 三一
晚春陪毛紫滄商巖先生遊弇園 …… 三二
田家雜興詩十首 …… 三二
讀韓冬郎無題詩因追和其韻有寄 …… 三四
再和倒押前韻一首 …… 三四
春遊入西崦山村即景三首 …… 三五
詠靈巖古蹟十二首 …… 三五
日月泉 …… 三五
梧宮 …… 三五
琴臺 …… 三六
醉和尚 …… 三六
錦帆涇 …… 三六
響屧廊 …… 三六
香水溪 …… 三七
西施洞 …… 三七
石城 …… 三七
畫船塢 …… 三七
韓蘄王墓 …… 三八

浣花源 …… 三八
山塘泛舟 …… 三八
清明後一日看桃花作 …… 三八
山居雜詠八首 …… 三九
明鏡歎 …… 四〇
玫瑰花 …… 四〇
春暮偶成 …… 四一
過冶平寺 …… 四一
學山園歌 …… 四一
靜逸庵 …… 四二
初夏小祇園對雨 …… 四三
同王石亭鈞何畹芳蘭訪毛羅照上良因
同遊隆福寺 …… 四三
邀友人石湖看荷花分得杯字 …… 四四
白鶴觀 …… 四四
德雲庵小憩四首 …… 四四
酒旗 …… 四五
歌板 …… 四五
花幔 …… 四五
書檠 …… 四六
古豔詩 …… 四六
秋江詞 …… 四六
燒香曲 …… 四七
秋夜西樓有貽 …… 四七
過湖上寺 …… 四七
淩雲閣望太湖 …… 四八
中秋山館獨坐對月感懷 …… 四八
枕上口占 …… 四九
捉雞行 …… 四九
臥雲庵 …… 五〇
遊小桃源 …… 五〇
戲詠泥美人四首 …… 五〇
寒夜 …… 五一
長吟 …… 五一

卷三

硯山怡雲集

著雍執徐（戊辰）

小樓曉起 …… 五二
過穹窿道院 …… 五二
春日山居題壁 …… 五三
光福寺 …… 五三
客過 …… 五三
夜遊白雲寺看梅花 …… 五四
久不晤王子存素愫春暮過訪山中以畫見貽詩以酬之 …… 五四
紅蕉書館賦呈紫滄師 …… 五五
過傳是樓贈徐大桂門德諒 …… 五五
春盡日同人橫塘泛舟分得窻字 …… 五五
登陽山 …… 五六
感秋九章有序 …… 五六
重拜靜公影堂有序 …… 五八
畫二首 …… 五八
聽雪閣 …… 五九
小憩寒山放鶴亭作 …… 五九
過黃丈野鴻子雲山居 …… 五九
微雲 …… 六〇
秋郊 …… 六〇
題馬和之十八應真卷後 …… 六〇
上方寺 …… 六一
睡起 …… 六一
汲雲庵詠食物四首 …… 六二
風雨梅 …… 六二
碧蘿春 …… 六三
松花蕈 …… 六三
燕來筍 …… 六三
訪惠徵君定宇棟先生賦贈三首 …… 六四

書館夜讀聞隆福寺鐘聲……六四
冬夜期友人不至……六五
屠維大荒落(己巳)
素心蘭十二韻……六五
逸園梅花盛開酬主人程自山鍾……六六
何畹芳蘭陸錦雯絅早春過訪信宿山齋
臨別得句贈行二首……六六
六浮閣……六六
假山……六七
題隱者村居……六七
七十二峰閣觀雨作……六七
感春……六八
郊行……六八
初夏即事偶成……六八
山中晚歸值雨作……六九
獨酌……六九
吉雲庵晚眺……六九
書窻……六九
題讀畫舫壁……七〇
劒門……七〇
拂水……七〇
吾谷……七一
三峰……七一
芙蓉莊紅豆樹歌……七一
謁光祿卿沈敬亭起元先生於學易堂
敬呈四律……七二
白蘋花……七三
月夜歸山館憩道旁古墓……七三
弇園詠芙蓉……七三
村夜……七四
歲暮過穹窿上清宮贈道士陸寒碧……七四
神弦曲……七四

卷四

硯山怡雲集

上章敦牂（庚午）
香雪海探梅歌呈沈宗伯歸愚德潛先生……七六
梅花十首……七七
曉起……七八
指月庵……七八
遊上堯峰……七九
述哀十六章……七九
殘菊嘆……八〇
山齋夜讀……八〇
秋堂對弈歌為范處士西坪作有序……八一
重光協洽（辛未）
空谷……八二
法螺庵……八三
千尺雪……八三
天平山……八四
白雲泉……八四
華山……八五
天池石壁……八五
香雪海……八六
鄧尉山……八六
楓橋訪沙丈斗初維杓……八六
曹大來殷寓居東禪寺作春日雜詩邀予
屬和因次其韻四首……八七
小石壁納涼作……八七
楞伽山寺……八八
山館早起……八八
嚴秀才冬友長明過訪山園留宿畫船塢
論詩……八八
韋左司祠……八九
吳淞櫂歌五十章有序……八九
題北宋巨然岱嶽圖……九二

暮冬雜詠十首……九三
冷月……九三
晚風……九三
臘雪……九四
曉霜……九四
凍筆……九四
煖硯……九五
火鍋……九五
冰葅……九五
竹鑪……九六
盆梅……九六

卷五

三山攬勝集

玄默涒灘(壬申)
辭家三首……九七
春分……九八
留别同社諸子……九九
花下有感作……九九
夜泛芙蓉湖……九九
遊寄暢園……一〇〇
訪東林書院……一〇〇
艤舟亭……一〇〇
遊青山莊偶題……一〇一
甘露寺……一〇一
很石行……一〇二
鶴林寺……一〇二
招隱寺……一〇三
舟中望焦山……一〇三
焦山……一〇三
海雲堂……一〇四
焦山瘞鶴銘歌……一〇四
焦山古鼎歌……一〇五
舟行阻風金山登妙高臺放歌……一〇五

金山……一〇六
登金山寺塔……一〇六
題呂仙閣壁……一〇六
尋海嶽庵故址……一〇七
贈彭明經晉賢澤令……一〇七

白門訪古集

登鍾山放歌……一〇八
焉支井歌……一〇九
周孝侯祠古柏行……一〇九
臺城詠古四首……一一〇
板橋行……一一〇
過隨園訪袁太史子才枚先生不值二首……一一一
訪嚴冬友……一一二
雨花臺……一一二
莫愁湖……一一二
秦淮水榭雜詩二十首……一一三
馬湘蘭畫梅花便面歌……一一四
遊攝山詩二十首……一一五
湖上……一一五
明徵君祠……一一五
桃花澗……一一五
疊浪厓……一一六
千佛嶺……一一六
般若臺……一一六
紫峰閣……一一六
白雲庵……一一七
息心亭……一一七
德雲庵……一一七
幽居……一一七
禹王碑……一一八
萬松閣……一一八
春雨樓……一一八

雲木相參閣……一一八
茅庵……一一九
白鹿泉……一一九
鹿泉庵……一一九
瀑布……一一九
最高峰……一二〇
最高峰望黃天蕩弔韓蘄王……一二〇
龍潭……一二〇
舟行……一二一
阻風……一二一

卷六

渡江吟草

江干……一二二
渡江……一二二
邗上喜晤程魚門晉芳……一二二
魚門招遊平山堂因柬古詩一章……一二三
董子祠……一二三
過孔北海墓二十韻……一二三
昭明太子文選樓……一二四
隋苑……一二四
雷塘……一二四
玉鉤斜……一二五
邗溝吳王夫差所開……一二五
蕃釐觀……一二五
竹西亭……一二六
法海寺……一二六
禪智寺……一二六
天寧寺三詠……一二七
簡禪師爪髮塔……一二七
晉樹軒……一二七
青龍井……一二七
二十四橋玩月歌……一二八
康山……一二八

呈杭編修堇浦世駿先生……一二九
梅花嶺弔史閣部祠墓四首……一二九
紅橋曲六首……一三〇
題高郵驛壁……一三〇
灣頭……一三一
邵伯埭書晉謝太傅傳後……一三一
露筋祠……一三一
清水潭黄河水至此始清……一三二
瓦鋪店……一三二
漂母祠……一三二
韓侯釣臺……一三二
傾蓋亭……一三三
棗溝……一三三
蒙陰道中大風作……一三三
望岱嶽……一三四
敖陽……一三四
羊流店羊叔子故里，今名楊柳店……一三四
石門早行口號……一三五
扁鵲墓……一三五
夜行趙北口……一三五
樓桑村……一三六
曉發琉璃河……一三六
蘆溝橋……一三七

燕臺遊草

黄金臺……一三七
文信國祠……一三八
萬壽寺……一三九
李元妃妝臺……一四〇
遊香山……一四一
初抵都門家掌科咸齋誼先生館我槐蔭書堂敬呈三首……一四二
贈夕照寺僧……一四三
般若庵訪友作……一四三
匏瓜亭……一四三
新秋旅懷四首……一四四

憩真空寺……一四四
甕山謁元耶律丞相墓……一四五
出北郊……一四五
滿井徑五尺餘，清泉突出，冬夏不竭。好事者甃石闌束之，水常浮起，散漫四溢。……一四五
秋晚薊門晚望有作……一四六
蘋婆果……一四六
橄欖……一四六
葡萄……一四七
橘……一四七
歲暮感懷……一四七

卷七

蓮池吟草

昭陽作噩（癸酉）

客中雜詩四首……一四八
茸屋……一四八
整書……一四九
疊石……一四九
種蘭……一五〇
呈院長張鳳岡敘先生……一五〇
春曉……一五〇
臨漪亭……一五一
遊郎山……一五一
百花嶼……一五二
詠物二首同周徵君園穆大樞作……一五三
木筆……一五三
茗錢……一五三
金太守質夫文淳先生索題蘇晉逃禪圖……一五三
代書一百韻寄劒飛延青澐兩弟……一五四
九盡……一五六
煖……一五六
廉將軍廟……一五七
春盡日寄吳門同社友……一五七
新綠滿庭漫成一首……一五七

一榻……一五八
虢國夫人早朝圖同張吾山郝元作……一五八
還家夢……一五九
燭花十二韻……一五九
夏夜……一六〇
晝長……一六〇
夏日旅社遺懷……一六〇
敬題楊忠愍公二疏手稿卷後……一六一
消夏雜詩四首……一六一
題梅花道人漁父圖卷……一六二
秋懷一首寄山中故人……一六三
牆上蒿……一六三
路傍草……一六三
陌上花……一六四
澗底松……一六四
秋來……一六四
雨過……一六五
秋榜將放觸景有作二首……一六五
閱癸酉登科錄有感……一六五
古詩二十二首……一六六
和寶田舅詠物四首……一六九
竹牀……一六九
紙帳……一六九
菊枕……一六九
蘆花被……一七〇
秋日思歸作……一七〇
夜靜……一七〇

卷八

蓮池吟草

戲擬十二辰詩……一七一
五雜組八章……一七一
為姚念慈題寒香小影畫冊三首……一七二
橐駝吟……一七二

蟋蟀篇……一七三
寄家書……一七三
曉起……一七三
金井……一七四
銀河……一七四
客夜……一七四
晚歸蓮池作……一七五
枕上聽雨……一七五
沈吟……一七五
寫意……一七六
那能……一七六
有寄……一七六
九月十四夜蓮花池玩月作……一七七
病馬行為竇田舅氏作呈方制府問庭觀承先生……一七七
早鴉……一七八
送友人入秦……一七八
秋夜聞雁……一七八
葛洪山……一七九
上清宮……一七九
登天風臺放歌……一八〇
倒馬關……一八一
演雅有序……一八一
雨夜……一八二
冬夜書事有寄……一八三
寒衾……一八三
詠物二首……一八三
雪燈……一八三
雪美人……一八四
寒甚……一八四
園居圖為周明府讓谷天度作……一八四
冬夜詠懷……一八五
閼逢閹茂（甲戌）
西樓夜……一八五

東樓曉……一八五
黃雀行……一八六
慈烏引……一八六
春燕曲……一八七
雁飛操……一八七
玉河春柳詞四首……一八七
心迹……一八八
摩訶庵……一八八
遊法源寺看海棠即題僧房壁……一八八
春雨十韻……一八九
新陰十韻……一八九
自遣……一八九
燕昭王廟……一九〇
易水行……一九〇
高漸離故居……一九一
龍迹山……一九二
雷溪……一九三
打麥詞……一九三
古意……一九四
書懷別吾山……一九四
春闈被放謁外大父張笠亭之項先生於天雄書院……一九四

卷九

五湖載酒集

歸途經泰安道中即事……一九六
馬上曉行得句……一九六
江干旅次題壁……一九六
舟次梁溪風雨交作有感而書……一九七
歸次滸墅關風阻竟夜悶不成寐聊短述……一九七
還山……一九七
同社諸子小集靈巖山館即事分得羣字……一九八
搿戰歌……一九八
銷夏雜詩四首……一九八

雜詠庭中花卉九首……一九九
木槿……一九九
梔子……二〇〇
薝……二〇〇
榴花……二〇〇
蜀葵……二〇〇
鳳仙花……二〇一
茉莉花……二〇一
夾竹桃……二〇一
玉簪花……二〇一
暮雨初收殘暑更溽山齋納凉因憶月前觸熱行役之苦有感而作……二〇二
薄暮……二〇二
贈女校書沈浣秋……二〇二
怨歌四首……二〇三
秋望有感……二〇四
有憶四首……二〇四
紅樓……二〇五
翠幕……二〇五
團扇……二〇五
畫屏……二〇六
捉搦歌……二〇六
房中曲……二〇六
夜夜曲……二〇七
攜手曲……二〇七
宛轉曲……二〇七
懊惱曲……二〇八
潛別離……二〇八
難忘曲一字至七字……二〇八
靈巖寺訪寶輪上人不值……二〇九
南廣寺訪麗天上人……二〇九
題畫雜詩八首……二〇九
新涼……二一〇
見螢火作……二一〇

聞促織作……二一一
聞歌……二一一
秋熱……二一一
宋范中立山水畫障歌……二一二
聞鐘……二一三
詠鴨……二一三
前題仕女畫障詩六首……二一四
西施……二一四
虞姬……二一四
甄后……二一四
梅妃……二一五
吴彩鸞……二一五
花蘂夫人……二一五
後題仕女畫障詩六首……二一六
綠珠……二一六
張麗華……二一六
崔鶯鶯……二一六
張雲容……二一七
劉無雙……二一七
小周后……二一七
秋燕……二一七
寒螿……二一八
秋別曲……二一八
屏風……二一八
熏籠……二一九
題雙柳吟堂壁……二一九
香夢齋小憩……二一九
落木庵徐高士元歎隱居於此……二一九
小閣……二二〇
遊槐雲寺作……二二〇
支硎山寺與友人言懷作……二二〇
客到……二二一
客散……二二一
出城……二二一

紅蓼二首……二二三
泛舟泖湖……二二三
雜興四首……二二三

卷十

五湖載酒集

旃蒙大淵獻（乙亥）

子夜四時歌……二二四
蕩舟曲……二二五
許丈竹素廷鑅枉顧心遠堂瀹茗論詩且訂城南看梅之約得句奉贈……二二五
紅梅十六韻……二二五
春遊阻雪……二二六
拈花寺……二二六
女貞觀贈女冠颜谷蘭鍊師……二二六
石帆亭即事……二二六
遊大石壁放歌……二二七
和唐人本事詩三首……二二七
仲春上浣毛羅照李雲襄元錦何畹芳王石亭邀同竹素先生南園看梅歡飲盡醉薄暮而返遂各賦詩以記清賞……二二八
春宵……二二八
聖恩寺……二二八
春夜有嘲……二二九
小憩紅雨山房即事偶成……二二九
小園即事……二二九
春晚謠……二三〇
春江引……二三〇
春事……二三〇
染香庵訪雲苞上人不遇因留題壁間……二三一
靜夜吟……二三一
看花雜詠十首……二三一
睡起……二三二
偶出靈巖山館喜遇吳企晉曹來殷便爾

留宿因成長句……二三二
山居……二三三
桐花……二三三
題竹嶼書樓壁……二三三
看牡丹有作……二三四
初夏招趙丈雲江榕毛山人萬澄錢雨亭濟吳廉夫維鍔王鎬貽孫燕毛羅照李雲襄何畹芳弟劒飛文瀾浩延青過王竹娱恭南園小集潭影軒四十五韻……二三四
畫雲樓……二三五
深院……二三五
移竹……二三六
有問……二三六
芭蕉……二三六
端居……二三七
山園避暑作……二三七
龍威丈人洞……二三七
消夏灣……二三八
石公山……二三八
縹緲峰……二三九
明月灣……二三九
莫釐峰……二四〇
招隱園……二四〇
獅山道院書贈院主……二四一
茉莉花……二四一
雲……二四一
桐葉……二四二
方竹拄杖歌為敬亭先生作……二四二
獨遊……二四三
八月十五夜待月……二四三
題西溪書堂壁……二四三
過張丈永夫錫祚幽居……二四四
夕陽樓晚秋即景……二四四
閒情詩二十四章有序……二四四
放舟……二四八
夜泊……二四八

江樓晚望……二四九
江亭……二四九
京口晚泊……二四九
登瓜步敵臺口占……二五〇
寶應道中……二五〇
題紅心驛壁……二五〇
東阿道中口號……二五一
香河屯夜題逆旅壁……二五一
將抵都門寄呈歸愚先生……二五一
氈車……二五二
煖炕……二五二

卷十一

青瑣吟香集

柔兆困敦（丙丁）

古意……二五三
同馮魯巖光熊趙雲松翼兩中翰遊
石磴庵……二五四
豐臺芍藥詞四首……二五四
鷲峰寺觀旃檀佛像作……二五四
天慶宮觀劉鑾塑像……二五五
題海月庵吳匏庵讀書處……二五五
經東郭草亭遺址亭為明興濟伯楊善
別業……二五六
西山紀游詩二十首……二五六
出阜城門經門頭村作……二五六
由玉泉山寺至呂公洞……二五七
宿卧佛寺夜登五華閣……二五七
碧雲寺……二五八
香山寺……二五八
宿來青軒……二五九
曉發洪光寺寄城中諸僚友……二五九
狼兒窩……二六〇
自翠巖庵上中峰庵……二六〇
清涼寺觀雨……二六一

祕魔厓……二六一
證果寺……二六二
善應寺四松……二六二
昌化寺畫壁羅漢……二六三
平坡寺……二六三
自寶珠洞抵獅雲庵……二六四
自滴水厓至大雲寺……二六四
仰山棲隱寺……二六五
自鶴子山至百花山贈文殊院僧……二六五
菩薩厓……二六六
雜詩十一首……二六六
蓮花庵……二六八
作家書得句……二六八
中秋旅夜不寐有作……二六八
秋怨……二六九
促織鳴……二六九
秋夜書懷……二六九
寄徐大桂門二首……二七〇
題唐六如畫册三首……二七一
錢丈方壺先生歲寒圖五首……二七一
雪夜……二七二

卷十二

青瑣吟香集

强圉赤奮若（丁丑）

晚過玉蝀橋二首……二七三
畫蘭……二七三
無題二首……二七四
述德抒情呈春和公相一百韻……二七四
三月……二七六
夏五謁汪冢宰松泉由敦先生於澂懷園謹呈四首……二七六
答友人惠茗……二七八
欲把二首……二七八

過清河橋作……二七九
渡白河……二七九
密雲縣……二七九
曉行穆家谷作……二八〇
九松山歌……二八〇
題攬勝軒壁在南天門觀音寺旁……二八〇
要亭……二八一
古北口……二八一
過青石梁……二八二
葦谷嶺……二八二
灤江……二八二
灤陽客舍讀書偶作……二八三
消夏詩四首同紀曉嵐昀錢辛楣兩庶常作……二八三
遊廣仁嶺諸勝處……二八四
夏日游廣安寺題寄京師諸同志……二八五
偶游東嶺見小松一株特奇移植瓦盆繫之以詩……二八五
西谷遇雨因過碧峰寺……二八六
望筆架山戲作長句在波羅河屯……二八六
入厓口……二八七
與安大嶺歌……二八七
木蘭行圍即景十首……二八八
出鹿柴門……二九〇
題仇十洲箜篌圖四首……二九〇
雨夜……二九一
今夕……二九一
遲家書不至月夜有作……二九二
祀竈謠……二九二

卷十三

青瑣吟香集

著雍攝提格(戊寅)

車碌碌……二九三

休洗紅……二九三
讀曲歌十二首……二九四
遣興……二九五
禽言……二九六
老梟行……二九七
獨鶴行……二九七
野鷗行……二九八
春日登慈仁寺毘盧閣述懷作……二九八
雨……二九八
憶劒飛弟……二九九
晚過天寧寺作……二九九
擇石先生贈紙詩以謝之……三〇〇
洗象行……三〇〇
蟬二首……三〇一
余性愛琴某山人有舊藏古琴四其最佳者為趙松雪故物許自南中攜贈詩以速之……三〇一
重過山人寓齋聽琴二首……三〇二
王石谷蘆江獨釣圖……三〇三
下直同人遊檀柘寺……三〇三
贈許鍊師……三〇三
屠維單閼(己卯)
巵言十六首……三〇四
讀諸子詩十八首……三〇六
老子……三〇六
關尹子……三〇六
列子……三〇七
莊子……三〇七
管子……三〇七
晏子春秋……三〇八
文子……三〇八
孫子……三〇八
吳子……三〇九
墨子……三〇九

商子……三〇九
鬼谷子……三一〇
荀子……三一〇
韓非子……三一〇
呂氏春秋……三一一
黄石公素書……三一一
淮南子……三一一
揚子……三一二
暮春梁瑤峰修撰移居魏染衚衕相傳為吳梅村祭酒舊寓暇日同吳大鑑南過訪得詩四律奉贈……三一二
鍾馗詩題扇二首……三一三
初秋直園水閣夜坐偶成……三一四
小師林漫興……三一四
七夕……三一四
秋日送友之江右……三一五
聖武遠揚平定回部西陲永靖大功告成恭紀謹序……三一五
積雪寒甚夜坐至三鼓上章執徐（庚辰）……三一七
春朝……三一八
贈李念庵……三一八
閒憩得石軒題句……三一八
憶五畝園……三一九

卷十四

閬風集

臚傳紀恩四首……三二〇
瓊林宴紀恩四首……三二一
王坦庵獨立圖……三二一
得石軒前有太湖石四風霾塵垢積有年矣暇日汲井泉洗之嵌空玲瓏為石君復開生面因係以詩用昌黎山石韻……三二二
晚出西直門至壽福禪林小憩……三二二

雨夜懷竹莊……三一三
于闐玉……三一三
夏日同劉學士星煒吳侍講鴻泛通惠河作……三一三
寓園遺興四首同雲松作……三一四
黑龍潭……三一五
憫忠寺……三一七
張吟香心鏡圖……三一八
友人以紈扇索畫為寫幽蘭一叢並題……三一九
重光大荒落（辛巳）
友人將之江南詩以送之……三一九
春和公相四十壽讌詩有序……三二〇
遊昆明湖偶作……三二二
翰林院古藤歌……三二三
汪用明紅袖添香伴著書圖……三二三
題查查客竹溪垂綸圖三首……三二三
寄題黃丈野鴻山中別業……三二四
送延清三弟下第南歸三首……三二四
夜雨不寐懷延清弟……三二五
諸申之以龍井茶見惠作此奉謝用蘇文忠公和錢安道寄惠建茶詩韻……三二五
題家可亭觀察蕉林揮麈圖……三二六
寄懷袁簡齋前輩……三二六
春和公子行贈傅大瑤林……三二七
月夜遊法源寺……三二八
卷十五
閬風集
玄黓敦牂（壬午）
元日和少司農裘漫士先生盆梅原韻……三三九
萬柳堂……三三九
過海淀某氏廢園……三四〇
松柏庵避暑作……三四〇
聖駕三次南巡恭紀樂府十章謹序……三四〇
帝車南指第一……三四一

恒春第二……三四一
河海晏第三……三四二
農慶第四……三四二
鳳翽毛第五……三四三
利涉第六……三四三
大閱武第七……三四四
引年第八……三四四
乾文耀第九……三四五
曼壽第十……三四五
春雨……三四五
夕陽……三四六
春草四首……三四六
池上……三四七
金尊……三四七
草橋……三四七
當壚曲……三四七
燒香曲……三四八
白芍藥二首……三四九
簟……三四九
和童梧岡無題三首……三四九
徐丈培貞松陵垂釣圖三首……三五〇
蜀錦曲……三五〇
擬擣衣曲……三五一
蛟蛋瓶歌為陳組橋繩祖作……三五一
奉題座主大司寇秦味經先生秋林講易圖……三五二
遠水……三五三
疎林……三五四
歸鳥……三五四
浮雲……三五四
鄰笛……三五五
村砧……三五五
山徑……三五六
野航……三五六

卷十六

閬風集

昭陽協洽（癸未）

題曹丈楓亭先生觀海圖……三五七
笏山先生新移海淀寓園得句索和因次原韻……三五八
短檠歌……三五八
贈英夢堂少司農二首……三五九
家藏董文敏山水一軸曹竹虛同年見而愛焉即題長歌卷圖以贈……三五九
紀侍御心齋復亨前輩滌硯圖……三六〇
送延清弟南歸二首……三六一
有寄……三六二
哭汪庶常叶淵為善……三六二
送同年胡解元安公溶南歸……三六三
送姜杏村同年之官蜀中十首……三六三
春和園紀游詩二十四首有序……三六五
春和園……三六五
虹梁……三六六
蘿月山房……三六六
繹堂……三六七
蘭輝堂……三六七
小桃源……三六八
含碧軒……三六九
連雲榭……三六九
玉池……三七〇
和慶堂……三七〇
環秀亭……三七一
瀫香亭……三七一
小蓬壺……三七二
鶴柴……三七二
雙壽寺……三七三
荻浦……三七四
明善堂……三七四
涵遠閣……三七五

花畦……三七六
豐樂莊……三七六
雪堂……三七七
槐市……三七七
水雲榭……三七八
西爽村……三七九
長至後七日微雪同辛楣學士健堂太守辛齋侍御魚門舍人竹虛編修小集蘀石詹事齋分韻得微字……三七九
曉登聽雨樓望雪……三八〇
歲暮友人饋紅螺炭玉田米二首……三八一

卷十七

聽雨樓存稿

閼逢涒灘（甲申）

過光明殿訪妙正真人登天元閣展眺京師形勝二首……三八三

絢春園即景十首呈望山先生……三八四
曹竹虛小畫舫前紫丁香一株盛開招同劉復先樸夫存子洪素人小飲得句……三八五
與王夢樓談揚州舊事……三八六
晚春訪王夢樓遇梁副憲階平前輩邀同人小集陶然亭分韻得足字……三八六
望山相公壽讌詩四首……三八七
送王夢樓同年出守臨安……三八七
喜王石亭入都話舊得詩三首……三八八
芷塘移居接葉亭距予寓樓相去數武月夜走訪漏四下始歸贈詩四首……三八九
中元後一日暮同嚴東有陸健男訪王蘭泉步至法源寺是夕陰晦無月歸飲蘭泉寓齋閒話至三鼓散去……三九〇
陸郎曲為童梧岡作……三九一
盤山紀游詩六十首……三九二
過大嶺作……三九二

宿香林寺……三九三
登寺樓望空桐山……三九三
登漁山……三九三
漁水……三九四
醴泉院……三九四
金章宗避暑亭……三九四
望鐵嶺……三九五
涼泉……三九五
雞蘇砦……三九五
塔院莊……三九六
瓦茶寺廢址……三九六
亂石莊……三九六
夜宿廣濟寺……三九七
大石澗……三九七
盤泉……三九七
晾甲石……三九八
東厓觀蒼龍松……三九八
環翠亭……三九八
中盤寺西齋夜坐偶書……三九九
北岡……三九九
碧峰寺……三九九
萬松寺……四〇〇
寺閣月夜對瀑作……四〇〇
沙嶺……四〇〇
白巖寺……四〇一
望九華峰作……四〇一
千像寺……四〇一
奇石……四〇二
紫蓋峰……四〇二
宿蝯峰……四〇二
少林寺夜宿……四〇三
東竺庵……四〇三
雲淨寺……四〇三
西峰……四〇四
挂月峰……四〇四
曉題茶子庵壁……四〇四

法藏寺……四〇五
松篷……四〇五
談禪石……四〇五
雙峰寺……四〇六
百草窪……四〇六
天成寺……四〇六
李靖庵……四〇七
舞劍臺……四〇七
西甘澗……四〇七
東甘澗……四〇八
招提寺……四〇八
松棧……四〇八
縣石亭……四〇九
雲罩寺……四〇九
夜題寺樓壁……四〇九
澤鉢泉……四一〇
舍利塔……四一〇
黃龍祠……四一〇
歸雲洞……四一一
感化寺觀唐道宗大師遺行碑文……四一一
過李鐵君隱居……四一一
夜題鐵君齋壁……四一二
將出盤山留別鐵君……四一二
哭董庶常東亭……四一二

卷十八

聽雨樓存稿

旃蒙作噩(乙酉)
太平鼓歌……四一三
觀耕臺侍班應制恭和耕耤日祭先農壇
礼成有述原韻……四一四
恭紀四首……四一四
饒霽南先生招飲澹秋書屋……四一五
聖駕四次南巡恭進櫂歌三十六首謹序……四一五

以詩代書答友人見訊近況……四一八
先大父忌日作……四一八
錢舜舉寫東坡先生遊赤壁圖……四一九
登聽雨樓看山作歌……四一九
同年諸申之編修出守辰州作詩贈別凡以志兩人交誼廿載游蹤俯仰流連不覺詞費得一百四十韻……四二〇
三月四日學士錢蘀石辛楣兩前輩編修趙雲松曹來殷沈景初庶常褚左莪吳沖之中翰王蘭泉程魚門趙損之汪康古嚴冬友陸健男沈吉甫諸同人重展上巳修禊陶然亭即席有作……四二三
立秋……四二四
通州道中……四二四
將抵通州路遇李斗如王步東兩秀才應試北上喜而有作……四二五
渡潞河……四二五
煙郊書所見……四二五
過桃花寺……四二六
馬上望盤山……四二六
飛泉……四二六
旅店聞蟋蟀……四二六
宿吉祥庵……四二七
景泰廢陵……四二七
秋日病起詒堂竹虛招飲寓齋即席賦贈……四二九
秋日即事同錢辛楣作……四二九
聽雨樓對雪用歐陽文忠公聚星堂雪詩韻并效其體……四三〇
卷十九
聽雨樓存稿
柔兆閹茂(丙戌)
贈別……四三一
重過石虎街書窗桃花一株裘大超然麟手

植也花開爛漫感賦二首……四三一
讀吳梅村先生集書後四首……四三二
呈商太守寶意盤先生……四三二
蛛網……四三三
蜂房……四三三
蜨夢……四三三
螢火……四三四
慶樹齋少宰方山靜憩圖……四三四
望山先生拈聚奎堂壁間原韻作詩遍示
同考諸公依韻奉和……四三五
雨後過望山先生齋論文疊前韻……四三五
客春相國扈從棲霞道中已面奉今
科會試總裁之命闈中談次再疊
前韻奉呈……四三六
揭曉前一日相國復以新句留別諸
同事即次原韻……四三六
呈望山先生并謝以所選斯文精粹
見貽二首……四三六
白丁香花十二韻……四三七
紫藤花十二韻……四三七
中酒……四三八
雨過……四三八
無題八首有序……四三八
龍鳳雙硯引柬曹萊英褚筠心庭璋……四四〇
雨窗與石亭話舊三首……四四一
重游白塔寺作……四四一
鄧尉山樵以便面寫秋林遠岫見寄作
此奉謝……四四一
題裘二超承獅江帆夜月圖三首……四四二
雨不止作歌五首……四四二
送楊竹堂出守平越……四四三
宋謝文節橋亭卜卦硯歌有序……四四四
嵩陽引壽胡母甘孺人……四四六
石筍行……四四七

石幢行……四四七
石人行……四四八
童梧岡長沙使至復書並寄……四四八
殘雪四首……四四八

卷二十

聽雨樓存稿

強圉大淵獻（丁亥）

上元鐙市曲十首……四五〇
雅瑟詞……四五一
古碑歎……四五一
貧士吟……四五二
寒女詞……四五二
獨樹歌……四五二
廢園吟……四五三
羈旅吟……四五三
廚娘曲……四五四
送遠操……四五四
失釵怨……四五五
張樂詞……四五五
對酒詞……四五六
牧牛詞……四五六
捕魚詞……四五七
射鴨詞……四五七
伐木詞……四五八
養蠶詞……四五八
打麥詞……四五九
采茶詞……四五九
賣花詞……四五九
題出塞圖為徐燕遠步雲中翰作……四六〇
題董東山師所藏郭河陽關山行旅圖……四六〇
閏七月……四六二
題扇有寄四首并序……四六二
閏七月既望過芷塘寓齋會王大蓬心至小

飲接葉亭月下放歌……四六四
秋日同人集劉竹軒寓小飲……四六六
題陸葵霑先生吳淞歸棹圖……四六六
棄婦詞三首……四六七
小游仙詩三十首……四六八
集夢堂司農獨往園為查儉堂太守題入
蜀圖即送之官寧遠……四七一

卷二十一

萍心漫草

初發都門宿良鄉旅館竟夜大雪不寐
偶成……四七二
過雄縣訪王四應亭道亨明府並晤曳星
文亭瀛上遇亨三昆季翦鐙話舊即席
賦贈……四七二
夜行趙北口……四七三
德州旅舍夢還家醒而有作二首……四七三
濟南試院謁房師大理少卿張墨莊若淮
先生款留信宿敬呈二律……四七三
泛舟大明湖……四七四
泰安道中雪……四七四
蒙陰曉發……四七五
遊雲龍山登張山人放鶴亭……四七五

著雍困敦(戊子)

元日渡黃河二首……四七六
淮上遇劉給事竹軒程庶常晴嵐沅兼
以志別……四七六
瓜步晚泊……四七六
大風望黃天蕩……四七七
宿金山寺臨江閣先寄鮑中翰雅堂之鍾……四七八
訪雅堂賦贈……四七八
再宿臨江閣與雅堂夜話……四七八
寄懷王夢樓同年時官臨安……四七九
舟夜偶書……四七九

望崑山……四七九
上元夕抵家得詩四首……四八〇
歸靈巖草堂……四八〇
山居偶作……四八一
虎丘雜詩四首……四八一
山塘感舊……四八二
重遊水木明瑟園……四八二
重過桐橋即事有作……四八四
橫塘曲……四八五
與顧星橋宗泰游支硎遇中峰詩僧念亭……四八五
寒山別墅……四八五
呈歸愚先生二首……四八六
西行有日太夫人以路遠不允迎養臨別
敬賦寫懷……四八六
別友……四八七
放舟……四八七
梁溪舟次寄吳門同學諸子……四八八
過毗陵喜晤蔣四侍御蓉龕和寧前輩……四八八
丹陽阻風有作……四八九
句容道上……四八九
望句曲山……四八九
孝陵詠古四首……四九〇
重過隨園訪袁簡齋前輩不值即題
小倉山房壁……四九一
山寺訪藥根上人……四九二
登浦口敵臺口占……四九二
烏衣巷……四九二
曉行滁州道中題句寄都中舊友……四九三
清流關……四九三
滁州過南滁王廟郭子興……四九四
遊醉翁亭……四九四
符離弔宋張魏公潰師處……四九五
壽陽道中……四九五
宿州旅店見尹六似村題壁詩步原韻封

寄三首……四九六
次西三舖王書田秀才率弟子來謁出素紙
索句口占二絕贈之……四九六
宿花莊戲同行者……四九六
臨淮……四九七
題旅次壁……四九七
會亭驛食櫻桃……四九七
憩五女店喜雨……四九八
拾葚澗蔡順拾葚處……四九八
襄城道中作……四九九
洛陽旅館題壁……四九九
望嵩嶽三首……四九九
古白楊關……五〇〇
臥鐘歌……五〇〇
河底鎮山行……五〇二
百福鎮夜雨……五〇二
崤陵弔古……五〇二
行至峽口聞家人已抵西安口占寄内……五〇三
潼關……五〇三
望華嶽……五〇四
宋寇萊公祠四首……五〇四
渭南旅館阻雨遣懷作……五〇四
鳳凰原……五〇五
灞橋……五〇五

卷二十二

隴頭吟

回中山謁王母宫四十韻……五〇六
送春曲……五〇七
見餅中折枝桃花……五〇七
題寓樓壁……五〇七
平涼行館聞承恩毅勇公明筠製府歿於緬
甸軍營為位哭之並制誄詩八章……五〇八
寄題思濳亭鎮原縣北……五〇九

遊崆峒山……五一〇
玄鶴行……五一〇
蕭關……五一一
彈箏峽……五一一
瓦亭……五一一
孤樹川隆德縣北……五一二
安定……五一二
巉口……五一二
胡麻嶺安定西……五一三
定遠驛……五一三
東岡鎮……五一三
喜晤蔡三西齋鴻業方伯……五一四
五泉……五一四
蘭二首……五一四
觀棋絕句四首……五一五
夜坐……五一六
雨……五一六
蘭山行館坐雨……五一七
金城寓齋與座上諸君述舊感賦……五一七
題吳紉秋小傳後十二首……五一七
霜災行……五一九
寧夏詠古……五一九
聞蛩……五二〇
金城秋感……五二〇
打更鳥……五二一
秋柳……五二一
宿古良沙蕭寺中庭翠柏叢篁景致幽絕牡丹五株高數尺枝葉繁盛問之僧人不知何年移植于此題壁二首……五二二
偶閱元人集齋中詠物八首……五二二
焦桐……五二二
蠹簡……五二三
殘畫……五二三
舊劒……五二三

破硯……五二四
廢檠……五二四
塵鏡……五二四
斷碑……五二五
黄子久劒門小隱圖卷……五二五
題祁佩香遇蘭同年溪山雲樹卷三首……五二五

卷二十三

崆峒山房集

屠維赤奮若(己丑)

後梅花十首并序……五二七
寄友……五三〇
王叔明夏山欲雨圖……五三〇
坐桐花下偶作……五三一
寄逸園主人程自山……五三一
分水嶺……五三一
超然書院歌……五三二
題宋陳所翁畫龍……五三二
古意……五三三
小園三首……五三三
栽柏……五三四
支枕……五三四
卷簾……五三四
杏花亭二首……五三四
即事……五三五
每夜……五三五
哭先室汪夫人詩二十二首有序……五三五

卷二十四

崆峒山房集

靜夜怨二首……五四一
七夕有感……五四一
連夕車中夢内子作……五四二
庭前叢菊盛開感賦二絕……五四二

中秋對月二首……五四二
四十生朝自述三首……五四三
冬至……五四六
不寐……五四六
寒窻晷短悶坐無聊偶學九龍山人筆意
寫墨梅小幅題詩其上……五四六
除夕寫懷示竺莊……五四七
屠維赤奮若（己丑）
樵人三章……五四八
隴頭水……五四九
隴頭月……五四九
春柳四首……五五〇
花朝詞……五五一
過鳥鼠同穴山……五五二
清明日行洮陽道中作歌二首……五五二
赤亭……五五三
秦安寓館……五五三
唐權文公墓……五五四
憂旱三首……五五四
朱圉山……五五五
仇池……五五五
哀愚民効白傅體……五五六
山行雜詩十二首……五五八
九日宿同谷二首……五五九
飛龍峽杜工部草堂四首……五五九
野廟……五六〇
姜伯約墓……五六一
萬年藤杖引……五六一
南山寺雙柏行有序……五六二
陸叔平寫生花卉十首……五六三
碧桃……五六三
山茶……五六四
素心蘭……五六四
杜鵑……五六四

白荷花……五六四
牽牛……五六五
老少年……五六五
秋海棠……五六五
芙蓉……五六五
水仙……五六六
天池……五六六
登鹿玉山抵師子洞窺玉井歸紀以詩……五六七
玉壘關……五六七
大雨夜度廣吳坡山行險絕抵落門聚
憩宿……五六七

卷二十五

秋月吟篋集

古出塞曲五首……五六九
夜渡河橋……五六九
自蘭州至嘉峪關紀行詩一百韻……五七〇
莊浪……五七二
嘉峪關……五七二
鶴城鎮口號……五七三
赤金峽道中作……五七三
曉登靖逆驛樓……五七四
渡黑水……五七四
鳴沙山……五七四
弔古戰場篇……五七五
蒲海望月歌……五七五
客路……五七六
古玉門關月夜聞笛作……五七六
玉門柳枝詞……五七七
三危山……五七七
訪唐侯君集紀功碑碑在松樹塘，頂用甎石封砌，
禁遊人讀，讀之風雪立至……五七七
大宛馬歌……五七八
苦寒吟在巴里坤作……五七九

九日松樹塘登高寄劒飛延青兩
弟三首……五七九
雜詩六首……五八〇
有答三首……五八一
觀東漢永和二年裴岑紀功碑五首巴里坤屯兵墾地得之，移置城北叢祠，文簡篆古，洵可寶貴。爰搨數紙攜歸，以補《關中金石錄》，並跋短章……五八一
抵廸化城有作四首……五八二
題虎峰書院壁……五八二
吉木薩行帳與紀曉嵐前輩夜話……五八三
博克達山歌……五八三
雪蓮花歌……五八四
火山行……五八四
大風歌闢展南山麓有風穴如井，大風將起，數日前即有聲，行人亟須避匿，否則連車馬捲去，無蹤影矣。風五色不一，《漢書·西域傳》所云『風災鬼難』之境，殆即此也……五八五
塞下曲九首……五八六
冰山行土人呼為木蘇達阪……五八七
于闐采玉歌……五八七
哈密瓜……五八八
土魯番白葡萄……五八八
東歸過多倫達阪烏魯木齊南，通闢展孔道……五八九
入玉門關夜題客館壁……五八九
大風宿柳溝驛……五八九
曉入嘉峪關……五九〇
發甘泉驛作……五九〇
抵紅城驛書此先呈蘭州諸同志……五九〇
自題秋月吟笳集……五九一

卷二十六

杏花亭吟草

登樓……五九二
刪詩……五九二
觀碁……五九三

留客……五九三
左副將軍協辦大學士果毅阿公
輓詩三首……五九三
宕昌寓樓……五九四
暖泉……五九四
魯班崖……五九五
觀音閣……五九六
滴水巖……五九六
甘泉村……五九七
自臨江堡至乾江緣崖上下仄徑險絕……五九八
雨後登試院寓樓展眺階邑近郭諸山……五九九
武都懷古……五九九
碧雲關……六〇〇
兩當……六〇〇
黃花驛……六〇〇
成縣張氏寓樓前牡丹一株高丈餘主人
云一百四十年物矣題詩二首……六〇一
麥積山……六〇一
雕窠谷……六〇二
東行經安會道中感時述事寄蘭省
諸公十首……六〇二
曉發六盤山寄平涼太守顧晴沙光旭……六〇四
題高山書院圖為晴沙作……六〇四
客從江寧來誦袁簡齋前輩詠物詩九首
愛其運意遣辭有不即不離之妙因如
數擬作聊以示客不必寄袁……六〇五
鏡……六〇五
簾……六〇五
牀……六〇六
鐙……六〇六
扇……六〇六
尺……六〇七
杖……六〇七
帳……六〇七

香……六〇八

卷二十七

青門集

重光單閼(辛卯)

月夜望終南山……六〇九
秦鏡曲……六一〇
春夜獨眠夢偉丈夫攜古琴一張示余音響清越背鐫籀篆十餘字似霹靂文不可識也作詩紀之……六一〇
夢三弟……六一一
喜嚴侍讀冬友至……六一二
灞橋示送行友人……六一二
長安詠古四首……六一二
出函谷關作……六一三
花朝馬上口占……六一三
登龍門山觀黃河出陿作……六一三
禹廟……六一四
漢太史司馬遷墓……六一四
隋清娛墓……六一四
哭延青三弟……六一五
蜘蛛嘲蠅虎……六一六
蠅虎嘲蜘蛛……六一六
閒房……六一七
孤樹……六一七
聞蟬二首……六一七
都下故人貽書問詢鄙狀惠賜白玉念珠一串展緘復讀詞意悱惻令人增離索之感率成絕句六首却寄恐不成報章也……六一八
雨夜夢裘文達公感賦……六一八
冬日出游崇聖寺……六一九

玄默執徐(壬辰)

上元前一日喜雨……六一九
花朝復雨……六二〇

夢中得句醒後能記憶詩甚奇然不解所謂
壬辰二月二十日夜也……六二〇
晚晴……六二〇
楊花四首……六二一
延青弟手披文選書後……六二二
三弟忌日感賦……六二二
友人示我舊時畫册感作長歌……六二三
題沈松原竹刻枯槎竹石臂閣……六二四
咸陽懷古二首……六二四
畢原……六二五
樊川……六二五
少陵原……六二六
游草堂寺六首……六二六
游渼陂望紫閣峰……六二七
黃簡齋學博秋江歸櫂圖……六二七
七夕篇……六二八
題王紫緗綬廉使遺照……六二八
題吳匏庵先生問鬚新卷即和原韻二首……六三〇
問白鬚……六三〇
代鬚答……六三〇
長樂坡……六三一
題梅花道人畫竹殘卷為張晴溪前輩作……六三一

卷二十八

終南仙館集

昭陽大荒落(癸巳)

絢雲閣小憩……六三三
游終南山十五首……六三四
尋玄都觀舊址三首……六三七
內子四週忌日感賦……六三八
靜寄園西牆角掘地得奇石一徙置環香
堂前系之以詩……六三八

敬題文文山先生遺象家書卷後……六三八
楊補之問禪圖……六三九
蠹魚……六三九
題徐友竹仿董北苑夏山煙靄圖……六四〇
寶雞行館宵坐展眺北棧諸山邀冬友同作……六四一
益門鎮……六四一
煎茶坪……六四二
大散關……六四二
草涼驛……六四三
和尚原……六四三
鳳嶺……六四四
心紅峽……六四五
畫眉關……六四五
紫柏山……六四六
柴關嶺……六四六
青羊峽……六四七
觀音碥……六四七
青橋……六四八
雞頭關……六四八
褒城驛……六四九
黃金峽……六四九
鬼門關……六五〇
定軍山拜諸葛武侯祠墓……六五一
贈王道士青渠……六五二
秋夜坐石供軒……六五二
見新月……六五二
秋雨連宵不止觸緒抒懷二首……六五三
穆生大展攝山翫松圖……六五三
題松林試墨圖為冷明府文煒作……六五四
環香吟閣遺懷……六五四
寄趙二損之舍人昔嶺軍營三首……六五五

附　原作……………………趙文喆　六五六

卷二十九

終南仙館集

閼逢敦牂(甲午)
惜春……………………六五七
寄終南隱者……………………六五七
甲午監臨試院即景抒懷四首……………………六五八
華陰老生行……………………六五九
試院東齋叢竹茂甚……………………六六一
秋月引……………………六六一
生朝自壽……………………六六一
雙魚秦鏡同素溪妹作……………………六六二
旃蒙協洽(乙未)
夜憩東湖與嚴冬友侍讀宛在亭
玩月五首……………………六六二
謁華嶽廟……………………六六三
望雨三首……………………六六四
暑雨缺少大田需澤甚切作詩以憂幽懷……六六五
恭和御賜喜雨詩原韻……………………六六六
石甕寺……………………六六七
宿驪山行館……………………六六七
溫泉聽雨作……………………六六八
新豐……………………六六八
長春宮遺址……………………六六八
宿雲臺觀紀夢……………………六六九
聞官兵攻克美諾連破碉卡殺賊
大勝誌喜……………………六六九
柔兆涒灘(丙申)
平定兩金川大功告成恭紀鐃歌
十八章謹序……………………六七〇
贈定西將軍阿雲巖閣部并序……………………六七五
定邊左副將軍果毅謀勇豐公贈佩刀歌……六七七
題眉士二妹抱雲棲隱圖……………………六七八

卷三十

終南仙館集

為浣青題西溪清影小照……六九二
惜龜有序……六九三
靜寄園雜詠十二首……六九三
終南仙館……六九三
環香堂……六九四
海棠塢……六九四
鏡舫……六九四
紙窻竹屋……六九五
絢雲閣……六九五
石供軒……六九五
貯月廊……六九五
退思齋……六九六
小方壺……六九六
澄觀臺……六九六
雪濤峰……六九六
夏日園中雜詠……六九七
芟竹……六九七
栽花……六九八
薙草……六九八
移樹……六九八
中秋後七日舅氏息圃先生入都隨侍太夫人餞送灞橋河上歸途悵然有作……六九九
題西郊折柳圖為毛宿亭上台中翰作……七〇〇
戊戌除夕……七〇〇
屠維大淵獻(己亥)
仲春行華陰道中雜詠……七〇一
宿嶽祠太和宮與冬友步月登萬壽閣展眺……七〇二
興元試院與沈二麟徵話舊感賦……七〇二
遇仙橋……七〇二
宿仙游坡公祠聞窗外黑龍潭水聲澎湃跳激漏四下不成寐枕上得句二首……七〇三
下灘謠……七〇三
漫川洞……七〇四

上津鎮……七〇五
由嘉河口溯流而上宿小舟中口占……七〇五
永樂鎮……七〇六
太玄洞孫真君思邈煉丹處……七〇六
劉竹軒少宰省覲回京途遇渭南悤悤話
別口占奉贈……七〇六
長武道中……七〇七
奎雲麓尚書奉使河湟道經蘭嶺翦鐙話
舊把琖追懽慰風雨之憂思快萍蓬之
會合即席賦贈二首……七〇七
次日保惕堂侍郎抵蘭偕雲麓訪予寓館
暢敘連宵亦得長律二首贈之……七〇八
得琴心手書卻寄……七〇八
七夕寄琴心……七〇九
五十生朝自壽四首……七一〇
上章困敦（庚子）
題沈云浦永慕圖……七一一

卷三十一

終南仙館集

重光赤奮若（辛丑）
重憩華州行館追憶甲午夏五恭迓太
夫人于城外緬想慈徽渺不可再感
述三章……七一二
華嶽廟落成詩以記事……七一三
與汪七古亭別十年矣春暮入關訪予款
留署齋把酒話舊賦詩贈之……七一三
曉起坐春雨樓對終南寫雲山小景……七一四
晚春宿終南仙館懷冬友不至……七一四
寄陳組橋繩祖觀察蘭州……七一五
讀史……七一五
猛虎行……七一五
有寄二首……七一六
寄祝大司馬彭芝庭啟豐先生

八十壽四首……七一六
枕上得句……七一七
穀樹一章……七一七
環香吟閣憶故山作……七一八
七夕詞二首……七一九
秋日閒居……七一九
八月十五夜翠苕館望月作……七一九
更鼓四下寢不成寐念太夫人在時是夕必焚香拜月與小兒女團圞笑語竟夜不倦追維往事泫然感述……七二〇
題雙芍藥圖為孫淵如秀才作……七二〇
長安城東南隅有村名月兒高金花落似唐時南内舊址因公過此各系一詩……七二一
月兒高……七二一
金花落……七二一
紀將軍廟……七二二

玄黓攝提格（壬寅）

上元鐙詞……七二二
邀吳企晉王蘭泉嚴冬友錢獻之孫淵如洪穉存王秋塍復小飲靜寄園杏花下……七二四
上巳雨後郊行……七二四
青門柳枝詞四首……七二四
為洪穉存題機聲鐙影圖……七二五
訪唐王右丞輞川別業二十首有序……七二六
孟城坳……七二七
華子岡……七二七
文杏館……七二七
斤竹嶺……七二七
鹿柴……七二八
木蘭柴……七二八
茱萸沜……七二八
宮槐陌……七二八

臨湖亭……七二九
南垞……七二九
攲湖……七二九
柳浪……七二九
欒家瀨……七三〇
金屑泉……七三〇
白石灘……七三〇
北垞……七三〇
竹里館……七三一
辛夷塢……七三一
漆園……七三一
椒園……七三一
敬題先太夫人手抄唐詩選後……七三二
自題靈巖讀書圖五首……七三二
茂陵……七三二
磻谿……七三三
圓通禪院……七三三
馬嵬十首……七三三
秋夜枕上口占……七三五
寄惠瑤圃齡參贊塔爾巴哈臺三首……七三五
題琴心倚梅圖四首……七三六
十二月十九日為東坡先生生辰集同人設祀於終南仙館賦詩紀事敬題文衡山畫像之後并序……七三六
經行渭北瞻眺漢唐諸陵寢……七三九
賣酒樓陳倉……七三九

卷三十二

終南仙館續集

昭陽單閼（癸卯）

再游韋曲……七四〇
新春效長慶體賦生春詩四首……七四〇
集石供軒席上效香山一字至七字體詩同賦花月二首……七四二

武功孫西峰前輩書堂賦贈……七四二
再渡隴水……七四三
重經回中山王母宮偶憶翠茗館前碧桃盛開得詩二絕緘寄絢霄……七四三
隆德……七四三
寄懷琴心絢霄……七四四
贈王敬之曾翼同年……七四四
馬上口號二首……七四四
花家莊喜雨……七四五
題蘭慶長夏讀書圖……七四五
試院夕坐得句書寄琴心……七四七
環碧軒西閣有蟠桃樹名種也今年結實一枚方秋成熟琴心摘以相餉疊前韻代柬……七四七
得智珠生女之信再疊前韻誌喜……七四七
題試院虛直軒後院修竹……七四八
榆林綏德沿邊郡縣秋禾被霜成災親赴勘卹觸景感懷得詩十首……七四八
綏德道中寄絢霄……七四九
掃室……七五〇
試香……七五〇
糊窗……七五〇
煮茗……七五一
天竹……七五一
水仙……七五一
臘梅……七五二
木瓜……七五二
鐵雀……七五二
銀魚……七五三
登澂觀臺望終南積雪……七五三
憶梅詞……七五四

閼逢執徐（甲辰）

重過東湖疊乙未春與冬友坐宛在亭玩月原韻五首……七五五

重游終南山……七五六
樓觀……七五九
授經臺……七六〇
仙游潭……七六〇
馬融讀書石室……七六〇
玉女洞……七六一
草堂寺……七六一
圭峰……七六二
子午關……七六二
與蘭泉竹嶼友竹冬友夜話……七六二
納涼有感二首……七六三
鬼車行……七六三
後觀棋絕句四首……七六四
送友竹南歸鄧尉山二首……七六四
寫墨菊一叢寄壽曉初林丈七十初度並題卷端……七六五

卷三十三

玉井搴蓮集

雲臺觀……七六六
焦仙祠……七六六
玉泉院……七六六
山蓀亭旁有無憂樹七株……七六七
太素宮素靈真人居此，水竹最勝……七六七
三里龕……七六七
王猛臺……七六八
朝元洞谷口，與南峯頂賀志真所開者別。……七六八
五里關……七六八
桃林坪……七六九
混元庵……七六九
公超谷……七六九
希夷峽題祠壁……七七〇

娑羅坪古樹歌……七七〇
望上方峰峰在娑羅坪東，唐金仙公主修道處……七七〇
繫馬峰在娑羅坪北……七七一
白鹿龕仙人魯女生居於此，常乘白鹿，故有是名……七七一
通天宫西有石窟，宋仁宗歲遣使投玉簡於此……七七二
雲屏坊……七七二
十八盤……七七二
三皇臺……七七三
望毛女洞在三皇臺。毛女，秦宫人，名玉姜……七七三
北斗坪毛女拜斗處……七七三
古丈夫洞在北斗坪西……七七四
臥虎石在古丈夫洞外……七七四
靈芝石在古丈夫洞北……七七四
雲門……七七四
青柯坪……七七五
小蓬萊在坪上，中祀玉女……七七五
寥陽洞在坪南，鐵絙下垂，旁有祠宇，架木所為……七七六
回心石……七七六
千尺幢……七七七
百尺峽……七七七
雲頭石在百尺峽上，石平方丈，可供憩息。一名望仙臺……七七七
二仙橋……七七八
車箱谷……七七八
北極閣在媪神洞後……七七八
夜起題閣壁……七七九
師子嶺……七七九
老君犁溝……七七九
鐵牛臺……七八〇
猢猻愁……七八〇
雲臺峰……七八〇
玉女窗在雲臺峰上，有石門，入丈餘，內有石竇，望見南峰……七八一
望香鑪峰……七八一

倚雲亭……七八一
白雲峰……七八一
仙人碥……七八二
擦耳厓……七八二
金天洞……七八二
日月厓……七八三
都龍廟……七八三
蒼龍嶺……七八三
望飛魚嶺在蒼龍嶺東……七八四
五聖閣……七八四
單人橋……七八四
石龍岡……七八五
箭栝峰杜詩『箭栝通天有一門』，不知其處，後人各持一說，終無定論。惟單人橋上之通天門，傳聞自舊，似覺近之……七八五
通天門今名金鎖關……七八五
四仙菴庵在三峰口，譚紫霄、馬丹陽、劉海蟾、丘長春修鍊之所……七八六
金天宮觀雨作……七八六
題殿西樓壁……七八七
登落鴈峰放歌……七八七
仰天池……七八八
太上泉……七八八
黑龍潭……七八八
金天宮西樓夜起觀日出……七八八
避詔厓……七八九
賀老石室……七八九
南天門……七九〇
聚仙臺……七九〇
寂寞樹在聚仙臺南，貼壁並生檀樹二株，末與臺齊，命名未知始自何人……七九〇
八仙龕……七九一
早膳金天宮道士薦山蔬四種因紀以詩……七九一
松花芽……七九一

鹿耳……七九一
雲楸……七九二
萱葩……七九二
由黑龍潭至老子峰老字今人訛作孝……七九二
老君丹鑪……七九二
沖霄巖……七九三
西石樓峰與東石樓峰相對……七九三
蓮華峰……七九三
黃神谷……七九四
神姑林在黃神谷，中有獨坐姑姑廟……七九四
鎮嶽宮……七九四
摘星臺……七九五
捨身厓……七九五
試玉井泉……七九六
碧天洞……七九六
由細辛坪至東峰……七九六
玉女峰……七九七
玉女殿……七九七
玉女洗頭盆……七九七
仙掌峯……七九七
三清菴……七九八
博臺……七九八
夜題東峰道院壁……七九八
曉抵龍口觀雲海作……七九九
下憩青柯坪觀瀑布作……七九九

卷三十四

嵩陽吟館集

旃蒙大荒落（乙巳）

乙巳二月初三日上御乾清宮考試翰詹諸臣召臣沅至南書房應制恭和賦得循名責實原韻……八〇一
恭和應制上丁釋奠後臨新建辟雍講學得近體四首原韻……八〇二

應制恭和二月初七日雪原韻……八〇二
寄祝簡齋前輩七十初度四首……八〇三
禱雨大相國寺充公和尚出朝清涼山圖屬
題即用卷中同年王露仲學使原韻……八〇四
喜雨……八〇四
乙巳十月雲巖相公行河還寄呈一千字……八〇五
謁淮源廟作……八〇七
登胎簪山頂……八〇七
得淮真源紀之以詩……八〇八
題張留侯廟壁……八〇八
古廟鎮即《水經注》所稱陽口……八〇八
柔兆敦牂（丙午）
應制恭和河南巡撫畢沅來覲詩以
示懷原韻……八〇九
清明邯鄲道中……八〇九
潞王墓……八〇九
百泉……八一〇
蘇門山……八一〇
嘯臺……八一〇
安樂窩……八一一
孟津夜渡黃河……八一一
龍門……八一一
禹王廟……八一二
嵩嶽紀游詩六十首……八一二
謁中嶽廟……八一二
天中閣……八一三
盧巖寺……八一三
瀑布……八一三
倒景臺……八一四
盧真君祠……八一四
龍潭寺……八一四
啟母石……八一五

萬歲峰……八一五
逍遙谷……八一五
尋唐隱士田游巖宅故址……八一六
疊石溪……八一六
藤花隖……八一六
會善寺……八一七
戒壇院廢址觀唐道安禪師碑……八一七
茶牓……八一七
龍贈泉……八一八
玉鏡峰……八一八
石幔峰……八一八
法王寺……八一九
金壺峰……八一九
子晉峰……八一九
遇聖峰尋白鶴觀遺址……八一九
松濤峰……八二〇
鐵梁峽……八二〇
定心石……八二〇
芙蓉巖……八二〇
青童峰……八二一
天池……八二一
玉井泉……八二一
玉女擣帛石……八二一
三醉石……八二二
天門……八二二
夜題峻極禪院壁……八二二
少林寺……八二三
毘盧閣……八二三
立雪亭……八二三
甘露臺……八二四
初祖庵……八二四
面壁洞……八二四

鉢盂峰……八二四
二祖庵……八二五
鍊魔臺……八二五
瘦驢嶺……八二五
自瘦驢嶺至吸風口……八二五
東巖……八二六
石梯巖……八二六
雲鐘洞……八二六
石城峰……八二七
靈隱峰……八二七
藥堂峰……八二七
卓劒峰……八二七
嵩陽書院觀漢武帝所封將軍柏……八二八
石幢……八二八
題太室石闕銘搨本後……八二九
過箕山望許由冢……八二九
石淙……八二九
題緱山廟壁……八三〇

卷三十五

嵩陽吟館集

捕蝗……八三一
七夕漫興四首……八三二
湞水待渡……八三二
過朱曲子產故里……八三三
汝州行館修竹茂甚留詩以志清賞……八三三
和智珠秋夜遣懷即次其韻……八三三
木瓜四首……八三四
歸舦詩次翁宮詹覃谿方綱韻……八三四
豫州紀恩述政詩十首有序……八三五
截漕糧并引……八三六
禱時雨并引……八三六
蠲丁緍并引……八三七
給口糧并引……八三八

借籽種并引……八三八
疏汴河并引……八三九
免地租并引……八四〇
設粥廠并引……八四〇
種番薯并引……八四一
歸售田并引……八四二
強圉協洽（丁未）
趙紫芸欲歸吳下詩以留之……八四三
稺存應試春闈臨行出素册索書
詩以送之……八四三
題宋七約亭太守萬里歸來圖……八四三
游玉陽山盤谷諸勝處作……八四四
悅山寺……八四五
砥柱山又名三門山……八四五
戲詠不倒翁……八四六
繼曾姪四庫全書館書成叙用州倅
詩以示之……八四七
七夕詞蘭陽道中作……八四七

卷三十六

嵩陽吟館集

強圉協洽（丁未）
有客自蘇州來云曾見幼兒嵩珠因而
有作……八四八
道甫書齋豢一猴猻騰拏跳擲日夕叫擾
不已又喜竊果物靡饜足期道甫每狎
弄之或逢彼怒反受厥侮噫猴亦黠矣
哉感而作是詩……八四八
移寓睢壖古祠夜坐感懷……八四九
晚行麻姑寨……八四九
重陽登望河亭獨飲……八四九
與雲巖相公話舊有感……八五〇
孟縣行館喜雨……八五〇
次日渡河行抵洛陽大雨連宵不止

再疊前韻……八五一
伊珠生四月而殤詩以悼之……八五一
塞黄河決口詩六章并序……八五二
築圈隄……八五二
集料……八五三
築挑水壩……八五四
疏引河……八五四
下埽……八五五
合龍……八五六
雪夜不寐……八五七
著雍涒灘（戊申）
新正病起遣懷……八五七
題袁簡齋前輩隨園雅集圖……八五八
元人鍾進士畫象歌……八五九
送女智珠南歸……八六〇
病起耳聾……八六一
汴京送春曲……八六一
題張憶娘簪花圖遺照……八六二
淡寧室前小桃初開……八六三
題王蘭泉同年三泖漁莊圖……八六三
題張孝廉誠梅花詩話……八六三
題童二樹鈺古錢譜……八六四
書王荆公集後三首……八六四
夷門……八六五
吹臺今名禹王臺……八六五
迎春苑……八六五
金明池……八六六
樊樓……八六六
艮嶽……八六六
淇上行館詠庭中花木……八六七
夾竹桃……八六七
紫繡毬……八六七
椶櫚……八六七
鳳仙……八六八

月月紅……八六八

禱雨紀事……八六八

喜雨和景憶山安方伯韻……八七〇

啄木鳥詞……八七〇

王喬墓……八七一

邯鄲拜呂仙祠……八七一

比干墓……八七二

寶蓮庵……八七三

銅雀妓……八七三

昆陽謁漢光武廟看雲臺諸將畫壁……八七三

臥龍岡武侯草廬……八七四

卷三十七

香艸吟

九日登龍山落帽臺……八七五

次壁間韻再書所見……八七五

鶴澤……八七六

息壤……八七六

東湖……八七七

渚宮……八七七

雲巖相公文孫秋捷志喜四首……八七七

戊申六月二十日荊州大水衝決城隄居民淹沒無算致成大災沅銜命節制兩湖與相國阿公少司空德公會議工賑事宜駐節江干沙市倏逾三月感時述事成詩十首……八七八

黃鶴樓……八八〇

鸚鵡洲……八八〇

古玉簪一枝予幼時支髻物也忽焉失去遍索不得寓館無聊忽翻詩帙中得之喜出望外因成此詩……八八一

屠維作噩(己酉)

郎官湖……八八二

伯牙臺……八八二

梅子山……八八二
桃花夫人廟……八八三
陽臺山上有神女廟……八八三
峴山亭……八八三
習家池在白馬山下……八八三
魚梁洲……八八四
鹿門山……八八四
羊太傅祠……八八五
孟亭王右丞建……八八五
夫人城……八八五
襄陽大隄曲四首……八八六
當陽……八八六
仲宣樓……八八七
麥城弔古……八八七
長坂坡行……八八七
隋大業十一年鐵鑊歌……八八八
玉泉山二首……八八八
雨後回眺紫蓋峰……八八九
莫愁邨……八八九
漳河曉渡……八八九
蝦蟇培……八九〇
黃牛峽……八九一
三游洞白香山與弟行簡、元微之游此，作記刻石，名洞曰三游……八九一
至喜亭……八九二
扇子峰……八九二
尋絳雪堂舊址即用歐陽文忠千葉紅梨花詩原韻……八九三
喜智珠來楚……八九三
與智珠夜話……八九四
喜華山道士員圓輝至……八九四
荊門行館詠庭中桂樹……八九四
六十生朝自壽十首……八九五
敬題家叔祖兵科給事中咸齋公

遺照六首……八九六
題捧日圖四首……八九七
唐昭宗賜錢武肅王鐵券歌……八九八
題永思圖三十韻……八九八

卷三十八

香艸吟

澧州行館……九〇〇
武陵行館夜坐書懷二首……九〇〇
辰州弔故太守諸桐嶼同年……九〇一
沅江舟行玩月……九〇一
涉沅十九首……九〇二
喜晤永州太守王二蓬心得句奉贈……九〇六
聞蓬心守永七年頗有惠政再用前韻……九〇六
行館與蓬心夜話三用前韻……九〇六
蓬心邀游浯溪遍覽唐宋諸賢磨崖古刻四用前韻……九〇七
舟中與蓬心論畫五用前韻……九〇七
舟行看山蓬心許臨北苑瀟湘圖六用前韻……九〇八
與蓬心閒話回憶日下舊游七用前韻……九〇八
辰谿道中詠路旁奇石……九〇八
舟行抵衡陽與蓬心望嶽並話日前登歷諸勝八用前韻……九〇九
蓬心有遂初之意九用前韻……九〇九
題張蓉湖太史竹南小隱二首……九〇九
衡嶽紀游詩六十首……九一〇
清涼寺……九一〇
過靜居寺述懷作……九一〇
石囷峰……九一〇
朱陵洞……九一一
沖退醉石……九一一
胡文定公祠……九一一
九仙觀……九一二

絡絲潭……九一二
玉版橋……九一二
半山亭……九一三
鐵佛庵……九一三
福嚴寺……九一三
讓祖塔……九一三
三生石……九一四
丹霞寺……九一四
北斗嶺……九一四
擲鉢峰……九一四
飛來船石遺址……九一五
天尺庵……九一五
登祝融峰歌……九一五
望日臺……九一六
夕陽溪……九一六
會仙橋……九一六
不語巖……九一七
上封寺……九一七
觀音巖題碧蘿山房壁……九一七
茅坪……九一八
九龍寺……九一八
兜率宮……九一八
己公巖……九一九
兜率閣上望天柱峰……九一九
退道坡……九一九
雲居寺……九二〇
紫虛閣……九二〇
凝碧亭……九二〇
嬾殘洞……九二一
爛柯巖……九二一
大明寺……九二一
夜宿習嬾山房……九二二
石廩峰……九二二
岣嶁峰……九二二

南臺寺…………………九二三
黄庭觀…………………九二三
魏夫人飛仙石…………九二三
方廣寺…………………九二四
朱張二賢祠……………九二四
題嘉會堂壁……………九二四
慧海尊者洗衲池………九二五
天台寺…………………九二五
聖鐙巖…………………九二五
石鼓書院謁七賢祠……九二六
合江亭…………………九二六
題香水庵佛閣壁………九二六
仰高閣…………………九二七
煙雨臺…………………九二七
竹院……………………九二七
龐居士修道處…………九二七
明道山房………………九二八
回鴈峰歌………………九二八
禹碑……………………九二九
邀張忍齋學使王夢樓同年訪羅慎齋前
輩於嶽麓書院遍游諸名勝攀躋絶頂
摩挲古刻敘舊論文薄暮渡江而返得
長律二章呈政…………九二九
浮湘……………………九三〇
君山……………………九三二
岳陽樓玩月偶彈水仙操題壁即寄夢樓…九三二
思家……………………九三三
萬年庵題壁和鄉前輩吴荆山先生韻……九三三

卷三十九

香艸吟

上章閹茂(庚戌)

白桃花…………………九三四
夢樓女孫玉燕以畫蘭便面見貽

即題一絶……九三四
晴川閣……九三五
武昌再晤蓬心太守追憶客冬湘江之
游賦得一律……九三五
天香堂前老桂十年不花今秋盛開賓
館諸君賦詩紀異亦成一絶……九三五
題吴白广石湖課耕圖五首……九三六
重光大淵獻（辛亥）
雪堂……九三六
快哉亭……九三七
竹樓今在黄岡縣署内……九三七
寒碧堂……九三七
月波樓府西北城上……九三八
赤壁《水經》名赤鼻山……九三八
横江館赤壁南……九三八
西塞山……九三九
飛雲洞在回山，唐元道州構亭讀書於此……九三九
石門山尋元道州所刻石碣……九三九
寒谿……九四〇
西山寺晉陶侃讀書處……九四〇
松風閣在西山寺，宋黄山谷題……九四〇
望夫石武昌縣北山……九四〇
恭和御製題宋人布畫山水詩……九四一
應制恭賦李廷珪古墨詩……九四一
六月八日絢霄舉一男名之曰鄂珠
喜而有作……九四一
寓江陵劉氏園七月初三日紀所見
詩一首并序……九四二
七夕漢川舟中作……九四三
題雷雷峰檢討山居垂釣圖四首……九四三
雲濤表弟謁予武昌節院出其世傳清
溪草堂重臺桂畫卷索題撫今追昔
不勝風木人琴之感因成絶句五章
聊寫先世之情好竚盼後起之重榮

亦風人長言不足之義至詩字之工
拙不及再計矣……九四四
題陳望之中丞寫照即送之任黔陽……九四五
玄默困敦（壬子）
夢中製琴曲……九四六
鍾臺山桃花洞云是李北海讀書處石室
尚存因題壁間二首……九四六
蘋花溪……九四七
芙蓉山……九四七
荊泉洞……九四七
重登岳陽樓和香泉韻……九四八
夕波亭……九四八
柳毅祠……九四八
賈太傅祠……九四八
黃陵廟……九四九
桃源行……九四九
紅苗竹枝詞二十首……九五〇
孱陵驛題壁……九五二
題智珠畫菊為素溪大妹作……九五二
秋聲……九五二
雲棧圖并序……九五三
南棧奇峰圖……九五三
昭陽赤奮若（癸丑）
題陳葯洲中丞廬山觀瀑圖……九五四
集蘭亭禊帖字題劉純齋觀察寓園
修禊圖……九五四
惜春詞有序……九五五
附 絢霄和作……九五六
題王給事文園顯會同年煉丹圖二首……九五七
題雲笈山房雙修圖為夢樓作……九五七
題佩香女史秋鐙課女圖……九五七
和乩仙詩原韻……九五八
附 仙壇原唱……九五九
行年六十有四詩集編成因題長句並

柬知音……九五九
再題一首并序……九六〇

卷四十

繪聲漫稿

閼逢攝提格（甲寅）
元日偶書二首……九六二
人日書懷二首……九六二
試鐙夜偶作……九六三
上元觀鐙漫興二首……九六三
春雪未霽諸同人連日宴賞因有是作……九六三
閒坐……九六三
勸農歸後有作……九六四
清涼寺……九六四
寓應山行館寄家人……九六四
甲寅暮春道經保陽宿蓮花池有感得長律四首呈梁構亭制府竝示余介夫兼寄張吾山……九六五
恭和御製賜詩原韻……九六六
題蓮心所畫終葵便面……九六六
賦得荊門倒屈宋得章字……九六六
題浣青女弟秋山訪菊圖……九六七
襄陽行館寄懷絢霄……九六七

海岱驂鸞集

由襄陽之濟南道中雜書寄別王太守蓬心兼示幕中諸友……九六八
重過邯鄲呂祖祠題壁二首……九六九
抵署後喜園中臺敞亭幽水深樹古雖冬物荒寒已足引人入勝斐然有作用貽在幕諸君……九六九
趵突泉……九七〇
華不注……九七〇
舜祠……九七一

歷山今名千佛山，或云乃『仙紱』譌音 …… 九七一
大明湖 …… 九七二
題大明寺壁 …… 九七二
歷下亭宴會詩分得醒字 …… 九七二
水香亭 …… 九七三
錦雲川 …… 九七三
冬暮之東昌勘卹被溺災區途中觸景雜書十首兼示僚屬 …… 九七三
紫微山今名西山 …… 九七四
綠雲樓在東昌府城西北隅 …… 九七四
望嶽樓 …… 九七五
秀林亭 …… 九七五
永壽寺 …… 九七五
魯連臺 …… 九七六
弦歌臺 …… 九七六
歸途值雪雜書六首 …… 九七六
行次接絢霄雪中見懷之作因次韻之兼寄琴心 …… 九七七
闕里 …… 九七七
孟子祠 …… 九七八
伏生祠 …… 九七八
南池上有唐杜拾遺石像 …… 九七九
積雪既霽殘月初升攜家人泛舟於園池醉後作歌以記幽賞 …… 九七九
紀夢詩并序 …… 九八〇

樂遊聯唱集

序 …… 楊芳燦 九八三

卷上　古體詩

華嶽聯句一百韻 …… 九八五
龍門聯句 …… 九八八
昭陵石馬聯句 …… 九八九

周智鼎聯句……………………九九一
集終南仙館觀董北苑瀟湘圖卷聯句圖以謝玄暉送范彥龍詩『洞庭張樂地，瀟湘帝子遊』二語為境……………………九九五

卷下　今體詩

開成石經聯句并序……………………九九七
華清宮故阯聯句……………………一〇〇〇
上巳前五日同人觀桃杜曲聯句……………………一〇〇一
重修灞橋紀事聯句……………………一〇〇二
同人集環香吟閣分賦聯句四首……………………一〇〇四
秦阿房宮鏡……………………一〇〇四
漢未央宮瓦……………………一〇〇四
隋興國寺塔……………………一〇〇四
唐景龍觀鐘……………………一〇〇五
石供軒小集賦得關中食品聯句八首……………………一〇〇五
華山薯蕷出仙掌峰……………………一〇〇五
司竹監筍監在盩厔……………………一〇〇六
秦嶺石髮嶺在藍田……………………一〇〇六
沙苑蒺藜苑在大荔……………………一〇〇六
南星驛酒驛在鳳縣……………………一〇〇七
花馬池鹽池在定邊……………………一〇〇七
蘆關黃羊關在安塞……………………一〇〇七
丙穴嘉魚穴在寧羌……………………一〇〇八

畢沅集外詩詞

夙願……………………一〇一一
答友人詢問近況……………………一〇一二
移居……………………一〇一二
食蟹次笏山先生韻四首……………………一〇一三
道經盤山因使期迫促不得登悵然有作……………………一〇一四
懷舊遊詩寄王夢樓諸桐嶼兩同年

四十韻……一〇一四
道中……一〇一六
江浦贈劉省堂明府同年……一〇一六
寄懷友人……一〇一六
舟過丹徒王夢樓同年因柬一首……一〇一七
狄道謁楊忠愍公祠……一〇一七
而今……一〇一七
遺簡……一〇一八
終宵……一〇一八
春來……一〇一九
恨不……一〇一九
廿年……一〇一九
連日大風遣悶庚寅……一〇二〇
憶姑蘇十首……一〇二〇
虎丘……一〇二〇
靈巖……一〇二〇
寒山……一〇二一
鄧蔚……一〇二一
西洞庭……一〇二一
滄浪亭……一〇二二
獅子林……一〇二二
逸園……一〇二二
穹窿山……一〇二三
石湖……一〇二三
成紀寓齋不寐感賦……一〇二三
過延川攝縣事詹丞有惠政喜而有作……一〇二四
贈涇陽李道士……一〇二四
予自荊州旋署月尊已先期歸南得詩三章……一〇二五
武陵行館得裕曾姪秋闈捷報詩以誌喜……一〇二五
是夕遣僮南歸聞月尊尚在天台進香附詩以寄……一〇二六
和童梧岡無題四首　其三……一〇二六

笏山先生新移海淀寓園得句索和因次
原韻　其二……一〇二七
送延清弟南歸　其三……一〇二七
雲濤表弟謁余武昌節署出其世傳清溪
草堂重臺桂畫卷索題撫今追昔不勝
風木人琴之感因成絶句五章聊寫先
世之情好竚盼後起之重榮亦風人長
言不足之義至詩字之工拙不及再計
矣　其三……一〇二八
送友人之山陰……一〇二九
移居……一〇二九
泰安道中……一〇二九
上山……一〇三〇
下山……一〇三〇
入婁江界……一〇三〇
落花八首……一〇三一
連日同行諸公相繼墜馬詩以戲之……一〇三二
宿雙塔堡望月……一〇三二
蒼龍嶺……一〇三三
過衛源書院喜晤吳大鑑南同年即以贈
別並柬朱三克齋太守三首……一〇三三
題王孤雲長江萬里圖……一〇三四
徐居士畫龍歌……一〇三五
寄題隨園壁……一〇三五
奉勅重修華嶽廟成詩以落之……一〇三六
韓城行館寄冬友……一〇三七
無題……一〇三七
無題……一〇三八
壽王述菴臬使六十聯句……一〇三八
秋日喜竹嶼先生至大梁弇山夫子招集
嵩陽吟館聯句竝寄述庵先生即用其
送行詩韻……一〇三九

渡江雲送嚴道甫歸金陵……一〇四一

附錄

弇山畢公年譜……史善長 一〇四五
畢沅傳記資料……一一〇三
畢沅詩文集著錄情況……一一二六
畢沅評論資料……一一二八

靈巖山人詩集

靈巖山人詩集序

張鳳孫

詩之為道，非有書有筆而復有真性情者，不能造乎其至。靈巖山人夙秉異才，幼承母訓，於聲詩一事，既童而習之矣；迨魁天下，官侍從，遍讀石渠、天祿之書；又日直機地，周知各邊塞戰守屯墾諸務，才練而識遠，視古所謂胸藏十萬兵者，不啻過之：此其作詩之根柢也。

今讀其度隴以來吟草，意氣激昂，情文悱惻。奇則石破天驚，正則珠和玉潤。調高響逸，神味不窮。若夫憑高遠眺，望古遙集，以囊括萬有之心胸，抒夐絕千秋之議論。行間茂密，字裏鏗鏘。摘其片語單詞，俱可卓然不朽。至於憂心旱虐，蒿目民艱，述事感懷，陳規僚友，即鄭監門之繪流民、元使君之詠賊退，無以喻其剴切也。惟其忠孝性生，刻以不負君親為念，故一誠之積，可以感天地而泣鬼神。以之籲冥漠，則甘霖立沛；以之陳黼扆，則濊澤頻施，洵有若操左契，不期然而然者。秦隴數千里間之民夷婦子，罔不飲和食德，慶再生焉。其以培國家萬年之元氣，而裕一門數十世之福澤者，胥於是乎卜之矣。他如前星夜殞，長吟弔溫序之忠；曉鏡春分，永嘆深安仁之悼。看雲憶弟，夢破孤鐙；陟屺思親，情牽愛日。祖德有述，陸機作賦之年；勵志為詩，韋孟傳經之歲。胥其忠孝之緒餘，發為彝倫之鼓吹。此名教中自有樂地，而風雅後不乏替人者也。

世之論靈巖詩者，鮮不以浣花一瓣香推之，謂有神似而非貌似，允矣。然不知其所以神似者，詎僅由其書之富、筆之健已哉！實原本於性情之真，乃致此也。予弱冠游京師，周旋於前輩諸老先生壇坫者，久聞其緒論，麤知津逮。頃從南中解組東歸，徬徨歧路。靈巖體慈志，相迎至署，椒盤共對，白首言懽。衣我以豐貂之裘，飲我以參苓之劑。疾痛痾癢，動息相關。岐西養老之仁，既優且渥。非其愛親敬長之思周流旁浹，烏能懇至若是哉？爰書所見於簡端，以質天下後世之知言者。

乾隆四十二年丁酉首春，石湖息圃老人張鳳孫識於西安節署。

靈巖山人詩集序

王文治

學之無盡境也，業已勝於人而取於人，將謂天下之美盡在是矣；於此而殫才抑志，冥搜獨往，必欲升古作者之堂，則甚難；業已升古作者之堂矣，又必欲怵心劌胃，擷古作者之菁英，而蕩滌其膚翳，戛戛然呈露一己之面目，俾古之人皆為我用，而不受驅使於古人，則更難。

今夫窮居巖穴之士，沉幽寂寞，日以撰述為事，有所感觸，輒寄諸篇什。於是嗇其身以昌其詩，寬其詩以成其學，所謂窮而後工者，求之古今，亦未數數然矣。若乃擢巍科，登顯仕，數十年歇歷中外，百僚待其師資，蒼生待其撫鞠，此雖親鉛槧、近卷帙，或有所未暇，而況摘隱抉微，形諸歌詠，探奇境於古人所未能到，闡密義於古人所未及見，恢廓渟深，日新富有，不亦難哉？不亦難哉！

余庚辰同年進士多才儁之士，其以能詩稱者尤衆。靈巖山人揖讓其間，絕不少自表暴。雖座主蔣文恪公、秦文恭公諸老宿皆以公輔許山人，山人今日之所措注，諸公若前知者然，然於詩或未盡知也。余束髮即學為詩，在京師交遊跌宕，靡所不至，而於詩獨深自韜晦，故與山人昕夕聚首，亦未嘗深言詩也。乾隆五十五年春正月，余訪山人於武昌督署，始獲受山人之詩而盡讀之。乍讀而駭，繼讀而喜，卒讀而惝怳飄忽，如遊蓬萊、方丈仙人之宮，金庭扃而雲海靜也。俶詭變化，如海濤驟至，雷霆震驚，龍戰玄黃，羣怪出沒，金鐵錚而風雨晦也。淒然如有所悲，愉然如有所樂，凜然如有所畏，介然如有所得，爽然如有所亡。自男女慕悦、夢紅泣緑之情，以達於君臣、父子、昆弟之大，靡不形其肫摯焉；自卉木禽魚、春風秋月之狀，以達於天地民物、古今成敗之蹟，靡不歸其陶冶焉。蓋本之性情者至厚，根之經史者至深，助之以風雲嶽瀆之奇，濬之以喜怒哀樂之變，然後伐毛洗髓，鍛鍊而成詩。噫！觀止矣。夫天下事，得之速者，其傳必不久；合之易者，其契必不深。山人之以詩稱，及余與山人交，皆三十年以前事。迄於今，年皆六十餘矣，始能徐徐然盡出所為詩，以相質證。然則山人之所以自待，與所以待其友者何如？深且遠耶！山人於經義、史籍、天文、地志，下逮百家雜技之類，俱通貫而纂輯之，詩特其一端也。

乾隆五十五年歲在庚戌夏四月既望，年愚弟丹徒王文治頓首拜撰。

靈巖山館詩集序

洪亮吉

夫時至則為者卿相，然絳、灌在位，斯懷慚于賈生；間世一出者達人，而邴、管不升，亦遜能于諸葛。若夫承天八柱之才，勳勒于五岳；後帝七車之識，名徹于三辰。仲寶撰述，燮陰陽而乃成；元凱注經，盟帶礪而創始。則不朽者三事，兼之于一人焉。

巡撫秋颿先生，應靈潮而生，有列緯之望。先德則歷相唐宋，望族則屢遷吴越。爰自生初，已徵異表。練時日而拜庚子，學《春秋》而知己亥。然而大任欲降，始遇已屯，蓋公生十二年，而先贈公即見背焉。公秉茲祖德，飫聞母訓。厲志于初服，授經于蕭寺。霜凌晨而辨色，月映夕而開緘。靈巖山館者，公昔讀書之地也。山石壁立，披松檜之天風；湖波浩然，挹魚龍之奇氣。命世之學，根于此矣；濟物之量，兆其端云。集之所由名也。

迨乎釋褐早歲，襄職禁庭。鄭侯之稱典客，國士無雙；茂陵之策平津，漢廷第一。以此達才，冠茲朝彥，允矣。遂復百縑市紙，旬日而賦三都；十吏侍書，一晝而揮百牘。樂彥輔之名言，劉穆之之幹識，公殆兼之。維時官京師者，贈太傅錢文端公、工部尚書裘文達公、刑部侍郎贈尚書錢文敏公，暨大興朱先生筠、禮部侍郎錢君載、少詹事錢君大昕、編修蔣君士銓、按察司王君昶、從舅氏蔣先生和寧，皆海内偉人，士林碩望，文滿一世，尤厚于公，倡酬之篇，于焉以富。

未幾，帝知茂倩之深，人望安石之切。出蓬觀而建節，過隴坂而行部。迄開府于全陝，攝節于甘涼，十年之中，奇勳數著。遂膺茲殊寵，錫以崇階。涿郡三綬，表應物之才；會昌一品，名等身之集。而公事所屆，出玉門者萬里；持節所及，歷鳥道之百盤。秦州書事之作，野老誦其辭；太白禱雨之章，屬吏傳于口。惠愛形于著述，訓誡不斷于文誥。自乾隆丙戌以後至是，凡得詩若干篇，合前所作，編為《靈巖山館詩集》若干卷。神明之範，非所識矣；意度所在，微得言與！何則？雅頌既遙，騷歌亦古。斷于唐代，不乏達人。曲江感寓之篇，元相言情之作，常侍七日之寄，中書三楚之唫，無不弁冕一朝，楷模來禩。然或擷美人之香草，殊少壯懷；類澤士之行唫，亦乖偉望。求其稱斯名寔，符于德度者，實惟難之。若公前後之所作也，魏行人之念母，秦康公之送舅，陸平原之勖弟，鮑東海之寄妹，暨于友誼，尤富篇章。山公致叔夜之牋，庾令問深源之牘。甚或慰耿恭于絕域，書至而涌靈泉；弔溫序于高原，事久而含生氣。性情之故，有獨摯者焉。至若九如所以答君貺，五箴所以達下情。韋孟愛君，辭皆悱惻；劉向對上，言必懇誠。是又求匪躬之節，必于曾、閔之門；陳大雅之音，先洗江、徐之習者焉。若乃際天人之學，恢八極之概。沉想極于羲軒，大氣包乎垓宇。含墨未吐，先翻積石之源；擲筆而前，即有終巖之勢。匪由人力，殆降自天。固知崇朝而雨天下，必屬太山之雲；盈寸而燭九幽，實惟暘谷之日。夫豈蓬蓬焉、燭燭焉寸明尺澤之所可擬乎？

授簡暇時，命為之序。亮吉孤露偏同，聞知獨陋。宋楮刻而無用，鄭璞操而見知。稱孔融之小友，事涉抗顔；受蕭奮之專經，義當北面。歷茲年載，備極讌談。昔者彥升弁文憲之集，云以述恩；陳留序江夏之文，藉之垂法。今之握管，義亦云然。至若勳名之昭著，惠政之周流，則蟠松生徑，將參召伯之棠；多士在門，行闢孫弘之閣。其紀于國史、著于金石者，將與垂山惇物共不朽焉，非所及矣。

靈巖山館詩集卷一

硯山怡雲集

閼逢困敦（甲子）

琴操三章

月明霜林，小山碧陰。無有萬籟，曠然遠尋。抱琴獨往，閱音沖襟。非求絃聲，思是德愔。君子有行，以徽其金。有感有觸，以和其心。

以和其心，以繕其性。以誠蒼生，各正性命。匹夫優為，堯舜猶病。匪事易能，厥理可證。空山無人，杳非塵境。八荒橫陳，萬古豎亘。

何古何今，葆素藴真。溫如良玉，肅若明神。玄風恬懌，品物熙春。遠山迢迢，流水粼粼。樂水樂山，曰惟知仁。吾聆其聲，吾見其人。

題靈巖山館壁

梧宫故苑，硯石名山。石城嶁嶁，香水潺潺。我有板屋，十間五間。竹簾不捲，木榻常閒。梅花壓磴，古苔斕斑。白雲數片，無心往還。一琴一拂，不隱不官。長卿慢世，參軍閉關。

古劍篇

寶虹洩靈秘，灑削太乙使。天陰嘯匣中，冷光透千里。〔一〕霜飛鬼魅愁，月蝕蛟龍死。壯士一寸心，湛湛照秋水。

【校記】

〔一〕「寶虹洩靈秘」四句，《正雅集》卷十八無。

玉階怨

瑤砌蒼苔滑，珠簾夜氣沈。泥人明月影，轉入百花深。

采蓮曲

采蓮女，雙槳泊銀塘。雲約藕絲裳，清江十里香。笑掬荷珠翻不定，紅粉飄零如妾命。豔影太縱橫，風波一葉輕。妾身輕，花情重。芙蓉心，鴛鴦夢。

秋夜行婁江道中

空罾絡殘月，斷岸無人行。幾枝疎柳邊，微逗漁燈青。水村半荒落，竹扉向宵扃。不聞人語響，但聞犬吠聲。蕭然乍寒意，寫出江天清。幽懷縱孤棹，寂景澄空冥。更闌襟袖溼，篷背霜華明。

寒山別墅遇王丈日初昱賦贈

高人手蹟壁間遺，勝地遊同老畫師。空谷馳煙猶有驛，池上石壁鐫趙凡夫手書『馳煙驛』三隸字。孤亭聽雪可無詩。千尺雪有亭名『聽雪』。狀奇石作蛟拏勢，格古梅成鶴瘦枝。法螺庵前老梅二株，係先生手植，花開甚盛。山色僧窻真入畫，乞圖支許並酬辭。畫譜載《支許酬辭圖》。

虎丘步月坐千人石試第三泉

石盤陀寫一天秋，山冷泉香帶月浮。松韻長風喧蟹眼，雲腴小壁煮龍頭。元豐樣向新芽揀，陸羽名從舊譜搜。皓魄未沈花未落，題詩重上仰蘇樓。

渡海吟

金烏飛著危檣頂，驚濤汩沒扶桑影。飆車御空穿龍淵，鵬翼低垂鼇足迴。浪頭山立迴罡風，沈沈元氣磅礴平。其中紫瀾狂翻地軸裂，赤縣環蔽天池窮。蒼茫萬象歸一瞬，恍如送我直到混沌未鑿之鴻濛。笑予藐然滄海飄一粟，天吳跳舞陽侯哭。賦心那肯讓木華，隱蹟底須問梅福。上窮九天下九淵，貝闕鮫宮即我屋。披襟擊楫發浩歌，仰看雙丸如轉轂。自有飛仙在世間，等閒海水爭一掬。同舟告知音，聆我渡海吟。奇士輕履險，孝子重臨深。壺中日月儘足供游戲，幾時采藥遍歷三山岑。成連海上或可遇，水仙一弄聊寄三尺紫綺之瓊琴。琴停潮落渺無極，六合之外論不得。魚龍安宅客乘槎，水天萬古荒荒色。

樂郊園十二景題沈子居畫册

春曉臺

豔陽迴霽景，百物總關情。秋千人影外，柳暗有鶯聲。

藻野堂

殿春春益麗，浩態錦幃遮。姚黄傳異種，忠孝相公家。

松閣

羣松翳小閣，陰晦日卓午。松翠自四時，松心自千古。

霞外

蓬瀛收咫尺，縹緲翠壁削。麗景薄層雲，飛仙何處著？

帆影樓

海氣連東渤，空濛島嶼微。月明潮暗上，林外片帆飛。

涼心堂

身涼一扇忙，心涼萬緣捨。快哉此披襟，聊砭執熱者。

掃花庵

落紅陣陣飛，春逐風雨去。不見掃花人，來到掃花處。

就花亭

曉來對花餐，晚來抱花宿。滄桑劫外人，消受看花福。

浣香徑

幽香淡不流，流蕩會心寫。空谷雨聲喧，紅泉滿階下。

田舍

茅屋傍溪西，前村草色齊。莫問故侯第，秋雨荒瓜畦。

竹屋

精廬嵌脩竹，宛入篔簹谷。木榻幽人眠，吟魂閃寒綠。

雪齋

四望色慘淡，千峰起悲風。扁舟洞簫聲，鶴夢追坡公。

詠井上古柏

龍蛻藏金井，無波貯一天。蒼根纏斷綆，翠影滴寒泉。惠世資人養，穿雲得地全。予心鑒止水，靜照湛雙圓。

旃蒙赤奮若（乙丑）

硯石山房

書堂背山麓，上有桃花樹。石竇竇下泉，流作紅雲去。

虎丘冶春詞十首有序

花天佛地，香國人家。占佳麗之溪山，逢豔陽之節序。魚腸沈霸業，劍氣晨飛；鴛冢弔芳魂，鬼燈夜出。茲當蕙風初暢，梅雪纔銷，掄花信之番番，悵酒人之落落。滿座珠歌翠舞，且往觀乎；方春草長鶯啼，維其時矣。琴尊小隊，欣邀結佩之盟；鈿舄聯羣，好趁湔裙之會。綠楊村外，金釵添幾架秋千；紅燭光中，玉笛擫新翻《子夜》。萬花裝成錦繡，百戲衍出魚龍。碧落銀蟾，寫月臺之鬟影；清波畫鷁，咽水閣之簫聲。錦衾夢亦荒唐，瓊管詞添旖旎。雕粱燕子，窺翠箔而舊壘全非；流水桃花，問仙源而伊人宛在。一片雨香雲宕，難浣情塵；三更月落歌殘，頓成夢幻。感傷春之杜牧，幾人憐填海冤禽？聽說法于生公，或我是點頭頑石。聊吟麗句，爰志清遊。偶當對酒之歌，用譜采春之曲。

曲闌庭院燕初飛，春鎖葳蕤悄掩扉。昨夜雨酣香夢冷，美人消瘦杏花肥。

平隄芳草碧芊芊，香氣瞢騰中酒天。明月也隨歌管去，夜深還照麗人船。

酒旗低颺真娘墓，茶室斜臨鶴澗濱。檻外鶯花花外月，安排總待討春人。

綺陌相逢拾翠人，輕盈流盼笑疑嗔。風吹鬟影和花影，繚亂心情認不真。

上巳湔裙祓事修，女郎連袂趁嬉遊。銀堂無限垂垂柳，怕結同心不到頭。

榆莢錢輕難買笑，海棠絲亂解縈愁。珠簾一桁垂銀蒜，不許飛花入畫樓。

綠陰深處好藏鴉，斟酌橋邊蕩槳斜。錯怨錦屏遮六六，當筵眉語勝天涯。寶玦瓊鉤白袷輕，詩題摺扇贈卿卿。三年鄭重攜懷袖，零字猶應識姓名。錦瑟年華轉眼非，生香微逗紫綃衣。夢闌金粉飄零盡，化作雙雙鳳子飛。旖旎風情淡沱天，珧窻消息鎖嬋娟。漫將玉枕紅蕤淚，傾向春波也枉然。

折花曲

曙色纔分百舌哢，數聲喚醒紅樓夢。花事關心急曉妝，開帷不管春寒重。文杏雙株映曲池，含情待折又遲遲。周遭繞樹頻翹首，揀取將開蓓蕾枝。纖纖素手搖金釧，梢頭驚起銜花燕。幹老條生腕力微，掣動紅英落如霰。持歸繡閣伴蕭辰，玉几銀屏劇可人。風雨夜來聊自慰，綠窻留住一分春。

更衣曲

脈脈銀蟾挂庭樹，踏青女伴登車去。鳳脛長檠燭兩行，侍兒引入更衣處。團花貼地毾㲪紅，曲房晝掩小雕櫳。杏黃衫子薰籠覆，漠漠香生石葉濃。玉纓珠襻秋雲帊，零星卸搭珊瑚架。睡常不寐坐無聊，愁絕江南寒食夜。

香夢齋春日雨中作

閒居雨亦佳，況復在幽谷。天然入圖畫，松樹老連屋。舊醅濁可傾，奇書熟仍讀。知有春苔生，庭泥意先綠。

題徐徵君俟齋畫靈巖山圖即用前韻

應是隱者居，屏迹向深谷。四林風雨來，波濤撼破屋。書窗燈影紅，何人夜猶讀？曉起過山橋，溪水如雲綠。

幽居再用前韻

愛山學畫山，寄情在崖谷。泉聲松影間，布置數椽屋。息機耽習靜，有書亦嬾讀。笑指畫中山，春風吹不綠。

楊編修文叔繩武先生索觀近製親為評點獎借倍至即座賦呈

綠衣隅侍最情親，光霽襟期似飲醇。門第東林鉤黨裔，文章南國總持身。汗青垂老書初就，頭白憐才意更真。海内靈光遺一老，仁皇親策第三人。

遊馬鞍山登文筆峰展眺

澤國走平沙，見山等奇貨。碧雲森瑤簪，螺髻現一個。漸覺奇情賒，難飫窮眼餓。勢爭培塿高，意敵嵩崋大。石徑穿楓林，路迴峰顧左。探勝遑憚勞，涉險肯辭惰。非猱訝升木，似蟻任緣磨。登高求欲速，趾錯迭窘挫。牽藤捫樹行，十步欲九坐。秋葉滿空山，暫掃磐石臥。百折出孱顏，同人競稱賀。上有古珠宮，沙彌嚴戒課。窣堵插霄漢，傳是般仙作。穿暗倏通明，雲煙腳底簸。魂怯風輪旋，手遏日馭過。賈勇立峰頂，翠壁苔痕涴。拂拭待題詩，後恐無人和。江郎夢一枝，擲去星斗破。

月夜聽琴

虛庭貯涼月，石几横桂陰。天風出冥際，寫此太古音。我母精琴理，理在絃外尋。一彈咽淒蛩，再彈鳴栖禽。泠然萬籟寂，四座儼正襟。山高而水流，俯仰暢登臨。如遇古仙人，丹經旨互參。草花秋淡淡，書檠影沈沈。琴絃露華濕，不知夜已深。

訪隱者不遇

煙波投老作漁翁，家住吳淞東復東。秋水到門人上市，荻花灘外一罾空。

冬日郊行

散目郊原踏淺沙，偶裁詩句手頻叉。山容慘淡天將雪，籬角荒寒梅孕花。僻徑葉乾聞野鼠，孤村風緊入昏鴉。舉頭更助游人興，布幔斜飛賣酒家。

柔兆攝提格(丙寅)

早春園梅欲放喜而有作

晴雪因風上曉枝,偶開琴閣坐移時。香聞了徹塵空後,應認梅花作導師。

失釵怨

豪門召釵工,朝朝換新式。貧女汲井墮銀釵,一生照影無顔色。

詠玉環

搏雪凝脂竟體完,潔貞終始抱團圞。名應仙籍真妃得,賜許窮荒逐客歡。雜佩鏗鏘鳴有節,畫簾宛轉恨無端。須知一寸相思意,慧劍雖靈割斷難。

初夏

架上親齊甲乙籤，堂虛風冷索衣添。殘春晴好無三日，高樹陰濃正一簾。酒量獨斟疑忽小，詩題次韻不妨嚴。倚闌未免生惆悵，牆腳殘花水半淹。

蕉花詩有序

紅蕉書館前庭忽放蕉花一朵，狀大如斗，日舒一瓣，現黃金色，殷麗溢目，芬芳襲人。清晨苞凝甘露，味甚甜美。自夏徂冬，榮而不萎。同人以為文字之祥，賦詩紀異。余亦欣然有作。

膽瓶鳳尾異前聞，忽報奇葩小院分。瓣瓣金蓮輝寶相，朝朝瓊露浥甘芬。紅窻展卷花如火，綠硯臨池影似雲。慚愧懷中無彩筆，空談靈瑞在斯文。

題惲南田瑤臺豔雪圖為劒飛二弟瀧作

樹頭殘雪入虛室，三尺冰綃萬花溢。寫梅寫意兼寫香，香在畫師心底出。南田草衣妙入神，邊黃夢予生花筆。粉本得自香雪海，香耶雪耶混為一。南枝北枝紛掩映，千朵萬朵互蒙密。移來名種定蓬瀛，飛去瓊華麗景裔。靈芬拂拂十指間，奇境幽虛取質實。想當蘸墨揮灑下，滿幅香霏風雨疾。黃月疎林冷硯屏，淡煙棐几流緗帙。翠石橫塞得蒼潤，數點經營化工畢。香溪溪上我書堂，簷外繁枝等比櫛。畫中花似鏡中看，真花反怕遭沈汩。白鶴飛騫三素雲，玉妃終古無靈匹。

秋夜宿靜然上人房題壁

心燈宵炳佛燈明，一息堅除百慮攖。磬韻經聲同寂寂，恰聞落葉證無生。

將遊西山書示同社諸子

庭柯微風搖，牆竹濃露滴。為有西山期，起辨陰晴色。屋角珠斗縣，天心銀漢白。四鄰雞未鳴，深巷柝猶擊。終宵夢不成，及曙寐反適。忽聞剝啄聲，叩門來速客。急起下牀迎，拂衣還整幘。紅日照清池，回光動齋壁。

吴企晉泰來邀李丈客山果王鳳喈鳴盛錢曉徵大昕趙損之文哲王蘭泉昶曹來殷仁虎集聽雨篷小飲即席有作

寂寂園林夜，開尊石閣西。風池搖月碎，露竹帶禽低。獨罰輸棋酒，重分詠史題。豪情殊未已，無奈五更雞。

盛丈青嶁錦出示蜀道集即題卷後

蠶叢閟荒古，鐫鑿待詩人。劒外青天遠，燈前錦字新。舟從三峽落，筆借五丁神。恍入連雲去，鵑啼聽不真。

月

風寒人定露無聲，幾度添衣夜氣清。九地月光同一片，紅樓偏覺倍多情。

蒿里曲三首

一息即萬古，長眠不知曉。魚燈耿幽泉，心魂餘了了。

松楸當鼓吹，鬼狐訂交游。懊惱笑人世，樂哉有斯丘。

北邙冢漸平，草深沒尋處。月黑雨淒淒，微聞翁仲語。

贈顧行人抱桐陳塝先生

精力平生盡典墳，眼中餘子日紛紛。占星絕學推靈憲，解字真源衍說文。載酒花溪雙屐雨，攤書松閣半牀雲。吟壇簪盍無同輩，每話前游感離羣。

菊影

西風江閣月初更，黯黯花魂悵落英。秋老硯屏寒有色，香橫琴薦悄無聲。紙窻燈燼和人淡，粉壁霜光耿夢清。幾筆殘枝餐不得，柴桑高節寫分明。

夜宿拈花寺

借宿經樓最上重，夜分捲幔望前峰。雲隨白鶴歸花塢，月與清蝯挂磵松。梵唄初停將伏枕，佛燈欲盡忽聞鐘。紀遊曉和塵牆句，潦草留題墨未濃。

米南宮漢玉筆山歌

硯屏冷帶芙蓉色，扶寸瓊嵐爭屴崱。土花斑璘古漆蝕，匿影文房伴子墨。漬血凝脂製樣精，吟牀靜對一編青。來從萬里于闐境，刻作三峰華嶽形。珊瑚品重徐家筆，几席光分韓子檠。瑰寶留為奇士有，何年落在海嶽仙人手？巧偷豪奪未能知，虹月船中結契久。癖愛或曾袍笏拜，洞天一品應同壽。潑墨雲霞散碧江，金焦兩點排作窻中岫。閱世流傳到玉峰，寒門智守挈缾同。連城價許侔荆璞，故物天教得楚弓。蠅頭鐫有元章字，錦綈什襲稱珍祕。古香繭紙寫樂兄，予家藏南宮《樂兄帖》真蹟。名石螺鬟供列翠。山齋靈璧巨石背鐫米書「列翠」二字。摩挲清玩黯銷魂，月滿松寮悄掩門。銅龍慘淡冰蟾泣，為有名賢手澤存。

和諸竹莊世器表兄村居詩

屏迹煙村萬慮消，數椽茅屋枕溪橋。日光穿竹黄金碎，山影沈波緑玉搖。織就蒲團禪可學，釀成桑落客堪招。耦耕異日吴淞岸，吟罷仍思抱甕澆。

歲暮山齋題壁

羊裘曉禦北風凉，山滿吟樓書滿牀。不掃庭因殘雪在，急開窻為早梅香。晝閒向客抄琴譜，歲晚呼童峙鶴糧。此日清光須領畧，坡仙名語最難忘。

雜詩

一事未知，乃吾儒恥。事事盡知，誰測物理？静偃林泉，博涉書史。一耒一竿，伊吕差擬。不逢明時，耕釣老死。

雲行太空，不知西東。一縷萬變，變化隨風。人生窮達，安有成蹤。淮陰袴下，諸葛隆中。琴聲劍影，草草英雄。

紅梅

薄暮開時倍有情，斜陽一色不分明。深庭莫謂無人識，猜著紅兒是小名。

綠萼梅

冷蕊疎枝畫亦難，西廊鎮日捲簾看。此間不似人間世，青女臨風御翠鸞。

自題慈闈授詩圖四首有序

沅甫十齡，母氏口授《毛詩》，為講聲韻之學。閱一二年，稍稍解悟。繼以《東坡集》示之，日夕復誦，遂銳志學詩。同里張丈冰如為繪《慈闈授詩圖》，自題四絕於卷後，用志家學所自，敬感慈訓于勿諼也。

虛齋月冷夜涼天，口授毛詩三百篇。為語靈音天籟出，不教色相落言詮。

碧落光芒射斗魁，坡仙遙繼謫仙才。須知玉局聲名大，原本都從忠義來。

黨籍名爭日月光，圖中笠屐托詩狂。蘇門源派由慈教，綺齒曾誇學范滂。

綰角趨庭抱一經，風聲策策撼牕櫺。仰窺畫荻恩勤意，莫負秋燈一盞青。

靈巖山館詩集卷二

硯山怡雲集

強圉單閼(丁卯)

昭君曲

金莖露冷銅仙愁，寂寞榮華玉殿秋。繚砌碧苔消履迹，美人遠嫁花魂留。披香陛辭一回顧，緘怨請行痛誰訴？枉驚豔冶世無雙，紅颜翻為黄金誤。千山落日牛羊回，漢月多情出塞來。長門異域總淒絕，流光萬里空徘徊。人生難得兩心同，為妾恩深殺畫工。丰容已荷君王賞，圖形何必甘泉上。雕輪蓬轉愁無主，馬上琵琶作胡語。菱花妝鏡照離颜，蟬鬢驚風涕如雨。雁門關外雁南飛，玉豔金鈿逝不歸。顧影自憐憔悴甚，舞腰猶著漢宫衣。龍堆雪壓氊廬重，夢魂那戀豐貂擁。武臣不戰仗蛾眉，紫庭萬古留青冢。秋草傷心不可論，謾嗟香骨委沙塵。請看紈扇常捐棄，誰識昭陽絕代人？

萬峰寺看梅花作

古佛眉常低，寒梅笑不已。即此證禪參，空色了終始。境寂袪萬緣，坐憑獨木几。破殿兩三僧，龕燈小於米。微風引暗香，攙入磬聲裏。

春陰行

溼雲堆絮東風緊，百舌喚春春不醒。繡閣空凝玉鼎香，雕窻失卻珠簾影。儍指明朝值采蘭，裌衣重御不勝寒。壁間著潤琴絲緩，庭際含滋蘚暈寬。何心獨酌開瑤甕，繡畫春光憐斷送。行向林塘看水紋，濃煙漠漠花如夢。

春野行

昨夜三更走馬樓，夢回雨濺鴛鴦瓦。今朝袚褉城西亭，百尺游絲颺平野。短短蘆苗刺碧流，吳孃輕蕩木蘭舟。撇波乳燕翻雙影，隔霧春山鎖淡愁。勝遊如此年來少，曲闌不厭千回繞。隄上褭腰芳草新，湖邊人面紅桃小。女牆一抹夕陽斜，輿盡爭旋油壁車。雲屯碧樹鳴鐘寺，柳壓青帘賣酒家。獨憐入夜西園客，更漏迢迢情脈脈。銀燭燒殘金卷荷，樓頭貼玉涼蟾白。

晚春陪毛紫滄商巖先生遊弇園

西鄰竹樹翠煙屯，石徑苔錢滿屐痕。布席談深應撰杖，下帷業竟許窺園。敦槃江左流風遠，鸞鶴曇陽暮雨昏。月淡吟魂招不得，梨花如雪掩重門。

田家雜興詩十首

避喧厭近市，屏迹幽期久。予非學稼人，農事心亦究。江村屋數廛，柴扉面南畝。後植百本桑，前栽五株柳。疎籬帶石塘，小閣瞰沙阜。門絕車馬塵，交密漁樵友。日夕稻場閒，行歌時負手。興盡獨還家，月出斷山口。

曙光猶未白，鄰翁起飯牛。遠村連近巷，栖雞啼不休。披衣倚柴門，露草翠欲流。負耒誰家婦，逐隊向田疇。斯時錦衾人，香夢魘紅樓。

一晴春驟煖，彌望開桃花。好風扇川原，靄靄蒸紅霞。誰道武陵源，遠在天之涯。即此曲溪曲，茅茨數十家。籬落散雞犬，町疃足桑麻。絕無俗累擾，但聞鳥聲譁。不見問津人，知被白雲遮。

清明纔數朝，茗芽茁金縷。銀釵小村娃，結伴向春塢。一旗與半槍，采采不盈筥。亭午始還家，家到販茶賈。客從何方來？自蜀更經楚。屨粘棧道雲，衣溼潯陽雨。衹緣末利求，備歷長途苦。卻羡力田人，足不離鄉土。

麥秋候已至，茲晨喜快晴。處處築場圃，連枷響不停。村婦習勞慣，力作勝健丁。牧豎吹竹笛，倒騎牛背行。菜花黃斷處，半塢夕陽明。已有催耕鳥，煙林一兩聲。

數陣分龍雨，陂塘水新足。巡行隴畝間，禾黍連雲綠。牆腳臥桔槔，蘚痕侵碡碌。老農未慣閒，入室檢筠簏。蠹帙種樹書，晨起課兒讀。竚盼十年後，清陰覆茅屋。

沙村晚餐罷，月出大于盆。農人三五輩，追涼楸樹根。或自敘筋力，或獨誇兒孫。一叟稍知古，因述幼所聞。前代輕民瘼，租庸甲令繁。青苗未出土，朱帖已登門。難望全婦豎，矧冀餘雞豚。清時薄租稅，倉箱比屋屯。兒女尚髫齔，茶果已論婚。蕃殖非爾力，須念蒼天恩。

霜降稻盡獲，賦稅亟輸官。所欣時暘雨，衣食克苟完。問訊親與友，富歲有餘歡。東鄰居嫠婦，垂髫一子單。秋末曳纍葛，蕭瑟風聲乾。自顧心力薄，難拯汝飢寒。殷勤諭家人，早晚餉一簞。孤鴻遠天際，下上振霜翰。日暮靡所托，哀唳同辛酸。

江鄉小雪天，風景真樂土。村塾小兒童，書聲出環堵。煖房壁新泥，夫婦相爾汝。連囷堆黃粱，巨甕釀清酤。牛醫庸已酬，驢券質方取。夜來夢亦清，眼前瘡盡補。會須具黍雞，叢祠賽田祖。

歲晚務乍閒，遣兒速賓客。木脫草堂明，堊乾板屋白。火煨榾柮鑪，座設蒲蘆席。池魚及園蔬，自有不煩索。盡歡雜醉醒，招手較雙隻。吾儕今不樂，東作時且迫。請看山橋頭，數點寒梅坼。

讀韓冬郎無題詩因追和其韻有寄

綺閣標青漢，疏窻絶點塵。簾旌常窣地，鑪炷輒通晨。釧齧金螭重，釵雕玉鳳新。濟尼談未悉，周昉畫難真。笑日桃花靨，噓煙柳葉顰。隔年持别酒，計日望歸輪。花謝三三徑，書傳六六鱗。病懷多怯雨，離思不宜春。守約慵窺宋，揚詩抵絶秦。慧心原嶽嶽，衆口枉津津。持己如懷璧，藏書愛袖珍。長歌聲宛轉，小楷格停勻。解住雲棲室，疑非火食人。未曾通一笑，楚客在西鄰。

再和倒押前韻一首

初七及下九，北里與東鄰。綠桂搴蒲院，紅亭祓褉人。玉環纏臂冷，珠襻綴腰勻。帶為同心重，釵因合股珍。望夫將化石，妒婦忽逢津。璧幸終歸趙，花原欲避秦。含愁迎皓月，作計餞殘春。瓊盌斟雲液，金盤膾雪鱗。酒籌花滿把，歌扇月盈輪。擫笛能翻譜，投壺恥效顰。艷詞題處密，暖語醉來真。漸覺年華長，潛悲物候新。四時憐子夜，千古羡劉晨。擬欲修清福，生天避劫塵。

春遊入西峰山村即景三首

水田漠漠劃僧衣，白鷺雙雙上下飛。漁父負羅牧豎笑，教他怎便得忘機？

繞園劈竹結籬笆，門對青山落照斜。最愛溪灣村複處，一層樓閣一層花。

金縷鵞黃漾麴塵，好風吹過踏青晨。桃花傳艷鶯傳語，只見秋千不見人。

詠靈巖古蹟十二首

日月泉

山靈靈以泉，石腦迸絕頂。金闌繫銀缾，人汲雙眢井。繁華洗不盡，倒浸烏兔影。

梧宮

溪山占佳麗，虎視雄江東。愁生歌舞場，肘腋召女戎。醉中秋已深，落葉飄吳宮。

琴臺

龍脣吟天風，孤臺矗雲角。美人彈瑤琴，如奏無愁曲。不聞引鳳凰，但見走麋鹿。

醉和尚

松翠結蒲團，雲心抱石骨。入定不再醒，萬古頹兀兀。笑彼飲中仙，修成劫外佛。

錦帆涇

翠羽漾春流，棹入花深處。眨眼霸圖空，煙波渺何許。畫舸載鴟夷，亦向此中去。

響屧廊

輦道蟠空曲，虹影鏡中橫。當年舞袖翻，蓮瓣香塵生。只愁天風緊，吹斷步虛聲。

香水溪

花香水亦香，潆洄硯山麓。煙鬟窈窕姿，俯帶春波綠。離宫開月鏡，臨流理膏沐。

西施洞

萬松寒翠交，幽壑盤雲嶺。石屋窈而深，花枝曳明靚。不見浣紗人，疑是驚鴻影。

石城

因山以為城，天作崇墉勢。遺書紀越絕，蛾眉多秘計。一笑沼三吳，金湯焉得濟。

畫船塢

水嬉能蕩心，彩鷁日縱橫。冶遊多士女，風弊闔閭城。月明青松林，猶聞簫鼓聲。

韓蘄王墓

穹碑勒殊勳，草荒石麟死。英雄出百戰，運盡只如此。愧殺雪國讐，苧蘿一女子。

浣花源

白石瀉紅泉，其源不可極。幽芳滿磵谷，來自衆香國。穠華此濫觴，流宕幾時息？

山塘泛舟

桃花三月水，雙槳蕩波輕。落日山更麗，亂萍風自生。旗亭名士酒，畫閣美人箏。我欲圖屏障，繁華染不成。

清明後一日看桃花作

偷閒補作踏青行，日煖風柔春正晴。遙望桃花香聚處，紅雲欲傍樹頭生。

一灣水碧數山青，步屧村村愛小停。何況石湖煙寺外，幾枝紅露壞牆亭。

竹外橋邊爛漫時，煙籠霧鎖總相宜。仙源故實無人問，但詠崔郎本事詩。

綠楊垂處小妝樓，簾為人來上玉鉤。多少尋芳經過客，不因花好亦回頭。

山居雜詠八首

用拙天機妙，投閒道履寧。風窻抄朮序，雨閣譜茶經。花滿三三徑，香深六六屏。漫嫌清供少，湖上萬螺青。

島嶼縈迴處，山村境不窮。梅花青崦月，蘭槳白蘋風。雙屐孤雲外，重簾淺夢中。林泉足俯仰，魚鳥悅心同。

紙窻松翠濕，隱几坐蕭齋。畫本峰峰換，花籤月月排。英華鎖壯齒，靈豔入奇懷。風雨思良友，芳期未許乖。

地遠塵蹤杳，溪環石塢深。清風梳亂竹，涼月貯疎林。獨往斸靈藥，閒評到古琴。水雲空一片，底處著機心？

畫闌雲四面，書閣月三更。沈碧心燈影，淒清夢雨聲。聚糧謀豢鶴，藏酒為聽鶯。閒櫂漁舟去，江空玉笛横。

高潔存吾性，疎蟬爾獨知。春秋時最美，晴雨景皆宜。芳草心情遠，寒花鬢影吹。流光堪把翫，未覺隙駒馳。

墨池新露潤，書幌晚颸侵。骨帶煙霞氣，文含金粉心。華年催雁柱，絶調感烏欽。問字玄亭近，風騷有嗣音。時歸愚先生家居扈瀆鎮老屋。

晞髮工奇服，高冠怕遠遊。觀棋忘勝敗，説劍泯恩讎。寂愛親禪榻，名慚入選樓。芙蓉溪畔侶，終擬訂盟鷗。

明鏡歎

水心雙龍鏡，湛湛精光深。但能照妾貌，不解照郎心。

玫瑰花

珍姿儘有玉堪方，艷極天教擅異香。曾見箇人簾下立，者般顔色似衣裳。

名入詩人握柘詞，濃香浮動半開枝。雲鬟遥望難分別，紫玉釵頭並戴時。

春暮偶成

不定陰晴春晝長，閒情只辨送春忙。萍生曲水魚苗長，花落新巢鳥夢香。行藥蘚痕黏屐齒，鉤簾竹影臥琴牀。門無俗客心無事，擬注仙傳辟穀方。

過治平寺

蘭若攜琴得得過，閒尋梵語問多羅。拈花有笑聞迦葉，面壁無言怪達摩。背樹樓高迎月早，臨湖窻小占山多。世間歲月風輪轉，不與勞人駐刹那。

學山園歌

燕泥零落重門閉，看花偶到清河第。龍漢潛移換劫灰，文章元運同淪替。勝朝末季溯東林，黨禍株連痛陸沈。餘焰未銷復社起，並尊壇坫在東南。敦槃結納知名士〔一〕，天如先生執牛耳。七錄齋頭擁百城，高文價貴長安紙。雁幣填門走四方，畫船十里接吳塘。良朋風雅追長慶，勝地林園壓洛陽。新篇月旦前茅定，珊瑚才名互爭競。蕊榜元魁左券操，朱衣不敢司其柄。宜興復召預要盟，祕計神通線索靈。相臣進退由清議，朝局艱危亦可驚。道山仙去真全福，轉頭明社忽已屋〔二〕。著述猶傳太史書〔三〕，姓名免入遺民錄。客愁黯黯正傷春，父老傳聞記不真。石梁碧落垂虹影，猶認先民屐齒痕。牡丹未放荼蘼老，落英滿地無人掃。粉壁攲頹淡墨斜，名公題詠留殘草〔四〕。圖書散佚化雲烟，文采風流尚宛然。三篆雕鐫埋鐵筆，六朝麗藻賸遺編。清流聲氣聯蘭臭，君子道消大廈覆。重叩雲莊記午橋，空翻黨籍思元祐。蛛網縱横罥曲廊，夕陽人影立蒼茫。莫話平泉興廢事，芳菲曾閱小滄桑。

【校記】

〔一〕「士」，《羣雅集》卷八誤作「下」。

〔二〕「轉頭明社忽已屋」，《羣雅集》卷八、《詩徵》卷一百五十五作「轉瞬烽煙明社屋」。

〔三〕「著述」，《詩徵》卷一百五十五作「述著」。

〔四〕「草」，《羣雅集》卷八、《詩徵》卷一百五十五作「稾」。

靜逸庵

小園締構奇，佳處在幽折。規地不數弓，名山了無别。岡巒互迴映，叢薄莽蕭瑟。一池芙蓉花，澹淡雲錦纈。精廬嵌竹深，老樹背窻劣。粉本輞川莊，洞天獅子窟。昔人鑿平泉，豪門艷簪笏。糜此土木工，未免金錢竭。丘壑布置精，傳是南垣筆。州人張南垣。中多太湖石，輦至萬牛蹩。約取鷲峰雲，化作蒼龍骨。滄桑閱人代，過眼雲煙瞥。田園盡入官，斯庵遭籍沒。板屋晝常關，綠苔繡鎖鐍。瓦棱松鼠竄，屋壁脩蛇穴。狐貍作人形，冶妝據華闔。當年歌舞場，寂寥聲影絕。行落市儈手，拆賣起倉卒。山房議估變，嘉樹怕發掘。予季靜者流，耽幽畫癖結。結隱愛雲林，異境開恍惚。四時植奇花，三徑剪茬蘖。咫尺對煙嵐，天然圖畫出。冷吟褭屐聯，索居几硯潔。秋堂寂無譁，階下香泉咽。我來磐石坐，古心抱兀兀。彈琴弄天風，蕩漾松顛月。

初夏小祇園對雨

獨坐終宵久未經，蕭蕭雨逼一燈青。消閒偶憶逃禪句，誦與龍龕古佛聽。

閒繙貝葉晚窻前，纔讀楞迦一兩篇。燈閃忽移衣上影，瓶供蓪草數枝蓮。

聲喧蕉葉雨絲絲，索莫情懷睡較遲。未轉五更幽夢斷，亂鶯喚起又催詩。

麟鳳聲華最擅場，盍簪幾輩盛壺觴。三弁易主滄桑變，賸有雲林十笏房。前明為琅琊王氏家庵，曾結吟社于此。

同王石亭鈞何畹芳蘭訪毛羅照上㒟因同遊隆福寺

潑墨雲頭起山郭，著力長風吹不落。鳩聲纔罷烏聲作，斜飛雨腳矗如索。毛生晝寢夢初回，喜聞剝啄詞客來。縱談今古懷抱開，尋幽共踏雙林苔。隱隱隔溪聞法鼓，塔院擺風鈴自語。勝遊肯為泥濘阻，日照松廊滴殘雨。

邀友人石湖看荷花分得杯字

滿湖似錦如霞色，入夏迎風映水開。瀲瀲紅波翻影去，微微清吹送香來。蜻蜓逐隊飛還止，蛺蜨成團往復回。幸有良朋邀共賞，莫教急雨驟相催。嬌容媚靨含情待，煙嶼沙汀撥棹迴。侵曉翠盤擎宿露，淩波羅韈隔輕埃。清芬我輩須題品，綺思誰人妙剪裁？自顧柰花無別策，碧筒拌醉酒千杯。

白鶴觀

孤鶴梳翎依峭磴，石壇旛影臥縣淙。道人不記生年月，笑指階前手種松。

德雲庵小憩四首

小庭清曉報蜂衙，露重香浮白藕花。為約淵明須設酒，忍寒典卻舊袈裟。

禪悅詩情總可聽，殿中旛閃佛燈青。須知妙契真如者，不在蓮花七卷經。

隱囊禪榻竹簾垂，長夏虛堂一局棋。出自拈花迦葉手，黑風白雨總相宜。

亞檻榴花照眼新，熏爐茗椀玉紋茵。閒中為續高僧傳，添箇桑門愛馬人。

酒旗

深巷誰家壓酒成，微風搖曳一旗輕。隔花招客原多態，映柳當壚倍有情。牽引清狂鏖搦戰，指揮紅友破愁城。生憎飄蕩無知物，斷送參軍又步兵。

歌板

樂句相傳是小名，繁音賴汝始分明。身惟赴節隨高下，道在從繩任重輕。肯受人間呼散木，曾經天上和新聲。當年不是黃幡綽，兩耳於今未譜成。

花幔

廣庭長幔晝橫陳，總為名花巧製新。何必朱幡求處士，恍疑錦繖見夫人。輕陰已足消紅日，餘蔭猶堪護好春。從此雨絲風片裏，芳時宴賞可兼旬。

書檠

秋宵初永向書堂，靜爇蘭膏閲數行。非汝誰能光簡策，伴予自足焕文章。螢囊可代終勤苦，藜杖相傳亦渺茫。怕見韓公舊詩句，牆根抛棄最堪傷。

古豔詩

謝家事事盡堪耽，天氣清和月正三。縹綠齊紈裁畫袴，肉紅宫錦製春衫。酒分瑤甕龍頭瀉，簾捲香鉤鳳咮銜。購得虎精期避魘，種多萱草愛宜男。頌椒文思卿何讓，詠絮才情我亦慚。看到守宫顔愧靦，探將抱肚語詀諵。晨妝粉挹金鸝卵，午睡鬟攲玉燕簪。繡被詎期蒙代覆，彩豪何幸荷親含。步廊舊到猶能憶，臥室新遷尚未諳。豆蔻水涼教婢换，芙蓉語隱任人參。牆頭翠羽勞窺宋，帳裏瓊人本姓甘。惟憾殘宵佳夢短，天明孔雀又東南。

秋江詞

玉腕蕩蘭橈，風波暮又朝。綠情霜剪草，紅暈月生潮。潮生復潮落，蕩子天涯泊。兩兩紫鴛鴦，雙飛背人樂。水為佩，雲為裳。白蘋冷，碧藕香。妾心不盡江上流，郎心不定波上舟。羅衾闌小夢，珠淚滴殘秋。一秋心，一江水。芙蓉花，抱香死。

燒香曲

涼雲不流花滿地，玉釵影溼霜光膩。閒庭拜月月西沈，燈掩殘紅眉鎖翠。博山金鑪香裹絲，絲絲繚繞如妾思。煙消灰死頃刻盡，所思那有斷絕時。

秋夜西樓有貽

漏下已三更，登樓望太清。不知雲急去，翻怪月東行。竹露有時滴，池螢忽自明。長吟懷彼美，迢遞隔層城。

過湖上寺

前朝選佛場，殿影漾湖光。小雨松門靜，新秋竹院涼。棋從開士覆，字向斷碑詳。縷縷茶煙白，如雲護石房。

淩雲閣望太湖

簷覆蛟門樹，窻吞鶴浦洲。虹霓横罯罬，日月出中流。久抱淩雲想，翻成勝地遊。憑闌思著句，松影一身秋。

中秋山館獨坐對月感懷

涼波瀉長空，萬里碧於水。渺渺兮予懷，杳不知所止。夢冷紫瓊樓，琴横白石几。古月照今心，淡焉無為耳。

散步嘯西風，足踏古松影。虚壑翻寒濤，明蟾吐東嶺。靜觀羣動機，轆轤轉枯井。葭蒼露白天，斯人與秋永。

風涼覺體輕，露下知花重。湘簾不上鉤，疎星墮窻空。柏竹交寒翠，一横又一縱。烏鵲忽驚飛，余亦悄然恐。

一年幾度圓，一年幾回翫。况復秋之中，况復夜之半。明鏡飛精光，鑒人意歷亂。芙蓉抱香心，冷落金塘畔。

浮雲終夜行，輕颸暗飄送。羅幌逼秋聲，玉杵催寒弄。出門神易傷，入門影相共。一几一胡牀，風簷展書誦。悠悠何所思？明明有如月。一月引千思，萬象變恍惚。候蛩吟短砌，入耳淒心骨。霜林昨夜紅，江上音塵闕。葳蕤金粟枝，托根廣寒府。無心斫桂花，虛擲修月斧。綠雲漾寒空，疑是羽衣舞。圓靈抱魄生，顧兔忙萬古。

枕上口占

明滅殘燈斷續更，單衾後夜覺秋生。不知桐葉吹將盡，侵曉書窗滅雨聲。

捉雞行

荒雞喔喔，柴扉剝啄。有吏索租，朱符火速。三日斷爨，那有餘粟。吏怒如虎，磨牙逐逐。雞棲于塒，呼童我捉。老翁叩頭，妻孥觳觫。抱雞出門，免爾鞭扑。寒更殘月，低照破屋。不聞雞鳴，僅聞人哭。

臥雲庵

嵐氣空濛竹徑長，栟櫚花發散幽香。面山塔院無人到，石上泉聲冷夕陽。

遊小桃源

放艇穿雲石徑斜，空池旛影走龍蛇。幽禽隔葉但聞語，古樹無心也著花。深院琴書消白晝，層軒簾幙捲紅霞。玉冠仙侶求題畫，隔竹催烹餉客茶。

戲詠泥美人四首

似此娉婷何處尋？女媧故技尚遺今。濃妝愛傅秦樓粉，窄袖爭塗漢殿金。問以方言應土語，卿宜小謫有塵心。每吟誰適為容句，獺髓鸞膠感不禁。

辱在泥塗詎足誇，箇人生小住東華。塵寰未卜于歸處，富媼由來阿母家。獨守空帷如畫地，每求佳耦類摶沙。此身縱與金同價，虛度芳年劇可嗟。

城闉漫羨女如雲，即此聊堪樂我員。僻壤豈期終產汝，紫泥端合讓封君。心猶磐石貞難轉，眉學春山淡不分。何事歡來頻捉搦，嫣然一笑杳無聞。

楚腰衛鬢逐時新，幻出蓮花不染身。知與地官何眷屬，恍從后土見夫人。碧城犀杳塵難避，青冢魂歸畫不真。何術卻消中婦妒，綺窻終夜任横陳。

寒夜

風緊火無力，圍爐夜坐時。月高人影小，天遠雁聲遲。寒犬吠街柝，微冰合硯池。臘梅消息近，庭角有新枝。

長吟

捲幔南窻下，桐凋眼倍明。輕風迴薄霧，微雪作冬晴。寒驟嫌衣重，琴疎覺手生。長吟聊自遣，幾度繞廊行。

靈巖山館詩集卷三

硯山怡雲集

著雍執徐（戊辰）

小樓曉起

傷春人似杜樊川，隱几西樓思黯然。風急紙窻關不住，梅花片片落琴絃。

過穹窿道院

討春遠過神仙宅，石級盤空躡白雲。松院鶴歸棋未散，花壇月上磬初聞。巡廊徧讀塵牆句，剔蘚閒看石碣文。尚有山陰劉道士，乞書遺教餉鵞羣。

春日山居題壁

遙山環向草堂青，竹裏柴扉鎮日扃。花徑泥香初下燕，柳塘水煖欲生萍。愁逢酒盡偏相薄，夢入春來已不靈。空憶勞勞遠行客，馬蹄芳草短長亭。

光福寺

虎山橋畔路，月夜共僧行。石磴落人影，雲泉和磬聲。梅繁香徑塞，桐覆小窻清。惠遠揮松柄，談經破俗情。

客過

剝啄叩雲門，人來破蘚痕。牆低花得氣，砌壞竹行根。作傳摹公穀，論詩薄宋元。欣然忘主客，相對倒清尊。

夜遊白雲寺看梅花

寺在雲深處，花光照兩廡。坐與老僧談，竹鑪響春雨。舉頭月正中，疎影如畫譜。我欲為寫真，從僧借豪楮。寒禽忽飛來，雙雙踏香語。

久不晤王子存素愫春暮過訪山中以畫見貽詩以酬之

丹青能事敵鬼斧，神妙欲爭化工補。婁東王氏多畫師，南宗嫡派堪步武。奉常司農並廉州，筆力直與倪王儔。彌孫存素亦妙手，江湖契闊隔幾秋。晚春攜畫來見投，滿窻紅日花影稠。開軒展翫忽叫絕，恍如坐我太華縹緲仙人樓。仙人不可見，丹竈空長留。石磴太古水，化作白雲流。雲流渡傍渡，紅出桃花樹。板屋三兩間，知是誰人住？似有鉤輈格磔聲，崦複林迴無覓處。橋西一望波漫漫，此是江頭第幾灣？風帆一葉去不息，羨渠投老還鄉關。君今妙藝竟至此，昔賢已有替人矣。五嶽眼前遊可臥，樓角月懸璧半破。

紅蕉書館賦呈紫滄師

寒松骨氣鶴姿儀，姓氏元龍四海知。白首名遺千佛榜，青氈老作六經師。雲堂每聽鯨鐘動，家塾仍嚴鹿洞規。燭跋尚遲請問出，先生未是欠伸時。

過傳是樓贈徐大桂門德諒

竇胄清才數白眉，烏衣誰問舊生涯。顛吟君已成詩癖，狂飲人還罵酒悲。綠野亭臺鋤藥圃，淡園梨棗析薪炊。淒涼萬卷樓頭月，曾照尚書手勘時。

春盡日同人横塘泛舟分得窻字

花飛千點燕飛雙，畫舸亭亭傍蘚矼。煙浦半篙輕碧水，酒樓三面小紅窻。遊偕舊友能行意，笛倚新詞未入腔。今日送春須盡醉，綠陰明日徧横江。

登陽山

飛鳥崚峋怯往還，支笻賈勇上孱顔。日銜緑樹盡頭塔，雨在白雲生處山。閏歲節遲春較緩，芳林花落蝭初聞。到來大石山房坐，舊德清名跂想間。前明王濟之先生别業在焉。

感秋九章有序

首夏先君歿後，久不至山中。日月云邁，忽忽深秋。傷霜露之已零，痛音塵之永隔。身心憔悴，同於灰木。我母諄令，復理舊業，勉赴研山書堂。時值候蟲吟砌，獨鶴驚宵。觸緒關情，悲愴誰訴？偶賦《感秋》詩，聊抒抑鬱、寫哀悰而已。

空谷滿秋聲，涼意淒心骨。蟪蛄學人語，徹夜啼不歇。敗葉四山下，飄零感存歿。昔歷皆實境，追想轉恍惚。念酬罔極恩，有力亦難竭。愁人怕更長，風漾一簾月。攝我冰壺魂，去貯廣寒窟。

求名非吾願，親志不可違。屏迹深谷中，寂寞鎖煙扉。圖書列几上，兀兀忘渴飢。尚友古之人，謦欬聆珠璣。思親親不見，言在姿形非。夜烏啼霜樹，血淚染麻衣。佛堂晨鐘打，書燈尚熹微。松窻斷人影，幾片白雲飛。

蚤歲遘閔凶，憂居人事倦。塵緣思解脱，紛擾安足戀。西風颭紙燈，飛光逐流電。冉冉秋欲暮，寂寥景狀變。極望千林寒，重來款僧院。拜佛不祈福，手擷幽光薦。老鶴喜足音，裴回認我面。塵生壁挂琴，泉渴匣貯硯。空廊尋履迹，青苔已踏徧。疎花倚錦石，淒絕失蒨絢。

上方鐘磬寂，塔院叢鈴語。新涼入布衾，瑟縮聊獨處。窗閃黏竹螢，案竄撲燈鼠。豪宕意氣消，閒工寄刻楮。昨宵夢遠游，杳杳千山阻。提籃拾瑤草，雲深去何所？仙扉洞壑深，因緣尋道侶。清泉可以酌，白石可以煮。夢醒一牀霜，鸞鶴似曾許。佇盼餐霞人，挈我共遐舉。

古人不見我，我思見古人。人歿代云遠，翰墨留精神。先子抱古癖，祕賞多藏真。零縑及斷楮，貴逾拱璧珍。綰角趨庭日，性喜圖史親。偶繙古名蹟，拈豪學效顰。自抱人琴痛，雲煙隔前因。小齋一廚畫，封識網蛛塵。開囊細展翫，宛然手澤新。揩眼欲橅寫，涔涔涕沾巾。

時運際屯蹇，俯仰多傴仄。萬象淒以清，山水情亦匿。幽花放牆角，坐對如集棘。愁懷紛亂絲，縷縷費抽織。前塵已渺茫，後事難推測。空園風雨夕，此恨知何極？靜夜展瑤編，低映青松色。

讀書書尚多，斷愁愁復續。踽踽抱孤影，煢煢棲荒谷。霜光滿地流，秋思在殘菊。長簟寫涼波，蕩漾不可掬。蟋蟀戶下鳴，伴予守幽獨。采芝那療飢，種竹或免俗。經世祛妄念，困學且畫粥。羽毛惜摧殘，吾寧爲雌伏？

石氣添慘晦，杉梢響暮雨。雨聲更更滴，滴入心頭苦。下帷對影坐，山村斷譙鼓。停雲感舊遊，文采難僕數。吟壇漸零落，裹屐散三五。大雅重扶輪，敦槃盟孰主。所思雲水隔，迢迢望秋浦。燈暗不生花，山鬼窺窗戶。

人壽非金石，煎熬到百憂。寓形在人間，擾攘何時休？庸庸紛嗜好，安能副汝求。淡泊守素志，身外無可謀。涼眠石上雲，閑上竹間樓。水光蕩几席，恍悟身世浮。五湖吾泛宅，煙波狎輕鷗。桂香明月滿，空載一船秋。

重拜靜公影堂有序

靜然上人與先君訂方外交，風雨寒暑，往還無間。病中曾從學佛。先君歿後未閲月，靜師忽來，云：『昨宵夢尊公，結伴往靈棲去，緣前生同為禪侶。恐老僧亦不久在塵世矣。』初以為戲言。不數日，師即示疾。疾亟仍持課誦不輟。詰朝索香水沐浴，趺坐合掌説偈逝。佛言因緣之説，豈無因哉！

音顔一别記難真，誰是金剛不壞身？梵篋香消全浥雨，禪牀繩縛半封塵。吟來落葉詩前讖，悟徹拈花定裏因。支許石交緣未了，下泉還有授經人。

畫二首

日落迴廊壁，熏鑪香篆息。庭空不見人，秋在青苔色。

四空雲似墨，十日雨不止。石亭如小舟，煙水空濛裏。

聽雪閣

縣流如白練，直下一千尋。萬古荒荒色，天風吹至今。松門晴亦雨，石磴晝常陰。何意空山裏，長留韶濩音。

小憩寒山放鶴亭作

片雲何處來，忽作原上雨。斜陽明遠山，雙禽投極浦。石亭悄無人，隔澗聞樵斧。

過黄丈野鴻子雲山居

谷口林深接巘村，日晴籬落散雞豚。麥田過雨翠浮屋，澗水流花紅到門。榻有異書真士福，山容高枕即天恩。閒來一叩長吟閣，硯譜茶經共討論。

微雲

心遠見高際，天空得靜機。人煙紛欲暮，鴻雁尚同飛。冉冉度遥岫，迢迢入太微。君看今古事，則是此依稀。

秋郊

乳鴨聚塘坳，何人此結茅。花村山四抱，石閣樹雙交。暖日裂瓜頂，清霜染橘包。野祠無祭賽，門戶網蠨蛸。

題馬和之十八應真卷後

冰綃幻出貝葉紋，南渡侍郎留手痕。莊嚴自在應真像，筆尖所到神變存。境幽林茂果何處？無乃舍衛給孤園。兩兩迦陵相對立，半天紅射扶桑暾。一人左右手作印，蒲團跏趺依脩楠。寂默身披安陀會五衣，萬年一念忘勞煩。一人咒鉢兩龍出，九霄蚴蟉相騰翻。四人旁觀齊仰首，喜者失笑驚者奔。橋外小亭映深竹，中有一人白佛言。五禪九定十回向，似將各一疏真源。崑崙兒侍捧香篆〔一〕，羯布羅龍腦香氣何氤氳。花間石榻綠熊褥，一人熟睡無朝昏。津梁若疲豈神定，何以滋茂精進根？一人入定等枯木，旁有怪立頭如黿。胸際諸魔久調服〔二〕，作此伎倆徒殷殷。一人持經默自課，龐眉權頰清而敦〔三〕。至人不染文字相，三塗八難俱堪焚。阿輪迦下無憂花樹也三人坐，共觀圖卷相評論。六種震動證神力，普示閻浮解脫門。侍兒旁持鉢塞莫數珠也，心有所悟手自捫。一人右肩獨偏袒〔四〕，手振錫杖湧慈雲。八萬四千母陀臂，偏與一切接引恩。兩人跣足對戲水，水流赴石聲潺湲。驚濤不敢近衣角，化作萬道明珠噴。有時捉出水底月，將來貯向玻璃盆。獻珠龍女淩波立，飄飄委佩從風掀。雲鬟霧鬢態綽約，翩然抗手如鸞騫。一人棱棱瘦露骨，猛虎弭耳身旁蹲。情與無情俱已泯，異物可撫同家豚。昔人作此豈無故，迷途苦海多愁怨。特開生面留宇宙，憑仗佛力為牽援。若云諸相本無相，詈成德安胸卍文。現出薝蔔色世界，是空是色誰能分？沈檀匣盛錦褾裹，寶珠纓鬘垂繽紛。六時懺悔菩提記，清磬紅燈礼世尊。

【校記】

〔一〕『兒侍』，《詩滙》作『侍兒』。

〔二〕『際』，《詩滙》誤作『除』。

〔三〕『清』，《詩滙》誤作『情』。

〔四〕『偏』，《詩滙》誤作『徧』。

上方寺

鐘聲落上方，一徑轉崇岡。石隙秋泉碧，峰頭晚日黄。僧憑崖作屋，園以竹為牆。窻紙風吹盡，無人到影堂。

睡起

小院沈沈日向晡，匡牀睡起擁羅襦。玉籠廊曲調鸚䳇，金井花陰響轆轤。說鬼不嫌才子幻，攤書常勘古人誣。鑪香一穗琴三疊，誰寫閒身上畫圖？

汲雲庵詠食物四首

風雨梅

落實筠筐滿，清芬漬露飴。製宜香積鉢，貯取碧花瓷。龍腦嘗新後，雞鳴感舊時。虚窻茶話罷，泠韻沁心脾。

碧蘿春

名漏茶經録，靈泉品若何？香分雪海月，色染洞庭波。採擷連雲遠，清華得氣多。松風喧石鼎，幽興發吟哦。

松花蕈

種自天葩茁，雲根潤澤涵。采芝仙女誤，食肉鄙夫慚。味澹和蔬煮，香凝勝藿甘。僧雛攜斸去，帶雨摘盈籃。

燕來筍

時雨先春降，脩篁暗走鞭。社期玄鳥至，屋角蟄龍穿。碧玉剛三寸，雕粱又一年。鄉園風味美，飽食坐談禪。

訪惠徵君定宇棟先生賦贈三首

老屋寒氈六十年，白頭燈火舊因緣。徵書束帛丘園賁，校本遺經弓冶傳。漢學世誰宗五鹿，清門人自仰三鱣。葑溪即是山陰道，雪夜催開訪戴船。時薦舉經學。

翦燭圍鑪奉屨絇，精研祕籍總膏腴。清言直瀉瓶中水，妙義如探海底珠。一綫保殘存絕學，三才貫弗識通儒。玄亭問難窺奇字，猶愧多聞近末膚。

曼倩窮愁苦忍飢，買文錢待給晨炊。著書娛老真清福，稽古求榮亦笑資。家守青箱緜祖澤，花開紅豆茁孫枝。古歡要結千秋賞，對酒掀髯酌瓦巵。

書館夜讀聞隆福寺鐘聲

譙鼓紞紞轉四更，新涼微覺袷衣輕。芸窻殘蠹三千歲，蕭寺靈鯨百八聲。打醒癡魔同警枕，喚迴短夢泥凄檠。筠簾斜漾明河影，寂寞霜天夜氣清。

冬夜期友人不至

遲客幽齋裏，嚴城夜漏催。風驚隔戶竹，香送過牆梅。寒月明如此，停雲殊未來。清宵無與語，懷抱鬱難開。

屠維大荒落（己巳）

素心蘭十二韻

山空人迹絕，雪瓣幻天工。就予雙清格，留茲太素風。痕涵春雨碧，艷冷夕陽紅蘭名。紙閣深深護，銀屏曲曲通。情移紉佩客，價索賣花翁。泉貯黄瓷斗，音諧綠綺桐。相看真不厭，獨處悵何窮。韻寫瓊枝外，光生虚室中。静能平躁志，潔許表幽衷。妙會香兼影，微參色是空。花開憐寂寂，客去訝悤悤。總帳邀明月，鮫珠滴露叢。先君性愛素蘭，多手自培植。

逸園梅花盛開酬主人程自山鍾

仙人鋤明月，種梅三百樹。繚以青粉牆，意欲將春護。忽被風牽引，春色關不住。萬箇白玉蝀，飛向人間去。

何晼芳蘭陸錦雯絅早春過訪信宿山齋臨別得句贈行二首

雲容嵐影溯清緣，竹閣聯牀夜不眠。弦月乍沈鐘未動，三更茶話佛燈前。

旖旎風光惜麗辰，峭帆輕颭半江春。空山無物堪持贈，折得梅花媵美人。

六浮閣

名流觴詠地，奇絕境無雙。磴仄湖三面，樓高月半窻。吟壇文藻歇，空谷足音跫。漁子閒吹笛，煙波挂綠䉶。

假山

春雨新晴碧蘚斑，數峰高下列煙鬟。高低位置隨人意，穿鑿痕留笑汝頑。客主曾傳蕭宅請，兒孫誰截華山還？疎簾清簟南窗臥，相對疑居煙靄間。

題隱者村居

高人卜築向蒼峕，渺渺川原一閣銜。易去易來春樹鳥，銜風銜雨暮江帆。鄰知問字先堪愛，奴解栽花便不凡。何日攜家來此處，伴尋黃獨荷長鑱。

七十二峰閣觀雨作

碧瓦朱甍逼太清，此間無異住瑤京。不須更乞時人畫，水墨林巒雨寫成。

感春

江城春又至，莫問酒鎗空。客到談新事，花開坐下風。光陰詩卷裏，身計硯田中。笑指高齋壁，誰憐此爨桐？

郊行

獨坐意不愜，郊行日未斜。回頭空渡樹，迎面遠村花。寫景憑詩瘦，探幽任路差。一旗風颺處，喜近酒人家。

初夏即事偶成

擘箋纔作送春詩，又是梅青麥綠時。深樹殘芳餘蔕在，前庭濃蔭似雲垂。暴暄天氣人人倦，靜晝情懷事事宜。池面魚兒爭出沒，簷牙燕子共追隨。青荷如鏡翻輕葉，紫筍成竿解娸枝。石出東溟形最古，僧來北嶽語多奇。偶繙畫篋逢殘稿，小憩晴窻譜舊棋。稱體衣輕行路健，焚香風定出簾遲。生憎夜雨琴先覺，惟值閒吟酒不辭。折柬嬾招方外友，勝遊空負牡丹期。

山中晚歸值雨作

下山值天暮，風驟雨如注。雲昏不辨村，龍怒欲拔樹。穿雨獨還家，電影照歸路。

獨酌

紫蟹黄雞間菊葅，節過重九意何如？滿斟遠客相貽酒，徧讀名山未見書。曲徑童爭風墮栗，清池獺覷雨生魚。科頭跣足從心適，地僻無妨世法疎。

吉雲庵晚眺

小亭獨上雨初晴，遥羨風帆破浪行。湖外數峰難了了，斷虹低照忽分明。

書窻

繞榻圍屏護碧紗，日長睡起試新茶。石窻萬綠愔愔處，時有香來不是花。

題讀畫舫壁

如船書屋檻堪臨，清淺方塘帶竹林。水底風枝搖綠影，無端驚散守魚禽。

劒門

龍淵騰寶匣，瓣瓣攢芙蓉。鍛鑄大冶力，劈削仙掌工。石棱淬鋩刃，白雲截半空。奇峰裂一綫，中有鳥道通。剨然山鬼嚇，晦景潛其中。仰窺天似練，只許雙屐容。險與虎牢異，名取蠶叢同。捫壁不敢入，岑塞疑路窮。翻愁靈扉闔，終古遭雲封。雙丸歸袖底，遙躡飛仙蹤。

拂水

氣為水之母，水動由氣壹。地行失故道，石竅爭迸出。逆其就下性，噴激洩怒鬱。雲根穿玲瓏，萬斛真珠溢。琤琮碎玉聲，天風吹瑟瑟。靈泉伏山下，本是至柔物。橐籥默鼓盪，直立若有骨。晃漾水晶簾，高捲挂瑤闕。手挽明河迴，飛流濺白日。上有真武宮，金庭鎮嶂屼。殿角松濤喧，簷溜瀉活活。長虹跨絕壑，出奮雷車疾。一步魂一逝，觀瀾術已竭。倒行而逆施，其理實茫沕。

吾谷

秋深山欲醉，畫障開林嵐。紅黄飛敗葉，慘舒理可參。鄧林驅陽烏，火繖擁錦驂。金霜殺浮豔，冷情太沈酣。峰迴繚而曲，洞腹窺谺谽。地僻塵迹遠，慣許幽人貪。如環復如抱，妙在徐徐探。泉聲與石色，中有古澤涵。忽訝夕陽候，倒影澄空潭。尚湖明一碧，月浸南山南。

三峰

萬松塞谷口，人隨白雲入。蒼雲翳四時，不雨亦晦溼。西風吹青鬟，冷翠滴篛笠。一松各一狀，奇變不相襲。矯若孤鶴舞，慘疑雙蛟泣。百轉山徑窮，仍在松陰立。磬确繡苔蘚，窘步芒鞵澀。奥境出名藍，古鉢有龍蟄。僧雛會款客，前導每長揖。浮圖霄漢外，拉予登幾級。入山深復深，煙霞儘噓吸。松花仙人餐，去同瑤草拾。

芙蓉莊紅豆樹歌

海南名種相思子，劫火灰燒心不死。仙莊勝蹟傍琴川，一株紅豆分明是。是樹今經二百年，虎頭飛烏近炎天。歸裝檢點攜廉石，艷卉扶疎載畫船。尚湖湖邊東澗路，雨葉風枝朝復暮。院落清陰悵寂寥，看花人去思前度。仲蔚荒原徑已虛，丹霞一片落霏霏。璹梁海燕新巢穩，漁父桃源舊路非。黨魁名姓歸司隸，休官一去空揮涕。江南零落老尚書，菟裘聊作投閒計。絳雲樓閣耦耕堂，書卷叢殘意黯傷。上林目斷三株樹，水國溪迴十笏房。主人頭白寒燈裏，竹屋柴門爨具徙。無那風心老更顛，名花坐對真連理。猩紅一捻正鮮妍，檀板珠歌夜不眠。枉將旖旎三生夢，懺向香燈繡佛前。紅豆花開復花落，江山回首還蕭索。望帝魂歸泣杜鵑，海棠枝上悲風作。亭成野史笑遺民，枯斷靈根二十春。那堪東海揚塵後，重話西園介壽辰。的皪流丹餘一顆，金盤瑤席陳珍果。玉簫重倚右丞詞，火齊爭看錦繡裹。無奈天家雨露銷，萬年枝折影飄騷。松圓仙去蘼蕪老，墓拱青楊宿草凋。兵燹文章留浩劫，江村潮落流於邑。酒旗歌扇斷前塵，草堂敧塌鼪鼯泣。百歲華胥逐景光，嫩枝新茁發生香。石家別墅仍金谷，晉代名園賸辟疆。人間結實寧須促，橋頭猶見繁英簇。區區一樹變枯榮，彈指興亡如轉轂。秋風江上夕陽斜，說與漁樵莫漫誇。傳來花月新聞句，留取東京譜夢華。

謁光祿卿沈敬亭起元先生於學易堂敬呈四律

靈光江左望嶙峋，粹德清名邁等倫。一代龍門真理學，三朝虎觀舊儒臣。立身喬嶽巖巖象，被物光風靄靄春。星斗文章雲鶴表，如公方不愧天神。

典領雄藩懋守為，輿人為誦口為碑。民爭讓畔傳三輔，吏戒懷金凜四知。身退歸來甘拙宦，學純老去作經師。布衾檢點平生事，白日青天總不欺。

硯耕壯齒歷辛艱，游藝工夫本素嫻。偶對雲泉臨北苑，那煩絲竹伴東山。詩壇垂白揮豪健，易稿研朱著意删。自署小齋虚直字，清風勁節共蕭閒。

儒林循吏兩難并，事事光爭青史名。制行要師黄叔度，傳經合拜鄭康成。絲蘿誼篤通家契，桃李蹊殘感舊情。末座心香傳一瓣，空慚雛鳳繼新聲。先君幼年受業先生之門，灑淚感懷，獎勵倍至。

白蘋花

水面繁葩雪片鋪，渚凫沙雁戲相呼。寒江風露停舟夜，月影茫茫淡欲無。

月夜歸山館憩道旁古墓

悲風吹白楊，枯草瘞白骨。不知泉下人，可見人間月？

弇園詠芙蓉

高地種芙蓉，看者悉引領。我亦步月來，滿地踏紅影。紅影上我衣，如雲到骨冷。松邊有石磴，高與花梢並。我因立其上，雙足出花頂。遂令花萬枝，俱遜我一等。

村夜

歲暮荒村裏，山昏人不行。風乾月有暈，溪凍水無聲。鄰犬號寒急，窻燈照影清。梅花消息近，買棹返江城。

歲暮過穹窿上清宫贈道士陸寒碧

月牖輕霏瑟瑟塵，高寒直與九霄鄰。碧城新闢瓊華室，也似人間貯玉人。
帝座司香職亦清，金丹曾說學長生。雲巾翠袷攜魚鼓，閒向松陰唱道情。
風硯煙煤手捧持，瓊牋索寫步虚詞。空山不解籠鵝送，折贈寒梅第一枝。
沈水鑪香會辟塵，那須壺嶠證前因。中庭笑指三生石，雪幻聰明鶴幻身。

神弦曲

黄楊簪冠鬱金裙，女巫歌舞降神君。彩虬木鸞恍有聞，旋風獵獵寒透骨。金支翠旗遥出没，天低野迴斂餘照。屋角老梟聲似笑，肉飼飛鴉酒溼苔。紙錢捲出牆頭灰，醉飽得財女巫喜。病人房中卧不起，一燈青瑩小於米。

靈巖山館詩集卷四

硯山怡雲集

上章敦牂(庚午)

香雪海探梅歌呈沈宗伯歸愚德潛先生

雨花橋頭雪一尺，混茫花影連天白。白鶴雙雙導予入青崦，閒倚船窗吹玉笛。蒼蒼涼涼不知此何境，雞鳴人寂迺似懷葛古時之光景。閒閒□□不知此何民，掃花鋤藥迺似防瀛海上之仙人。一重一掩梅花村，半鉤黄月垂黄昏。溪迴谷邃中有逋仙老鶴輩，幽居聚斂梅花魂。款門見花人不見，萬樹横□□□□。山環□缺白雲空，古幹彌縫遮面面。上有青松林，下有水仙花。花間閒田餘幾棱？老人補種桑與茶。梅花泥予若有招隱意，溪山罨畫曷不香國來移家？詩翁閒情與梅似，五湖一片空煙水。愛梅掃石坐題梅，裙屐追陪詩弟子。春風只在杖頭吹，銀瓶美酒斟酌之。薄醉横琴譜三弄，繁枝冷豔瓣瓣霏清詞。孤篷歸載寒香重，曉禽啼破羅浮夢。

梅花十首

側側東風淡淡煙，蕭疎最愛硯山前。琴中舊曲誰三弄？江上相思已一年。老幹不花香亦烈，空腔著蘚態逾妍。幾灣流水千尋壁，有客衝寒正泊船。

霧縠冰紈學素妝，天生真色雪生香。斷橋水咽三更月，破驛門扃一徑霜。何必隴頭傳雁使，只宜楚客貯瓊粻。孤寒不入朱門賞，宰相空迴鐵石腸。

重跗疊萼玉成堆，一樹和煙亞澗隈。霜磴何人侵曉上？書窻為爾忍寒開。入山每曳孤笻訪，隔院休將短笛催。縱有丹青難貌取，槎枒偃蹇半身苔。

占得春光第一分，從來蜂蝶斷知聞。蕭然世外原如我，悄爾窻前定是君。疏影入池成古畫，濃香出屋化寒雲。生平無意矜高潔，冷淡風情自不羣。

莫聽臨風玉笛聲，曲中只惹客愁生。不知我者誰心賞？若有人兮與目成。自覺文章趨古淡，君真冰雪淨聰明。筆牀茶鼎鉤簾坐，玉照虛堂四座清。

愛著山人白紵衣，高懷冷淡世應稀。半龕燈影僧初定，雙崦雲香鶴未歸。門掩小籬春寂寂，廊通深院月微微。嚴寒料峭風剛緊，莫化東園玉蝶飛。

水邊林下見瑤姿，幾度巡簷有所思。山郭雪消風定後，石亭人去月來時。誰將鶴膝蜂腰格，寫出郊寒島瘦詩？相對不須傷歲晚，凌春纔放兩三枝。

梅檀臭味玉精神，一種孤高屬性真。薄霧雀聲山店暝，初陽霜氣草堂春。昏燈曉角回幽夢，片石寒泉證夙因。怪底絕無濃冶態，寂寥姑射本神人。

疎籬曲折水灣環，香浥空林寂掩關。大地羣芳皆後進，先天妙悟在空山。三三寂徑成長往，九九飛霙鍊小還。飽歷霜寒惟予汝，豔情穠致已全删。

瓊島珠塵罥畫欄，鏤冰刻玉作奇觀。白衣首許朝青帝，素女同遊馭彩鸞。能為世風留太古，須知天意試奇寒。碧山似有人招隱，閒抱焦桐石上彈。

曉起

空簷鵲噪惱幽眠，強起呼童吸曉泉。說是昨宵春雨急，落花吹滿釣魚船。

指月庵

殿影浸湖光，前朝選佛場。古苔青奪路，春柳綠過牆。僧老忘真臘，幡輕颭妙香。勞生何日了？我欲問慈航。

遊上堯峰

石級盤千仞，林開見寺門。落雲壓鳥背，飛澗斷崖根。木榻枯禪定，苔龕古佛尊。不知何歲月，無字古碑存。

述哀十六章

哀哀孤兒，罹此閔凶。重闈奄棄，鞠我不終。遺硯沈碧，飛燐瘞紅。吳淞秋冷，淚染丹楓。

聞善則喜，損己益人。風潮告災，萬竈沈湮。施棺煮粥，全活海濱。抱濟世心，非濟世身。

先君不祿，載換星霜。風飄繐帳，遺挂中堂。跼天蹐地，一存一亡。白頭扶杖，顧影徬徨。

痛深伯道，相依弱息。我母至孝，兼定省職。必誠必敬，為閨門則。懼傷親懷，淚痕暗拭。

長跪牀下，手調湯藥。衣不解帶，水不沾勺。代死不得，淒神苦魄。曷解瘋憂，籲通冥幕。

玉臺瓣香，系出清河。斷機截髮，迭丁坎坷。門祐零落，隻手枝梧。清宵課子，辛勤奈何。

嗟予小子，五齡就傅。夜臥同衾，曉餐含哺。珠玉逾珍，疾疹是懼。拈韻吟棋，亦欣穎悟。

傷親棄予，風啼雨涕。魂墮九泉，杳冥無底。自憐煢獨，曷期康濟。鐘鼎光榮，不如負米。

彌留遺令，績學程功。式穀未竟，飲恨安窮。青雲迢迢，不到眼中。瓊樓桂影，吹斷天風。

節序驚心，秋橫碧落。影閃筠簾，塵昏板閣。空山此身，欲往無著。和予悲吟，孤蝯瘦鶴。
藐茲諸弟，一綫伶仃。基緜肯構，器守挈瓶。殫予智能，曷慰先靈。下泉心事，慘照魚燈。
墓門攢棘，宿草霜靡。繞樹烏啼，啞啞不已。親恩罔極，親年寧竢。海不西迴，終古如是。
陽輝韜景，幽泉寫怨。鬼瞰我室，叢伏方寸。搖搖靡寧，神智頹頓。我欲芟愁，愁根滋蔓。
青燈如豆，翳光殯屋。不知夜深，展卷卒讀。寒螿入帷，牆根鬼哭。非是鬼哭，一窻風竹。
丙舍荒寒，麻衣伏處。藜牀明月，終宵爾汝。夢見親顔，寤來何許？遠浦漁歸，石人私語。
愁縈萬縷，膺填百憂。有生無生，自春徂秋。枯楊悲風，靡時肯休。青山埋骨，天道悠悠。

殘菊嘆

一夕西風緊，空階已隕霜。金英開復落，晼晚暮園荒。籬角人將隱，牀頭酒倦嘗。獨留高節在，天意屬孤芳。

山齋夜讀

松直疑人立，風簾夜半開。抱雲成獨夢，花影自裴回。駭鹿窺燈走，淒鴻趁月來。博山香漸燼，嬾起撥殘灰。

秋堂對弈歌為范處士西坪作有序

處士姓范氏，字西坪，以字行，浙西人。以善弈遊江湖間。少穎悟，年十三即成國工，百年來稱第一高手，前者弈師俱遜一籌。性倜儻任俠，瀟灑不羣。遊歷郡邑，士紳急爭致之。先祖愛圍碁，寒煖不徹。君至婁，常主予家，寓心遠堂之西齋。每對弈，州中善弈者畢至，環觀如堵牆。君不甚思索，布局投子，初似草草，絕不經意。及合圍討劫、出死入生之際，一著落枰中，瓦礫蟲沙盡變為風雲雷雨，而全局遂獲大勝。衆口讙呼，神色悚異，嘖嘖稱為仙。所獲金無算，垂手散盡，囊中不留一錢。時予甫弱齡，隅座旁觀。偷閒與之弈，君讓予三子。嘗云：『子若從予學，可至次國手。』先祖恐失學，時時禁絕之。遂作《秋堂對弈歌》以贈。

明軒洞豁筠簾遮，衆賓環堵且勿譁。東西對壘建旗鼓，圜匳方局無參差。五嶽不動四目動，死灰槁木形神悚。冥茫淬厲鍊心兵，多算少算務持重。戰國縱橫術細論，車箱井欄舊譜存。日月九天黃赤道，風雲八陣死生門。初投數子絕跬步，中邊錯落晨星布。玉滋霞島冷煖殊，手落紋楸後先互。俄焉兩敵漸紛爭，虛堂殺氣宵騰騰。每于袖手旁觀暇，如聽金戈鐵馬聲。暗伏明挑先冥索，出入神鬼煎精魄。九邊飛角取遠勢，一著攻心乃上策。淮陰將兵信指揮，鉅鹿破楚操神機。鏖戰昆陽雷雨擊，虎豹股栗屋瓦飛。烏道偏師方折挫，餘子紛紛盡袒左。忽訝奇兵天上來，當食不食全局破。虎鬭龍爭古戰場，贏顛劉蹶勢靡常。到底輸贏歸小劫，爛柯人已閱滄桑。坐隱仙家藉養性，君今海內推碁聖。奇童爭並鄴侯稱，常勢真堪積薪競。玄玉文犀照短檠，眼中成敗最分明。夜半局終涼月上，滿窻花影覆空枰。

重光協洽（辛未）

空谷

溪迴峰勢折，白雲扃石戸。穿雲得異境，幽人此築塢。鳥啼春寂寂，花落不知數。跫然聆足音，反受老鶴侮〔一〕。勝地昔疏剔，裠屐萃三五。佛贊盥手抄〔二〕，琴歌横膝譜。溪山旖旎習，洗滌到眉嫵。凡夫久仙去，松竹誰為主？壁間鐫草篆，筆力挾強弩。手種雙梅花，香影帶峭古。餐霞眠月人，任爾自攜取。松子滿石牀，無人坐揮麈。山風吹午夢，林端響樵斧。

【校記】

〔一〕「跫然聆足音」二句，《詩徵》卷一百五十五、《詩傳》卷二十二無。

〔二〕「抄」，《詩徵》卷一百五十五作「鈔」。

法螺庵

貪幽不知足，絜入境已深。煙鬟互虧蔽，賺我尋香林。如珠穿九曲，旋轉窺山心。斗大一蘭若，推窻延翠岑。鼠竊僧鉢飯，雨頹佛面金。妙參禪悅理，偶弄百衲琴。此是安心竟，屏祛塵慮侵。花間人悄悄，石澗雲黔黔。不知人間世，可聞鐘磬音？

千尺雪

寒山出寒泉，雲骨窮劖鐫〔一〕。截蓄乍渟演，沿洄旋潺湲。縱之使一落，銀漢秋空懸。石剛水性柔，怒激不受憐。鬨鬭肆歕欲，山鬼防驚瘨。跳珠碎玉聲〔二〕，恐攪幽人眠。幾費巧匠斵，久之得天然。小閣題聽雪，蕩漾清泠天。探源得咫尺，豈能計以千。聽泉即聽雪，妙悟泯真詮。

【校記】

〔一〕「劖」，《詩徵》卷一百五十五、《詩傳》卷二十二作「雕」。

〔二〕「山鬼防驚瘨」兩句，《詩徵》卷一百五十五、《詩傳》卷二十二無。

天平山

象緯拱天闕，刻圭矗霞表。芙蓉劍鋌銛，不敢度飛鳥。峰峰比排摎，元氣破靈顥。百神雲車馳，金翠盛羽葆。儼列五等尊，未覺三台杳。名山鍾偉人，范氏此卜兆。文正少晝粥，孤露苦潦倒。鬱極始發祥，相業實皎皎。手澤藏家祠，印石當墓道。展拜仰先哲，高義園名好。山高水長風，後樂先憂抱。靈區森萬笏，特立不可撓。如見廷諍時，直節欽元老。

白雲泉

雲從石上生，泉自山下出。絪緼滲靈滋，水行感氣壹。青壁鑿飛梯，纚纚見垂鐍。天井透紫霄，石竅漏白日。淩虛架危構，中有散花室。璇珠噴乳竇，泠然風瑟瑟。仰窺羣峰攢，奇奥互迴斡。徑塞澗花幽，磴細入竹密。秋豪緣偪仄，怒石如我叱。到來生面開，洞房石扉豁。僧言最上層，雲深泉更洌。私忖再斯可，那計三而竭。輕舉追升猱，側翻驚健鶻。烝身立雲頭，千狀變一瞥。霞靄嘘吸間，排窻列翠笏。活火烹泥鎗，碧蘿煮瓊雪。品兼色香味，助我颜色悅。靜聽松風喧，酌以先供佛。證彼淨明因，滌予廣長舌。三泉自上下，其源來自一。山空暝色赴，歸趁飛鳥疾。古澗一泓澄，倒浸東嶺月。雲影挾泉聲，回頭倏已失。

華山

羣松夾雲路，雙屐溼翠影。危磴裹裹垂，鳥道界遙嶺。探奇意漸賒〔一〕，鋭進氣益猛。牽藤捫絕壁，擲足亂雲頂。湖山奇絕處，一覽收萬景。止宿叩禪關，戒規靜且整。竹深僧貌寒，月暗佛燈耿。山空木葉下，秋與鐘魚永。仙掌障金天，同名各異境。逝將登太華，縋險試鐵綆。手搴十丈蓮，塵顔浣玉井。

【校記】

〔一〕『探』，《詩徵》卷一百五十五、《詩傳》卷二十二作『撫』。

天池石壁

長劒倚霄影，險剷天根碎。卓立一萬尺，灝氣斡無礙。泓淵洞幽潛，玉漿酌沆瀣。一寸龍蝹蝹，景光翳冥晦。終古此開鑿，雲雷出其内。吳中富名山，奇峭獨拔隊。鬼斧初削成，具體擬華岱。飛梯架虚壑〔一〕，漫驚蛇倒退。

【校記】

〔一〕『虚』，《正雅集》卷十八作『飛』。

香雪海

天風吹縞袂，著予妙香域。梅花千萬株，雲關受填塞。暗香夾一衖，其深不可測。横斜兩三枝，低礙帽影側。銀濤翻珠島，靜涵太素色。茫茫荒寒境，梅疑被雪逼。是雪還是梅？真幻兩莫識。歸舟泛青崦，煙水空相憶。明月淡黄昏，春光白鶴得。

鄧尉山

幽絕熨斗柄，曲曲梅花村。籃輿進不已，山深花更繁。一重又一掩，遠帶殘雪痕。横斜交左右，手把瓊枝捫。和風送香影，陣陣如雲奔。峰腰露殿角，知有古刹存。紅牆銀漢外，萬樹山門屯。拾級還元閣，煙靄幻曉昏。具區排白浪，澒撼坤維垠。金亭玉柱間，倒插虛無根。湖光蕩花光，一氣互吐吞。清遊賞心愜，亦荷東皇恩。寒香沁神骨，襟袖驅溫黁。松林翠羽夢，佇遇梅花魂。

楓橋訪沙丈斗初維杓

破屋低頭戶透風，窮年兀坐故書叢。若論孤潔人千古，未免揶揄鬼五窮。遯跡底須塵闠外，詩名多在布衣中。鐘聲夜半寒山寺，漁火書燈穗穗紅。

曹大來殷寓居東禪寺作春日雜詩邀予屬和因次其韻四首

笑予身鹿鹿，傳爾詠鵝鵝。詩就淩長慶，書成逼永和。名心因佛淡，酒債為花多。聞說橫塘好，相期撥棹過。

鑪香縈小閣，瓦雀下閒階。冒雨支藤杖，從僧借筍鞋。為鈔菩薩戒，聊學太常齋。侍立奚童巧，先將筆硯排。

無心夢忽驗，屢卜卦無靈。避日移吟榻，遮風置幔亭。客看塵壁畫，佛守破樓經。薄暮收書卷，凭欄聽鴿鈴。

偶談經歲事，暮閣對匡牀。竹裏風多韻，花間月有香。夢遊嫌夜短，鄉訊愛書長。為我常消渴，中廚索蔗漿。

小石壁納涼作

避囂得寂境，靈抱暢瀟灑。側磴入竹深，冷翠滴雙眦。拂面青琅玕，翻風學人拜。高桐掩寺門，扶疎影入畫。曲塢一亭幽，木榻共僧話。樓破蝙蝠出，牆頹薜荔敗。北軒面削壁，積鐵儼阻阸。石罅生短松，虬枝倒垂薤。泉分黄茅嶺，涓涓瀉清快。輕雷挾雨過，濺珠聽澎湃。開我讀書窻，宛臥清涼界。只領羲皇趣，不受菩薩戒。清露溼葛衫，塵慮絶纖芥。蟲語淒斷夢，鬼燈聚作怪。孤悰逐白雲，隨風松頂挂。

楞伽山寺

越來溪上慣淹留，況值琳宫水石幽。湖影入樓天不夜，竹聲到榻客疑秋。太涼未可成長住，得暇還期續勝遊。一葉烏篷侵曉發，藕花香夢羨眠鷗。

山館早起

空廊茶臼搗龍團，開幌無風怯曉寒。一夜瀟瀟山館雨，芭蕉緑過石闌干。

嚴秀才冬友長明過訪山園留宿畫船塢論詩

妙眼觀自在，斯秘何人啟？由來萬象態，蕭然入隱几。傳神阿堵中，屈指無數子。請看天籟聲，皆從蘋末起。

韋左司祠

別墅終南迹久荒，滄浪亭畔有祠堂。清吟半在凝香寢，大雅翻推執戟郎。玄酒釀淳滋自美，綠琴彈罷韻彌長。宵來祈拜無他瀆，乞把詩源夢裏詳。祈夢最靈。

吴淞櫂歌五十章有序

予家籍隸崑山，舊居東南鄉之綠葭浜，濱臨吴淞江，先塋丙舍在焉。春秋展墓，或探訪戚友，歲必數數至。至則盤桓佇戀，時與漁父、棹孃作水天閒話。風帆一葉，偃仰於白蘋紅蓼間，秋酒魚羹，意興閒適。此則倚棹而歌，彼則扣舷而和。霜天月夜，韻徹寒霄，餘音常在耳也。山居閒靜，人事不接。松閣雨昏，心情無賴。每憶放艇柳陰，怡情蓮渚，水鄉景色，其人宛在。聊作《吴淞櫂歌》五十章，譜江國之風謠，記漁家之歲月。後有續天隨《笠澤》書者，或可采錄焉。

漁家生計水雲中，鱸膾蓴羹口食充。沽得梅花三白酒，昨宵江上起秋風。

半江碧玉皺漣淪，點染波光絢好春。柳陌雨深泥滑滑，綠蓑青箬賣魚人。

風淒月暗夜揚舲，極目長亭復短亭。欸乃曲終煙水暮，艫聲搖破一江星。

飄零蹤迹逐萍輕，野鷺閒鷗訂夙盟。一幅布帆千尺浪，浮家底事更藏名？

澱山圓泖衆流通，萬頃玻璃曉鏡中。繫纜柳根魚不得，釣綸空漾落花風。
不識人間金翠妝，不知織布不提筐。自憐命薄如流水，生長船家作棹孃。
潮來纔見月初生，潮去漏聲已四更。風船不管潮來去，脱卻蓑衣臥月明。
白蘋風冷滿汀洲，濁酒清歌幾度秋。明滅夕陽波上下，玉峰翠影落船頭。
不插花枝態更妍，布裙絮襖度年年。那堪灘淺蘆深處，也傍鴛鴦宿處眠。
持竿豈是絲綸手，飽食都消齷齪顔。世人無限風波惡，不到江天一笠間。
澤國花飛桂棹春，落英夾岸漾溪濱。到來總是桃源路，賺殺漁郎去問津。
柳梢殘月亂雅催，滿面霜華枉溯洄。我欲賣魚趁曉市，主人木栅未曾開。
羽作飛烏鐵作貓，江關驛路悵迢迢。不知水宿風餐客，數遍江南第幾橋？
鷺鷥為友芰荷鄰，飄泊因風任此身。茶竈筆牀排妥貼，居然笠澤著書人。
空濛水氣接黄昏，港曲溪迴見小村。欲知漁隱家何處，花外笭箵挂到門。
蕩槳吴孃顔似玉，風窻無幙亦無簾。貧家莫笑艱妝具，常倩冰輪當鏡匳。
曉日初升好駛風，飛帆直指海門東。紙錢飛上高桅挂，一盞靈泉賽孟公。
不遇恬波便激湍，人生且作蕩舟看。來船風逆去船順，到此天公亦兩難。
青洋江水拍吴塘，一水盈盈兩地望。家書題就平安字，後夜潮平寄夜航。
畫船簫鼓蕩中流，白塔淩虛倒影浮。八月十八潮生日，問潮館外看潮頭。
紅情滿滿一江香，篷底風涼卸脱妝。恨殺荷花嬌不語，伴儂長住水雲鄉。

滄波淼淼暮雲空，天壤何方著釣翁？夜靜沙明爬郭索，緯蕭深處一燈紅。

聊憑馬遠荒寒筆，寫出扁舟獨釣圖。歷盡驚濤還駭浪，始知水面是夷途。

一葉村航手自划，春三展墓泊平沙。到來丙舍連漁舍，門遶江流是綠葭。

終日垂頭手一竿，釣魚漫把羨魚看。漁師竭澤網罟密，瑣族幸托江湖寬。

沮洳未必有潛鱗，枉約韓侯問水濱。君欲釣魚須遠去，斯言誤盡世間人。

人掩柴扉鳥入林，山歌清韻雜寒碪。恨他月子彎彎影，不照天涯蕩子心。

入夢維魚卜歲豐，衣完食足樂融融。白鳧拳足如人立，修潔終須讓此翁。

曉辦朝餐夕穩眠，世人幾輩羨臨淵。游魚若不貪香餌，任爾垂竿也枉然。

徑雜花深感路歧，行人惘惘欲何之？一篙綠到斜陽外，紅雨聲中喚渡時。

酒食饟供喜有餘，不勤耕稼不攻書。到頭堅坐危磯穩，夢斷飛熊載後車。

新漲一痕添鴨綠，長條萬縷染鵞黃。郎心似水難留住，一夜將愁送渺茫。

郭外春風颭酒旗，隔溪開遍杏花枝。遙村紅日三竿上，正是漁家曬網時。

浪花無際拍長天，人老江頭亦可憐。看到斜風細雨後，衝波幾隻罱泥船。

采蓮秋老采菱忙，水調歌殘怨女郎。菱角易添心裏刺，藕絲難製嫁時裳。

縱橫港汊路難窮，人住婁江東復東。莫道兒家顔色好，水葓花影作屏風。

骨肉人生那易全，羨他遯跡五湖邊。朝朝風浪掀天起，一世團圞在一船。

長日灘頭理釣筩，花雖落盡水難窮。晚來風起蘋花末，人在紅雲一鏡中。

清景無多得未曾，支殘水枕思瞢騰。夜深荻岸咿呀響，殘月光中有一罾。

幾年幽夢落江湖，那問當身境菀枯。草澤自饒生計足，時清稅不到魚租。

綠波澹淡乍生春，隨淺隨深舟自橫。底事誇他食肉者，蓴羹一盌佐香秔。

凍蹙無魚下網空，天寒口腹亦難充。青油畫燭圍鑪坐，不遣風光到雪篷。

雙橈蕩去木蘭舟，看破浮生水上漚。無姓無名人不識，妻孥不傲傲公侯。

不羨名高厠隱淪，天容位置作波臣。憑君翦取吳江水，難濯塵寰執熱人。

書屋三間瞰具區，幽棲人喚列仙臞。梅花庵主煙波侶，粉本叢殘漁夫圖。予家藏吳仲圭《漁夫圖》畫卷。

舴艋輕搖日已暝，天寒野宿繫荒汀。雙魚網獲上市去，換得新醪滿瓦缾。

瓜艇小於屋間半，釣鉤懸似月初三。鄰船玉笛吹嗚咽，雲影波光寫蔚藍。

白頭人瘦臥江干，破被寒添月已殘。一夜西風迷放艇，荻花如雪滿空灘。

遙傳蕭寺五更鐘，水遠雲深隔幾重。月冷金霜篷底落，一宵顛頷到芙蓉。

魚網原來人網殊，浮蹤泛泛水中凫。商量他日頭銜署，此叟應教長五湖。

題北宋巨然岱嶽圖

歸雲堂中雲模糊，瓊笈啟眎真形圖。齊魯餘青青不了，玉雞飛逐金烏孤。紫閣嘘吸通帝座，尊嚴氣象人間無。隱几此身入畫裏，攬裘走向黃公壚。酒酣酣臥白石磴，清風引我涉幽徑。月浸龍淵寒，雲虛鳥道盤。斷崖留古雪，峭壁挂驚湍。丹梯一步一易狀，置身忽在千峰上。一杯滄海問蓬瀛，鸞笙鳳管來雲軿。列班仙吏齊抗手，金支翠蓋空中行。水簾清冷，天闕巃嵸。石留漢策，松帶秦封。玉女窻開珠箔捲，九枝海日當窻紅。驚回清夢竹蕭瑟，風馬霓裳盡相失。花陰地上綠如雲，蟾影衣間涼似雪。翡翠盤，瀰鶩巵。封禪頌，梁父詞。醉後臥遊真絕奇，具堪濟勝不早決，待出霞表知何時？看畫題詩還自計，詰旦齎糧從此逝。我本三山采藥人，試把芙蓉謁青帝。

暮冬雜詠十首

冷月

蟾吐寒芒出，深更月漸升。鋪成三徑雪，飛到一輪冰。客少廊腰望，霜應雁背凝。羅帷褰又下，風利似生棱。

晚風

蕭蕭復獵獵，暝色助悲風。荒磧茅生白，斜陽樹不紅。排開繞掩戶，驚起乍棲鴻。怪底黃昏易，同雲滿太空。

臘雪

瓊樓霏瑟瑟，九地絶纖塵。早兆豐年瑞，全銷陋巷貧。物俱無此潔，春已欲更新。朗照神同澈，遥懷玉府人。

曉霜

觱發風初定，霜華積漸繁。角聲酸古戍，人迹冷荒村。肅殺化機伏，嚴凝生意存。草堂親卷幔，清晝有餘温。

凍筆

高齋風栗烈，毛穎忽拘攣。不意成飛白，無心更守玄。中書疑老矣，副墨笑茫然。儻假呵噓力，才原足掞天。

煖硯

竹鑪溫凍硯，著手亦成春。不異燒田種，真為鍊石人。薰陶資虎僕，燮理待龍賓。應笑冬烘客，揮毫自有神。

火鍋

居然邀鼎食，無事宰夫胹。水火爭方急，鹽梅調自宜。冷憐工部炙，熱異伯鸞炊。儻舉銷寒會，涼醼亦不辭。

冰葅

御冬饒旨蓄，不羨五侯鯖。豈僅鹹酸異，全令肺腑清。冷淘堪並進，寒具好同呈。風味應嘗慣，真看肉食輕。

竹鑪亦名火籠

編竹如籠様，中心置瓦盤。火宜煨榾柮，春永在檀欒。並可供茶具，真能保歲寒。此君時送煖，何畏雪漫漫。

盆梅

疎枝憑束縛，人巧失天真。小閣添清供，殘年逗早春。月流窻隙影，雪横夢中因。素几凝香處，冰壺伴此身。

靈巖山館詩集卷五

三山攬勝集

玄黓涒灘（壬申）

辭家三首

弱齡痛失怙，恩勤仗母氏。螢窗雪案間，訓詁研經史。餘功課學詩，風騷悟微旨。長依我母懷，蠖伏甘老死。發春豔陽天，花開雜紅紫。挑燈縫征裳，質釧整行李。上堂聆慈訓，牽衣復長跪。母云汝孤露，英華當綺齒。汝學已漸成，寒門惟汝恃。我躬幸康彊，速上春明里。可以廣見聞，可以交賢士。汝舅客保陽，順道應省視。家事易枝柱，勿憂内顧矣。兒聞意倉皇，暗淚滴不已。問寢子心安，遠遊親心喜。出處兩難兼，別離從此始。雞鳴早戒塗，拜母伏不起。寒燠時無常，眠餐慎調理。母云兒女態，丈夫勿爾爾。學不為求名，名成實在是。回頭認親顏，天涯隔尺咫。黯黯紅燭光，悠悠婁江水。孤舟夢歸時，情景如斯耳。

灼灼芙蓉華，牽絲稱嘉耦。荏苒歲載更，閨中藉良友。三吳舊門望，先業席豐厚。結褵到寒家，家祚中落後。我母大歡喜，稱心得賢婦。上堂捧槃巾，入室操井臼。多病孱弱質，鍼紝不釋手。經營到殽榼，辛勤任箕帚。御下極整嚴，臧獲免誶詬。小姑漸長成，規導不離口。硯山抱書廬，雙扉掩月牖。私計忘有無，蓋篋自攜取。萱堂甘旨謀，靡弗宜左右。今當別君去，家事資擔負。臨歧涕雙落，各各有老母。時慰倚閭情，勿令傷懷抱叶。綺陌柳花飛，小園松濤吼。青燈伴白頭，遊子長安走。

同懷三弟兄，頭角爭英特。哀哀先君子，奄棄遺弱息。衰宗鮮依倚，門戶漸偪仄。吾母隻手撐，外侮亦孔亟。傳家有藏書，少壯須努力。遂為延明師，焚膏繼昏昃。鬻釵償束脩，典衣供餽食。書窻互切劘，稍稍擴器識。仲弟少多能，遊藝工粉墨。季也性聰穎，空虛妙鐫刻。紛敷燦筆光，七襄充組織。朝攻合几硯，夜臥同衾席。聞我將遠遊，悲悰悵離隔。西郊一尊酒，執手那忍釋。裵回復何言，晨昏盡子職。脩綆要深汲，分陰莫輕擲。學海翻文瀾，探源安有極。花陰讀書聲，能悅親顏色。

春分

漸欣清晝永，不礙好春遲。二月中旬後，輕寒薄煖時。小桃初破萼，新柳未垂絲。休問陰晴異，陰晴各自宜。

留别同社諸子

落落孤蹤等繫匏，吟壇幾輩泰投膠。馬思逐電矜奇骨，龍自隨雲訂古交。春逝花應添慘淡，詩成誰與共推敲？離亭風笛聽嗚咽，卻笑光陰客裏抛。

花下有感作

碧桃花裏小雕樓，闌外繁紅滯客留。紫燕憐香飛逐伴，黃鸝鬭語相酬。誰能不趁當前樂？只恐終成別後愁。今夕金尊拌一醉，東風催上木蘭舟。

夜泛芙蓉湖

九龍蔚紫翠，明流澄暮景。客心趁晚鐘，水枕横孤艇。波闊颺微風，琊璃鋪萬頃。芙蓉無一花，水木饒明靚。咿啞柔艣聲，眠鷗鷺夢醒。酒闌夜三更，新月墮西嶺。蕭蕭楓樹林，下蔭漁莊靜。微煙生柁樓，折葦煮春茗。灘聲霧氣中，坐覺衣裳冷。峰隱石門松，星蘸一湖影。

遊寄暢園

名園惠山麓，穿鑿得靈界。石倣三島雲，水分二泉派。翠壁出牆頭，銀濤落天外。旋折赴石罅，就下必爭隘。一宵春雨深，濺珠恣澎湃。灩灩渟銀塘，長虹臥鏡背。淩虛倒塔影，異境沈其内。亭紅花百重，欄青山一帶。危嶂立疑人，孤松張若蓋。沙嶼奪雲明，風簾搖日碎。牆題過客詩，屏暗何年畫。幽塢數雅歸，虛巖學人話。汲泉烹竹爐，幽芬實堪愛。淮海舊清門，流風已易代。月泉撫畫圖，吟社虛高會。前明中葉，秦氏結月泉吟社于此，沈石田為繪圖，今藏予家。夜色盪波光，明星如月大。

訪東林書院

禍殘委鬼極天驚，文運難同劫運爭。講學原非亂世事，殺身纔副正人名。尸填詔獄三光慘，血暗神州九鼎傾。瞻拜遺祠餘慟哭，壞牆猶殷管絃聲。

艤舟亭

荒陂水一灣，紅亭翼古渡。蒼然夕陽外，秀色蔚雲樹。昔年玉局翁，雙橈曾暫駐。命宮守磨蝎，貝錦遭讒妒。秘殿撤金蓮，烏臺獄旋具。竄名黨錮籍，幾為作詩誤。瓊海悵歸來，春夢倏已寤。買田孤宿願，破驛淒魂寓。此間亦舊遊，落帆領佳趣。修髯曳吟杖，花逕想投步。宵人舒李輩，朽骨萬口吐。蜉蝣逞飛揚，安能保朝暮。芳蹤偶棲泊，來者生景慕。欲去且裵回，地重以人故。夜雨讀公詩，心香燒一炷。

遊青山莊偶題

蒼苔不雨滑如泥，徑複廊迴每易迷。楊柳亭臺山向背，杏花簾幙燕高低。好春半過無人賞，素壁全頹有客題。惆悵名流觴詠地，一庭煙月草萋萋。

甘露寺

江光白古今，鐘聲變曉暮。初地一登臨，勝概悉奔赴。潮濺海門雲，天黏瓜步樹。遠郭小于村，遥舟浮若鶩。入憩殿西齋，桐花落無數。春蘚上階生，茶煙到竹住。石勒昔人名，牆書游客句。偶凭戶北軒，金焦水心露。宛然石兩拳，時隨浪吞吐。吳楚接蒼茫，萬里一葦泝。簇簇沙際人，爭趁斜陽渡。飄颯長風來，分頭峭帆去。

很石行

甘露庭前有奇石，跧伏如羊長數尺。云是孔明與仲謀，當年促坐紓籌策。遂成鼎足形，果奪奸雄魄。白馬江深斥堠閒，赤烏歲久烽煙熄。微物重因人，相傳成舊迹。不知自何年，紅羊劫相戹。致令雲根雲，上天飛𣪠攊。寺僧好事生欺謾，易以他石加雕剜。仍前位置頗妥貼，以備弔古人游觀。物即非真事所寄，堪與餼羊一例無容刊。我來登北固，閒入寺門步。低徊對伏䝞，斑斑土花汙。慨想三分時，羣雄爭割據。俱懷逐鹿心，誰悔觸藩誤？霸圖歇絶幾千年，風景江山宛如故。猘兒業已消，伏龍歸何處？獨留此物存，眈眈若含怒。朝伺金烏，夜窺玉兔，渴飲江聲餓吞霧。安得黃初平，一叱即奔去，萋萋煙草山無數。

鶴林寺

為訪戴公山，侵晨出北郭。遙見古琳宮，疎鐘度林薄。門徑竹修修，涼風捲敗籜。松皷石磴扶，槐死秋藤縛。佛殿建何年，層檐聳虛廓。畫壁諸應真，色相慈威各。一覽盡數州，更登澗西閣。石亂泉聲高，窻虛峰影落。當年劉寄奴，龍潛此栖託。靈瑞早見徵，飛來瑤島鶴。境寂坐忘歸，斜陽上簾箔。江聲繞寺門，野花滿籬腳。

招隱寺

身逐出岫雲，未得遂真隱。只餘登臨懷，時被林泉引。晚春遊潤州，名勝攬殆盡。尚有古招提，云與郊坰近。雨餘煙嶂開，松門一停軫。歲久鶴多馴，地靈花不隕。幽草但聞香，新篁未褪粉。巖扉日杳冥，澗戶風淒緊。嶺高白雲深，衣薄涼難忍。老僧延客飯，山廚薦芝菌。清游興有餘，題壁豪方吮。如此好江山，別去如飛隼。

舟中望焦山

翠屏如削鐵，萬仞插奔流。海霧四時雨，江雲一寺秋。鐘聲落鳥背，風力轉潮頭。試上層臺頂，憑闌望九州。

焦山

水國蒼茫影，東南逼大荒。驚濤催萬古，元氣盪三光。地陷魚龍劣，天浮島嶼長。金烏波底躍，依約挂扶桑。

海雲堂

身忽近青天，遙望意渺然。樓高雲在下，地窄水無邊。石拔蛟龍窟，碑傳晉宋年。老僧殊不惡，解說養生篇。

焦山瘞鶴銘歌

海門一島青如螺，波光萬古森嵯峨。胎仙羽化自何代？製銘立石留巖阿。句奇字險神鬼忌，雷電夜徙沈盤渦。岷濤九派來浩浩，怒聲斡地爭吞摩。奇物焜燿水府內，辟易百怪驚蛟鼉。龍女翩然欲出讀，每乘海月淩清波。六朝遺蹟最貴重，數字價等千繒緺。歸來堂中舊弆本，犀珠磊落獨得多。《集古錄》所載多至百六十餘字。玩索字體近古隸，結勢寬綽形委蛇。筆墨超逸得仙氣，定以貞白當無譌。滄州中丞亦好古，情殷問碣臨江沱。是時窮冬水歸壑，瑟瑟萬頃平鋪羅。揮斥六丁運神力，剜蘚搜苔掘臼科。鐵索纏縛轆轤轉，片片舁出呈山坡。紅泥亭子翼其上，螭首隱壁無偏頗。人間瑰寶任晦顯，名世豈許終煙蘿。光芒字字煥星斗，靈鵲化印龍騰梭。我來松寥尋舊蹟，三日坐臥頻挲莏。文字鬱律屈杉柏，波磔髣髴森矛戈。只惜俗工誤剜剔，面目已失精神劘。不如偃臥龍淵底，永全樂石免劫魔。遙識江山風月夜，令威飛返空婆娑。

焦山古鼎歌

元氣鼓扇五金汁，海若嘯舞山鬼泣。雲濤今古不得蝕，龍淵瑰寶無顔色。劫歷滄桑古物遺，夔文豖腹形離奇。妙合八卦聳黄耳，上象三台翌紫微。成周名卿曰世惠，銘勳製器開鑪錘。義簡字奥意肅穆，如見王庭錫命時。東流窮壑窺智井，江海之交留一鼎。水古遥浮蓬島雲，血殷微逗扶桑影。閲世三千事渺茫，鈐山堂異海雲堂。巧偷豪奪庸奴技，雨饕風饕我佛傷。肯傍銅山供鑄錯，仍皈金界證圓光。吁嗟乎！古鼎兮寶澤，摩挲慎毋瀆，神呵鬼守防折足。物色權門惜汝辱，鎮壓名山全汝福。

舟行阻風金山登妙高臺放歌

遥疑鼇戴蓬萊峯，隨波來自扶桑東。又疑博望乘槎迴自牛斗墟，一片支機之石遺在海門萬里巨浪洪濤中。江山爭奇屹相向，石腳截水水聲壯。不知何年此駐兵，至今折戟沈沙上。三日阻風舟未開，披衣走上妙高臺。安得春江化為酒，澆我對此茫茫百端交集之悲懷。瓜步華陽鬱煙樹，苻堅乃欲投鞭渡。孫劉千古恨難平，很石依然留北固。草草興亡了六朝，横江鐵鎖思無憀。不及參軍一抔土，碧蘆紅蓼長蕭蕭。落日昏黄畫角起，眼底千江一葉耳。閒來費我百尺之絹三斗墨，圖此天下第一江山歸置書堂里。

金山

江聲雜梵唱，浪惡吼蒲牢。潮起風驅馬，山浮石冠鼇。只嫌他嶂小，不道此身高。立久蒼松下，清陰冷紵袍。

登金山寺塔

足底山形縮，波心地軸翻。慈雲三界湧，滄海一杯吞。遠縱難窮目，虛搖不定魂。御風如有術，俯視日輪奔。

題呂仙閣壁

峰危齒齒齧春潮，百級迴梯到碧寥。江遠欲平千嶂頂，雲來只在半樓腰。手能點石何須羨，枕可遊仙未許邀。白鶴自來還自去，揚州無夢憶吹簫。

尋海嶽庵故址

嶙嶙接天峰，浩浩迴潮水。文采照江山，米家世濟美。三絕書畫詩，愛古吸精髓。環堵百畝宫，幽居實在此。因偕退院僧，杖策訪遺址。墨池菰葉青，茶臼土花紫。破瓦露繡釘，溼苔拋缺匜。徑長草烏頭，垣垂木鼈子。一梅蒿寄生，雙柏藤纏死。初構規勝地，三山列屏几。天光瀉鏡中，江色入窻裏。清吟月到牀，落筆雲生紙。奇石日摩挲，袍笏拜於是。彈指八百年，風流歇絕矣。予抱耽奇癖，高山歎仰止。翰墨結清緣，珍秘芸箱底。寶晉舊齋荒，人遐室尚邇。

贈彭明經晉賢澤令

兀兀孤檠照素心，選樓名氏重南金。硯田不治三秋薄，學海無瀾千古深。幸奉清塵揮羽扇，偶彈絕散感瑤琴。年華暗逐江流遠，無那新霜兩鬢侵。

白門訪古集

登鍾山放歌

黄金嬴政此處埋，雙峰並峙高崔巍。蜿蜒如龍互起伏，未飛騰去需風雷。江城春來一夜雨，侵曉綠滿三山街。我來赤足踏龍背，俯視諸嶂羅陪儓。天風浩浩聲不息，萬里吹我襟懷開。茫茫往事不可問，但見江水明滅雲中來。當年蔣尉逐賊處，時露遺鏃封苺苔。偏安割據俱已矣，酹酒往勸長星杯。遥憶南朝全盛日，金蓮玉樹供歡咍。君臣夜宴期盡醉，高燒燭淚紅成堆。銅壺漏滿夢未醒，海日光早升罘罳。千門萬戶落花裏，管絃到處飄樓臺。長江一旦鐵鎖落，石頭又見降旛排。至今惟有舊時月，城下相送寒潮回。周譻棲息地，故址生蒿萊。吏隱兩寂寞，千載遺嘲詼。君看謝公何磊落，出處總繫蒼生懷。圍碁賭墅若無事，談笑已報除昏霾。兒輩成功安九鼎，登臨絲竹常追陪。閒值枯禪論優劣，北山未抵東山才。

焉支井歌

白門城頭啞曉烏，景陽宫裏醉黄奴。如花侍女汲金井，素綆銀牀響轆轤。無礙大會太極殿，擘箋分韻開華宴。璧月瓊枝夜夜新，女官狎客朝朝見。圍城昨夜夢黄衣，龍出蛇分事已非。禳災不解去禍水，瓶羸甕敝誰能支？童謠皂莢相料理，詔書十萬傳麻紙。自憑王氣在江東，牀腳奏章封未啟。隋師已渡朱雀航，君臣相顧俱蒼黄。下榻尚云自有計，繡龍畫雉黄泉藏。勸君莫怨韓擒虎，陷君坎窞緣歌舞。長江天塹尚難憑，銀缾獨抱終何補。井欄一抹胭脂同，傳是當年淚點紅。何似杜鵑亡國恨，年年啞血向春風。

周孝侯祠古柏行

孝侯祠中有古柏，直上亭亭近千尺。半株葉脱空槎枒，半株枝茂森矛戟。移栽未識自何年，數畝慘淡寒煙積。應是當年龍戰時，千神萬怪助叱嚇。須臾雨散雲亦收，蒼龍鬭死歸不得。尾掉青霄頭入地，爪拳身縮恒僵立。儻令回蟄一展舒，拏攫應嫌天地窄。邇來鱗鬣凋落盡，只賸貞荄纏鐵骨。色映簾櫳朱夏寒，枝撐堂宇太陰黑。地勝終應免斧斯，心香那怕遭蟲蝕。曩哲英風塞兩間，異物憑依靈所宅。孤忠戰沒鑿凶門，千古烝嘗昭鑒格。宛疑大樹號將軍，恍似甘棠思邵伯。往往江城明月夜，霓旌飆馬來遊集。翠影遙連鍾阜雲，鬼狐潛遁鵩梟泣。想見當年入水斬蛟時，劍氣寒空飛霹靂。

臺城詠古四首

小住征驂訪六朝，臺城閒眺欲魂銷。廢園僧賣花時酒，斷瓦人拋竹鴟窯。能使盛名齊八友，空將舊宅認三橋。一般贏得千秋在，寺寺於今尚號蕭。

務勤崇儉又何加，所惜餘年溺釋迦。贖得帝王偏有價，作來法會是無遮。寡情佛不消魔鬼，繞柱龍難弭鬭蛇。淨業那能除逆節，白衣湯武謾矜誇。

著述叢叢筆罕停，布衣糲食泣天庭。海中纔見紅鸞集，殿上旋聞白馬刑。火果酣酣真足異，聲當荷荷不堪聽。至今臺畔迷離草，怨入東風分外青。

龍瀆何人識遠模，居然文學握天樞。祥徵不獨麒麟至，異夢曾張天地圖。芳草夕陽飛蛺蜨，落花春雨長蘼蕪。定知死後魂猶餒，麥飯無人薦一盂。

板橋行

前朝故院秦淮曲，春光一片傷游目。澀浪危牆薜荔青，香姜碎瓦莓苔綠。板橋舊迹失西東，往事魂銷說不同。填河秋老遲靈鵲，入月波遙駕彩虹。聊按遺編頻想像，鷲峰古寺門相向。小紅雁齒久消沈，新綠魚鱗仍蕩瀁。當時此處最繁華，比屋知名趙李家。引住青鸞深院樹，延來紅蝀出牆花。紅蝀青鸞情繾綣，烹龍炰鳳開華宴。檀板新歌燕子箋，繡衣競演桃花扇。蘸甲香沈樂未央，罽茵地上月如霜。玉花珍簟鋪鴛褥，金縷銀屏掩象牀。冠家姊妹年方少，頓老琵琶稱絕調。芍藥闌前婪尾燒，蒲萄架下纏頭勞。良夜爭來橋上遊，赤闌干影漾澄流。風翻菡萏開聯蔕，沙暖鴛鴦睡並頭。無端小劫逢龍漢，釵光扇影如雲斷。裴航無處問靈緣，交甫何由登彼岸。燕燕鶯鶯空自憐，茶棚香閣付荒煙。柳梢月上疑妝鏡，水面萍生想笛鈿。歲久人鋤成菜圃，芳魂黑夜應相語。樂府誰歌昔昔鹽，長楊自作瀟瀟雨。雨昏深樹怪禽嘑，往往春泥露象篦。竹在杜陵應問訊，杜殘司馬未留題。葛顧葛嫩、顧眉聲名最殊衆，分飛嫁得桐花鳳。嚮日爭誇白紵詞，於今何異黃粱夢。一桁鍾山倚麗譙，夕陽畫角悵無聊。可憐寂寞寒潮水，流入長塘綠不消。

過隨園訪袁太史子才枚先生不值二首

何處尋芳尚未還，名園悄鎖水雲間。池塘草長鸎嘑樹，門巷松遮鶴守關。江上春深翻碧浪，意中人遠見青山。彼蒼位置奇才局，清福如公竟不慳。

誰甘風利便迴船，應與林泉別有緣。莊似午橋勝甲第，歌教子夜樂丁年。客來題壁應非俗，官許歸山便是仙。清閟閣應懸一榻，異時借我白雲眠。

訪嚴冬友

山窗曾記讀新詩，木末停雲有所思。甫也才名齊白也，牧之風調似微之。半宵風雨交千古，六代江山酒一巵。聞說秦淮春漲滿，探花先訂泛舟期。

雨花臺

法界諸天近，遺臺在野坰。江連三楚白，山帶六朝青。國用供僧餉，軍書雜梵經。可憐空仿佛，餒鬼乞無靈。

莫愁湖

碧檻紅簾小小樓，湖光一片盪蘭舟。清游易逐閒情往，勝迹還因麗色留。金翠六朝渾似夢，煙花三月冷于秋。白門楊柳青溪水，不信無愁卻惹愁。

秦淮水榭雜詩二十首

經旬小住板橋西，水閣湘簾一桁低。愛殺綠楊窗外樹，曉風殘月有鶯啼。

簫鼓何人蕩畫橈，閒居未覺客無聊。朝昏來凭闌干立，貪看桃花兩度潮。

麗句清詞不染塵，舞衣歌扇逐時新。秦淮風月平分處，半屬才人半美人。

紅蕉翠篠媚新晴，隔水雕闌倍有情。未識露涼風緊夜，阿誰簾低學吹笙？

江城夜漏點初終，又聽迴光寺裏鐘。斜月半簾風悄悄，有人花閣夢方濃。

放艇清溪暢客襟，水雲淰淰柳陰陰。偶從丁字簾前過，便覺閒情不自禁。

徑草初深壁半攲，舟人指點小姑祠。蟲絲網戶無人過，姊妹花開滿破籬。

白沙翠荚接波光，邀笛相傳此渡傍。三弄人歸何處去？鷺鷥梳翅立斜陽。

偶尋江令舊池臺，畫棟雕甍付劫灰。山色不知人事改，對門猶自送青來。

小樓舊是玉京家，色藝曾邀祭酒吳梅村詩。今日我來增悵望，重門深鎖馬纓花。

桃葉當年古渡頭，何人水調按涼州？雕闌百尺窗三面，花杪燈紅舊酒樓。

簾幙低垂護石欄，深居仍覺客衣單。連朝水閣蕭蕭雨，花影迷離怯暮寒。

誰家玉笛譜新腔，引我齊開水北窗。愛殺隔牆花裏燕，撇波來往總雙雙。

興闌回櫂已三更，漸見城樓缺月升。何事鄰家涼不寐，水廳猶有一枝燈。

梔子花前曲檻紅，如梳月上女牆東。隱囊小榻無聊坐，身在詩情畫意中。
隔院箏聲靜夜聞，模糊涼月薄黏雲。微微風息初來處，花氣衣香兩不分。
涼宵夢轉水西廳，殘月穿簾照畫屏。更鼓已停鐘未動，輕風閒蕩護花鈴。
白門楊柳白門烏，風景尤宜清夜娛。花月歌樓燈舞榭，分明金粉六朝圖。
木瓜花下遇何戡，逸興閒情恣劇談。題壁記時兼記事，畫闌同倚月初三。
月光花影滿紅簾，别院誰歌昔昔鹽？無限風懷抛不得，板橋佳話試重添。

馬湘蘭畫梅花便面歌

風催花信披單袷，偶遊珠市逢珍篋。物舊仍餘粉黛香，年多已損玭璃匣。淡淡松煤寫折枝，分明西崦早春時。横斜盡帶超塵思，疏密俱含絶世姿。展看知是閨房筆，朱文印篆棲霞室。族本扶風清望家，名分楚澤幽芳質。瑤臺淪謫墮平康，吮墨研朱素擅長。莫愁翠浪浮游舫，舊曲紅樓捲夕陽。便面揮毫深有意，無邊春色誰堪寄？似謂冰肌玉骨人，原存傲雪凌霜致。名流懷袖昔爭傳，道與乘鸞可並妍。只應皎月同圓潔，底慮秋風有棄捐。一自波生桃葉渡，舞衣歌板全非故。枇杷門巷鎖寒鴉，楊柳池塘飛野鶩。野鶩寒鴉晝夜聞，板橋煙雨易黄昏。香銷仙蝀千團粉，夢冷梨花一片雲。我來弔古鍾山麓，漠漠秦淮蕩空綠。難招零落玉真魂，惟聽淒涼瓊樹曲。雲誇柳惲雪羊孚，得及名姝墨妙無？空將賸水殘山意，繪作横煙挂月圖。舊京最著馬昭骨，斑筠淚染湘妃血。蘊藉如披林下風，動摇恐墜庭前雪。小楷僉名整復斜，滄桑劫外遇天涯。畫篋重編名扇錄，空傳樂府唱桃花。

遊攝山詩二十首

湖上

平湖攝山麓，沄沄新雨足。照影盡花枝，春波不能綠。

明徵君祠

石鼎青苔生，神龕蛛網翳。空庭古桫欏，時有村人祭。

桃花澗

桃香撲澗中，桃影沈澗底。不是桃源人，卻飲桃花水。

疊浪厓

遠訝白頭浪，滚滚捲蒼壁。豈知太古冰，風吹結成石。

千佛嶺

如是千佛名，一一出穿鑿。山石縱有靈，已被色相著。

般若臺

莫以所居高，佛法貴平等。萬個篠簩中，一榻綠雲冷。

紫峰閣

石閣捲簾時，高下羣峰紫。嵐翠溼相黏，電光收不起。

白雲庵

風停雲漸歸，日暮僧初定。穿破玉玲瓏，經堂一聲磬。

息心亭

蘿洞水泠泠，雲門石砦砦。花鳥忽齊驚，小亭風一角。

德雲庵

聞鐘敞竹扉，春露溼臺殿。怪底月昏昏，銜山僅一綫。

幽居

一泉白於雲，萬綠深成海。寄語草堂靈，小隱吾將乃。

禹王碑在天開巖，即摹岣嶁碑

誰將斧鑿痕，倣此龍蛇體？由來太古文，亦可駭山鬼。寺僧云碑可辟邪。

萬松閣

日出不能紅，雨餘分外碧。小坐冷森森，疑是秋堂夕。

春雨樓

一枝紅杏花，空山豔新雨。占斷無邊春，江南此樓古。

雲木相參閣

萬木擁春雲，一望綠無罅。不是風箏聲，誰知有危榭？

茅庵

茅庵踞山腰，冷泉穿石骨。盡日水聲中，一鐙一古佛。

白鹿泉

一泓涵太虛，白鹿羣來飲。何當折松枝，石銚試春茗。

鹿泉庵

曲澗小橋橫，一庵背石磡。山徑夕陽中，歌聲下樵擔。

瀑布

千尺赴厓根，玉虹蒼壁挂。經過幾層雲，應是星河派。

最高峰

杖撥浮雲開，身出飛鳥外。青冥漸若窮，日色益加大。

最高峰望黄天蕩弔韓蘄王

拍天寒江向東瀉，帆小舟輕疾于馬。長風捲浪壓高山，銀花飛迸林梢打。蘄王往事劇悲辛，舳艫旗幟横煙津。夫人一鼓賊破膽，惜哉走脱紅袍人。罷戰中原事已去，疲驢日暮西湖路。風景杭州勝汴州，深宫夢斷黄龍戍。當年折戟沈沙灘，千載英雄恨未完。馳驅鐵騎風雲暗，出没靈旗霧雨寒。潮生潮落自今昔，半壁神州虛一擲。漁人見慣獨無情，坐背青山吹竹笛。

龍潭

一峰陰暗一峰晴，春晚龍潭道上行。左右江山兩奇絶，青林不斷畫眉聲。

舟行

篷背露猶溼，船頭日已迎。禽靈學人語，樹偃礙帆行。市屋占橋頂，松牌記驛程。誰知村盡處，忽有寺鐘聲。

阻風

石尤風起泊沙灣，雲亂長空鳥倒還。贏得樹聲灘影裏，篷窗盡日對青山。

靈巖山館詩集卷六

渡江吟草

江干

極浦青蒼水拍天，孫劉戰壘夕陽邊。船頭浪立壓山頂，雲外帆飛出鳥前。鷗夢圓隨沙嶼月，鴻荒勢入海門煙。此身自笑輕如葉，卧聽龍吟學扣舷。

渡江

數杵清鐘遠寺撞，水雲如墨壓篷窻。風頭初轉潮初落，殘月隨人夜渡江。

邗上喜晤程魚門晉芳

淩雲賦敵馬相如，邂逅逢君開士廬。林壑騁懷吟不盡，金錢隨手散無餘。廣交座每盈談客，有福人纔愛讀書。肝膽千秋茶一琖，二分明月照窗虛。

魚門招遊平山堂因柬古詩一章

畫舫出紅橋，綠楊繞煙郭。麗日媚晴川，芳草襯雙屩。十步一園林，五步一樓閣。聊品蜀岡泉，涼軒捲簾幕。謖謖風韻松，英英雲漲壑。珠帳綴紅櫻，錦屏圍赤芍。所欣素心友，掀髯逞諧謔。萬疊隔江山，翠影襟邊落。尚留未了緣，更訂他年約。待開東閣梅，來跨揚州鶴。

董子祠

石徑春殘長綠苔，先賢祠宇閉煙塺。下帷初不難三載，對策誰堪第一才？疊相驕王胥感悟，未陳留稿啟嫌猜。竹林盡日風蕭瑟，疇向虛堂問玉杯。

過孔北海墓二十韻

秀麥秋方至，黃梅雨易零。偶逢芳甸霽，驚見古墳青。斷碣全無字，英魂定有靈。香泥埋俠骨，碧落託箕星。直轡行安往？嘉謀世可經。貢才論鷙鳥，憂士損修齡。獨木支廬剎，洪鐘驚夢醒。權姦紛舛午，國步歎零丁。志效傾心藿，羞為守口瓶。危言褫賊魄，蘊策翊王庭。切諫修時祭，深排復肉刑。虛中非巨瓠，高爵笑浮萍。意氣淩諸夏，聲稱被八溟。所傷蘭委雪，羣悼器遺型。運值屯邅際，人存社稷寧。毀巢終破卵，埋照類乾螢。客有芻蕘到，尊餘椒柏馨。月輪來秉燭，雲勢展圍屏。往行昭青史，凝愁滿翠坰。卓然脂習事，高義動彤廷。

昭明太子文選樓

衡文傳帝子，樓翼舊城隅。金粉齊梁擅，風騷楚漢殊。一斑窺霧豹，千腋集霜狐。豈似滕王閣，空描蛺蝶圖。

隋苑

川原繡錯晚晴新，一碧平蕪絕點塵。落日亭亭風舉舉，楊花如雪趁行人。

雷塘

平岡地邐水清泠，雨過煙莎不斷青。五夜陰燐常出沒，還疑重放舊時螢。

玉鉤斜

此地經行最愴情，蕭蕭風捲白楊聲。夜深一片荒墳月，較與迷樓分外明。

邗溝吴王夫差所開

粼粼涵碧抱城流，飛墟飛花送客舟。想見役夫疏鑿日，梧宫猶自未曾秋。

蕃釐觀

曲徑轉深竹，飛甍切太霄。奇葩雕白璧，古誌勒青瑤。晨夕蒲牢吼，風雲羽衛朝。荷池通遠脈，芝圃茁靈苗。花鴿常來去，珠幢自動摇。欄高闚月竁，簷迴礙魁杓。石鼎無人賦，松圖有客描。磴盤防屐滑，香篆帶琴飄。為問琳房侶，何時丹竈燒？底須登紫府，試與話紅橋。小跨雲中鶴，來聽月下簫。游仙如借枕，不厭夢連宵。

竹西亭

最好紅亭首夏時，千竿碧玉影離離。六么方響花間集，不唱楊枝唱竹枝。百幅蠻箋草緑雲，清狂我憶杜司勳。今宵不負揚州住，桂醑千巡月二分。

法海寺

輦道絕塵埃，仙橋横螮蝀。栝柏夾階除，雲霞出檐棟。釦砌隱蒼螭，珠幢翻彩鳳。經堂清磬流，塔院一鈴弄。殿古荷佛靈，松深凉鶴夢。禪燈不用傳，忍草非因種。藥欄紅有芒，桐窻緑無縫。客方貝葉繙，僧進伊蒲供。何年夙願酬，小住一龕共。紀遊詩漫題，歸櫂月追送。

禪智寺

江郭雨初收，松門景清絕。淥沼冷而深，紅廊修且折。老僧垂頭坐，盛夏不知熱。鑪凝隔夜香，茶煮去年雪。詩源頗詳審，戒律復精切。硯池一水凹，庭石數峰凸。柳梢蟬若琴，屋角月如玦。靈旛開寶界，法示廣長舌。為多塵世因，嬾問無生訣。來非繡佛蘇，歸效御風列。

天寧寺三詠

簡禪師爪髮塔

慧業省無人，勞師示解脱。紛紛皮相徒，曷不加棒喝？塔院夕陽中，古苔青石骨。

晉樹軒

高柯拔地起，寂歷蔭僧寮。疎簾掩清簟，鎮日有涼颸。六朝雲一片，停來緑未消。

青龍井

高僧昔駐錫，設法持鉢咒。俯窺空人心，清澂泠碧甃。有時去為霖，一縷白煙逗。

二十四橋玩月歌

揚州夢醒月明宵，行露閒尋廿四橋。僧寺煙籠鐘杳杳，女牆風定漏迢迢。百尺紅欄排雁齒，月隨人影沈波底。鮫室誰將菱鏡開？龍宫欲探驪珠起。碧海潮來没緑蘋，金波萬片疊鯨鱗。驚棲樹杪時飛鵲，暗送衣香不見人。當空桂魄夜方半，涼露無聲落天畔。髣髴潛身傍玉臺，盈盈一水通銀漢。月下飄然跨彩虹，星收雲斂水連空。何處吹簫移几榻？誰家搗素出房櫳？搗素吹簫俱未寢，悲歡勞逸同清景。小玉回燈翡翠屏，輕綃倚杵梧桐井。可憐游子向天涯，悵望層霄苦憶家。衣上不知霑霧氣，庭中只道凝去聲霜華。昨夜寒暉穿瓦縫，玉錢到枕無心弄。尺素難裁異地書，空牀徒照還鄉夢。夢斷書沈又一時，愁同月滿不同虧。流光初不分今古，入世誰教有别離。水底銀蟾天上兔，影形萬里還相顧。豈如青鬢戀關河，常令紅樓隔雲樹。我亦孤帆作遠遊，經旬小住古邗溝。壯懷輕視新婚别，良夜翻成兩地愁。

康山

獄中片紙乞牽援，枉己寧辭世笑言。不是馬卿須狗監，只因蠶室繫龍門。風流四海無同調，心迹千秋可共原。今日青山横一桁，追尋無復讀書軒。

呈杭編修堇浦世駿先生

彩翰宵飛星斗芒，身閒不礙讀書忙。名山天許司扶轂，學海人愁歎望洋。中歲休官思作述，驚才傳世在文章。平生每靳懷中刺，此日低頭拜講堂。

梅花嶺弔史閣部祠墓四首

渡江草草小朝廷，仗鉞空聞白馬刑。螭陛抗章爭黨錮，鳳箋簽詔聘娉婷。黄巾奪印郊屯蟻，碧血飛燐夜化螢。幾輩南都名下士，可憐無淚灑新亭。

警報沿江火急馳，新聲燕子寫烏絲。酒酣殿上徵歌日，尸立軍前飲刃時。鐵鎖沙沈飛彍騎，石城鬼哭出降旗。九原痛入忠臣骨，說與漁翁總不知。

危厦孤撑一木難，弄兵四鎮突封貙。上流爭議防蘇峻，當局誰知倚謝安。手札史宬神護守，公復攝政王原書從皇史宬尋獲，紙墨煥然如新，編入《通鑒輯覽》。家書祠壁字凄酸，內府發出公遺像，家書泐置祠壁。分明一擲成孤注，揩眼重繙青史看。

赤縣塵飛海水揚，身隨明社共存亡。東林一死傳衣鉢，公為左忠毅督學時所取士。南渡千軍缺斧斨。龍戰靈魂追信國，鵑啼血面訴高皇。年年嶺上梅花月，照到窮泉骨亦香。

紅橋曲六首

勞君相借問，妾住在紅橋。高閣百花裏，門前挂酒瓢。
聞說蕃釐觀，瓊花天下無。無心逐伴看，只愛采蘼蕪。
雲際閣三層，簾前花四照。不解唱秧歌，為郎謳水調。
暗卜心頭事，攤錢向平地。儻儂夙願諧，箇箇全呈字。
三五紅牕女，瓊簫日三弄。不是愛清音，圖引丹山鳳。
茅庵大士靈，瓣香往祈祓。製成金縷衣，夜向熏爐熨。

題高郵驛壁

秧田水綠竹園青，古陌彎環響瑣鈴。領取行程好風景，煙林斷處露郵亭。
處處連枷打麥聲，江村日暖午風清。紅閨屈指應相憶，人在青山第幾程？

灣頭

松棚板屋兩三家，瓦銚甎爐各賣茶。愛殺雞豚游息處，金銀開遍滿籬花。

邵伯埭書晉謝太傅傳後

東山高臥人，經史才無兩。昔鎮廣陵時，河流苦漫漭。紓策為蒼生，鳩工聚黃壤。緜緜數十里，埭面平如掌。蓄洩隨時宜，田畝獲豐穰。功制蛟龍狂，利便古今享。我行仲夏初，瓜蔓水新長。河湖中斷處，玉虹橫萬丈。迢迢垂柳陰，嘒嘒鳴蜩響。淡紅霞四分，遙白鷺雙上。六朝名士風，緩轡寄景仰。書生儻用世，舍公將安倣？一時小草名，千載甘棠想。

露筋祠

夏木濃陰帶古祠，休論往事是傳疑。去來南北人多少，下馬悤悤盡賦詩。

清水潭黄河水至此始清

九折纔過勢漸平，底須膠擾始澂清。自慚正向東華去，不復臨流想濯纓。

瓦鋪店

綠樹煙屯見遠村，鴉歸一一近黄昏。征途未是無同伴，山月隨人入店門。

漂母祠

誰知千載後，香火盛荒村。我陋千金擲，人高一飯恩。感應深國士，世豈少王孫。聽唱神弦曲，靈鴉噪曉昏。

韓侯釣臺

釣漢先釣魚，魚得足餬口。恰笑英雄人，乞食向漂母。國士作真王，百戰功居首。謀疎命轉制牝雞，力盡身還怨烹狗。嗚呼韓侯命不偶，死生全繫婦人手。釣魚磯，蒼苔厚，清淮影蘸數株柳。帶礪山河誰可久？兹臺亘古為君有。我哀王孫酹杯酒，一語問君君悔否？曷不長此坐垂綸，頭銜獨署煙波叟。鐘室年年草血紅，底須肘間金印大於斗？

傾蓋亭

軼事傳聞孔與程，相逢心與蓋同傾。而今杯酒論交者，轉眼何曾記姓名。

棗溝

暫憩山村賣酒壚，小娃勸客且維駒。前村儻去天將雨，夏木陰陰喚鵓鴣。

蒙陰道中大風作

驅車古顓臾，四望忽陰曀。未來先有聲，大塊遙噫氣。排林向北傾，捲水從西逝。巨石欲騰空，積雲時撲地。原野罕人行，村墟各門閉。僕夫目屢迷，奔馬足頻躓。望望逆旅投，聊效爰居避。蒼黄過蒙山，風姨威稍霽。得非鞠陵内，折丹日沈醉。偶妄擊飈輪，震掉作淩厲。否則北溟鵬，方圖南徙計。

九萬里扶摇，垂雲展金翅。不知此一時，已到天池未？

望岱嶽

峻極蟠齊魯，青蒼絶境躋。秩開五等貴，勢壓萬山低。生物功能鉅，參天道自齊。云亭封禪舊，不必問金泥。

嶅陽

山徑歸黄犢，村農語緑煙。稻畦暑雨候，茅店晚風天。此處二三里，相傳四十泉。何當暫停轡，徧試竹爐煎。

羊流店羊叔子故里，今名楊柳店

羊公遺愛繫人思，不獨襄陽墮淚碑。偶過道傍楊柳店，紙窻泥壁盡題詩。

石門早行口號

星搖風滿天，露下月沈樹。馬蹏側側聲，數里踏沙路。近關有荒祠，先賢曾宿處。時平門不扃，長夜人來去。戍樓角一聲，白發海東曙。

扁鵲墓

壠樹摧殘馬鬣隤，古碑斑駁繡蒼苔。無緣不共長桑去，失計輕過太華來。豈料厲鍼砥音脂，本《史記》石術，翻成賈禍養殃媒。相傳墳土堪祛疾，難免人常盜一坏。

夜行趙北口

日短客程遠，初更車未停。烏啼殘月冷，魚上晚風鯹。鋸齒千重嶂，琴徽數點星。四方吾輩事，未敢說漂零。

樓桑村

吾來樓桑村，不見樓桑樹。日落桑柘間，英雄在何處？飛灰壓城高，畫角吹淒楚。牧馬暗不鳴，新蟬樹巔語。炎精祚已移，羣雄競割據。蜀主起艱難，奔竄蔑寸土。尚憑威斗靈，義旗應運舉。君臣契魚水，將士猛龍虎。雖由知人明，終以堅忍故。至今荒村中，萬木莽回互。桓侯起屠沽，英靈肅祠宇。縱橫丈八矛，影照井泉古。此首上去二音互押，偶本唐人。

曉發琉璃河

房山月黑天霣霜，龍泉雨腳吹笙簧。行人曉發琉璃渡，心憂雨至渡口長。須臾霏微雨氣散，欻見林木清蒼蒼。朝暾一抹上林表，橋長緜亘橫隄旁。橋下清流細如縠，橋邊榆柳疎成行。荇藻牽風動要裹，鵁鶄貼水紛翱翔。是名琉璃良有以，玲瓏翠采相輝光。安得并州快刀翦，翦此一幅藏奚囊。分風劈月取其半，歸來嵌以七寶裝。是河源頭出上谷，桑經聖水經良鄉。一名六里一劉李，宋錄金史都茫茫。常年六月水勢漲，往來極目愁汪洋。橋西鐵竿是何物？與橋長短畧等量。誰歟立此鎮雄怪？毋乃治水遺禹王。何人附會王彥章，鐵篙之說因鐵槍。齊諧莊子尚如此，無怪世俗多荒唐。摩挲一笑下橋去，溪流湛碧溪風涼。

蘆溝橋

拒馬伏流純浸黑，屈曲懷來兩山石。出山一怒走狼窩，激浪冲波拍天白。石景山東土脈孱，明初屢為京師患。環隄築橋嘉靖年，橋成之後隄始堅。橋長二百有餘步，石琢獅子為橋欄。橋下沙横少舟楫，橋上雷車響潗𩜁。鳳城咫尺近魁杓，南北衝塗第一橋。澒洞塵沙迷曉夜，往來冠蓋接雲霄。殘月曉風楊柳岸，雞鳴茅店疎星斷。一絲鞭影裹清波，照見行人鬢毛換。

燕臺遊草

黄金臺

峩峩黄金臺，四面皆蒿萊。黄者葉，青者苔。感不絕，余心懷。昔聞燕昭王，慷慨輕貲財，築宫於此事郭槐。黄金千兩置臺上，卑礼厚幣招雄才。樂毅鄒衍劇辛接踵往，如水赴壑聲應響。就中獨有望諸君，無雙國士超羣倫。下齊七十城，攉如電掃雲，報讐雪恥天地驚。齊器設寧臺，大吕陳玄英。故鼎反磨室，汶篁植燕京。馳驅感激揚聲名，慨然立此不世勳。將軍功高海内懼，惠王疑之羣臣妒。從來反間起猜嫌，豈為田單有遺悮。噫嘻乎！君臣遇合鮮有如此者，後人那得知其故，功成不成乃天數。將軍一朝去，古臺亦荒涼。至今臺畔過，惟見皓月凝空蒼。悲風蕭條出枯桑，殘陽明滅煙水長。客從何來淚盈把，短衣數挽不掩踝。黄金臺下寂無人，太息為言千里馬。

文信國祠

趙家半壁土，陸沈無寸疆。六飛遁瀛海，君臣聚一航。偉哉文信國，與宋相存亡。毒流淳祐間，朝廷漸披猖。前有史太師，後有賈平章。宫闈挾戚里，閹馬推丁當。民謠白鴈來，江潮死錢塘。六橋花柳地，變為百戰場。一葉泛九鼎，其亡繫苞桑。公銜兩宫命，意氣殊慨慷。羈留不辱命，間道奔維揚。遂集勤王旅，彎弓射天狼。乘勝復江右，師旋敗循陽。收兵出麗浦，稍稍嚴軍裝。賊舟導宏範，襲執五坡岡。索書招世傑，鏖戰零丁洋。厓山既破滅，南冠逐鬼倀。區區設供帳，聒聒沸蜩螗。生殺雜喜怒，四顧都茫茫。長揖不肯屈，八日斷水漿。沈痾服砒毒，帝遣不得僵。待公至柴市，天地生輝光。埋頭死獄底，豈若攖銛鋩。丹心冒霜刃，碧血流堂堂。乾坤一震動，白日幽州黄。都市忽晝晦，塵沙莽飛揚。愁雲壓城黑，列缺崩砰磅。至死不受封，狂飈攡雷硠。改書宋少保，豁然吐朝暘。諸天各失色，避席開金閶。隱隱列虎豹，翽翽聞鸞凰。迎公反閶闔，位置日月傍。請公但安坐，為天主綱常。人生誰無死，天壽齊彭殤。晞如薤上露，倏若春前霜。宛轉兒女手，魂魄羞迴遑。幾微稍牽顧，艱危遂彷徨。如公死不朽，青史流芬芳。科名真不愧，聲伎原無妨。從容赴大義，如客歸其鄉。公志已早斷，吞刀截胸腸。不須王炎午，生祭文激傷。不須謝皋羽，西臺哭浪浪。炯然留一心，百鍊成堅鋼。臨危出衣帶，廿字義周詳。一篇正氣歌，浩然塞穹蒼。想見公生平，自命實有方。三年錮狴獄，浣花擬歌行。淵淵金石聲，鏗鏘發鋃鐺。引頸盼鼎鑊，擊節歌清商。其文何悲壯，其氣至大剛。收拾殘宋局，臣節曁大防。齋心謁祠廟，百拜陳椒觴。衣冠儼秀發，劍佩森翱翔。公貌清而腴，豐頷翼脩頏。雙瞳翦秋水，顧盼含悲涼。精誠動惝怳，靈旗颯飄颺。寶祐登科錄，片紙重琳琅。同朝幾鉅公，羞殺留夢炎陳宜中王應麟。余家傳墨寶，錦綈護青箱。遺像附家書，翰墨森光芒。精靈貫虹霓，元氣相扶將。金元往事遠，紫海迴瀾長。公如在地水，終古流湯湯。杜鵑叫冬青，陵骨遺民藏。天荒地老後，公恨猶未央。一死畢萬事，星嶽為低昂。成仁兼取義，孔孟道始彰。

萬壽寺

秋風吹雙屐，訪勝出國門。微聞翠微磬，稍轉斜陽村。新涼袷衣輕，花路入初熏。玉河挹紺宇，突兀撐清旻。上方壘奇石，晻靄連雲根。古洞仿鷲嶺，以奉三世尊。莊嚴開金界，花雨墜繽紛。其上有廣榭，其下有文軒。神宗昔駐蹕，尚食於此間。殿頭礙五雲，殿腳穿三泉。重樓與複閣，髣髴移瀛寰。七松走蛟虬，不知種何年。烏兔受障蔽，四序生幽寒。吾聞馮司礼，奉敕經始焉。風霆佐揮霍，倏忽開栴檀。金錢糜無數，日夜窮雕鐫。碑文出江陵，敘載亦可傳。模糊剔苔蘚，字畫雜缺完。寺有萬石鐘，丈二青斑斕。文皇時鑄此，贔屭慵高眠。鎔鑄貝葉文，筆法頗清妍。榮國實佐命，袈裟領朝官。和尚知自誤，功成歸空禪。範金豈無意，懺悔求諸天。聲聞數十里，諸天默無言。彈指閲浩劫，蒲牢臥蒼煙。靜參寂妙旨，俯仰正茫然。徘徊日西匿，飛鳥相與還。平川黯將夕，粥鼓聲猶繁。衣上見新月，玉泉響濺濺。

李元妃妝臺

昭明觀後百花開，柳辨鶯嬌舞蜨來。此是元妃歌舞地，人傳蕭后曉妝臺。大定末年臺始造，臺高只在瓊花島。臺前月傍九霄明，妃與章宗露坐，上曰："二人土上坐。"妃應聲曰："一月日邊明。"臺上香飄五雲杪。元妃當日最承恩，紅袖烏絲奉至尊。妃頗通文義〔一〕。獨對中天譚皓魄，全通小史辨金根。內家嘖嘖爭誇豔〔二〕，粉黛胭脂一朝賤。也同密誓賜金鈿，那怕秋風棄紈扇〔三〕。同時張建教宮嬪，色藝傾城第一人〔四〕。不信玉音嬌似鳳，試看紗帳薄於雲〔五〕。一朝恩寵誰能數？楚舞吳歌齊卻步〔六〕。微聞天語喚師兒〔七〕，翻使良家羨監戶〔八〕。此時風景正清幽，金屋妝成孔雀樓。樓上樓前盡珠翠，曉光遙控珊瑚鉤〔九〕。紅豆啄殘鸚鵡囀〔一〇〕，妝臺斜立深屏淺。霧鬢雲鬟寶鏡偏，雕欄繡幙春山遠。驚心回首玉惺忪〔一一〕，引手花枝落幾叢。花落鳥啼成已事，殘妝滿面夕陽紅。閒繙舊史閒憑弔，芙蓉依舊臨波笑〔一二〕。古觀棲鴉不住啼，妝樓夜月還相照。單登乙律事荒唐，瀛海方壺更渺茫〔一三〕。《西元集》：舊傳遼太后梳妝臺前有瀛洲、方壺、玉虹、金露四亭。莫唱回心春院曲，朦朧樹色隱昭陽。

【校記】

〔一〕「妃頗通文義」，《詩徵》卷一百五十五、《詩傳》卷二十二無此注。

〔二〕「艷」，《詩徵》卷一百五十五、《詩傳》卷二十二作「羨」。

〔三〕「也同密誓賜金鈿，那怕秋風棄紈扇」，《詩徵》卷一百五十五、《詩傳》卷二十二作「多緣冰雪浄聰明，遂使春風滿宮殿」。

〔四〕「色藝傾城」，《詩徵》卷一百五十五、《詩傳》卷二十二作「此日昭容」。

〔五〕「帳」，《詩徵》卷一百五十五作「幛」。

〔六〕「楚舞吳歌齊卻步」，《詩徵》卷一百五十五、《詩傳》卷二十二作「世上紛紛願生女」。

〔七〕「天」，《詩徵》卷一百五十五、《詩傳》卷二十二作「笑」。「喚」，《詩徵》卷一百五十五、《詩傳》卷二十二作「即」。

〔八〕「羨」，《詩徵》卷一百五十五作「盡」。

〔九〕「遙」，《詩徵》卷一百五十五、《詩傳》卷二十二作「齊」。

〔一〇〕「紅豆啄殘」，《詩徵》卷一百五十五、《詩傳》卷二十二作「度日成妝」。

〔一一〕「忪」，《詩徵》卷一百五十五作「鬆」。

〔一二〕「依舊臨波笑」，《詩徵》卷一百五十五、《詩傳》卷二十二作「泣露香蘭笑」。

〔一三〕「瀛」，《詩徵》卷一百五十五、《詩傳》卷二十二誤作「銀」。

遊香山

太行環斗樞，蜿蜒數千里。西郊天尺五，萬山突而止。奥境闢香山，琳宮倚雲起。初名甘露後永安，中有夢感泉洹洹。香鑪一峰最陡絕，時見靈氣相縈結。金臺丹井跡猶存，鷹爪蟾蜍石羅列。蓮峰出化域，瓣瓣矗青冥。神靈鬱奇秀，變化無停形。蟠空直上翠微路，黛翕藍霏不知數。危峰側磴犖确斜，曲檻迴廊往來誤。白雲踏破不知高，款人幽鳥啼清曙。天風颯颯細雨飛，松花松子落我衣。泉鳴幽澗聲淒淒，殿鐘欲動月色低。須臾日出溪山曉，旛底石壇靜杳杳。遙看鳳闕五雲中，吉祥雲湧三珠島。

初抵都門家掌科咸齋誼先生館我槐蔭書堂敬呈三首

蹇驟席帽意昂藏，秋雨鞭絲指路長。人羨陸機初入洛，我誇鄒衍去遊梁。匣韜鳳嗉琴沈響，壁嘯龍泉劍吐芒。自笑空山麋鹿性，濫竽底處著疏狂？

榻掃塵清綠影交，閒來舊學費推敲。敢期汗血駒千里，謬許為儀鳳九苞。觸石雲還思故岫，投林鳥暫得安巢。吮豪擬獻明光賦，未必心甘等繫匏。

西京門第本支親，仙骨飄飄海鶴身。公望久窺焚後稿，家風偏愛甕頭春。詩傳外國雞林貴，筆落中書鳳綍新。曾侍螭頭司執簡，貞元朝士更何人？

贈夕照寺僧

地接平泉勝，閒尋法界來。薜廊埋斷碣，菜圃賸荒臺。偶爾逢羅什，因之問劫灰。晚涼陣陣雨，催放白蓮開。

般若庵訪友作

何因來物外？訪友暫盤桓。苔色經幢古，泉聲塔院寒。雲中聞笑語，松際有闌干。畫壁前朝像，丹青落彩狻。

匏瓜亭

小小紅亭木石環，半臨溪水半銜山。命名想見前人意，甘繫秋容老圃閒。

新秋旅懷四首

一雁催歸客，宵聽斷續聲。金風逢七夕，玉杵記三生。病葉無因墮，幽花向晚明。夜來愁病酒，反側過三更。

木葉蕭蕭下，溫經閲曉昏。松篁新過雨，門巷靜于村。古井聚秋氣，閒窗上蘚痕。平生羞挾瑟，無技著王門。

廳古燈收焰，風輕幕漾波。客吟因病減，鄉思入秋多。干祿終何補，論文不厭苛。形容青鏡在，原算未蹉跎。

有客婁東至，敲門駐小車。忽通慈母訊，直抵萬金書。松菊欣無恙，饔飧幸有餘。怪來晨色裏，靈鵲下階除。

憩真空寺

玉河環繞古僧寮，蕉覆迴闌綠影嬌。齋鼓動時馴鴿下，戒壇扃後定香消。乞花樹小連泥斸，煮茗柴生摘葉燒。日射觚棱金雀影，琳宫璀璨麗層霄。

甕山謁元耶律丞相墓

草昧文章正則乖，手扶斗柄上雲階。得時道自高松雪，議謚榮還並魯齋。開國鴻謨關間氣，上都名士鮮同儕。我來再拜陳雞酒，高冢麒麟半土埋。

出北郊

遺基傳是古鷹房，狐兔年多尚避藏。羊角風高林葉盡，平沙日落斷雲黃。

滿井徑五尺餘，清泉突出，冬夏不竭。好事者甃石闌束之，水常浮起，散漫四溢

莫慮常招損，虛沖是此中。只因源獨遠，所以出無窮。不仗牽援力，能施潤澤功。石亭桐影裏，滑澾土花紅。

秋晚薊門晚望有作

斷雲隨雁飛，遠嶂與天接。日暮土城關，卷地風獵獵。石橋斷人行，一一下紅葉。

蘋婆果

誰摘煙林月，秋來味倍腴。涼探青鳥卵，綠墮草蛇珠。名可儕香祖，珍堪匹木奴。幾時新被酒，紅暈透芳膚。

橄欖

予口不辭苦，人心豈遽甘。有時逢骨鯁，漸欲當香含。綠茗好同試，紅鹽每競探。揭來憑棐几，書味靜中參。

葡萄

串串綠珠凉，堆盤任飽嘗。仙醽同醖釀，宫錦想文章。上苑時新薦，遐荒異種良。若為司馬渴，不更羨瓊漿。

橘

火鈴懸萬箇，赤帝擲炎方。不賦千端絹，來看九月霜。貢經神禹定，頌帶楚騷香。堪笑漆園吏，無端譬百王。

歲暮感懷

空齋捲幔雪初晴，坐擁重衾百感并。一笑拈花應有悟，三年刻楮尚無成。寒暄世態輸飛雁，貧賤交情戀短檠。最悵今宵孤客况，縈迴慈夢不勝情。

靈巖山館詩集卷七

蓮池吟草

昭陽作噩（癸酉）

客中雜詩四首

葺屋

客遊保陽，蕭然逆旅。來省舅氏，棲蹤蓮渚。講堂東偏，斗室環堵。瓦墮于椽，欄攲于廡。壁長邪蒿，階生宿莽。上露星月，旁穿雀鼠。貰錢鳩工，綢繆牖戶。白紙糊窻，青苔剷礎。節過落燈，祥占喜雨。簾幙閒閒，花竹楚楚。新燕一雙，明月三五。職思其居，爰得我所。有客信信，于時語語。辨論異同，上下今古。黄柳抽絲，暗縈羈緒。四不出門，風雨寒暑。

整書

行篋隨身，古簡爛漫。客裏流光，迅於飛彈。自我出門，星紀倏換。束書不觀，卷帙錯亂。迴繹慈訓，丁寧耳畔。奮翮雲程，究心雪案。遊學學廢，思之顔汗。爰分甲乙，班就部按。鸞縹雅騷，鳥跡秦漢。藜火宵分，脉望驚竄。芝匣瓊籤，悉仍舊貫。注釋蟲魚，誼敦羔雁。六籍精腴，冥索得半。乃爇芸香，乃褰羅幔。短檠熒熒，自晚達旦。幽庭曉春，一花紅綻。

疊石

寂歷銀塘，灣環樓閣。樹翳長蘿，庭堆敗籜。有石塵埋，偃臥牆腳。雨痕斑斑，苔色漠漠。乃命僕夫，出之叢薄。位置高低，躊躇相度。小有玲瓏，不勞穿鑿。凸若熏鑪，凹如筆格。幽雲將生，倦鶴有託。遙認蝯蹲，隱疑龍攫。拜逢米顛，記有蘇鶚。日夕捲簾，臨風獨酌。醉夢故山，宛經岝崿。硯石雲峰，眼前忽落。何必匡廬，何必嵩霍。自謂過之，一丘一壑。

種蘭

有客有客，來自幽谷。清晨叩扉，貽蘭一束。愜予素心，喜溢眉目。筠筐露滋，亟呼童僕。荷鍤庭隅，載翦載斸。土破輕紅，苔翻嫩綠。半畝泉分，三春雨足。培護得宜，生意易復。左帶奇石，右連脩竹。不矜國香，殊遠塵俗。當門誰鋤，紉佩汝獨。如晤高人，襟懷清穆。如佳子弟，神采靜肅。楚騷一篇，玉琴一曲。春波悠悠，香泉馥馥。澧露湘煙，在我板屋。

呈院長張鳳岡敘先生

鶴骨孤支碩果身，光風噓拂杖頭春。從遊為篤師門誼，授粲還因母黨親。上座傳燈須此日，名山付鉢定何人。漢儒自有專家學，願向遺經一問津。

春曉

更鼓嚴城恰罷撾，披衣起潄隔宵茶。小樓酒醒聞春雨，古几瓶乾落曉花。才薄不堪圖作佛，枕孤容易夢還家。推窻為辨陰晴色，驚去庭柯獨宿鴉。

臨漪亭

東風拂雞水，平碧琉璃鋪。紅亭翼其上，四面鉤欄扶。我來清苑春正初，交交鳥勸提葫蘆。新晴放遊屐，景物堪嬉娛。山桃枝枝照水底，彷彿鐵網生珊瑚。縣碕俯沙觜，蒙茸石髮麤。不見垂綸叟，晾翅蹲鳧雛。遠山了了碧天末，翠黛新畫傾城姝。一雙輕盈掠紫燕，數尺撥剌跳銀魚。浪痕圓動處，青錢疊五銖。雲影乍開合，清暉時有無。幽森深我濠濮想，曠遠宛對瀟湘圖。坐久渾忘日欲晡，委波人影工描摹。不衫不履誠狂奴，得非六月披裘徒？繪像雲臺有異乎？一笑此君乃是吾。他日東歸歸故廬，繞牆萬箇栽篠簵。半船明月半牀書，春波一綠盡五湖。

遊郎山

巉巖青塞空，卓立城西北。日日日初升，色射六街赤。我來躡丹梯，彎環春徑窄。白雲對面生，意似阻游客。猛進數里餘，曾無物扞格。回望經行處，紛紛類雪積。入雲我不知，過我雲無迹。由來我與雲，不以形骸隔。倚策聽流泉，小坐據礓石。的皪水晶珠，大小迸巖隙。其下無底潭，黯湛影深黑。未審自何年，生此淩霜柏。壁面走長根，青銅一千尺。始訝蟄蛟行，將起待霹靂。谷幽氣陰森，卓午煙冪箵。風捲磬聲來，喜近釋氏宅。捫蘿踰絕磴，遙見茶煙白。長橋横清谿，一鶴守短柵。枯禪出相迎，齋堂暫憩息。偎簾竹葉垂，照席榴花粘。古鼎焚栴檀，素屏圖水墨。引登藏經樓，奇觀欣創獲。縣厓秀鐵花，萬仞勢崱屴。只恐日月輪，過此亦傾仄。全無鳥雀喧，但聞巖溜滴。俯視坡陀横，仿佛露鯨額。石髮太古生，鬅鬙茁紺碧。上方剛下舂，人間應已夕。僧勸客且留，藤牀頗便適。殿角鐘魚沈，簷牙星斗逼。屋曠心怦怦，境幽夜寂寂。隔窻山鬼聲，帷燈淡無色。

百花嶼

一雨遠山綠，平湖春水盈。趁茲豔陽日，提壺花嶼行。未至一里餘，撲面香風迎。居人數十家，終年地不耕。世業習花事，曾無粟米徵。果實利頗饒，衣食有餘贏。兒孫羅目前，涼燠關恩情。不須文字識，自鮮憂患嬰。起居衆香國，笑語紅羅亭。歲時暨伏臘，雞黍樂昇平。即此是仙源，詎用羡蓬瀛。我來獨延佇，遠近倉庚鳴。晴絲萬丈長，空際相纏縈。恠底蜂蜨鬧，樹樹堆繁英。英繁香爛漫，豔豔丹霞生。丹霞生不已，散為紅雨零。境佳思小酌，一飲累十觥。醉任玉山頹，坡陀藉草青。身眠錦繡谷，夢落芙蓉城。城中何所有？香霧花冥冥。深宮十二樓，璀璨鋪璚瑛。日麗雙鴛幔，風搖九子鈴。紛紜羣仙集，爭前問姓名。因之作高會，當筵百戲呈。玉鼎麒麟脯，金匙芍藥羹。白虎使鼓瑟，蒼龍令吹笙。譜我詠梅句，三疊成新聲。曲奏未及闋，津津衆口稱。謂子具仙骨，宜授内景經。行之果無倦，指日升天庭。語畢各散去，鸞輅猶雷轟。倏然驚睡覺，花杪夕陽明。

詠物二首同周徵君園穆大樞作

木筆

數朶橫斜樣可誇，紅輕粉膩映窗紗。一般落處驚風雨，自是江淹夢裏花。

苔錢

著雨莓苔綴小錢，春紅秋紫日田田。客囊久已憐羞澀，偏向閒階作意圓。

金太守質夫文淳先生索題蘇晉逃禪圖

飲中已成仙，興至圖作佛。乃知慧業人，仙佛能兼一。畫工識此意，繪出散花室。一几一蒲團，和南屈雙膝。不知誦何經，只見書數帙。果能了真源，字亦無用物。我思摹以歸，置向獅子窟。紅羅繡作旛，碧玉啄為鉢。舉家盡皈依，六時求解脫。非是望燈傳，亦不祈棒喝。但先學飲酒，酒可換凡骨。

代書一百韻寄劒飛延青澐兩弟

花正爭紅鳥亂呼，清和天氣憶姑蘇。幾時決計言歸也，昨夜酣眠夢友于。自小未曾離匝月，致書因爾遺長鬚。米珠薪桂仍勞母，馬殆車煩獨笑吾。諸妹定應加長矣，先生仍在舊居無？謂王大容先生焱。傳家架上書千卷，逸品樓中畫一廚。悉有署名題字在，每懷塵涴蠹傷虞。晴窻小暴兼堪賞，淨案閒繙亦足娛。視膳慈闈憑冢婦，膺門陋巷督奚奴。尊彝小閣休教徙，松菊閒庭莫令枯。才術勉成當代冠，學錢知有隔年租。克繇厥構為佳耳，不實於苗有矣夫。誰道勞人終草草，試看良士總瞿瞿。好將經濟乘嘉會，直上扶搖紹遠圖。予仲好修恒佩蕙，生平習靜厭摴蒱。辛勤學惕窺斑豹，迅速時驚過隙駒。聞說草玄常守白，最憐究易數研朱。驚才共許禰鸚鵡，賦物羣推鄭鷓鴣。論史三長多創獲，工吟七步未能踰。煙霞結癖催遊屐，筆墨閒情尚守株。季也春雲矜雅度，宛如秋水湛清矑。空靈自是花為骨，皎潔分明玉琢軀。已解力爭千古上，未難目下十行俱。橫經北面真名士，謂毛紫滄先生。鼓篋西京舊學徒。漢世更生稱碩學，晉時虞喜目醇儒。文壇貫蝨標正鵠，藝苑雕龍示楷模。容易春風榮棫樸，等閒化雨敏蒲蘆。兼資不待金鍼度，異質寧愁玉尺拘。爾輩毋為宋國楮，枵然恐類魏王瓠。搜求怪牒兼仙籙，日夕裁蕉復截蒲。崇讓本承家所尚，持躬須以聖為謨。未妨雲夢吞胸次，貴奉箴銘置座隅。餘慶善將徵大有，久要信在叶中孚。才人慧業皆成佛，上士靈飛豈藉符。一一崑岡呈珙璧，雙雙武庫現錕鋙。豈惟衛虎名爭長，且與袁羊轡並驅。經世尚期他日共，賞心遙羨此時殊。翠鬟座上來羣岫，碧水門前接五湖。幾陣暮雲寒食雨，數聲春樹曉城烏。尋芳定過花間寺，賭酒應過竹下壚。謝女絮飄千戶柳，沈郎錢散六街榆。方塘萍滿魚遺子，曲院風柔燕引雛。種柿沙坪平似掌，亞藤蘚徑滑于酥。湖山幾輩攜尊賞？閭閻何人鬬草輸？半郭半村通畫舸，不寒不煖試羅襦。銀絲下箸蓴羹美，玉版堆盤筍脯腴。一崦翠煙黃蛺蜨，滿園紅雨綠蘼蕪。水亭風榭家家畫，艷曲清詞字字珠。花十八方呈楚舞，月三五好聽吳歈。每當歡醼虞賓散，為赴佳招叱馭趨。前歲記同江郭住，閒房相對綺筵鋪。拈鬮隸事逢春宴，揮麈談文坐日晡。小本書函裝翡翠，交枝筆格琢珊瑚。貯香瓷盒冰紋裂，倚檻雲根鶴樣臞。鳳跱綠沈儲酒榼，螭蟠碧慮插花盂。疏簾清簟眠方起，淨几明窻墨待濡。新火一杴茶鼎沸，橫山六扇畫屏紆。有時逐隊撈魚婢，出郭徵朋看鼠姑。古寺隔溪深且靜，小廳銜磴僻而迂。交加蒲劍抽三尺，歷亂荷錢疊五銖。月皎皎時題寶箋，雨昏昏夜賭龍觚。錦韉走試平原騎，珠箔搴逢狹路姝。窄袖短衣爭射雉，紅氍絳蠟競呼盧。昔時歡笑心難忘，一別家園歲再徂。冷炙殘杯渾累日，曲籬平沼似荒區。陰陰老屋瀟瀟雨，漠漠寒莎策策梧。檐角未明號鶻鵃，庭心乍晚網蜘蛛。樵蘇尚賴征裘典，奔走先防老僕痡。遠寺暮煙鐘隱隱，嚴城落日角嗚嗚。紅糧腐久逢官糶，苦酒灰多趁市酤。麥餅藜羹充晚膳，山蔥冰酪當朝餔。趙衰日出恒愁烈，庾亮塵高每易汙。賓至最嫌誇顯宦，夢遊先自怯長途。山凹水曲無青草，村落丘樊少絳柎。異地棲遲詩亦減，芳辰宴樂事全辜。溷車轇轕填周道，銅鼓匉訇跳女巫。小紙書名惟答客，八方聞語總含糊。自來射策輕摩揣，縱不逢時恥覬覦。倦翼依依何所託？青年寂寂信非夫。空存壯志思投筆，浪有雄心慕棄繻。才富敢言齊司去聲馬，文駢曾得授令狐。眼前孰是移喧手，渡口希登濟海桴。只恐淩雲屯骨相，終教顧影歎頭顱。良工儻荷洪鑪鑄，美玉原期善價沽。難耐恒飢成曼倩，劇憐屢哭類唐衢。竹頭木屑庸當貯，馬勃牛溲竟不須。好樂無荒真達者，倚閭而望曷歸乎？千頭橘熟仍堪賣，三徑茅荒擬自誅。底事平居鄉號鄭，任從深隱谷名愚。捋將菰米供晨夕，製就荷衣好曳婁。林下況多桑椹拾，花前兼可板輿扶。靜呈絕俗琴三疊，共進忘憂酒一壺。蔥蒨壽萱宜宴喜，檀欒慈竹足怡愉。鴒原迭和心相得，雁序聯飛影未孤。共被那知霜信緊，對牀翻愛雨聲麤。消閒自有棋書畫，作計誰分魏蜀吳。訪友乘同觸月舫，聯吟對共博山鑪。事俱得已歸原好，秋以為期誓不誣。子路出雖求負米，季鷹言豈為思鱸。作書報與同胞道，好盼西風水驛艫。

九盡

春催九九盡，北地尚寒留。未撤銅鑪火，仍披翠羽裘。青含榆莢背，紅逗杏梢頭。且待光風轉，春郊作勝遊。

煖

眨眼春分近，天晴景漸融。冰消半池綠，花亞一簾紅。曲室初離火，高軒不畏風。何當招石友，覓醉大隄東。

廉將軍廟

巍巍廟貌臨流水，松徑陰凝蘚痕紫。豐碑半截脱龜趺，事迹依稀規舊史。嘗論將軍戰伐功，慣能知己兼知彼。請看長平相距時，隙無可抵惟堅壘。一朝趙括代臨戎，數十萬兵同日死。扶顛振弱濟艱辛，五城且割燕人矣。後王豈識丕承難，棄置勳臣同敝屣。致令讒慝肆陰謀，私擲黄金售哆侈。可惜雄心思用人，妄云頃刻三遺矢。一隊秦師走晉陽，繭絲保障消如燬。輪與叢祠千載存，繡旗石馬春光裏。牲酒村農祭賽回，紙錢灰燼風吹起。

春盡日寄吴門同社友

傷春復傷别，我亦杜司勳。落日一尊酒，開窗萬竹雲。湖山不礙夢，花鳥助成文。何事羈京洛，終年隔見聞。

新緑滿庭漫成一首

鶴影褢回日影遲，一庭新緑一簾垂。小窗便當雲深處，幽徑渾疑雨到時。花盡香從空裏得，風停涼自静中知。燕窠已就蜂銜歇，淨几攤書分外宜。

一榻

牆東一榻自安排，長日愔愔静掩齋。看畫捲簾閒坐好，裁詩攲枕小眠佳。偶逢明月生清興，暫至涼風得暢懷。漸覺年來踈嬾慣，不堪拘束此形骸。

虢國夫人早朝圖同張吾山郝元作

三春花夾長隄路，銀蟾欲落雞聲度。紗燈一隊爛生光，溟濛十里成紅霧。玉鞍金鐙珊瑚鞭，八姨手控青連錢。翩若驚鴻迅飛燕，意濃態遠疑神仙。爾時新妝何所有？蛾眉淡掃鬢雙黝。翠微匌葉繡羅襦，婀娜羣誇好身手。須臾曙色上罘罳，萬戶千門啟鑰時。鳥語春融穿樹早，鐘聲風定出花遲。明光宫中敲羯鼓，罷朝且事霓裳舞。曲江已見謫海南，何人更進回天語？芙蓉園畔花蕚樓，五家衛從豔春遊。遺鈿墮舄滿行路，懽娛那管宫梧秋。老奸一激漁陽變，賊破潼關血洗箭。苔痕已蝕合歡堂，蛛絲更罥長生殿。麗人玉貌冷丹青，淒絕香魂殉亂兵。遥知秋雨陳倉道，猶認銅龍曉漏聲。

還家夢

長日費消磨，古鼎香初燼。攲枕北窗眠，松風時一陣。吹夢歷關河，居然獲歸覲。慈母頗愉悅，一一行蹤問。問兒胡遽歸？何日孤帆進？昨接汝舅書，云爾極勤奮。經術漸湛深，文筆益遒峻。我意殊欣慰，祖業庶重振。兼之新婦賢，良淑復恭順。母語尚未終，兩弟趨問訊。諸妹聞兄還，廚中具良醞。戚友聞我還，少長集遠近。各各寒暄罷，酬酢忘繁紊。退歸就書室，花竹饒幽韻。鄰雞不作美，好夢忽驚斷。起步石欄前，小池孤月印。

燭花十二韻

虛館夜迢迢，流輝絳蠟燒。奇葩含寸草，並蔕結長條。煥爛紅綃簇，晶瑩紫玉雕。盤螭呈麗藻，鑄鳳擢芳標。淡綠煙縈繞，輕紅影動搖。蜨生從未識，蛾羨數相撩。星點思分巧，芝形欲鬪嬌。來賓占詰旦，聞喜卜何朝？艷豈關春好，開非藉土饒。金蓮奚自撤，銀粟禁人挑。默坐憑文案，防風掩綺寮。與誰矜意蘂，四照燦珠杓。

夏夜

露砌百蟲喧，追涼幔盡掀。輕風不滿竹，好月恰當軒。弄笛調新曲，吟詩愛冷言。所憐同社友，明日曳歸轅。

晝長

處暑熱微減，閒居晝自長。試殘香數種，書罷字千行。蟬噪喧槐國，魚沈伏荇塘。夜分眠較早，枕簟有新涼。

夏日旅社遣懷

高槐古屋夏相宜，卷幔閒看日影移。止飲偏逢花下酒，送歸多屬客中詩。敢言經世饒奇策，須識觀書有極思。百畝水田千畝竹，故山曾與白雲期。

庭柯又聽亂蟬鳴，便有離懷一種生。遂返也應防觸熱，此來原不為求名。安能松鶴身同暇，儻向雲山夢自清。早晚歸帆挂煙水，承歡一慰倚閭情。

敬題楊忠愍公二疏手稿卷後

神燈黯慘靈旗掣，虚堂鬼哭聲淒絕。啟牘孤忠手蹟存，模糊一片萇弘血。前明中葉魁柄移，社狐城鼠紛恬嬉。容城先生鐵為骨，隻手欲將九鼎支。咸寧武夫不足齒，竊位喜功開馬市。一擊不中九死瀕，謫戍邊城作典史。鈐山老奸梟獍儔，弁髦國是多陰謀。手提堂印屈丹筆，濟惡更有嚴東樓。再起擊賊賊膽裂，一劒欲剚元兇骨。頸血宵飛天地驚，常山之舌涇陽笏。騎箕披髪訴天閶，眼見宵人兆亂亡。三綱難作山河色，兩表空爭日月光。公承絕學通音律，樂苑精微親紹述。影斷飛鴻市碎琴，歌傳鳴鳳冠衝髪。手擊登聞觸怒雷，天高巾幗力難迴。當年恨失鳴冤表，轉眼滄桑付刼灰。凛然遺像懸堂壁，折檻丰裁儼親覿。義膽忠肝紙上横，一字辛酸血一滴。同時冤獄痛張經，浩氣長留炳日星。字挾風霜文斧鉞，千秋輝映簡編青。

消夏雜詩四首

緗書常寂寂，對影自閒閒。只爲慵延客，非因愛閉關。新移數箇竹，更疊小重山。惟與清風約，披帷任往還。

晴窻閒潑墨，小景倣雲林。荷雨催蓬艇，松風寫玉琴。幽情閒外得，涼意靜中生。内熱原無病，寧愁毒暑侵。

前年消夏去，縱棹太湖行。舴艋衝雲處，菰蒲作雨聲。拍天銀浪冷，開鏡玉蓮明。何似移家住，漁竿寄此生。

陣陣引清颸，匡牀傍小池。鵲聲占月上，螢過認星移。嬾詠燈常滅，貪涼睡獨遲。短章吟表夏，聊爾和微之。

題梅花道人漁父圖卷

碧江斷處青山補，楓葉蘆花通溆浦。水雲曲曲著漁舟，半幅蒲帆一枝艣。大者如梟小如葉，潮落潮生靡定所。撒網垂綸態各殊，錯認天隨我與汝。一家眷屬聚一船，那知人世別離牽。眼前風浪掀天起，任爾披蓑帶月眠。前者鳴榔後鼓枻，得魚換米亦換錢。老瓦盆傾梅花白，一醉直到羲皇前。波濤出没如平地，東西南北如人意。水流花落天地間，得魚失魚尋常事。幾折青林帶斷橋，魚莊路隔小村遥。笭箵挂門人上市，荒寒景色太無聊。蓴羹鱸鱠正肥美，歸與帆待秋風駛。夜半孤篷聽雨聲，夢迴一片吴淞水。仲圭寫圖妙入神，那知我亦畫中人。高歌一曲漁家傲，嬾向滄溟下釣綸。

秋懷一首寄山中故人

宋玉逢秋自鮮歡，平原風捲葉聲乾。空潭落照魚鉤穩，遠浦殘雲鷺影寒。覓句最宜逢好月，懷人切莫倚危闌。小山叢桂應招隱，秋館空營十笏寬。

牆上蒿

牆上蒿，甚微細。偷承雨露恩，巧作憑依計。謂從壁上觀，即據淩雲勢。浮生博浮榮，終須踐實地。欣欣方自誇得意，主人已刈當門蕙。

路傍草

路傍草，綠交加。千萬里，逐行車。應是古來思婦淚，化作碧血周天涯。轍迹所經思蔽遮，但得輪生角兮馬僵足，袍青永伴裙腰綠。

陌上花

陌上花，紅簇簇，千枝萬朵琢香玉。黄蜂上下勤，紫燕往來熟。車馬勞勞東復西，奔馳名利罕游目。春光輸與畫樓人，盡日鉤簾看不足。

澗底松

澗底松，勢鬱盤。託根一何下，乃在深壑間。後有嶇嶔巋崎之峻嶺，前臨犇遯碭突之驚湍。煙霏露潤，秀色可餐。游人二三月，登嶺恣盤桓。不識歲寒質，但從足底看。

秋來

池上秋初到，羅衫漸不勝。重尋訪勝屐，稍近讀書鐙。歸客頻相引，還家獨未能。閒吟白蘋句，羨殺柳吳興。

雨過

曉雨催殘夢，秋容滿石堂。池荷攲黯緑，庭桂浥新香。陡覺琴書潤，兼增几簟凉。登車怕泥濘，卻笑客程忙。時將應試入都。

秋榜將放觸景有作二首

鯉魚風緊雁來初，依舊青袍草色如。下筆敢期千古業，出山須讀十年書。儻令全樹皆相借，未必長安不易居。只是白頭慈母在，故鄉吾亦愛吾廬。

有藥能令手不龜，封侯澼絖總前因。少來不欲當人惠，到處何妨率我真。終覺鶢鶋厭鐘鼓，敢期雕鶚出風塵。湖田百畝莊三畝，誓與梅花作比鄰。

閱癸酉登科錄有感

瓊樓惝怳記遊仙，小謫人間夢又圓。丹桂露溥叨一第，白楊雨冷隔三年。羽儀鴻漸占初吉，燈火雞鳴感舊緣。遙喜萱堂眉暫展，簷前靈鵲好音傳。沅蒙先祖父鍾愛最篤，親為督課，期望綦切。今甫沒三載，幸舉秋闈。不及一見，思之曷勝感痛。

古詩二十二首

叢蘭鬱幽壑，騷人充佩纕。豈免采擷苦，識是王者香。盈盈樓上女，灼灼有輝光。雕籠閉鸚鵡，文窻隱鳳凰。不出中門限，誰能知短長。

黄鳥鳴交交，嘉樹榮上春。下有窮居子，傷哉長苦貧。簞瓢甘此水，白璧葆此身。渭水坐垂釣，會稽行負薪。當其未遇時，曾是漁樵人。人生偶然爾，遭逢安足論。

邊風吹蕭條，落日照古臺。高登一展眺，燕鵲縱横來。山川莽迴互，陳事滿蒿萊。而笑繽紛子，方欲游九垓。浮梁下滎澤，躍馬登岨崍。身事卒無就，風塵良可哀。

嘉客滿四座，韓娥發清音。歡宴未終曲，忽焉涕沾襟。曼聲有遷變，哀樂存人心。懷貴不惟故，憤賤豈在今。田文自多淚，何必雍門琴。

結髮事君子，琴瑟兩和諧。私願及百年，終遂平生懷。如何中棄置，乃受外疑猜。妾身在深閨，安知所從來。悠悠蒼天心，下意杳難推。思君美無度，反覆空裵回。願回金鑪火，暖妾未死灰。

驅車出門去，曠野莽茫茫。極望無所見，玄陰蔽重岡。荒途斷行人，悲風出枯桑。丘墓何纍纍，云是古北邙。上有荆棘生，下有狐貍藏。榮耀一朝盡，遺業故不長。安事遠行役，咄嗟令心傷。

桓桓李將軍，歸臥南山陽。功高棄弗用，醉蔚訶其旁。涼風颯然來，中夜起慨慷。怒馬為長嘶，寶刀相和鳴。李蔡爾何物，安可一概量。

燕趙有佳人，顏色如西施。不喜時世妝，椎髻著布衣。東家誇細腰，西鄰鬬蛾眉。青春逐花落，安保芳華滋。豈不望軒車，媒氏議少諧。求賢慕高義，此意誰知之？

子房既亡命，受書黄石公。佐漢為帝師，辟穀從赤松。誰與朱泙子，千金學屠龍。技成無所試，安問拙與工。知足故不辱，適用乃有功。遐哉魯仲連，卻敵談笑中。逍遥海上遊，聯璽不受封。

月光照茅屋，幽賞足平生。富貴衆所欲，吾生豈逃名。顧知不可求，百慮靡一攖。昔聞桃都山，仙樹敷紅英。海日乍揚光，天雞始發聲。下觀人間世，笑語如蒼蠅。營營亦何為，貴用適我情。稱心安蹇退，非是薄世榮。

長安有好女，名字為金蘭。榮華耀朝日，被服素與紈。文窗理絲竹，繡戶工吹彈。一彈再三歎，天地泠泠寒。曲高無卑響，調古少新歡。寂寞瑣闈裏，知音良獨難。

鳳凰從東來，一顧一裴回。竹花不結實，梧桐委蒿萊。嗷嗷忍朝飢，噦噦過吹臺。悲鳴歷三湘，毛羽自摧頹。斥鷃對之笑，鴟鶚亦見猜。苦心事無成，宜為衆兆咍。

石門正西豁，渺渺河波闊。晻靄緣谿花，蒙茸翳泉葛。神龍抱玄珠，揚鬐吐漦沫。一寸蝘蜿心，欲取枯魚活。窮冬沍陰寒，涸轍逼楚越。蹭蹬無寧蹤，哀吟動天末。

出門望古道，落日去蒼茫。微風吹逝波，杳渺接大荒。前行畏歧路，徙倚空彷徨。懷人情未已，倦遊神已傷。不如雲中雁，來往任翱翔。

復育升高樹，黄鵠伏籠中。超然鳴得意，反笑伏者窮。一朝秋節至，抱葉吟悲風。安望垂天翼，翱翔遊太空。

苦瓠若懸癭，宜瓢亦宜笙。笙以和雅音，瓢以供酌烹。我為苦瓠謀，任力莫任聲。薦勞鉶鼎間，自足資養生。物賤終反貴，吹萬豈其情。

英英芙蓉鍔，斫斷生蛟犀。飛來著胸臆，起舞天為低。沈埋無所用，精彩終不移。龍光燭巖谷，龍氣淩雲霓。誰能佩此刀，位與三公齊？

燕鼠生梧臺，宋人以為寶。葉公稱好龍，見之驚欲倒。嗟嗟競虛名，立身苦不早。挾策負盛年，亡羊歎衰老。白日去如馳，茫茫思遠道。

拳石五彩色，產自荊山陽。抱璞不自炫，身價寧可量。日月為祕室，天地作瑤房。波流互迴旋，雲漢成文章。惜哉宇宙間，靈秀空蘊藏。

南國如花女，雜佩鳴鏘鏘。朝看陌上花，暮採陌上桑。春風理刀尺，製服成文章。貴為王者用，染采生輝光。幽蘭被脩阪，芙蓉冒寒塘。十年貞不字，婉孌有餘芳。何似銀漢女，朝朝怨七襄。

天地來清風，不扇惡木陰。梧桐生嶧陽，羞附千花林。上枝拂霄漢，下枝摩蒼岑。良工取直幹，制作龍唇琴。軫以崑岡玉，徽以荊南金。七絃一再鼓，鳳凰揚和音。太息鍾期去，山高流水深。

莫奏別離曲，故鄉山正綠。莫歌行路難，當軒酒方闌。酒闌人已散，山色渺天畔。思君上高樓，辛苦無人見。驚飆日夕殘，幽谷芬芳蘭。不惜別離苦，所傷行路難。

和寶田舅詠物四首

竹牀

誰截湘筠成短榻，爻文局腳巧雕剜。移來消夏香猶碧，身到淩雲夢已寒。化蝡好穿千畝去，棲鸞真得一枝安。吳僧好事貽佳物，角簟剛符八尺寬。

紙帳

翡翠芙蓉何足云，親裁寢具覓羅紋。蟾宮枕榻團明月，瓊室神仙護白雲。霜氣風聲俱不到，曙光夜色竟無分。銷金帳底酣歌客，似此清幽未許聞。

菊枕

采采秋英裹碧紬，曲屏短榻晚香浮。便教南墅多歸夢，余家婁東有南園，明王文肅公種菊處。真是東籬可臥遊。白髮無從添鬢上，黃金長得在牀頭。北窻昔日陶彭澤，也解高眠製此不？

蘆花被

何事蘆花也自收，吳綾表裏作輕裯。香侵蝴蝶三更夢，雲覆鴛鴦一段秋。睡聽西風嫌冷落，去辭南浦老溫柔。顧名忽觸前賢事，失靷緣渠泣道周。

秋日思歸作

行將歸去較蟲魚，江上先人有弊廬。半閣秋聲初到竹，一簾花影獨攤書。池塘碧水雲相似，元白清詞玉不如。座上漁樵窻上月，肯教良夜酒尊虛？

夜靜

竹榻人初寐，銅荷燭已銷。穿窻一點月，別院數聲簫。秋思忽而動，睡鄉因亦遙。生憎風磴外，新種有芭蕉。

靈巖山館詩集卷八

蓮池吟草

戲擬十二辰詩

聚書恐類拖薑鼠，賣劍買牛耕白雨。千古要途如履虎，狡兔三窟終何補？才名莫羨居龍頭，畫蛇添足徒貽羞。早知白馬投清流，羚羊挂角何處求？猴刺棘端誰所見，蠅聲雞鳴空自眩。浮雲蒼狗從多變，且割花豬作春宴。

五雜組八章

五雜組，鞦韆索。往復還，嚴城柝。不得已，屠門嚼。
五雜組，梵字旃。往復還，子母錢。不得已，待風船。
五雜組，舞衣篋。往復還，官渡楫。不得已，乞米帖。
五雜組，繡牀絨。往復還，隨陽鴻。不得已，簷下風。

五雜組，文綺席。往復還，海潮汐。不得已，女三索。
五雜組，新嫁衣。往復還，燕子飛。不得已，夢當歸。
五雜組，流蘇纈。往復還，巾車轍。不得已，新婚别。
五雜組，車前旌。往復還，巡邏鉦。不得已，推酒聲。

為姚念慈題寒香小影畫册三首

冷香浥浥隱紗窗，一片清愁未肯降。記得山園春雪夜，畫屏銀燭影無雙。
落落心情誰與偕，松筠為伴月為儕。最憐客散燈昏後，一榻蒼煙閉冷齋。
香草化為文廿五，小山遠似月初三。藥鑪經卷清齋罷，徐下疎簾話石潭。

橐駝吟

平沙莽莽石犖埆，一片孤城數聲角。明駝三五隨羌兒，朔風凛冽皮皴剝。不給吳鹽力易孱，夕陽衰草影如山。昇平屯堡逍遥甚，盡日氈廬臥對閒。形容見慣無人怪，不復猜疑馬腫背。有時負水向渾河，驚起飛鴻横紫塞。

蟋蟀篇

古樹横塘帶平圃，荒籬蟲咽豆花雨。貧女驚秋思悄然，臨窗入夜鳴機杼。軋軋聲連唧唧聲，人定江村尚未停。幽脩慘切無窮語，似與寒閨訴不平。復有儒生樂枯寂，當戶垂簾鐙背壁。繩牀棐几破堂中，愛聽清音出苔甓。月光炯炯風絲絲，秋風堪悲渾不知。觸物撫時佳興發，拈豪自註豳風詩。豈識朱門豪貴家，枝枝絳蠟籠紅紗。到處林亭捕深夜，海棠蹴損湖山花。歸貯戧金盆子裏，矜奇詡異難窮擬。黄金得失判悲歡，只待么麿一啟齒。

寄家書

忽逢馹使吳門去，紅紙頻裁墨屢磨。筆到下時言易盡，封當緘後事仍多。報儂無恙雖非急，問母平安慎莫譌。儻見故山諸舊雨，為詢幾度訪巖阿。

曉起

漏聲纔定寺鐘撞，燈燄猶明隔夜釭。風引桂香來曉院，日搖潭影入秋窗。畫翻舊譜偏增趣，曲度新詞未合腔。應有故人遺尺素，檐牙靈鵲語雙雙。

金井

修綆轆轤盤，紅亭覆石欄。不隨時冷暖，肯學海波瀾。也識源流遠，何憂汲引難。銀牀花影暗，玉甃蘚痕寬。名有天星應，功參卦象看。情深誰得似，到底作團圞。

銀河

輕雲捲碧羅，畫閣界秋河。極望盈盈水，分明淡淡波。只教織女隔，難禁海槎過。鵲到橋梁合，榆栽星宿多。湔裠曾有約，渡韈慎無他。一樣人間世，紅牆隔桂柯。

客夜

客裏驚宵柝，聲聲訴寂寥。酒為無俚伴，月是可憐宵。露蘚蟲吟急，風篁鳥夢搖。從前故鄉住，曾未怯愁撩。

晚歸蓮池作

送客還家已夕陽，沈吟閒坐水西堂。月和鐙影當圓牖，人與花陰共一牀。歸計難成空悵望，春詞新就暗評量。青年未合林泉隱，嬾問神仙辟穀方。

枕上聽雨

鐘沈角斷夜迢迢，雨滴寒階正寂寥。一樣愁人眠不得，何曾窗外有芭蕉。

沈吟

莫更悲歌行路難，閒身何處不相安。倦懷每倩茶香破，妄想聊憑鵲語寬。苔徑偶行疑履濕，花陰久立覺衣單。沈吟擬賦尋秋句，漸見斜陽上石闌。

寫意

微願蒼蒼可畀予，水村沙墅賦閒居。清江一曲三層閣，脩竹千竿萬卷書。客到但知談澗藥，齋期時得擷園蔬。弟兄無故慈親健，歲歲花前捧板輿。

那能

那能事事有奇緣，自哂無端妄想牽。花落風仍吹上樹，月沈雲更擁登天。青年已過潛來復，好夢初闌更接連。儻得悉令如我願，呼龍瑤圃且耕煙。

有寄

橫塘春水碧于油，莫對垂楊憶遠遊。放燕窗開金屈膝，拗花人墜玉搔頭。多情易惹芳時恨，有夢翻增獨夜愁。欲問天涯行客處，四山明月一層樓。

九月十四夜蓮花池玩月作

坐深忽訝薄緜輕，近水軒窗夜氣生。梧落已飛千片碧，月佳尤欠一分明。淡交到處人情好，懷母頻宵旅夢驚。池上芙蓉秋漸老，霜天怕聽擣衣聲。

病馬行為寶田舅氏作呈方制府問庭觀承先生

天馬何年來冀北，病餘損卻桃花色。酸嘶無復紫遊繮，悵望猶懷多寶勒。可憐虎口骨槎枒，沙苑茫茫苜蓿花。紅絲尾掉秋風胞，沛艾毛翻暮雨斜。憶昔千金詡聲價，玉鞍金鐙香羅帊。逐日追風如等閒，獅子龍孫此其亞。霧鬣風鬉翦拭勻，蹀躞連錢驕向人。沙平草淺試馳騁，紫電一條看不真。未是年多難負馱，豆稀蕢短渾飢餓。寒雪從教荒疃行，斜陽任向橫門卧。儻邀華廄許羈留，關塞寧愁路阻脩。四蹄會見風雲起，八極真堪旦夕周。男兒落魄亦如此，知己何當畧跅弛。君不見名駒要駕棄寒槽，豈識奔踶堪萬里。

早鴉

樓前初落月，屋後是疎桐。盡作辭枝勢，猶疑墜葉風。帷鐙一點燼，城鼓五番終。致竟緣何事，羣啼冷霧中。

送友人入秦

他鄉同作客，自小即情親。呼諾憑庚癸，雌雄任甲辰。胡牀移對月，鑾榼挈尋春。今日秦關去，臨歧暗愴神。

秋夜聞雁

殘燈背壁定昏初，潘岳中年歎索居。月落起褰虛幌望，天涯恐有故人書。

一鉤殘月落山城，去度吳天第幾程？莫向小紅橋畔唳，有人孤枕夢初成。

葛洪山

一痕飛鳥外，巒嶂青重沓。聞昔有真靈，金汞秘瑤篋。向往生道心，丹梯思仰躡。蕩滌塵坌襟，靈骨試單袷。紆迴入雲門，兩厓喬木合。綠陰如瓦厚，蒼蘚透鞵濕。初無雨腳垂，何處聲霎霎？山腰值紅亭，小憩展湘箑。俯眺衆峰巔，箇箇散螺甲。白雲湧其間，銀濤流月硤。坐訝煙林西，鐘響時鞳鞈。奔泉十萬丈，削壁玉虹搭。直下赴靈潭，垂首恣呀呷。稍升境益奇，苔蹊不受屧。怪樹作橋橫，崩厓當頂壓。欲上蝯猱愁，思過鷹隼怯。數折抵平矼，罡風長獵獵。巖广深于堂，中有古石榻。莓錢歲月深，茵毯翠雲疊。小碣無名氏，字類换鵞帖。紙墨惜未攜，剔蘚一摹搨。其旁白雲洞，石扉雙扇闔。相傳住六丁，司守蛟龍匣。秘貯真形圖，兼之不死法。儻能獲此者，永超恒沙劫。東行百餘步，松磴尤峭狹。云下有茯苓，甲子歷千匝。常化蠵蠵遊，巖壑善超蹋。蒸服即長生，試歸借花鍤。再上為中巖，縹緲淩空插。藹藹青霞光，直與閶闔接。捫蘿若登躋，星辰手可捻。

上清宮

爰尋青瑤局，飛磴盤空小。列嶂犬牙錯，線徑羊腸繞。遊客與白雲，爭出喬木杪。平地望上方，臺榭悉了了。及至造巖巔，棟宇忽幽窅。數折轉丹厓，萬竿攢綠篠。白晝不逢人，深谷惟唬鳥。沿籬二三里，松門藏窅𥨐。落盡林禽花，徑鋪紅碼碯。山童如鶴長，竹帚和煙掃。登堂見道侶，問訊俱垂老。未審操何術，髮白顏美好。因乞長生方，含笑頭屢掉。自述入山來，僻處見聞少。羸衣僅取溫，糲食但期飽。此外無欣羡，于中罕膠擾。雖能談十洲，曾不夢三島。予聞倏恍然，葆真壽克保。成橋公遠杖，如瓜安期棗。術士浮夸詞，荒誕難稽考。起巡廊廡行，樹古勢攲倒。磥砢賸空腔，中有寄生草。腰揷奇礓石，大比數栲栳。分明畫生成，寫影在庭沼。風來金鐸喧，香過珠幢裏。簾密鐙昏昏，神威堂悄悄。更登殿西樓，檐角出雲表。縱目凭危欄，天晴極緜眇。恒嶽鉢盂覆，渾河衣帶繚。暝色不能到，夜深仍皎皛。假榻樓東偏，境清夢魂杳。日上已三竿，人間猶未曉。

登天風臺放歌

我登天風臺，眺望襟懷開。荒甸盡邊蒼昊了，滹沱春水，遙穿亂山斷處，捲地奔騰來。赤日當空大徑丈，紅輪疾輾，隱隱疑輕雷。剛氣去地四千里，堅如道路堪踐履。便爾乘之汗漫遊，往看蓬萊清淺水。因與羣仙集紫房，指揮如意，細論長生方。雲鳳香鑪青玉案，海山屏障黃金牀。更上蟠木島，和煙擷瑤草。非徒凡骨可輕身，欲令羣生俱壽考。小住西池王母家，紅雲萬樹開桃花。由來恰值羣仙會，桂醑流霞棗似瓜。珠鐙繡幕陳絲竹，酒酣落筆，揮成三十六闋春日游仙曲。譜入樂府中，宮商調初熟。一奏風泠泠，再奏霧冥冥。鸞鶴翔舞，魚龍出聽，山石迸裂天為驚。羣神奏諸帝，帝親勘其事。備覽聯珠刻玉詞，屢稱才合神仙吏。青琳閣宇近宸居，敕與星官作直廬。珥筆修文萬萬古，歲朝長獻太平書。

倒馬關

癡雲鬱鬱鎖叢樹，萬嶺千峰盤驛路。鐵門亘其間，陽鳥不能度。四月氣猶寒，厓霜尚未殘。坦途無十步，真覺馬行難。古月三五夜，滄海飛冰團。白豪冷森森，先射漢時關。關樓縹緲俯空磧，凭闌一望頭堪白。星斗垂芒風滿天，沙上寒煙如水積。萬里莽茫茫，前朝舊戰場。膏血年深凝作石，髑髏日久吹成霜。老梟叫嘯，雄狐跳梁。鬼火聚廢堡，淡綠移螢光。不識今非昔，仍來望故鄉。青年只謂客游樂，走向窮邊探遠畧。豈知景物斷人魂，急歸逆旅謀杯杓。一點燈，數聲柝。孤館幸無眠，眠愁夢亦惡。

演雅有序

從張鳳岡先生處假得《山谷集》，中有《演雅》一章。愛其意新格創，因擬作此詩。非欲學步前人，聊作劄記而已。

青鸞善歌鳳善舞，鸛鴿知雪鸛知雨。鶾垂錦綬彰五采，蛙鳴鼓吹陳兩部。交足蒼蠅類絞繩，舉臂螳螂能奮斧。縊女自經究何因？蝜蝂好負不辭苦。鷴為閒客雀嘉賓，鶩堪警鬼雞司晨。蜾蠃負蟲祝類我，嫈羿飛矢還射人。燕燕銜泥避戊巳，蝠生匿影知庚申。出水石尤風正壯，營巢太乙鵲所向。音叶絲桐寶鞠通，字飽神仙成脈望。呼婦逐婦陰晴鳩，療妒誰知黃栗留。爪甲莫教訓狐拾，魂魄宜防姑獲收。蚊睫焦明渾不見，蝸角觸蠻恒苦戰。蛇以眼聽蟬脅鳴，鼉云馬化駕鼠變。風舂雨碓驗鹽雞，淬劍塗刀貴鸊鷉。畏人可笑縮似猬，拌飲何妨醉似泥。鵬究何凶鶩何吉？鴉能厭火蜂釀蜜。蠁蟲在握路不迷，啄木書符蠹自出。桑扈淺白為竊脂，蛇傷守宮解作醫。丸轉蜣蜋技止此，文成蝌蚪睛則知。孑孓水中任直曲，鬼車九首蚿百足。銜石精衛思填海，延壁蝸牛行戴屋。布穀吐蚕鷏吐蝨，鶴脛難斷鳧難續。得過且過號寒蟲，好淫鴿每雌乘雄。雨虎雪蛆費格致，伯勞姑惡紛異同。東坡云：『姑惡，水鳥。』《通雅》云：『即伯勞。』雲際飛鳴告天子，守瓜護田誰主使？嬾婦巧女名堪憎，慈烏義鶻人皆喜。怪哉曾經託諷喻，吉了亦復工興比。鵬將運海徙天池，振翮扶搖九萬里。

雨夜

更鼓濕無準，嚴城小市集。樓扃松影裏，夢冷雨聲中。蟲語一何苦，篝燈更不紅。欲眠頻枕手，風葉打窗櫳。

冬夜書事有寄

斷雁聲酸客思增，將殘未滅背屏鐙。霜飛小閣人初夢，月過寒池水有冰。癡類虎頭惟我甚，飲如犀首更誰能？所欣不負臨歧約，春入吴淞鱖可罾。

寒衾

最是空房夜，寒衾暗愴神。和衣攲半帰，温語憶前春。剔燭慵抽手，偎鑪小側身。雪兼風並横，形與影相親。白豹非無褥，青熊亦有茵。由來鴛被意，不暖獨眠人。

詠物二首

雪燈

虚室涼招滕六魂，清輝昱昱月初昏。珠擎四照春無影，玉盌雙規夜有痕。孤冷自成光更潔，相煎雖急性還存。孫康故事何人繼，苦憶蕭齋慘不溫。

雪美人

本是層霄淪謫身，一生冷面最難親。是空是色誰真悟，為雨為雲有夙因。忽訝相逢來月姊，可憐不字欠冰人。溫柔鄉裹知無分，寬褪腰圍每怯春。

寒甚

作勢天將雪，濃雲不計層。風聲四野急，酒價一城增。未暝雞爭桀，離鑪硯已冰。夜眠僮僕嬾，百喚不曾膺。

園居圖為周明府讓谷天度作

沙徑草芃芃，青林半畝宮。日升千嶂外，門閉百花中。雞犬有仙意，簞瓢含古風。幽人無姓字，自號鹿皮翁。

冬夜詠懷

老樹鏖風策策聲，書樓夜靜景淒清。曲屏小榻回孤夢，明月荒城打二更。人為驟寒生酒病，友因遠別散詩盟。此身未是無歸處，數棱湖田廢不耕。

閼逢閹茂（甲戌）

西樓夜

漏轉春城悄，紅闌出木杪。指澀琴音沈，衾寒香夢少。簾風驚睡猧，花露滴棲鳥。聞鐘寐未成，燈燼屏山曉。

東樓曉

不眠愁脈脈，倚枕思家客。酒醒知夜長，月到憐窗窄。安得餐霞人，假我淩霄翮。飛歸花杪樓，曉檻五湖白。

黄雀行

三五小黄雀，交交還趞趞。纔聞下階除，復見集籬落。青竹枝儵儵，紫苔花漠漠。翻身趁阜螽，俛首啄渠蟟。容易腹果然，相與物咸若。飛來雙鶴何昂藏，睥睨黄口深鄙薄。一舉上青松，再舉淩虛霩。天衢曠宕雖致身，雲路虛無難著腳。浩浩罡氣隔海山，濛濛寒霧迷城郭。始悔慕壯圖，輕舉向寥廓。不如莽蒼間，安穩易栖託。作書謝嘉賓，羨爾野田樂。

慈烏引

烏生八九子，乃在厓樹巔。覓粒哺黄口，往返時翩翩。辛勤毛羽瘁，未忍中棄捐。豈欲博恩義，惟覺天性然。寒鴟歲暮苦無食，側腦林端暗來逼。野貍巖腹育數豞，飢緣枝葉欲相賊。老烏晝夜守孤巢，衆雛待飼聲嗷嗷。我謂爾烏，無為自苦。三足棲日中，亦屬爾儔侶。胡不改圖，軒然高舉。白榆歷歷夾銀河，一枝若借應相許。

春燕曲

春社後，杏花時。雙紫燕，羽差池。不是層城無處飛，君家庭院有花枝。朱樓畫閣連雲起，來往營巢春色裏。曉露紅銜香徑泥，午風綠掠芳塘水。辛勤數子喜將成，歲序堪憐轉眼更。數聲細雨投何處，一種閒愁語不清。驟煖深閨人意嬾，綺窗了鳥開常晚。呢喃故故繞羅屏，驚醒香衾夢長短。

雁飛操

霑苔露漸溥，入樹風初勁。乍見塞鴻飛，已知寒氣盛。寒氣森森逼畫樓，塞鴻點點下蘆洲。不少忘機鷗鷺侶，未能絕意稻粱謀。稻粱足處禍機伏，霜鏃雲羅徧林谷。莫近平原古戍翔，好依沙渚煙汀宿。煙汀沙渚帶滄江，上有苔磯下蘚矼。菰米淩波常簇簇，陽鱎出穴每雙雙。無端忽動關山思，嘹唳數聲俱遠逝。羣驚風雨振翰來，横絕雲霄一行字。

玉河春柳詞四首

玉河冰泮水泠泠，楊柳千株傍淺汀。畢竟九天春到早，百花朝已黛痕青。

萬縷千條望欲迷，東風無力翠煙低。紅橋紫閣迴環處，引出宮鶯不住嗁。
滴露拖煙長短條，春星原自列瓊霄。臨流盡日從眠起，不似風塵慣折腰。
離恨無因到大羅，不須更唱渭城歌。鱗鱗漾影銀潢水，流向人間總綠波。

心迹

孤萍無定著，心迹更誰如？爛漫聞花信，平安接母書。一拳松檻石，數尾瓦盆魚。門外塵如海，安身即逸居。

摩訶庵

雙屐恣幽尋，淹留般若林。自吟題竹句，聊誌惜花心。聞舊有杏樹，花時極繁，今已無矣。鶴呰椒坪上，龍旛石磴陰。夕陽催客去，清磬暮煙深。

遊法源寺看海棠即題僧房壁

枯禪參豔色，花氣晝冥冥。竹閣茶煙綠，松窗燈火青。客因棊局靜，佛仗磬聲靈。莫浪擎紅燭，枝頭夢未醒。東坡詩：『海棠真一夢。』

春雨十韻

昨宵雲黯黮，今日雨廉纖。便覺庭苔變，旋看徑草霑。輕寒侵畫閣，薄暝上湘簾。門巷時聞屐，茶煙濕罨檐。青歸榆樹甲，紅動杏花尖。吹浪魚應喜，栖梁燕獨嫌。浮埃消硯席，餘潤透香奩。刻漏疑新減，冬衣想更添。頓令棊友阻，倍益野蔬甜。無計消岑寂，霜豪著句拈。

新陰十韻

物候逢初夏，清陰到處同。酒旗仍在望，花事已成空。乍訝禽巢失，遙疑野徑窮。江村惟隱耀，山郭便迷濛。鬱鬱池邊柳，愔愔井上桐。益滋幽草綠，倍顯小闌紅。燕影模糊裏，鶯聲黯澹中。曙常遲繡閾，暝易上珠櫳。漸苦難通月，猶欣不礙風。長吟題竹所，也算碧紗籠。

自遣

才人命屬九天君，雙眼徒誇有綠筋。自昔終南羞捷徑，如今冀北笑空羣。堆牀永叔歸田錄，黏壁義之誓墓文。空負故園花柳約，風閒聊作住山雲。

紅閨不戀戀天涯，妄想銀河許泛槎。鮑老當場原足笑，婉兒持稱可無差。空勞庭長科名草，不愛屏圍富貴花。卻憶洞庭春雨足，碧蘿瓷琖品新茶。

燕昭王廟

曲徑轉長坡，喬松鬱古廟。莓苔秋雨餘，階墀冷斜照。後人慕英風，伏臘致清醮。我來俯仰兩楹間，龜兆縱橫擗拜甎。蟲網緣紗幔，燕泥落石筵。巡廊讀銘碣，往事悉羅列。一片思賢心，亘古昭如揭。回首黃金臺，羣才安在哉？中興勳業渺無迹，惟見湯湯易水遠逐蕭颯寒風來。流連憑弔，浩然舒嘯。宇宙茫茫，懷抱焉告？方今至聖垂衣裳，驊騮充內廄，俊髦集明堂。即有覂駕馬、跅弛士，無不立修名、致千里。苜蓿花開上苑中，麒麟閣聳層霄裏。以視駿馬之骨，霸者之才卑卑寧足齒！

易水行

忠孝風漓局一變，匕首有靈俠士見。日暮高歌易水行，荊卿雖死今猶生。能使長虹貫白日，能以頸血濺秦庭。燕丹質秦得返國，須臾聊丐殘魂魄。烏頭馬角事如何？蠶食鯨吞事彌亟〔一〕。虜韓王，虜趙王。王翦畧地燕南疆，風馳電掣勢莫當。秦兵旦暮渡易水，鑪炭鴻毛事如此。田樊自刎非徒爾，荆卿即行亦一死。荆卿不行負知己，風蕭蕭兮易水波。漸離擊筑荆卿歌，登車而去奈秦何。腐儒論古乏遠識，歸罪燕丹未為得。燕秦事勢已了然，豈有刀砧赦魚鯽〔二〕？吁嗟乎！荆卿一去燕立亡，荆卿不去燕亦亡。屠龍不得喪龍魄，副車銅柱聲琅琅〔三〕。荆卿談笑死，易水流湯湯。至今沙平水嗚咽，二館荒城愁霧壓。秋空木落劒氣飛，陰風慘澹秦時月〔四〕。秦時月照漢時關，一世興亡轉瞬間。束手但知迎軹道，子嬰那得比燕丹。

【校記】

〔一〕『事彌仄』，《正雅集》卷十八作『彌逼仄』。

〔二〕『風蕭蕭兮易水波』至『豈有刀砧赦魚鯽』，《正雅集》卷十八無。

〔三〕『屠龍不得喪龍魄』二句，《正雅集》卷十八作『但願燕亡有義士，不忍燕虜為降王』。

〔四〕『二館荒城愁霧壓』三句，《正雅集》卷十八作『萬里秋風起寒色。慘慘虛空劍氣來，蕭蕭落木秦時月』。

高漸離故居

小圃約疏籬，方塘帶衰柳。門外一旗飄，荒村人賣酒。數間板屋枕幽墟，云是燕市酒徒之故廬。里人欽風增整葺，香火年時常不虛。我緣愛清景，小立空庭靜。栟葉綠一廊，蘚花紅半井。緬想并吞時，祖龍亦屢危。荆軻匕首力士椎，中間一筑尤出奇。義士貴行其志耳，事成不成非所知。自古誰無死，藉以雪國恥。身喪名長留，炯炯垂青史。迄今來往人，指點談遺址。日暮故城東，獵獵多寒風。易水聲嗚咽，猶如恨未窮。君不見咸陽宮殿成焦土，破瓦殘垣竄蒼鼠。禾稼新登場圃閒，碌碡苔青卧秋雨。

龍迹山

連峰塞青冥，荒途穿犖嶨。襏襫盡松毛，鉤衣多石角。飛磴盤千層，蒼蒨亞苦竹。中休得神祠，小立望幽谷。蘿深一鳥無，水怒兩厓蹙。其下有靈淵，虯龍所潛伏。不知是何年，為霖出巖腹。濃雲猶未興，足爪偶排蹴。石上拏攫痕，歷歷見遺躅。每值天陰時，鼻尚餘鯹觸。若當炎旱候，官吏遣巫祝。幣玉致虔忱，澄波攜一掬。肸蠁不崇朝，甘澍必霑足。境靈生敬心，語言未敢黷。曲徑二三里，爰抵山西麓。厓洞如車輪，欲進仍畏縮。敲石取新火，束薪代巨燭。黏衣蒼莓苔，撲面白蝙蝠。隘過倏平坦，沈沈類古屋。誰曾於此居，短榻鑿青玉。參差鐘乳垂，大小雪芝簇。蜿蜒蛇蛻皮，偃蹇龜留殼。方碣似題名，蘚侵難卒讀。西穴黝且深，白雲湧如醭。下疑通太陰，冷逼體生粟。稍北穴獨高，石扉鐵環束。相傳住魁堆，職專守璚櫝。丹篆赤紋符，備載列仙籙。偶從扉隙窺，似有物踡跼。股栗心怦怦，急走脛偏縮。出險日已晡，暝煙罨林木。歸鞍首重回，幾疊雲鬟綠。

雷溪

閒遊向林甸，景物尚和融。幽巖堆慘綠，秋樹呈愁紅。信步緣長阪，煙村境忽窮。晴天無片雲，何處奔靊霳。飛流赴巨壑，形如白玉龍。雜以冥冥霧，兼之浩浩風。蜿蜒十萬丈，一氣排羣峰。勢欲挾碕岸，悉與相朝宗。峽角橫牛首，雲根伏雨工。硉矹盡西向，不許洪濤東。崩湍駭逸處，震怒聲洶洶。晝夜無休息，憑陵各競雄。乍疑霹靂斧，劈破水晶宮。霏珠與屑玉，亂濺隨驚潨。又疑星宿海，上與天河通。銀沙光的皪，瀉落涼雲中。又疑涇陽涘，龍戰揮[illegible]。萬枝白羽箭，仰弩攢清空。波底馮夷鼓，鼓勇椎逢逢。奔溜所磢錯，厓隒為磨礱。鷗鷺不敢近，魚鱉安能容。如聽鈞天樂，巨杵鏗洪鐘。驚魂更盪魄，三日耳猶聾。沿流四五里，氣勢稍悠溶。回灘蕭瑟荻，峭壁颼飀松。鳧鷖共唼喋，魴鱮羣噞喁。浪花翻日彩，水木光瓏璁。釣磯枕沙觜，漠漠蒼苔封。清飈薄靄裹，羨殺垂綸翁。極浦暮山好，含煙積翠重。微波遠如定，倒影碧芙蓉。櫂歌添一葉，不異泛吳淞。

打麥詞

荒村小姑髮垂額，手把竹枷聲拍拍。云是今年苦雨多，收得區區幾斗麥。昨日割麥，今日打麥。催科在門，飢不及食。大姑回頭語小姑，縣吏下來酒緡無。汝飢汝餓汝勿呼，阿爺責逋骨髓枯。

古意

良金備五色，發自葛天盧。國工精鍊之，疊石支紅鑪。童子二百人，鼓橐鐵乃濡。器成稱上制，厥名為辟閭。錯以荊山玉，綴以驪龍珠。託靈復寄氣，出匣驚風胡。昔充哲王佩，指揮澂九區。胡然中棄捐，淪落歸市屠。齷齪雜塵滓，朝朝事剖刳。不遇張公子，何時繼遠圖？

書懷別吾山

管領春風筆一枝，長吟莫悵探花遲。漂蓬短褐秋風客，翦燭寒窗夜雨詩。無賴綠楊橋上別，難留青鬢鏡中知。著書此日應須惜，或有名山虛左時。

春闈被放謁外大父張笠亭之項先生於天雄書院

放懷飽看日邊春，漫笑儒衣解誤身。桂樹慣招纕蕙客，桃花空戲捕魚人。一丘一壑鄰香國，三起三眠漾麴塵。只爲倚閭懸望眼，遠遊不及在家貧。

母氏心懸鬢髮皤，丁寧聞訊近如何。高年眠食須珍重，舊稿詩文急網羅。寸草春暉心未報，輕輿秋興樂還多。石湖老屋今無恙，急挂歸帆趁綠波。

秋水瞳神老鶴姿，八旬那藉仗藜支。加餐曉進青精飯，好古閒模碧落碑。先生最工漢隸。垂白談詩尊老宿，研朱註易作經師。玄亭面面荷花滿，一鏡紅雲照墨池。

日下羣公倒屣迎，交推宅相繼清聲。廣筵有客垂青眼，孤調無絃寫紫瓊。對鏡自憐年最少，測蠡終恐學難成。未知他日何無忌，能否堪符似舅名？近謁都門諸老名宿，俱荷獎掖，有似舅之譽。

靈巖山館詩集卷九

五湖載酒集

歸途經泰安道中即事

遊子天涯歸夢濃，盤旋石路馬蹄慵。平原草色天連鳥，遠海風聲雨挂龍。地僻人澆官廨菜，徑荒樵盜墓門松。萍蹤底事堪留戀，回首心懸日觀峰。

馬上曉行得句

風窻破紙嘯如梟，缺月荒荒墮麗譙。疲馬短轅長爪客，五更和夢渡溪橋。

江干旅次題壁

日蒸水氣成雲去，風捲潮聲作雨來。旅館倚樓頻展眺，翠屏如畫隔江開。

舟次梁溪風雨交作有感而書

前村未出霧，遙岫又飛雹。連朝暖過宜，固知天欲變。舟人繫纜處，夾岸樹葱蒨。昏昏雨腳垂，颯颯風力健。草根喧亂蟲，水面掠雙燕。無憀對石壁，苔蘚綠痕徧。迴指西去船，帆飽流仍便。脫纆下坡馬，離弦赴堋箭。白煙罨柁樓，烹魚充晚饌。飛來如珪月，船頭墮一片。陣陣涼颸發，欲把炎官餞。夕披綺羅衣，晨搖蒲葵扇。人情逐冷暖，物用何惡善。層層煙外山，深藏不相見。忽露一棱青，如晤故人面。

歸次滸墅關風阻竟夜悶不成寐聊短述

歸被封姨阻，維舟傍石隄。月移山影近，風逆水聲西。客枕不成寐，村雞已再啼。倚門虛悵望，帆影一燈迷。

還山

磴側雲封掃不開，曲廊粉壁長莓苔。炎風驅馬三千里，圓月懷人廿四迴。孤抱堅貞同硯石，飛蹤游戲出琴臺。花源浣浄征衫土，鶴怨猿啼莫浪猜。

同社諸子小集靈巖山館即事分得羣字

坐深衣忽潤，小榻對鑪熏。電影四山雨，松陰一閣雲。裁詩嫌鶴膝，檢帖愛鵞羣。晚課經堂鼓，聲聲隔院聞。

拇戰歌

溪堂花正開紅藕，晝長文宴招諸友。張弧掉鞅各能軍，詞壇巨擘推韓柳。開筵更作卜夜飲，百壺清酒兼肥牡。射覆藏鉤興未闌，對壘鐙前還拇戰。支離攘臂生風雷，偏袒一呼神抖擻。將兵將將任指揮，老拳毒手相持久。屈信進退天地數，指不若人曳兵走。負固無妨勝莫驕，嬴顛劉蹶猶反手。興高量淺笑公榮，未獲一二失八九。書窻今日帶宿酲，清簟閒眠柳生肘。

銷夏雜詩四首

石氣涼心骨，清風貯小樓。不知何處雨，預釀一城秋。蟋蟀語微息，梧桐翠欲流。欣然書數紙，為應越僧求。

何處堪忘暑，鄰庵小石廳。偎簾新竹綠，到榻古苔青。瑶册鈔琴譜，風櫺誦水經。嬾持菩薩戒，攜酒每雙瓶。

亭午焚如象，炎歊欲避難。冰壺澄月魄，玉宇掣雲翰。自不因人熱，翻思徹骨寒。雪峯圖在否，側坐卷簾看。

水閣垂楊抱，蜩螗遠近聞。雷轟偏散雨，風急反袪雲。枕簟横庭際，敦槃具夜分。幸來同硯友，露坐一論文。

雜詠庭中花卉九首

木槿

露華凝日及，逐曉一番新。不待風搖撼，旋看委路塵。分明專寵女，即是退房人。

梔子

六出翦奇葩，淩風氣芳烈。邇來贈無人，留得同心結。瑤窻隔簾看，謂是林亭雪。

萱

一叢橫石傍，黄金色焜燿。我來卷簾看，枝枝斂斜照。不信萬古愁，兒女花能療。

榴花

種本自塗林，繁英最婑媠。紅裛亦何心，妒殺珊瑚朵。坐訝欲風天，誰炷雲房火？

蜀葵

亭亭紅一丈，質賤易生成。足能以智衛，心但向陽傾。既種何須拔，沽名笑魯卿。

鳳仙花

紅白相鮮新，開落殊未已。觜距常分明，淩風如欲起。只恐聞簫聲，飛入秦樓裏。

茉莉花

盆栽海南種，移置庭東廊。冉冉微風來，霏霏吐清香。忽驚六月雪，數點傲斜陽。

夾竹桃

猗猗挺碧枝，灼灼敷紅蘂。閒窻欲賦詩，含豪窮比擬。之子倚此君，仙源訪高士。

玉簪花

龍涎難比香，鶴羽猶輸白。誰將玉搔頭，遺失紅欄側。金釵十二行，相顧無顔色。

暮雨初收殘暑更溽山齋納涼因憶月前觸熱行役之苦有感而作

壁鐙燄颭窻紙破，雲氣捲風山雨作。步廊垂幔悄無人，煙竹千竿螢一箇。葛衫蕉扇玉紋茵，追涼跂脚臨階坐。迴憶歸程值午節，路出邯鄲馬頻墮。四野無風日正中，汗濕征衣塵堀堁。田家賣瓜豆棚底，暫得停驂心自賀。遙遣僕夫覓舍館，入門先向塵牀臥。二更三更寐不成，飛蚊撲面情無奈。四更起辭主人去，遠山落月銅鉦大。驛樓打鼓天欲明，近村雞唱遙村和。明星漸沒路昏黑，隔坂鈴聲辨驢馱。每逢山店即題名，土壁淋漓墨痕涴。入秋幸喜得安居，日飲醇醪吟楚些。未知明歲更如何，禽言得過聊且過。

薄暮

空園薄暮草含煙，小立風潭曲檻邊。一片多情亭角月，特扶花影上秋千。

贈女校書沈浣秋

綠波淼淼草萋萋，銀舫春宵泊翠隄。記得鄂君擕繡被，挑燈話雨越來溪。

蛾眉難買賤黃金，香草新詞寫素琴。數遍石交豪俠少，反將紅粉結同心。
釵頭金鳳蹙鈿蟬，雲鬟三盤雅色妍。不信玉顔花不及，推窻頻倚鏡臺前。
疑雨疑雲莽是非，遠嫌芳跡想依稀。鴛鴦水面雙雙宿，會向荷風深處飛。
繡緣花樣愛翻新，蘭澤輕施翠澤匀。贈我碧螺如意合，笑言郎是掃眉人。
茂陵病起訪雲英，為畏人言浥露行。柳外紅樓春寂寂，曉風嗚咽玉簫聲。
碧闌十二種青棠，豔冶情懷雅淡妝。一舸花時閒載酒，五湖煙月弔夷光。
暗卜金錢寫好懷，榮華掩冉錦箋乖。芙蓉帳底雙鴛夢，長抱零香上玉釵。

怨歌四首

碧玉本情人，盈盈花底泣。怨郎郎不知，背向秋千立。
郎莫拗蓮花，蓮花貌似郎。郎莫采蓮子，蓮子空多房。
明從落潮來，暗從上潮去。宛轉不相逢，歡情在何處？
一種好顔色，中心兩疑猜。不解郎何故，將梅比雪來。

秋望有感

哀鳴征雁怕宵聽，去向前村貰綠醽。花隔夕陽樓上笛，船横秋水渡邊亭。亂煙疑雨無窮白，曲嶂如屏不斷青。悔殺年來但行役，漂然湖海一浮萍。

有憶四首

商飈一夕起南樓，只替風光不替愁。愛好數番開月鏡，憶香頻倩簇花毬。分明便面泥金字，隔絕仙家紫錦幬。天上霓裳真絕調，漫攜玉笛譜新謳。

王昌消息近如何，幾遍遥峰蹙翠蛾。特地下階還倚竹，倩人補屋欲牽蘿。霜天砧杵涼飔急，月塞刀環別恨多。多謝空庭蟲唧唧，秋窗伴我繡紅羅。

涼雨蕭蕭送晚鐘，單衾孤負怨重重。沈酣香夢圓難穩，反覆私書報轉慵。繡袴自憐腰瘦削，花冠不整鬢蓬鬆。天風十里瑶臺路，青鳥殷勤欲往從。

憑欄小立墮珠翹，秋草吟殘恨未消。苔竹迴風牽荇藻，浦雲過雨滴芭蕉。天孫鵲駕期迢遰，帝子鸞旂影動摇。斜倚熏籠無底事，燈花開落坐通宵。

紅樓

高樓接太清，消息近傾城。花隔真如畫，簾垂倍有情。翠屏春早覺，鴛瓦月先明。五夜銀釭影，微風玉笛聲。未歸秦弄玉，小住許飛瓊。百尺闌干外，遙山眉樣呈。

翠幕

流蘇垂麗翣，羅幙翠裝成。臥室遮來暖，妝臺捲處晴。鉤搖猜釧響，風揭認衣聲。暫得香留住，遙疑月不明。泥金花爛漫，繡綠蜨輕盈。步屧風吹到，微褰出戶迎。

團扇

碧羅裁作扇，名愛合歡佳。彩綫縈香纈，瓊枝貼篆牌。乘鸞圖玉女，撲蜨借嬌娃。障面巡花徑，徵歌按水齋。十分憐月貌，一味寄風懷。莫引青荷比，涼秋心事乖。

畫屏

六扇金泥畫，紅閨付等閒。綠沈香匼匝，碧盧玉交關。座上瀟湘水，窗中邊塞山。一重一掩處，不即不離間。未得親言笑，微聞響佩環。由來蓬島路，咫尺限人寰。

捉搦歌

築牆護芳樹，樹高出牆頭。置隄壅春水，水急越隄流。巫山曾行雲，漢皋亦解佩。神仙尚如此，何況塵凡輩。守宮窮袴拂人性，不知天意無一定，南北東西移斗柄。

房中曲

繡闥交疏金屈戌，紅梨花底愔愔室。綠屏曲逯畫簾垂，遮護春寒愁不密。銀鐙未上日初昏，形影堪憐兩相失。梅子深春諒有仁，匏瓜獨處仍無匹。幾度金錢卜會期，喜逢歸妹云征吉。

夜夜曲

出戶涼風吹酒醒，中門闔鎖人初寢。羅襦手攝步防聲，悄立花間探月影。欲行不禁膽惺忪，瑤島全憑鳥路通。階砌每登時慮蘚，簾櫳欲度故因風。錦衾繡枕龍鬚簟，身蹈歡場猶蹈險。世間第一早行人，雞未三號更四點。

攜手曲

珠斗闌干月如霰，蕭郎謝女時相見。鳳脛鐙移擊鼓樓，麟豪簾下吹笙院。憑肩攜手步遲遲，顧影低徊有所思。春蠶每作同功繭，文杏多成連理枝。蓮漏將停天欲曙，伯勞東歸燕西去。垂楊一樹角門前，露葉如嘑手分處。

宛轉曲

轆轤雖宛轉，中心多罥挂。車輪雖宛轉，日夜苦行邁。歌宛轉，宛轉復相關。移妾匳中鏡，脫君劍上鐶。一生兩不離，鎔作雙連環。

懊惱曲

空中電，無久光。早秋露，不成霜。憶初相見時，巧笑婉清揚。坐我芙蓉褥，眠我瑇瑁牀。昨夜牽我衣，花底捉迷藏。前夜酌我酒，挾瑟上高堂。一言不合意，頃刻成參商。閉卻東閣門，鎖卻西閣廂。蓬山海隔道阻長，黑風白雨天茫茫。

潛別離

春池冰，陽坡雪，夢裏光陰曙天月。兩心既有違，何必明決絶。甘蔗雖甜奈多節，力盡春花辭故枝，隨風無語各東西。

難忘曲 一字至七字

咄，咄。酒闌，歌歇。異香銷，古劒折。井墮銀瓶，路遺寶玦。已過道傍花，乍沈樓角月。仙源漁父初歸，金谷佳人永訣。往事重重思不禁，莫如五鼓樓廳別。

靈巖寺訪寳輪上人不值

紅亭碧樹草茸茸，緩棹輕舟探寺鐘。電影已成湖外雨，日光猶在殿西峰。雲偏有意歸遙岫，鶴本無心戀舊松。悄悵遠公何處去，講堂誰復問雷宗。

南廣寺訪麗天上人

放艇劉河訪定僧，潮音磬韻遠相膺。小窻竹影摇禽夢，破殿茶煙暗佛鐙。鄰有好花乘雨乞，壁逢佳句借牋謄。遠公早悟無生法，怕上鐘樓最上層。指導師静公禪師。

題畫雜詩八首

日照霜樹紅，煙凝暮山紫。愛殺小漁莊，開門一湖水。

蕭蕭四月雨，森森千个竹。如此好書堂，無人看新緑。

落日動魚梁，朔風驚雁陣。攜榼入山人，去探寒梅信。

隔溪夏木千本，隱者茅齋數椽。只道雲生欲雨，不知原是茶煙。

連朝山雨涔涔，入戶春風側側。一夜桃花水生，失卻村頭釣石。

鸕鷀兩兩荻修修，殘照西風泊釣舟。數曲白沙村上路，水雲凝滿樹梢頭。

萬樹梅花一石臺，溪橋凍合雪皚皚。山深夜靜寒難耐，何處支筇客獨來？

寒雲滃滃嶺層層，瀑布如虹吐石稜。髣髴鐘聲在深竹，箇中應有六朝僧。

新涼

庭雨如塵潤綠蕪，院門鎮日掩銅鋪。花殘對酒勾留少，病起翻書領畧麤。奢願擬求高士宅，時水木明瑟園求售，擬構以貯書〔一〕。癡情猶拜美人圖。隔簾小玉遙相問，薄冷須添半臂無？

【校記】

〔一〕『構』，疑當作『購』。

見螢火作

積雨經旬餘，宵行忽熠燿。冉冉出深篁，暉暉度孤嶠。露重不曾霑，風高恐將燎。入戶伴相趁，臨池影獨照。羅扇小鬟擎，紗囊書客傚。偶向廢園尋，又經荒冢弔。憶昔舟夜行，空灘泊孤櫂。是時月未生，青林鳥羣嘯。熒熒數十點，來往復縈繞。遙疑朝百靈，神鐙紅出廟。

聞促織作

虚堂風乍停，新秋夜初永。露光溥紅莎，陰氣聚古井。坐聽候蟲鳴，唧唧苦悲哽。中庭印月痕，高磴落梧影。境幽聲愈繁，聲繁境益静。可憐良士心，悚然發深省。歲聿云莫矣，壯志何由騁？遥念深閨中，此時心亦警。軋軋弄機杼，敢辭風露冷。起視樓角前，銀河白耿耿。

聞歌

沈沈桂館燭雙枝，對曲尊前有所思。咫尺紅窗難即往，天涯那得遠如期。宛轉歌喉似建瓴，白翎雀得未曾聽。岫雲漫説無心物，行到簷前也一停。簾波摇漾月華涼，露浥庭花冉冉香。不是歌能牽客恨，自因良夜易迴腸。岑寂秋齋已不禁，況抛紅豆屬知音。曾云碧海殊無底，若較閒情未遽深。

秋熱

碧落已澂清，西風漸蕭屑。尚嫌裌衣輕，將屆秋分節。誰知數日來，秋陽倏暴烈。團扇棄重求，珍簟卷仍設。蚊蚋勢更驕，炎蒸氣益結。吻燥劇如焚，汗流未曾歇。妄冀風雲生，愈增肝膽熱。有若陋巷人，宦達近清切。謂登離垢天，迴與囂氛絕。神爽體清虛，倏又受緇涅。抑鬱等煎熬，五情倍疲苶。又若豪門姬，空房久抛撇。一朝得歡心，寵遇軼同列。似入廣寒府，謂永謝淩蔑。中道復棄捐，煩惱詎堪說。不知炎與涼，造化資蓄泄。風雨所由興，萬物賴更迭。默運推遷權，詎問人怨悦。殘暑諒非久，商飈行且掣。會見天香飄，桂林糝丹雪。

宋范中立山水畫障歌

有如風雲萬變、霹靂飛動、陽開陰闔、變化不測之奇觀，至於山水而已極。此皆扶輿磅礴，天造而地設，固非心思智慮所能憑空結撰，可以絲豪尺寸，假借夫人力。開軒障子素壁挂，乃是北宋范寬之所畫。景光險怪愁逼隘，化工袖手神鬼駴。上有撐空突兀壁立積鐵之高峰，下有漰渚礐濔雷輥電走之飛淙。孤帆沙鷺出復沒，層巒疊巘糾蘢蓯。雲連峰斷，孤穿一綫有鳥道。茅齋隱見松杉中，圖窮山轉煙靄杳。仰視淋漓元氣，去闢邃古未闢之鴻濛。爾時日色方杲杲，四壁光明動池沼。對之不覺心魂清，十丈紅塵豁如掃。空庭無人麗景遲，但見花明柳暗春熙熙，南園綠草蝴蜨飛。青壁丹梯阻前路，但聞石泉琤琮競奔注，紅葉如花隨水去。而我恍然逝欲從之行，倏爾兩腋習習清風生。挑圖靜體驗，躚身已到雲中城。城上瓊樓接縹緲，金枝翠羽紛丹青。仙人綽約顔如玉，問之不肯道姓名。城南對面紫霞起，殿閣參差五雲裏。青鸞對對舞瑶池，白虎雙雙卧蘭芑。惝怳百怪集，馮夷擊鼓，驪龍啟蟄，混茫直恐雲雷顛，翻然一晤卻起立。畫圖猶在眼，江山宛如昔。古人今人遞往來，羨門安期安在哉？酌酒且盡三百杯，今我不爲樂，但為後世咍。掉頭獨往青山去，萬朵芙蓉照眼開。

聞鐘

雨濕秋燈暗，驚聞數杵鐘。風傳清韻遠，寺隔翠煙重。忽醒塵寰夢，遐希物外蹤。此身疑出世，高臥白雲峰。

詠鴨

短脛愛鳧雛，雙雙名自呼。頂毛迷綠水，丹觜唼青蒲。欄鬬聞高士，裹包笑小姑。銀屏繡牀畔，睡態範熏鑪。

前題仕女畫障詩六首

西施

錦帆香水泛蘭艭，不沼姑蘇恨不降。風攬梧宮秋葉落，女中豪俠古無雙。

虞姬

鴻溝失計霸圖空，無奈君王意欲東。帳外歌聲帳前舞，尚留一劍答英雄。

甄后

永巷悲吟怨莫伸，可憐麗質甃讒人。無情一夢金鏤枕，誤殺君王賦洛神。

梅妃

啼殺宮鴉暮色昏，東樓吟冷鎖長門。可憐繡嶺同埋玉，不與華清賜浴恩。

吴彩鸞

朝餐跨虎入深山，唐韻歸來手自删。一飯青精謀不得，也來買字向人間。

花蘂夫人

挾弓小影偶流傳，此意當時劇可憐。未識人間新嫁女，為誰香火事張仙？

後題仕女畫障詩六首

綠珠

金谷名園冠洛都，賦中豪士尚堪呼。飛花拌與人同墜，直得當年十斛珠。

張麗華

結綺臨春不可論，青溪祠畔水潺湲。游魂金井臙脂淚，血汙寒泉殉主恩。

崔鶯鶯

風度如仙畫不真，芝蘭情韻玉精神。每吟決絕詞三首，常詈微之薄倖人。

張雲容

霓裳歌罷玉成煙，寂寞荒墳已百年。終使返魂攜鳳侶，有情第一是神仙。

劉無雙

兩美原非易合并，刎身事但為人成。世間僕亦傷心者，盡日焚香拜古生。

小周后

春深梁苑草初齊，歸夢清溪路亦迷。一片芳心千萬緒，子規啼月小樓西。

秋燕

秋風蕭瑟裏，猶見兩烏衣。故壘多私語，空梁少定飛。芙蓉紅影薄，楊柳綠痕稀。寒信漸相逼，天涯胡不歸。玉樓窗盡掩，金谷事全非。戀戀知何意，呢喃向夕暉。

寒蜨

繁霜當十月，鳳子竟猶存。韓掾尋香伴，何郎褪粉痕。南園芳草歇，幽徑綠煙昏。夜永知無夢，風高欲斷魂。花房全異昔，蘆絮可能溫。回憶韶華候，飄零與孰論？

秋別曲

牽牛織女纔相見，新涼又見拋紈扇。銀漢東流去不迴，行人況逐西飛燕。亭亭畫舸繫橫塘，一挂征帆即異鄉。且喜風清兼露白，尋君有夢夜初長。銀屏繡榻聊攲枕，團圞月照人孤寢。蟋蟀聲喧寐不成，綠窗移盡梧桐影。

屏風

綠沈雙扇玉交關，潛立時聞響佩環。相去箇人盈尺地，可憐如隔小重山。

熏籠

篝局牆居號不同，天生心路極玲瓏。人間約畧香千種，盡在溫存籠絡中。

題雙柳吟堂壁

此間何異小滄浪，真覺閒居歲月長。碧柳正遮秋水閣，青山曲繞夕陽廊。詩成老嫗安能解，談用偏師未可當。漫說胸饒經世策，儘容小住白雲鄉。

香夢齋小憩

雲泉鬱孤想，淵靜守無悶。虛室青濛濛，五嶽起方寸。

落木庵徐高士元歎隱居於此

危樓穿石腹，雲步幾千層。樹白懸湖雨，龕紅閃佛鐙。茶經僧許借，隱蹟客能徵。一勺天池水，擎杯佇月升。

小閣

小閣臨沙漵，褰帷夕照時。江寒波白早，樹老葉黄遲。對酒思良友，凭闌覓好詩。梅花消息近，漸放向南枝。

遊槐雲寺作

曲港通潮水色黄，橋危徑仄繞重岡。碑横莎草龜趺斷，巢落槐花鳥夢香。種竹庭寬兼置石，延山閣小不安牆。老僧嬾向蒲團坐，缺盌鱻茶勸客嘗。

支硎山寺與友人言懷作

踏破蒼苔屐齒痕，彎環一徑入雲根。小亭綠篠疑疎雨，亂石紅泉見古源。不惜金重鑄賈島，何妨絲更繡平原。儻能共踐煙霞約，應憶西窗今夜言。

客到

款門愛客共清言，活火茶鐺水乍喧。似麈文筠垂隔檻，如獅怪石立當軒。才疎不作狂奴態，量窄難堪罰盞怨。知我坐深將出戶，書帷風恰替人掀。

客散

三徑門扃客去時，重陽未冷菊花遲。書堪遣悶貧無驗，茶可妨眠病始知。據石細窮雲態度，撫松閒看鶴容儀。名琴購得龍唇樣，絕調重彈佇子期。

出城

散步出西城，椶鞵雙足輕。霜華凝曉色，風竹聚秋聲。雲密鐘難散，江深雨易成。兩年京洛客，贏得是離情。

紅蓼二首

五柳門前路，東籬佳興同。淒迷寒日色，蕭颯野塘風。疎影垂垂遠，幽汀曲曲通。晚煙遲欲上，不定落輕紅。

小立近花叢，幽懷晨夕同。淡含菱帶雨，斜颺藕絲風。遠浦明霞合，疎簾夕照通。翛然秋水外，閒綴數枝紅。

泛舟泖湖

水逆艑無力，篷窻望夕陽。林巒競奔赴，天地各低昂。戍堠紞紞鼓，漁村小小莊。芙蓉紅放處，時見睡鴛鴦。

雜興四首

寄託聖賢酒，結交山林彥。忘機逐鷗遊，抗懷驚豹變。湫廬傍五湖，手植竹千畹。杳淼水亭西，一笛漁村晚。

雀聲羣啅曉，初日明高林。霜前花一枝，迎風紅豔深。嗟汝值歲寒，力薄何以禁。默契榮枯理，危坐整塵襟。窺牆矗奇峰，浄如碧玉篸。石上流泉響，坐聽調素琴。

陸機入洛年，知名一何早。可憐高達夫，學詩身已老。有志事竟成，何妨雙鬢槁。昔賢蓬蓽中，乾坤在懷抱。漫言強弩末，莫能穿魯縞。

莊生取譬蜨，老子其猶龍。蘧蘧入夢寐，矯矯乘雲風。道理本一貫，粉碎歸虛空。擴之六合外，約之寸心中。静參玄妙旨，義與孔孟通。

靈巖山館詩集卷十

五湖載酒集

旃蒙大淵獻(乙亥)

子夜四時歌

華鐙輝綺閣,絡角星河垂。冶容鬢雲流,芳香泥瓊巵。妾心如梅花,冷煖空自知。
鏡檻臨銀塘,寫影紅情重。纖腰倚蘭橈,花深船不動。莫折並頭蓮,驚破雙鴛夢。
霜花滿瑤砌,絡緯啼鐙前。衣裁金翦刀,線短情纏綿。不知秋已半,只盼月長圓。
複帳垂葳蕤,疏窻響風雪。偷翻浣花牋,詞意多決絕。覆歡紫貂裘,心寒那肯熱。

蕩舟曲

銀塘雙槳輕輕弄，雲水同滄月同夢。生來著慣藕絲裳，迎風尚怯紅綃重。

許丈竹素廷鏶枉顧心遠堂瀹茗論詩且訂城南看梅之約得句奉贈

踏遍東華十丈塵，投簪暫現宰官身。雄心任俠猶談劍，老手登場擅斲輪。芳草情懷詞一卷，梅花時節酒千巡。扶鳩直立煙霞骨，始信青蓮有替人。

紅梅十六韻

一笑冰姿失，嫣然別占春。靈芸初灑淚，萼綠乍為人。縞袂從頭換，紅綃貼底新。本來殊面目，此日越丰神。蠟炬迎歌扇，氍毹襯舞茵。折腰翻掩映，暈靨恰調勻。枝濯胭脂雨，香凝沆瀣津。錦屏長袖影，瓊合畫奩珍。國色惟隨意，濃妝愈稱身。鉛華寧有主，風格本無倫。絳雪疑飄袖，丹霞慣抹脣。點宜壽陽額，妒怕楚宮顰。抱素偏忘故，研朱難寫真。珊瑚勞遠夢，金粉憶前因。擁髻偏愁黯，迴眸薄帶嗔。晴烘斜照裏，煖玉辟纖塵。

春遊阻雪

溫經多暇趁身閒，遊屐空隨飛鳥還。欲向梅花問消息，冷香十里塞雲關。

拈花寺

萬頃湖光萬樹梅，一峰欲去一峰迴。亂雲迷卻招提路，偏放鐘聲導客來。

女貞觀贈女冠颜谷蘭鍊師

丹房宛轉水雲幽，半洗鉛華半洗愁。删竹只爲調鶴地，掃花先擬抱琴遊。吸噓靈景排瑤闕，表裏神霄隱絳樓。吟罷碧闌頻徙倚，梅花數點證清修。

石帆亭即事

臨水新亭傍石帆，我來恰值日西銜。寒偎小榻嫌貓嬾，飢啄殘梅笑鶴饞。詩為狂吟翻近古，書因醉筆更超凡。扶箸净綠能消暑，好護叢篁莫浪芟。

遊大石壁放歌

三面絕壁一面湖，水天黏浹雲模糊。何年鷲嶺峰頭飛來一片石，俯插蛟宫鼉窟杳淼無底之具區。具區三萬六千頃，翠屏如畫展半嶺。諸天金界踴圓輝，波光倒浸古佛影。金庭玉柱隱現煙霞中，亂峰環列狀不同。三吴奥境此第一，一氣鼓盪翻鴻濛。前朝憨山大師卓錫住此間，魚龍聽法眠幽淵。靜悟須彌藏芥子，眼看滄海變桑田。東吴西楚，兩兩洞庭真奇絕。太湖亦名洞庭湖。君山瑟沈，石公波齧。湘靈墓前斑竹叫子規，龍威洞裏金簡守饕餮。長江浩浩迢隔三千里，林屋古洞直達巴陵之地穴。禪燈一盞夜半搖天風，奇情幻景收拾鐘聲中。太古此石劃不得，山中山外雲充塞。天茫茫，風側側。雪為海，香為國，梅花萬樹空即色。

和唐人本事詩三首

春風顔貌遠山眉，曾見西廊獨立時。致竟不知緣底事，海棠折得又相遺。

青琳閣宇紫雲房，錦瑟年華尚閉藏。閒誦唐詩聞阿母，有人十五嫁王昌。

為輯妝臺記事珠，晴窻破卻繡工夫。未知韓偓香奩體，曾荷霜豪載入無？

仲春上浣毛羅照李雲襄元錦何畹芳王石亭邀同竹素先生南園看梅歡飲盡醉薄暮而返遂各賦詩以記清賞

二月春風未放顛，清遊同醵杖頭錢。平泉廢入香林界，名士同參老衲禪。臚拜人稱詩弟子，飛行公是活神仙。傳箋不惜金尊倒，清思新添瘦鶴邊。園中老梅一株，王文肅公手植，里人稱為『一隻鶴』，今歸入繡雪堂僧舍矣。

春宵

露冷風清欲二更，赤闌干外月初生。海棠我睡無人伴，堅忍春寒坐到明。

聖恩寺

偶入林間寺，回崖積翠重。茶香三月雨，佛火一樓鐘。窻小青山滿，碑殘碧蘚封。高僧無慧遠，誰解問雷宗？

春夜有嘲

紋楸棊斂罷，繡榻枕頻攲。花密風來小，樓高月下遲。閒論飛白字，細和比紅詩。只有揚州夢，猶輸杜牧之。

小憩紅雨山房即事偶成

六班嫩碧泛茶甌，詩境因閒得徧搜。天氣作陰人睡美，硯池經潤墨香柔。廊空飢雀時爭食，庭敞風簾自下鉤。清味有誰知領畧，博山一穗篆煙浮。

小園即事

濁醪滿酌竹根杯，分得詩題句未裁。薄靄作陰催客去，落花如雨挾香來。簾開忽露三分月，地掃全呈一片苔。為護藏書思卻蠹，自添石葉撥鑪灰。

春晚謠

鑪火微，篆香霏，一絲上架縈薔薇。脱繭青蟲成蜨去，戀雛紫燕環巢飛。南國春人憐獨處，繡牀憑夢尋横浦。不情何物攪幽眠，花閣紅扉擺風語。

春江引

天冥冥，波泠泠，水鳥雙飛沒遠汀。煙拖弱柳垂青帶，雲抹遥山展翠屏。拍案濤聲打船尾，千里征帆一瞬耳。蔌蔌桃花側側風，新雨春灘上紅鯉。

春事

闌珊春事待何如，清簟疏簾賦燕居。漸覺養生能止酒，未甘忘世為知書。閒情聊借鑪香遣，綺語難憑佛説除。自笑青年太無賴，枇杷門巷數停車。

染香庵訪雲苞上人不遇因留題壁間

古寺重過已夕曛，支笻又作離山雲。出花清磬隨風遠，繞石紅泉共鶴聞。暗壁拂塵看畫像，曲廊抉蘚認碑文。淹留未去無他意，疑義遲君晰所云。

靜夜吟

畫堂十二曲闌干，風薄羅襦怯夜寒。人向棗花簾外立，如梳月上四更殘。

看花雜詠十首

尋芳亦且試春衣，風力清和日影微。四抱菜花黄不斷，板橋横澗一柴扉。

名園深鎖好樓臺，文杏牆頭爛漫開。引得遊人爭惋惜，一街紅雨濕蒼苔。

木瓜花放最堪憐，香既醲醃韻亦妍。想見月來人去後，淡紅深罨一廊煙。

東風一夜雨痕銷，是處桃花各逞嬌。春到此時天不管，任將寰海卷紅潮。

一架酴醾綴白雲，午風吹煖氣氤氲。憑闌我已心先醉，不必金尊酒十分。

昨夜光風入碧叢，春霞鋪滿曉山中。非花本色能如此，多是嚬鵑血染紅。
似此玲瓏白玉毬，化工雖巧費雕鎪。孟婆少女無情思，盡日閒庭滾不休。
甌碧鞓紅各鬭奇，繁華獨擅暮春時。香山樂府無人誦，偏愛青蓮醉後詩。
數枝芍藥插花瓷，白白紅紅競弄姿。怪底錦屏人不愛，惡聞名字是將離。
十里春山一徑斜，青帘遙颺酒人家。小園短短籬笆護，開遍千囊米殼花。

睡起

新晴池水碧淪漪，睡起芸窻捲幔時。伴讀侍兒憨太甚，晝叉連葉摘梅枝。

偶出靈巖山館喜遇吴企晉曹來殷便爾留宿因成長句

偶為蒼崖斷碣文，不辭移屐抉苔紋。竹樓鐘落五湖水，松塢僧歸一笠雲。紫蕨最宜和露擷，黃鸝偏愛隔花聞。無心喜值同袍友，茗盌熏鑪坐夕曛。

山居

占斷巖阿板屋幽，木高篁密綠陰稠。石當小沼排千笏，樓放遙峰出一頭。鶯老花殘無客過，幔重房曲有香留。此間絕異人間世，四月餘寒擁鹿裘。

桐花

吾愛小庭前，紫桐花一樹。娟娟媚晴景，的的明春露。幽窻清興生，疎箔微香度。悠然趨古淡，卓爾守寒素。憶昨晚眠時，幽夢忽無故。一張綠綺琴，萬里丹山路。相逢玉籍人，各贈瑤華句。覺來涼意深，碧影紅窻暮。

題竹嶼書樓壁

危樓瀟灑見亭皋，傍石依崖結構牢。碧草風微團蛺蜨，紅林雨久爛櫻桃。營成田圃功名薄，瀐到蟲魚筆札勞。盡日賓朋常滿座，彈棊說劍各分曹。

看牡丹有作

暖艷輕烘縠雨朝，雲廊風幔恰周遭。分明學士瀛洲宴，半醉詩成賜錦袍。
麗色柔枝絢曉霞，錦屏幾疊畫闌遮。百花品格多高逸，笑爾偏名富貴花。
何辭一顧費千金，面帶朝酲暈淺深。天意恰憐花畏日，故教無雨也春陰。
春到將殘故出奇，似嫌平淡少人知。東皇別换生花筆，也作齊梁金粉詩。

初夏招趙丈雲江榕毛山人萬澄錢雨亭濟吳廉夫維鍔王鎬貽孫燕毛羅照李雲襄何畹芳弟劒飛文瀾浩延青過王竹娛恭南園小集潭影軒四十五韻

有客每無酒，酒人多憾貧。有酒忽無客，雅懷何以申？急遣長鬚奴，折柬招詩人。又嫌近市居，偪仄雜囂氛。廊古苔甎濕，堂深畫軸昏。我友有幽棲，儘可供盤桓。同心連袂過，文史恣評論。匣中琴有絃，几上硯無塵。圖卷品唐宋，彝鼎列周秦。坐深理趣遠，語率性情真。園中何所有？奇石勢嶙峋。花落人未掃，猶為惜餘春。竹根萌抱籜，梅樹子含仁。紅薇錦步障，翠蘚玉紋茵。棊局設亭角，茶鐺安石唇。各出懷中詩，激賞互更番。麗思裁雲霞，鴻章琢琳珉。招邀入東齋，軒楹如小艑。挂起笭簷窻，潭水碧沄沄。翡翠時往來，蘋藻相鮮新。敗牆垂薜荔，枝條一翦勻。倒影入澄波，綠極欲生雲。偶見一葉落，水面生圓紋。天然好圖畫，妙筆應難皴。入夜肴榼具，疑年坐不紛。青袍對白髮，誰主誰是賓？紅珠櫻的歷，白玉筍輪囷。季倫誇菽乳，嗣宗詡蒸豚。觴政循環董，詩牌取次分。丁丁投壺矢，淵淵擊敔籈。巨觥曾百罰，小琖約千巡。歡呼語拉雜，蓮漏杳莫聞。起問夜如何，北斗已闌干。竹梢煙裊裊，花杪露溥溥。參橫月漸落，酒盡興未闌。更思秉燭遊，隔溪敲僧門。問梅古禪院，水木翳荒榛。平泉擅勝概，彈指轉飛輪。烏衣舊第宅，零落黃花殘。當年會裙屐，此日供栴檀。蒲牢吼後夜，猛省忽忘言。碧窻瘦鶴影，疑我是前身。壁間香光筆，尚留鴻爪痕。古人不見我，我道古人存。今夕清遊樂，寧殊話雨晨。東房有董思翁畫壁，上題『話雨』二字，蓋與眉公徵君同遊時作也。今閲百有餘年，而粉墨完好，書畫雙絕。前輩之文采風流，宛然可想見矣。

畫雲樓

連朝策杖亂山間，嵐氣空濛木石頑。歸到小紅樓上望，一時都化綠雲鬟。

深院

芭蕉舒葉筍成竿，深院垂簾隔石闌。五日東風十日雨，綠陰雖好卻添寒。

移竹

為趁春泥雨未乾，倩篁移得兩三竿。此君差覺栽培易，高士須知位置難。擬待閒時供嘯詠，好從新地報平安。曲廊憐爾真如畫，刷羽褵褷立翠鸞。

有問

湘簾不下篆煙殘，簷願雙旛繡彩鸞。蕉葉長齊梅葉密，紅窻可耐綠陰寒？

芭蕉

不須枝與節，得葉自成章。一卷心難了，斜紋紙數張。涼生三伏日，綠殺小紅廊。我有懷人句，時書墨幾行。

端居

仲蔚端居得自強，班圖馬記任評量。竹間不雨苔常潤，池上無風閣亦涼。古劒要逢奇士説，名山可有異書藏？熏罏茗盌晴窻下，真覺身閒晝倍長。

山園避暑作

金鵶肆炎威，風輪力難拒。遯跡雲泉窟，鷗鷺狎幽侶。何地最清涼，小亭竹深處。蕭蕭復蕭蕭，箇中秋已貯。手把一卷書，磐石容箕踞。日色不下地，古苔碧盤互。鶴鳴空谷應，覓侶誤飛去。

龍威丈人洞

玄工弄狡獪，奇境入雲骨。石岬一竅穿，包山通地脈。幽光淪重淵，虛魂蕩咄咄。紅鐙照青壁，驚飛蝙蝠出。逶迆蛇伏進，傴仄礙排闥。仰聽波濤聲，滅頂怕汩没。疑墮三泉底，萬古閟日月。潛飈嘘龍鯹，凛慄豎毛髮。摩挲隔凡字，云是仙人筆。林屋石扉深，金函沈禹穴。

消夏灣

幽香迷客思，曉起呼刺船。溯洄忘近遠，十里花連天。清風搖萬柄，田田滿白蓮。水月濯靈魄，花葉相新鮮。嘉名玉環稱，無色香彌妍。停橈訪蘭谷，寶相金輝圓。采采芬陀利，梵語，白蓮也。供佛結浄緣。沿山小村落，塵囂遠市廛。人家住水閣，一鏡澄清漣。紅闌排卍字，推窻攬雲煙。銀塘映寒碧，萬木濃陰連。人間炎曦色，不到湘簾前。花光共人影，一樣矜嬋娟。荷珠虚瀊漾，藕絲長纏緜。鴛鴦不成夢，美人抱香眠。

石公山

洚洞演餘瀾，盪激幾千歲。咸池轉一氣，下注膏液滯。石為氣之核，幻作飛雲勢。靨面遺彈竅，劈空雷斧製。黿首極鬼工，詭妙非一例。宛轉翠潤姿，鑱刻絕冥詣。片片出玲瓏，影奪芙蓉麗。層累呈重臺，紛敷舒並蒂。昔聞瑞雲峰，敕取宣和制。零落花石綱，輦致列甲第。金錢糜役費，重以萬牛曳。茲遊偕石交，甲乙愜神契。山家置園亭，結構水雲際。喬林挂淩霄，短垣纏薜荔。霜老橘柚林，戶輸桑麻稅。鄉鄰敦洽比，懷葛風未逝。卜居有夙約，石公邀我誓。鷗鷺伴幽蹤，漁樵結賞禊。三間石壁窩，著書足流憩。清供環萬笏，不煩南垣砌。一舸遠風波，漫設五湖計。崟嵜瘞九淵，可惜占未濟。智窮鐵網收，力乏長繩繫。雲根泣靈滋，終古鮫宫閉。

縹緲峰

一痕青不了，遥峰淡光景。動摇虚無中，萬變幻俄頃。瓜艇繫柳根，窘步怯孤逞。攀蘿縱飛屐，繚繞雲林境。玄妙紆神遊，幽奇愜心領。横空雙白鶴，引予度煙嶺。微聞蕭寺鐘，杳隔層峰打。飛譙逼紫霄，擲杖翠微頂。四面失巉巖，驚濤絶寸町。游魂倏九逝，飄忽碎鴻涬。金庭玉柱間，境共三山迥。寰瀛包笠澤，隻軀賸鼎鼎。蔚藍天一色，秋水神俱永。月鏡晚歙空，倒浸雲鬟影。

明月灣

水光即月光，默印心心法。俯仰雙圓靈，貯我芙蓉匣。琉璃闢世界，浩歌擊蘭楫。波縈洲迴環，葭菼接霎霎。柴門傍水栅，溪口纜輕艓。主人愛客至，款迎停步屧。嬌娃采菱芡，童兒放鵝鴨。上市沽松醪，煮蔬佐一呷。飛觴醉明月，老蟾亦退怯。青天碧海心，身疑瓊戶入。高樓涼風發，人間落秋葉。婆娑桂花樹，夢與仙姝接。寂寞廣寒遊，露氣天香裛。霓裳漾靈音，玉笛試偷壓。

莫釐峰

波高縱棹入，夾港菰蒲深。帆影泝流光，飛濤濕翠岑。遵塗越魚市，細磴穿松陰。鄰園林檎熟，纍纍垂黃金。花姸竹密處，款扉討幽尋。人沿揖讓俗，戶聽絃歌音。衣裳守樸素，不古亦不今。百盤窺洞壑，谷口雲黔黔。石上太古苔，素痕屧齒侵。奇峰七十二，浪花森森嶔。有天眩仰睇，無地怵下臨。蕩蕩虛浮境，難擊靈黿沈。水精鑿仙窟，香霏珠樹林。女冠勤焚修，霞巾插犀簪。白鶴伴予影，白雲洗予心。夜涼星斗上，閒寫紫瓊琴。

招隱園

罨畫淡湖光，闢此雲林窟。元老拂衣歸，肯為謝朝謁。明社將陸沈，委鬼亂宮闕。眼見九鼎墜，力難繫一髮。排閽叫望帝，寃灑杜鵑血。招隱豈真隱，心事昭然揭。抗疏鋤大憝，青史光日月。遯迹阻龍淵，身世付淪忽。午橋滄桑後，芳草久銷歇。臺傾曲池平，陳迹寒煙沒。鬼狐作人形，夜深叫咄咄。鄰村牧牛兒，吹笛臥閎闥。婆娑撫嘉樹，愛惜安敢褻。典型雖云遙，流風幸未沫。當年憂國淚，林泉灑滂渤。堂前翠峰立，猶如擊閹笏。白楊三尺墓，勒銘賸遺碣。悲憤作靈濤，盪激貞臣骨。

獅山道院書贈院主

因尋法善抱琴過，曲院垣頹挂薜蘿。疊石長廊苔色古，碧梧高閣雨聲多。偶隨童子看招鶴，閒仿癡師擬換鵞。棲處紅塵飛不到，羨君占斷好巖阿。

茉莉花

佳種移南海，花瓷供曲廊。忽驚三伏雪，偏作五更香。翠茗珍春焙，紅窻助晚妝。閒談晉遺事，插帽太清狂。

雲

一嶂崢嶸天盡間，秋郊乘興擬躋扳。須臾日落風生後，始覺能移不是山。

桐葉

高桐聲策策，小閣影離離。空階一葉落，消息秋應知。志士忽生感，脩名恐後時。含情坐磐石，拈筆題新詩。歲既不加閏，圭仍未可期。只慮涼風起，兼愁白露滋。草堂在幽谷，月透讀書帷。底須鵷鵲觀，移植鳳凰枝。

方竹拄杖歌為敬亭先生作

方竹作杖古罕傳，先生珍重齋中懸。犀理瘦骨果可愛，虛中密節能清堅。須知異物非世有，蛟龍變化來深淵。往往雷霆風雨夜，壁間爪甲聲鏗然。宜乎人間好事者，搖佈吻舌疑神仙。具云定海靈峰上，葛仙鍊石由飛躚。偶遺竹筯植諸地，化成貞幹淩風煙。偽書荒誕皆類此，推說事理尤鑿穿。宇宙中含萬品彙，因形賦質隨方圓。想公愛此自有意，君子豈為異說遷。因其形植甚正直，雖露圭角無旁偏。似有廉隅難犯色，好憑終始相周旋。不然柯亭好材幹，猶以模棱付燒然。公云意皆不在此，胸懷五嶽已有年。同行聊作木上座，扶持危險將賴焉。煙霞養性吟養壽，酒壚且脫杖頭錢。

獨遊

獨遊隨遠近，拂面野風清。喚渡山遥應，移舟樹倒行。探幽雙足健，入險萬緣輕。便欲移家具，看雲了此生。

落日下西嶺，沙村半掩扉。鳥投崖路去，客背寺鐘歸。世事入山減，狂懷與俗違。不知何歲月，長著薜蘿衣。

八月十五夜待月

移牀還捲幔，待月坐前墀。但得清光滿，何妨出海遲。片雲高不落，孤笛静相宜。最愛西池上，幽香滿桂枝。

題西溪書堂壁

月照竹下池，水光倒搖屋。几榻與簾櫳，一色上寒緑。中有悟真人，坐檢黄庭讀。一卷猶未終，山童報茶熟。

過張丈永夫錫祚幽居

每想清談即詣君，石堂捲幔坐斜曛。秋溪新漲平橋板，小艇空停宿野雲。柿葉常收充紙寫，松花自拾當香焚。家無擔石尋常事，菰米閒春與鶴分。

夕陽樓晚秋即景

西風微透裌衣涼，畢竟幽居意味長。局傍明燈分黑白，林深隔浦間紅黄。鷗閒趁食隨波没，鵲巧營巢覓草忙。空谷漫嫌人蹟少，停雲多在錦雲莊。

閒情詩二十四章有序

街臨鶴市，戶戶吹簫；果引羊車，人人倚玉。時則雙橈畫舫，春水初生；三月銀塘，真花未落。才子則飛觴飲禊，麗人亦結隊湔裙。有美清揚，無端邂逅。桃花片片，迷洞口之仙源；柳線絲絲，掩樓頭之珠箔。尋香國於白公堤畔，識傾城於紅雨聲中。明月爰作蹇修，燕子聊充侍媵。題薛家之牋紙，雲煙亦絢靈懷；贈霍氏之寶釵，粉黛偏饒俠骨。丁簾鏡檻，同掃長眉；甲帳衣熏，空横角枕。早慧自傷薄命，妙印心心；多情只解憐才，盟申旦旦。卿還未嫁，肯吟山上蘼蕪；花放將離，翻怨闌前芍藥。我之懷矣，誰則知之？俄而蜨妒蘭貞，鴛驚芰折。琴聲夜寂，烏影朝飛。情豈能堪，泣將安訴？絳霄青靄，迴眸迥斷仙緣；紫帔黃絁，彈指頓消魔劫。華陽鶴去，難通閬苑之書；碧落蟾寒，空撫廣庭之樹。其地則瑤池翠水，其人則天上人間。渺神女之靈蹤，疑雲疑雨；修瓊樓之祕牒，非鬼非仙。管絃杳寂聲聞，漫譜曲中紅豆；金翠渾忘色相，竟成火裏青蓮。紈扇招萼綠之魂，玉壺貯靈芸之淚。沒則已矣，傷如之何！每當涼月在牀，清霜入戶，情絲易亂，夢境多歧。守此淒燈，悄焉長夜。蕉窻則雨翻悴葉，綠到吟魂；菊院則露浣幽香，淡於人影。情緣境幻，果自因成。女冠半係詩流，或是飛瓊小謫；騷客例多情種，聊同平子工愁。今夕紅燭光前，恍感西施之夢；幾時青松林外，重澆蘇小之墳。偶托艷詞，藉抒長恨云爾。

姌嫋身裁掌上珍，不工巧笑不工嚬。名香掩被熏心暖，寶鏡臨花寫貌真。月皎靜憐鴻墮影，簾深悄怕燕窺人。妾身如玉心如石，信誓何勞旦旦申。

經營溫室共涼堂，十二雕欄八寶妝。么鳳釵孤如意合，雙鴛被稱合歡牀。天孫雨泣章難報，神女雲蹤夢漸荒。諸事到頭誰料定，那煩絮語費商量。

有情人帶幾分癡，意自纏緜理自持。玉暖最貪環善轉，金寒生怕玦將離。新移竹禁狂飆擺，未綻梅防冷雪欺。到得香殘燈灺後，一宵清夢更誰知？

跡密難防女伴咍，心同那得倩勞媒。悄無人處門常掩，待得花時我再來。冷翠鎖雲籠畫檻，亂紅飛雨落瓊臺。滿庭春色難關住，怎遣芳情便作灰。

金石何如妾意堅，花顛月倒度年年。短長也怕人來說，進退難教我獨專。柳線縈殘愁萬縷，荷珠蕩碎淚雙圓。此生肯背星前約，懷袖猶攜舊合鈿。

纔捧心時又病痁，藥鐺茶臼日懨懨。儘知郎意翻逢怒，不畏人言卻避嫌。情重怎禁緣未泊，恩深只許夢先霑。幾番鏡聽兼錢卜，私語紅兒報吉占。

芳草春波畫舫橫，尊前邂逅識傾城。不言私喜眉能語，未許先教目已成。蕩槳珠娘歌月子，彈箏盲女問年庚。瓊簫吹遍揚州月，一夕相思了一生。

鳳尾梢雲種萬竿，金閨藉爾報平安。名燈比月稱長滿，紈扇當風諡合歡。失意萍蓬歧路易，有情眷屬一家難。錦屏近駐游仙夢，不去清都跨彩鸞。

目斷紅樓佇所思，相逢不語意何居。聊為爾爾休猜予，知是卿卿卻問誰。夜露最防汙繡韈，春風只怨透羅帷。碧桃艷似奴顏色，纖手推窗拗一枝。

小謫人間作蹇修，不嫌自薦亦貽羞。雙緘金寫三秋怨，一串珠穿萬斛愁。自有精誠通夢寐，何須夙夜抱衾裯。芳洲滴盡相思淚，霜老芙蓉總並頭。

輕帆遠送碧江頭，雁背斜陽淡不留。書意怨風還怨水，琴心宜月又宜秋。鬢梳逾薄光添膩，眉剃剛平翠欲流。促織亂吟妝閣畔，伴儂寂寞替儂愁。

心心默叩感千端，欲出蘭房寸步難。無可奈何猶計較，不須如此益辛酸。羣芳漸次回春色，瘦骨終憐怯曉寒。歡若遲來花落去，肯教孤負好闌干？

真色翻嫌入世妝，不施瓊佩與珠璫。落花到地心纔死，飛絮漫天意太狂。呼婢通頭臨畫檻，背郎垂手立銀塘。愛看兩兩鴛鴦宿，偷度金針去繡裳。

淒淒夢雨一春中，地久天長誓始終。按拍填詞嫌綺語，買絲繡佛趁餘工。密參正果因還見，悟徹拈花笑亦空。懊惱自今都破盡，飄零無夢弔殘紅。

門前烏桕噪殘鴉，綠幙紅油密密遮。月自妒雲雲妒月，花應憐妾妾憐花。涼添半臂擎銀燭，艷出全身隱絳紗。委地髮嫌雲影薄，宜人紕縵更些些。

篤耨微熏試睡猊，浣花牋紙句親題。回風搖蕙香仍在，急雨吹萍影漸迷。袖約腕闌塗簡翠，心通髮導覓靈犀。兒家近在牆東住，莫放驕驄逞玉蹄。

瓊華凋謝只須臾，枉費君家十斛珠。心事未明惟證佛，病源難說只祈巫。鳥言綺閣憎鸚鵡，鬼語涼庭怨蟪蛄。角枕橫陳難妥貼，絲絲愁緒結流蘇。

霧縠雲窻漏碧蟾，安排屏几總清嚴。舞塵蓮瓣雙弓窄，琴拂蘭芽十指纖。敲斷紫釵恩不斷，繡添紅線恨同添。敢緣薄命多尤怨，福慧人生那得兼。

漏滴銅蓮夜氣沈，霜華涼到繡羅衾。靈修香草同千古，靜女名花共一心。風雨情懷揮兔管，水雲蹤影託烏欽。空房莫唱刀環曲，纔下重簾跡便深。

金屋才名擅博聞，謝家道韞左家芬。玉臺春冷蟠龍鏡，珠匣香消舞蝶裙。寄遠有詞多決絕，書空無計訴殷勤。劇憐繡被無情甚，不向舟中覆鄂君。

銀河縹緲憶吹笙，聞說仙人住碧城。事處萬難思入道，塵超千劫尚牽情。紫瓊冠製蓮雲樣，綠綺琴調松月聲。白鳳鞭笞青鳥斷，更無消息到瑤京。

木落空山劒氣青，凭闌想見舊娉婷。精魂應認三生石，風露仍搖九子鈴。繡幙衣香塵昔昔，畫廊屧影月冥冥。踏青曾記逢寒食，一院梨花雙板扃。

愛河無岸浪空翻，精衛難銜未了冤。第一鬟雲流麗色，初三眉月記情痕。青山夜雨貞娘墓，紅樹斜陽倩女魂。門巷寂寥花黯淡，曲闌橋畔立黄昏。

溪山依舊意全非，臥剔銀釭醉掩扉。芳草寄情工惝怳，優曇現影只依稀。冶游撲蝶遺紈扇，感逝哀蟬冷畫衣。一種愛憐千種恨，到頭都化彩雲飛。

放舟

風帆帖帖逆波行，去向天涯第一程。到底多情是流水，繞船都作別離聲。

夜泊

碧蘆紅蓼夜修修，繫纜郵亭古渡頭。月落山村人定後，一星寒火出更樓。

江樓晚望

楓岸接蘆洲，江天玉宇秋。薄雲棲素幌，皎月入高樓。葉落知身寄，波流覺世浮。生涯鴻雁似，空負稻粱謀。

江亭

空亭將薄暮，孤坐動離情。遠岫暝無色，寒江流有聲。漁燈古渡小，獵火斷崖明。何處停橈客，臨風一笛清。

京口晚泊

涼柳疎蟬落照明，荻花如雪浪光平。過江山絢泥金色，繞枕波流碎玉聲。漁艇趁潮隨月上，佛鐘隔岸帶霜清。宵闌無酒兼無客，夢醒秋空一鶴横。

登瓜步敵臺口占

寺鐘何處暮鎗鎗，百尺高臺萬木參。野色汀煙深似海，不容征客望江南。

寶應道中

涼風吹落日，瘦馬度荒郊。亂葉投枯磵，寒禽爭廢巢。近湖田有蟹，遠郭屋皆茅。最愛踈籬外，青黄綴苦匏。

題紅心驛壁

又束琴書向別州，青年豈易淡離愁。故鄉久住非良計，長鋏仍攜作遠遊。翠竹白沙村店暝，枯荷折蓼野塘秋。牽情饒有蕭森景，贏得吟牋到處留。

東阿道中口號

煙寒日淡度林皋，刮面嚴風利似刀。斷磵水枯支石骨，荒村徑仄落松毛。迎官古戍人吹角，停役殘年社罷鼛。自笑出山因底事，卻教塵土涴征袍。

香河屯夜題逆旅壁

衰草荒寒一徑斜，棲鴉數點樹椏杈。亂山破屋愁中月，半壁孤燈夢裏家。未見征輪生四角，可堪歧路復三叉。少年妄想真無謂，欲泛銀河博望查。

將抵都門寄呈歸愚先生

師門臨去復夷猶，此後重來更幾秋。辭岫雲憑風雨意，隨陽雁切稻粱謀。本非老衲常行腳，未必門生果出頭。聞說燕臺求駿骨，媿無聲價等驊騮。

氈車

碧罽裁通幰，征途御冷堪。嬾眠如蘮蒘，趺坐類苔龕。一任風稜急，全忘雪意酣。行行安且穩，油壁我何貪。

煖炕

炙炭埋牀底，溫存曉未灰。睡鄉成熱客，火伴在春臺。無事重衾覆，偏多綺夢來。三竿紅日上，猶笑玉山頹。

靈巖山館詩集卷十一

青瑣吟香集

柔兆困敦（丙子）

古意

妾有青銅鏡，背面雙盤螭。攜來懷袖中，照此長蛾眉。蛾眉能幾時，對鏡良自悲。不惜捲簾箔，鬢影春風吹。君心未可見，妾貌將焉為？

紫羅繡香囊，是妾定情物。聯以長命縷，貫以同心結。以我一寸心，充君片時悅。轉綠而迴黃，微香亦消歇。安知佩服久，中道兩決絕。

落花戀故枝，迴風舞晴昊。紛墮玉階前，寂寂無人掃。惜此韶華姿，零落依百草。看花花已殘，令妾傷懷抱。記得花開時，比似妾顏好。

同馮魯巖光熊趙雲松翼兩中翰遊石磴庵

嘉辰物外游，仄路穿林入。松破當寺門，地高盤石級。花徑春來窄，柴扉雨後澀。殿深神像尊，苑古苔痕濕。雲根一重重，遙峰向我揖。磬孤羣壑應，窗小衆峰集。幽境斷人行，陰巖有龍蟄。茶煙罨樹白，泉韻因風急。澗阿生芝草，隨意資採拾。眼前好景光，似許我輩給。平臺返照來，幢影如人立。

豐臺芍藥詞四首

豔絕中庭四五叢，明妝翠袖倚春風。坐來身被紅雲擁，知在蓬萊第幾宮？

胡姬十五解當壚，暴暖剛逢試繡襦。花意不知人斷酒，殷勤故勸玉盤盂。

侵曉風柔紅雨飛，窈娘妝閣啟重扉。豪情何惜纏頭贈，盡剪朝霞作舞衣。

鬱金裙子肉紅衫，婪尾春杯日日銜。漫說此花能稱意，也防梁燕語喃喃。

鷲峰寺觀旃檀佛像作

幽州古招提，只瞻慧日相。幾經龍漢劫，依然尚無恙。似現不壞身，來詮秘密藏。千花擁雲龕，九龍盤玉帳。容光若雪海，晃朗不能望。聞昔目犍連，運神攝巧匠。三返忉利天，審諦始營刱。坎坎伐檀聲，人天悉和暢。相具三十二，莊嚴絕依傍。仗茲接引手，拯溺迷津上。皓月臨太空，萬川皆一狀。視爲身外身，所見即孟浪。文殊本無二，焉用辨真妄。試參光明經，一空生滅障。八難暨三塗，種種可尊尚。我擬謝塵羈，初地早回向。買取霅溪絹，繪此勝鬘樣。石堂梅萬株，香火長供養。非徒煩惱除，兼得壽無量。海山潮音中，松雲一鶴放。

天慶宮觀劉鑾塑像

北方塑設技最工，阿泥哥與劉元同。惟鑾成佛亦妙手，遺像尚留天慶宮。入門肅客兩道士，啟鑰導我廊之東。三間配殿制輪奐，靈衣羽扇瞻仙容。有元及今五百載，黍離板蕩一再逢。土偶豈有金石固，歷劫不受兵燹攻。依然髹質獨完好，豈非呵護邀神功。當年絕藝稱祕監，歲月雖遠精神通。道園別有正奉記，是鑾非元寧相蒙。君不見陵川集語可証誤，四賢祠內先有劉鑾塑。或疑『鑾』與『元』音相近而誤。考郝陵川集，燕四賢祠有劉鑾塑像，是鑾別是一人，著名在正奉先，《析津日記》辨之甚詳。

題海月庵吳匏庵讀書處

蓬島紆仙客，門臨太液東。書摹玉局叟，畫折石田翁。大雅東吳冠，高名北斗同。翻書當永夕，想剔燭花紅。

經東郭草亭遺址亭為明興濟伯楊善别業

樹掩朱門翠島西，風流裘屐幾招攜。而今落日輕煙裏，苦菜花香燕子低。

西山紀游詩二十首

出阜城門經門頭村作

遊山如食蔗，咀含先自尾。佳境正無涯，俱由平淡始。久聞西山西，磅礴數千里。逞秀復爭奇，壺嶠依稀是。爰賃下澤車，齎糧試湓止。負郭蟠綫徑，沙平岡邐迆。行行抵煙村，石橋通澗水。柴扉架樹成，板屋緣厓起。酒幔稻場前，茶具瓜棚底。一幅豳風圖，風物便堪喜。勝處能引人，賈勇整鞭弭。由來神奥區，亦招好奇士。山靈早已知，暗與相料理。松吹灑我襟，谿聲洗我耳。頓令肺腑中，清虚絕渣滓。遙峰千髻鬟，招我綠雲裏。

由玉泉山寺至呂公洞

歷盡崛曲途，始抵清涼境。怪形老檜盤，妙思奇峯逞。巖仄寺偏平，泉喧門愈靜。五鳳綴珠幢，雙螭擎石鼎。芸館春長在，琳宫晝倍永。杖斸蒼筤根，尊刳紫樫癭。澗碓擣霜秔，春隝摘煙茗。琪花無定光，玉蝀不遺影。傳聞呂公洞，近在青龍嶺。散策試游目，撥雲還引領。由來列仙居，迥别浮華景。雲霞衣上生，日月足底騁。瓊林不知夜，瑤圃難計頃。顓蒙有至願，封事將上請。茅屋便經營，塵緣悉退屏。相從物外游，控鶴萬松頂。

宿臥佛寺夜登五華閣

羣壑殷鐘聲，客到水晶域。松門如畫圖，返景增寂歷。挂壁泉韻幽，無風旛影直。空庭兩桫欏，亭亭各千尺。修幹走怒蛟，煙屯一殿黑。其下四五片，孱顔皺縹碧。疑是太古雲，落此凍為石。花龕坐金身，畢世恒偃息。未必津梁疲，示人休物役。流盼殿西齋，千峰在几席。從僧飯伊蒲，迥異塵寰食。遥聞梵唄音，鶥林知向夕。乘興更出游，扶笻恣所適。登頓躡危梯，飛閣俯鵬翼。暝煙白茫茫，冷月光相逼。大千世界中，化成銀海色。

碧雲寺

五峰至碧雲，春山幾眉黛。石徑夾松杉，嵐翠遥相礙。引我到招提，清磬一而再。谿流圍寺門，琤淙響環佩。白日委波上，滉瀁金鱗碎。小憩踞雲根，笑語水聲内。紺宇何巍峩，諸天粉壁繢。閃閃繡旛中，佛與一燈對。樹老作虯形，僧高無世態。同登藏經樓，低首看鳥背。羣山如蒼龍，一氣走邊塞。渾河亘其前，拗怒未肯退。指點話穹碑，隧道始明代。可惜名勝區，乃瘞權奸輩。寺後即魏忠賢墓。萬言頌勳德，腥穢人難耐。太息出門去，殿角鼓初擂。

香山寺

夜眠鹿苑牀，曉稅蘭皋駕。出山泉聲送，入山鐘聲迓。紅亭閒白塔，隔隖露精舍。門徑何幽脩，深澗虹梁跨。山茶四五株，力盡已半卸。一一紫蝴蝶，翻飛度風榭。苔磴盤千級，朱欄峰頂架。人從樹杪行，回望始驚怕。削壁若無路，一綫通石罅。禪房兩三楹，陰厂與檐亞。東有老藤蟠，西有飛流瀉。終朝未脱雲，萬古不知夏。擬便謝簪纓，苦未畢婚嫁。薄寒衣袂生，圓景烏邊下。上方猶白晝，下界已昏夜。嶺半石廊鐙，竹榻從僧借。

宿來青軒

朱欄十二曲，結構蒼山腳。上壓縹緲峰，下臨澒洞壑。纖纖月墮空，淰淰雲侵閣。春鐙冷不紅，急起垂簾箔。掃榻投孤枕，游倦睡易著。長風習習來，吹夢向寥廓。手挽五彩虹，足跨千年鶴。相隨瑤島人，共赴玉峰約。萬樹碧桃花，四月猶未落。光豔聚為霞，化作芙蓉幕。文茵錦重重，金鼎香漠漠。絲繩提玉壺，醁醽賭千酌。雲翹彩鸞輩，彈弦復鼓籥。進我崑崙觴，唱我游仙作。聊謝人間世，永博天上樂。朦朧忽自驚，檐角一聲鐸。

曉發洪光寺寄城中諸僚友

銀河猶在天，東海已分曉。仄徑歷坡陀，露光溥碧草。板橋橫澗陰，殘星帶林杪。微煙薄靄中，一一見棲鳥。翹首望寺門，岧嶤出雲表。經堂聞梵放，潮音落窅窱。九磴十八盤，夾道松杉遶。賈勇淩絕頂，忽訝衆山小。東向見帝京，旭日初杲杲。宮闕耀金銀，瑞煙霏縹緲。清漏度龍樓，百花明鳳沼。斯時十洲仙，雍容集瑤島。還因憶故人，異境恣搜討。乃知軒冕榮，未及煙霞老。歸隱即未能，乞身會須早。他日卜幽棲，白雲何處掃？

狼兒窩石工俱於此采石

潺潺雲疊水，春至碧於澱。千山一夜雨，奔流激飛箭。衝磴復轉碕，萬萬明珠濺。兩厓悉翠珉，光瑩類鏡面。石工日開鑿，高下斧痕徧。所售究無多，百錢即數片。豪家因廣求，到處飾庭院。遂令碧山雲，質美而用賤。我擬告世人，使材貴擇善。何不加裁成，截取充琴薦。花竹高齋裹，俾得娱清宴。否則細磨礱，治為龍尾硯。磷緇兩無虞，持贈玉堂彦。校書天禄閣，作賦金華殿。斯言誰肯從，欲行仍眷眷。旁觀不我知，謂是臨淵羡。

自翠巖庵上中峰庵

我入翠巖庵，卓立萬竿竹。陰陰濃似雲，娟娟淨于玉。常疑殿宇秋，只覺天地緑。銅鼎慧香凝，甎鑪春茗熟。堪羡物外僧，獨擅閒中福。坐聞清磬聲，泠泠殷巖腹。知别有招提，窅窱藏雲木。爰出香積廚，曲徑遵蒼麓。山深氣候殊，四月春猶伏。滿地躑躅花，半開紅未足。周牆十里餘，全憑白石築。檜柏青葱閒，詎料多華屋。拾級陟飛梯，凭欄聊縱目。下顧乍來處，鳥道千盤曲。蒼蒼暮靄中，行人小如鶩。興盡且他之，空樓讓雲宿。

清涼寺觀雨在盧師山

深山深復深，開闢此淨土。巖岫既𡿴嶆，花竹復和煦。卷幔坐高齋，支頤望平楚。石罅白煙生，初惟綫一縷。淩空聚作雲，瀰漫徧區宇。長風勢欲來，隱軫如鼉鼓。金蛇閃閃行，銀竹森森豎。檐端霹靂飛，厓半蛟龍舞。階除走奔湍，軒楹集萬弩。巒障恐崩積，松栝時仰俯。當頭疑有神，對面難聞語。暗欲上紅鐙，涼思添白紵。驟雨不崇朝，雲消日停午。只恐去路遙，山橋水應阻。老僧留我宿，西廳啟雙戶。深夜紙窻明，殘月東嶺吐。

祕魔厓

層巒矗太空，日車費轉折。下插幾千仞，絕壁凹復凸。漠漠秀土花，黝黑類積鐵。鳥飛不到處，猶凝上古雪。巖半見石扉，金鎖緊扃鐍。傳聞有禪師，于此閉妖孽。朱書數梵字，迄今未磨滅。往往風雨時，似聞聲批捩。東向青龍潭，碧水至澂潔。上覆古柏雙，翠色若可擷。臨厓試一窺，陰森氣凜冽。擬以小石投，僧驚為撟舌。搖首速勸止，往事向予說。昔有人犯之，晴空飛列缺。山林悉震摧，十日雨不歇。我聞心悚然，急揖與僧别。

證果寺前即青龍潭，後有祕魔厓

老僧指示予，鳥道挂煙徑。禪室頗清幽，最擅茲山勝。爰策白藤杖，彎環陟蘿磴。巖腹天容窄，石唇地面正。一堂小若龕，四壁光如鏡。似來離垢天，非由汛掃淨。古洞蛇俱靈，千年樹亦聖。峰峻無來禽，雲深不散磬。境佳情易移，佛慈心愈敬。聞佩悟禪機，拈花見本性。密諦儻從參，三生應可證。澗道流泉鳴，巖扉斜照映。玉茗烹竹鑪，霜秔出柳甑。飯罷偶閒行，復起攀援興。絕頂聊送目，空翠色無定。罡風浩浩來，一笑四山應。

善應寺四松

伽藍西嶺北，臺殿勢巍峩。蒼翠塞滿庭，奇松盡婑媠。一株倚石壇，傾欹身半嚲。枵然臏空腔，云曾經劫火。虬枝蔭石寮，綠影一窗可。一株立亭亭，散作雲數朵。紫藤故相趁，條幹受纏裹。雖抱凌霄心，拘牽仍未果。顧影臨清池，一株獨婀娜。宛若明鏡中，翠釵初貼妥。標格推絕羣，昔爾今亦頗。一株抱幽石，盤拏拗而左。偏體蒼龍鱗，節目最磊砢。露根數丈餘，可供橫琴坐。流覽幾摩挲，欲去情無那。白雲忽飛來，無心閑似我。

昌化寺畫壁羅漢相傳為吳小仙筆

峰巒互蔽遮，遙望若無寺。緣谿半里餘，始見布金地。竹柏團晨光，冷聚一庭翠。上殿瞻金容，旛颺旃檀氣。兩壁駭奇觀，何人逞絶藝？繢出諸應真，形像特古異。疊嶂排青冥，洪濤振海澨。石斷林迴閒，煙雲復靉靆。或面壁不言，或拈花示意。或乘蘆一枝，彼岸渺無際。或飛錫厓端，運法伏魑魅。或結接引緣，廣現陀羅臂。行住坐臥者，各各參奧義。龍女持珠回，鴿王捧鉢至。非通最上乘，難闡此真諦。安得如斯人，與論∴卍字。

平坡寺

巀嶫翠微山，層層戴雲構。一磴一紅亭，無窗無碧岫。厓根石特奇，儼伏雙怪獸。相對目眈眈，含怒勢欲鬥。古栢根倒垂，酷類老蛟瘦。探爪爭攫挐，儼欲將赴救。下有煙蘿垂，暗泉滴深竇。幾疊至幽澗，然後成奔溜。經堂枕其上，崇朝鳴玉漱。我來卷疏簾，于此坐清晝。峰巒既崢嶸，松竹復濃茂。日色冷而青，當午始一逗。山僧指謂予，東閣最奇秀。高板走長廊，危檻逼辰宿。渾河一綫盤，恒嶽小盆覆。興盡歸去來，殘雲滿襟袖。

自寶珠洞抵獅雲庵

距寺一里餘，乃抵寶珠洞。厥石瑩而黑，形狀等臥甕。初進路傾仄，未免心驚恐。側行數十步，豁達敞虹棟。斜光忽透入，仰見天一縫。鐘乳筍下垂，泉韻琴爭弄。削壁擘窠書，錯落題名衆。抉蘚細辨認，日月紀唐宋。滑澾不受屐，滿地白雲凍。境寒難久留，捫苔覓來空。一路松風迎，一路松風送。又值祇樹園，敲門驚鶴夢。庭際疊雲根，玲瓏殆天縱。老僧無世情，分我伊蒲供。經堂許借宿，孤鐙與佛共。隔簾數篠筤，襹褷立青鳳。

自滴水厓至大雲寺

峰形互蔽虧，日色遞現隱。沙隨風並旋，雲帶巖將隕。樹根破路出，厓角向人很。雨過泉爭流，卻遭亂石窘。曲折赴谷口，一瀉莫能忍。下射百丈潭，水花白于粉。浮梁架空濶，欲度恐難穩。風鈴聲琅璫，知去初地近。仰首望林表，臺閣飛欄楯。似非人世間，首夏春未盡。娟娟野草花，到處紅不實。境高無鳥雀，地暖多芝菌。煙霞所鬱蒸，物候罕憑準。平矼構殿高，削壁盤廊緊。蘚碣脫龜趺，風箏落鴟吻。坐深丘壑情，知被松雲引。

仰山棲隱寺

苔痕蝕雲龕，松色冷月硤。一徑十餘里，長風兩厓夾。欲前游興猛，再上足力乏。且喜近精藍，數杵鐘鞳鞳。峰迴偶翹首，縹緲現層塔。迎客來枯禪，延進紫虛閣。軒楹既清幽，石林仍區匝。古畫列圍屏，素琴橫短榻。銅匜篆煙凝，玉鉢山花插。坐論倒薤書，閑試烹茶法。勸我急回向，早脱恒沙劫。浮生等幻泡，得道趁慧業。心知事所難，頗與鄙心洽。示我格體詩，險韻獨能押。紀游擬屬和，含豪開硯匣。詩情何處生，庭梧聲颯颯。

自鶴子山至百花山贈文殊院僧

左臨萬丈谿，右插千尋巘。緣岡曲折行，架木成長棧。碧草忽茸茸，喜得見平阪。重扳磴百級，呀然露厓窾。遙疑不可入，門塞翠嵐滿。及近卻全無，且憩凌虛館。泉作水簾垂，石成芝蓋偃。松閒雲有香，洞裏日偏短。陟險更探奇，荒途通鹿苑。知隔幾重花，鐘聲出來緩。樹古寺門幽，筍多陽嶠暖。齋餘下檐禽，客到叩茶版。自愧非淵明，爾應是慧遠。發難論三塗，質疑拈四本。理足神方怡，境佳慮自散。何年海嶽庵，一榻從吾嬾？

菩薩厓

山禽啁嘈鳴，竹窗天已曙。起別寺僧行，側側踏沙路。裌衣襲冷風，兩屨霑清露。紅日上崖頂，千林始開霧。忽見峭壁間，法相現無數。不知鑿何年，宛若神工塑。或慈或怪惡，種種形容具。一獸特猙獰，遙瞻心尚懼。偶爾作皈依，未必迷津度。古槐類游龍，拔地挾餘怒。崩崖欲相壓，枯藤緊纏住。似此即畫圖，頗得天然趣。計游已浹旬，殊覺愜情愫。可惜難久留，又別名山去。他時足自豪，所到有題句。相貽後來人，留在雲深處。

雜詩十一首

食方丈於前，不過一臠肉。甲第連青雲，所居僅容足。本分自有限，安知奢我欲。坐嘆朱颜改，行愁白日速。讀書與博簺，等是亡所牧。不如黄初平，高臥空山谷。

雲來雨冥冥，雲去日杲杲。適去而適來，先時詎能料。學步既匪工，效矉亦難好。誰令君多念，沈憂坐將老。夭夭園中桃，纂纂桑下棗。氣稟根陰陽，應候多遲早。悠悠待化工，好修以為寶。

圓月逗前浦，清輝滿君除。千里遙相望，為君開素書。素書日已滅，相望日已虛。微風吹霜氣，君意其何如？

悠悠西林下，日夕寒蟬鳴。曲水抱晏景，前山當戶橫。蘭皋歇芳茝，遠渚帶秋城。霽心晚煙迴，恬目餘霞明。眄來澹末慮，睇往生遙情。鐘磬自發響，松杉月初生。

杳杳日西頹，漫漫路多陁。獨行為誰思，追憶秋風客。翩翩張季鷹，悵望吳淞隔。無心戀簪纓，願托煙波宅。以官易蓴鱸，歸帆曳輕碧。

長川有超越，小草亦秀發。淡爾玉露零，紛茲朝華歇。宛彼清風來，馳情太華闕。思欲理瑤楫，放溜下南陌。攜我謝朓詩，搔首問明月。

夜靜萬籟息，羣動歸其真。真境即幻境，如鏡霾埃塵。明月從東來，照我頭上巾。清風自搖曳，澹沱河之漘。蕭蕭鳳尾竹，渺渺魚鱗雲。獨散萬古意，閒垂一溪綸。

清露下皋蘭，素風發微霜。零落從此始，俛仰懷悲傷。驅車出門去，曠野莽茫茫。良辰在何許，揮袂淩虛翔。

繁華有憔悴，清潔存精神。信道守詩書，舉手謝時人。揮袂撫長劍，高行懷微身。咄嗟行至老，悽愴懷酸辛。

柴桑古遺民，長嘯返巖谷。東皋有嘉禾，南山有茅屋。披雲朝出畊，帶月夜歸讀。得性不知疲，幽賞紛在目。野芳綠可採，泉美清可掬。茂樹延晚涼，早田候秋熟。畢景有餘興，撫琴看修竹。悠悠千載中，此樂君所獨。

修竹映茅屋，笭箵垂清溪。中有太古人，忘情學鳧鷖。從容棄人事，宛轉和天倪。行藥到石壁，安步扶筇藜。高蹤渺銀漢，逸翮凌丹梯。豈伊景行暮，懼為塵網迷。

蓮花庵

尋花聊散步，杖策向林芿。竹籠僧挑菜，塵龕佛守鐙。閑庭雙白鶴，老屋一青藤。蘚碣迷人代，摩挲意轉騰。

作家書得句

欲語真千萬，臨書意轉慵。愁多辭未達，郵速墨難濃。于役縈慈念，曰歸滯客蹤。還將珍重意，仔細看題封。

中秋旅夜不寐有作

客憑闌北角，月轉屋西頭。急柝報更盡，涼雲如水流。苔階蟲切切，風磴竹修修。旅夜本無寐，況逢山館秋。

秋怨

珠斗斜窺翠幔低，殘星幾點各東西。杏梁去燕空憐别，玉砌寒蛩不忍啼。斷夢無聊花慘淡，清愁如許月淒迷。新涼處處催刀尺，多恐秋風度白隄。

促織鳴

促織鳴，淒淒切切聲復聲。銀河無影天宇清，月落未落時三更。玉闌金井露華明，小庭人定秋意生。蘭閨寂寞挑孤檠，簾垂銀蒜押水晶。欲織迴文寄遠行，金梭在手淚縱横，促織促織織不成。嗟爾天涯之人兮又誰知，此時此際難為情。

秋夜書懷

人隨落葉向長安〔一〕，酒淺愁深繡袂單〔二〕。蟋蟀古苔空館静，芙蓉斜月小樓寒。鄉情似被秋風引，客夢全忘行路難。何日扁舟賦歸去，碧湖煙水一漁竿。

【校記】

〔一〕『人隨落葉』，杏雨草堂本作『年年寄跡』。

〔二〕『酒淺愁深』，杏雨草堂本作『五夜沉沉』。

寄徐大桂門二首

總角論羔雉〔一〕，親承綠綺琴。聞雞曾對舞，立馬悵分襟。獨灑黃金淚，同鐫白玉心。相思不相見，涼月滿風林。

屈指江南北，相知定幾人。烏衣寶胄舊，銀管玉臺新〔二〕。花月飛三雅，江山墊一巾。垂竿釣磯上，也得展經綸。

【校記】

〔一〕『總角論羔雉』，青箱書屋本作『憶昔長安道』。

〔二〕『烏衣寶胄舊，銀管玉臺新』，青箱書屋本作『陶潛甘守拙，原憲不辭貧』。

青箱書屋本王批

劖刻瘦削之中獨抒浩蕩，在集中又別開一境。（『獨灑黃金淚，同鐫白玉心。相思不相見，涼月滿風林』）

題唐六如畫册三首〔一〕

晨雨過青山，煙鬟靜如拭。童子開柴門，放入瀟湘色。
落日在前村，疎林寒鳥集。野航不見人，淼淼寒流急。
藤纏松勢曲，石礙水流分。萬古不知暑，四鄰都是雲。

【校記】

〔一〕　青箱書屋本題作『題石谷畫册三首』。

青箱書屋本王批

謝朓驚人句。（『藤纏松勢曲』一首）

錢丈方壺先生歲寒圖五首

良友舊傳三益，新圖快覩雙清。此福幾人消受，看之我亦移情。
寂寂幽扉兩扇，迢迢古路三叉。天意欲雪未雪，老梅將花未花。
索帶鹿裘被體，旁人道是啟期。借問天寒風雪，先生策杖安之？
歲晚務閒時候，掩關節物匆匆。領畧此中清景，前賢只有坡公。

布置紙窗木榻，經營雪璲花箋。如此江鄉風景，十年一夢依然。

雪夜

入夜沈沈散落霙，街頭宵柝悄無聲。狐裘逼火吹無力，兔月窺窗影倍明。蓬牖人家圍土銼，紙窗夜氣逼瑶京。蒼涼一片梅花夢，伴得清吟到五更。

靈巖山館詩集卷十二

青瑣吟香集

强圉赤奮若（丁丑）

晚過玉蝀橋二首

璚華積雪舞回飈，樓閣參差倚絳霄。總為玉京得地早，春光先已到長條。
花外搖鞭虹影長，蓬瀛宛在水中央。自憐未抱封侯骨，無意驅車問紫光。

畫蘭

冰紈寫叢蘭，寒泉繞幽蕊。此是王者香，所以淡如水。美人不可作，遥情寄澧沚。

無題二首

有心皆玉琢，無語不神傷。隻日遲青鳥〔一〕，三絲怨紫皇〔二〕。嫩寒憐倚竹，好夢欲扶牀。不斷清溪水，緣愁箇許長。

風篴去無已，離亭暗欲傷。藻思工惝怳，好事動倉皇。鶴降憐珠樹，鸞飛戀女牀。心心畏芳草，愁傍夕陽長。

【校記】

〔一〕『隻』，杏雨草堂本作『雙』。

〔二〕『絲』，杏雨草堂本作『竿』。

述德抒情呈春和公相一百韻

帝賚生良弼，調元相業昌。乾符恢建極，泰運佐當陽。廣協勳華上，功高日月旁。儀型標五嶽，法相應三光。熙績扶元化，賡期答聖王。相門隆富范，戚里艷金張。珠角神姿異，華簪世澤長。傳經依鶴籞，拜職珥貂璫。粉署推平叔，清班數辟疆。便繁依畫省，親切近雲閶。宣室螭頭迴，甘泉豹尾揚。奎星儲輔弼，卿月擢賢良。職掌司喉舌，絲綸奉廟廊。三臺榮曳履，八座重提綱。武庫諮能遠，山公啟獨倡。洪樞參翊贊，密勿藉匡襄。玉鉉行調鼎，金川忽沸螗。威弧遥控矢，太白夜捎芒。雪嶺途遐阻，蜂窠勢決搶。掃除資上策，簡馭必非常。推轂勛賢重，臨軒錫命詳。提師趨虎穴，間道走羊腸。賈勇空堅鋭，徒行挽勁强。神兵真貴速，天斧更誰當。聚米青油幕，衝鋒鐵裲襠。行間招季布，纛下斬無傷。銅具空來嚇，碉樓互矻望。連營排控鶴，銜弩射封狼。完卵猶思粥，偷生早引艎。何煩擒孟獲，旋已縛零羌。傳箭通巴棘，迎師送酒漿。矜全恢帝德，存活撫蠻荒。不戰功逾大，招攜計本臧。鐲鐃驚赫奕，幢旆静張皇。劒外花初發，關中柳未黄。生祠留俎豆，郊勞叶笙簧。入蔡還裴令，平蠻相武鄉。勒銘威震遠，攬鏡字成祥。遂壓三司貴，兼榮五服章。朱門森列戟，紫闥護文韁。鐵券河山誓，彤弓秬鬯將。玉墀頻退讓，寶册照焜煌。在藻歌魚樂，棲鳥慶鳳翔。碧城雲路迥，金掌露華瀼。温語邀三接，天書拜十行。常餐傳祕省，獨對上披香。起草關機密，精思論慨慷。訏謨陳國是，風雨協時康。敷政持寬大，先憂切悚惶。領班崇鵠立，參乘冠龍驤。秋色黄金勒，春風翠羽航。經綸宣德意，廷陛喜賡颺。中土歸鴻化，西人尚猰狂。星源驚燧鏑，月窟掃欃槍。邊事時方亟，宵衣日未遑。一心籌武幄，萬里踐戎場。旁午横飛羽，先庚計峙糧。神謨邀契合，衆議失倉忙。諸將徒軒輊，元勳詎頡頏。虎符揮定遠，龍笛唱平涼。善後機宜協，安邊布置彰。蕭關無夜警，葱嶺撤秋防。優議酬庸典，隆勛册府藏。秩加五等命，宴錫萬年觴。功首歸蕭相，謀深服鬼方。三庭陳玉馬，一統固金湯。公望如山斗，君恩更瀛汪。小侯分宿衛，歸妹托天潢。出入銅龍署，翩躚青瑣郎。平陽初降鶴，蕭史快乘凰。緑野新營墅，親賢舊表坊。東華開甲第，西淀賜雲莊。翠壑仙人館，珠扉玉女牀。三山連綺島，四庫滿芸緗。大廈寒多庇，天家飯不忘。長筵迎燕喜，問夜聽鸞鏘。春到花如雪，朝回月似霜。軸鈞持自重，鈐鼓撤何妨。履盛思逾下，心精斷獨剛。表忠曾賜節，對命欲循牆。植體侔庭檜，虛衷比谷篔。靈襟冰皎潔，雅度海汪洋。夾袋宏延覽，平衡妙絜量。殷勤逢吐握，決擇到粃穅。刻鵠微名愧，登龍素願償。鳳池波灩灩，鼇禁玉瑲瑲。草檄頻磨盾，簪豪慣裹裝。平津開繡閣，棊墅藝蒼筤。知遇師元獻，單寒拔宋庠。幸叨陶鑄力，遂令姓名芳。絳帳陪絲管，黄衫侍衮裳。拜恩書鄭重，銜感意傍徨。五福綿禧茂，三槐集慶穰。聲名垂竹帛，聞譽重圭璋。師保欽公旦，星雲翼聖唐。春融紅藥院，裾拂紫金堂。淑景回朝野，玄風扇赤蒼。斗擎天八極，柱鎮地中央。茅土封恂禹，丹青繪魏房。紫光功第一，治定紀珠囊。

三月

游絲空際裊悠揚，三月時光倍憶鄉。或雨或晴春總好，不寒不煖日初長。煙凝庭草含情綠，風定欄花稱意香。最是五更鶯囀處，紅樓斜月隔垂楊。

夏五謁汪冢宰松泉由敦先生于澂懷園謹呈四首〔一〕

自是神仙宅〔二〕，天然結構工。山圍書閣綠〔三〕，花隱水亭紅。橫石安茶鼎，圍屏畫草蟲。松窗校書地〔四〕，濃翠當簾櫳〔五〕。

最愛披吟處，圖書甲石倉〔六〕。泉聲涼小院〔七〕，磴影壓迴廊。境靜心多悟，人閒晝倍長。博山香已燼，漠漠有餘香。

畫堂留綠野，雨後獨經行〔八〕。徑滑苔多暈，橋危板有聲。空巖傳客語，異草帶人名。點點紅于玉〔九〕，花飛滿石枰〔十〕。

勝地依蓬島，西清退直初〔十一〕。雨歸花塢鶴，風散石潭魚。幽景真名畫，清談即異書。琳琅排鄴架，仿佛列仙居〔十二〕。

【校記】

〔一〕青箱書屋本題作『海淀下直偕周稚圭彭雲楣訪裘漫士先生于澄懷園偶題四首』。

〔二〕『是』，青箱書屋本作『昔』。

〔三〕『園』，青箱書屋本作『當』。

〔四〕『松窗校書』，青箱書屋本作『南窻下榻』。

〔五〕『濃翠』，青箱書屋本作『木葉』。

〔六〕『甲』，青箱書屋本作『夾』。

〔七〕『泉』，青箱書屋本作『松』。『院』，青箱書屋本作『苑』。

〔八〕『畫堂留綠野』二句，青箱書屋本作『偶因乘逸興，臺榭獨經行』。

〔九〕『玉』，青箱書屋本作『豆』。

〔十〕『花飛』，青箱書屋本作『飛花』。

〔十一〕『勝地依蓬島』二句，青箱書屋本作『似瞑仍非瞑，良朋入座初』。

〔十二〕『琳琅排鄴架』二句，青箱書屋本作『數行題粉壁，聊爾記羣居』。

青箱書屋本王批

瘦絕乃成奇豔。（『自昔神仙宅』一首）

異彩照人。（『點點紅于豆，飛花滿石枰』）

答友人惠茗

林靜裹清吹，花深出細泉。酒醒青嶂月，碁罷夕陽天。話雨神為往，尋詩興亦便〔一〕。多君惠新茗，滿眼洞庭煙。

【校記】

〔一〕『便』，青箱書屋本作『偏』。

欲把二首

欲把鄉心托杜鵑，蒼茫雲樹遠于天。平蕪千里傷春目，何處芳華不可憐。

玉柱金尊次第催，新詞不數賀方回。碧簫倚遍紅樓月，多恐春風怨落梅。

過清河橋作

清曉鑾初啟，花香露未收。雪驄嘶廣陌，玉蝀偃長流。綠野方梅夏，平疇正麥秋。自慚才謭陋，櫜筆扈宸游。

渡白河

長川羣壑滙，雨後勢奔騰。萬騎隨鑾輅，連艘貫彩繩。纚舟為浮橋以濟。浪花吹硤轉，雲葉帶厓崩。觸景還延佇，遙峰疊數棱。

密雲縣

漢時遺愛數張堪，路遇叢祠小駐驂。林外淺青雲一抹，白檀山色似江南。

曉行穆家谷作

海天日漸升，山村露未斂。涼吹時襲人，萬綠香冉冉。跋馬轉坡陀，曉色豁重崦。浮嵐遠空濛，濕翠若新染。依稀雞犬聲，人家住厓广。疆場曲谿圍，門巷深篁掩。僻壤知俗淳，獨木為橋險。未克徧幽探，寸中終不慊。揮鞭趁同儕，葛衣風颭颭。一徑野草花，亂撩黃金點。

九松山歌

山雖號九松，小大以萬數。揆厥命名初，前人諒匪誤。昔少今乃繁，條幹鬱煙霧。紆威輦道鞚花驄，清籟遙遙答梵鐘。曲澗但添流水綠，縣厓不見夕陽紅。山空別有清涼境，五月裌衣猶薄冷。兩耳惟聞風雨聲，滿身盡落龍蛇影。傳昔有偓佺，食實成神仙。儻辦長鑱覓飛節，縱不輕舉亦可常延年。巖之阿，澗之曲，結樓亭兮架竹屋。何人於此賦閒居，一榻綠雲春睡足。

題攬勝軒壁在南天門觀音寺旁

鸎林泉若琴，鹿苑草如毯。入殿拜聞思，鑪煙香馣馣。孤鐙罩琉璃，古瓶供菡萏。兩壁繪諸天，一視一破膽。妙諦話枯禪，小憩凭飛檻。雲木互相參，海山坐可攬。軒外俯晴川，風微波澹淡。巖花一片浮，出水魚爭啖。茲行迫星程，勝境難周覽。應知索居時，回味思橄欖。

要亭

行帳初張趁暫閒，亭皋勝處且躋攀。一痕白走穿城水，萬朵青排出塞山。花不知名香觸鼻，石偏多竅勢孱顔。盤陀趺坐思尋句，衣袂從黏積蘚斑。

古北口

幽州之北皆大山，重巒疊障排五關。古北一口最巉絕，不通車馬通人煙。松亭金坡儼相望，雕窠槍嶺横其間。口外風煙十八路，兎徑鳥道秋豪巔。邊關大川各墩空，極衝通騎連平漫。潮河東來罊山足，金溝中頓鳴濺濺。有時水發到山頂，一條雪浪噴巑岏。關口谽谺兩厓合，日色不到苔痕殷。蒙茸樛葛翳洞穴，磊砢巨石横溪泉。碧火巢中笑妖鳥，緑蘿煙杪啼清猿。山根蒼鼠出復沒，斜陽一線嵌溪灣。其中屈曲僅容足，其下不測臨深淵。山川形勝乃有此，是豈人力關乎天。粤自金元溯唐宋，陰風慘淡旌旗斑。范陽自古號重鎮，龍屯虎塞羅戈鋋。誰歟築城據山頂，寧武遺蹟留孱顔。山高城峻勢陡絕，撐霆裂月窺雄邊。全收大漠在掌握，直逼碧落窮星躔。城北還聞祀楊業，道旁行者為悲歎。將軍戰死非戰罪，嵯岈鐵石同心肝。三日不食餓僵立，骷髏手挽猶巍然。雁門虎口並祠廟，炎風朔雪爭誇傳。至今城頭吹觱篥，英姿颯爽來塵寰。滄桑陵谷成已事，山空月落聞啼鵑。鏦錚林木自磨戛，迴風颯拉吹弓弦。山青青兮水湜湜，英風一歇何時還？

過青石梁

出關屢見好林坰，于役悤悤未暫停。沙路盤旋隨嶺勢，山田層疊作階形。正愁疲馬衝炎日，恰喜長岡有小亭。一笑遙峰知底處，千尋縹緲插雲青。

葦谷嶺

馳道蟠丹嶂，回看飛鳥低。嶺雲常詐暝，塞雨不成泥。多為關城隔，難教物候齊。連朝行犖确，只恐馬穿蹏。

灤江

澄流四五尺，塞外亦名江。沙白斜陽岸，鵁鶄睡一雙。

長隄向渡頭，三株五株柳。帖帖小帘飄，幔亭人賣酒。沙觜帶縣碕，蕭蕭葭菼碧。澄波不聚魚，閒殺釣磯石。綠漲忽平隄，千山一夜雨。葛衣空自攜，六月不成暑。

灤陽客舍讀書偶作

匹馬來灤京，數椽賃荒店。每逢展卷時，屏營私自念。弱冠掌絲綸，文彩欠華贍。是宜惜寸陰，矻矻事鉛槧。慧業在勤劬，力田有明驗。匪蘄燕許名，徒倚崆峒劍。騷壇任人登，文苑容我占。探賾不妨貪，知新豈有厭。既割左國腴，復挹屈宋艷。所嗤擁百城，書債終年欠。

消夏詩四首同紀曉嵐昀錢辛楣兩庶常作〔一〕

關外由來夏亦炎，赤雲紅日逼深檐。北窗賴有繙書地，一樹栟櫚當翠簾。
自汲清泉滌硯池，客居翻與夏相宜。虛堂靜晝渾無事，細補青袍卮從詩。
塞上山多早晚涼，端居猶著裌衣裳。無花無竹庭仍好，雨過蒼苔也自香。
招涼寧必仗明珠，三尺冰盤浸茗盂。精室垂簾研墨瀋，素屏添寫北風圖。

【校記】

〔一〕『庶常』，底本原誤作『庶當』，據卷首目錄改。

遊廣仁嶺諸勝處

林梢明曙曦，罨畫見遙岫。應是鴻濛時，濕翠凝結就。特鍾絕塞奇，盡拔扶輿秀。氣勢恣奔騰，造物不能囿。豈惟巖壑幽，亦且草木茂。磴道盤長空，芒屩怯踐蹂。藤葛盈掌握，蚱蜢上襟袖。雨餘苔蘚滑，撒手懼顛踣。陟險知幾重，白雲落我後。數息造平矼，放眼隘宇宙。夙昔誇穹隆，吳中山名。所見毋乃陋。未克窮端倪，安能測廣袤。犬牙厓腳交，牛角峰頭鬬。小大雲根形，于焉驚罕覯。龍鍾倚衰翁，蝟縮伏困獸。胡僧坐跏趺，田父對鋤耨。將伸蠖屈身，欲唳鶴引脰。排比畫屏張，團圞瓦鼓覆。瑩潔池邊碪，雙隻路傍堠。縱如馬脫韁，閃若熊避彀。遠在灌莽者，未暇細尋究。北向二三里，異境無心遘。寒泉厓罅歕，削壁挂丹溜。汩汩復泠泠，曲折赴巖竇。其下乃靈淵，雙檜身側仆。枝糾葉葳蕤，綠影如幕厚。赤餤吐金烏，侵晨止一透。云值恒暘時，居民致觴豆。甽畝必霑濡，往往荷神祐。名嶺以廣仁，覈實洵匪謬。過嶺稍平衍，釋氏結雲構。垣牆丹雘塗，階戺青珉甃。殿古閱千春，樓危礙列宿。步廊軒楯迴，斗拱雲霞鏤。往來迷咫尺，起居惑昏晝。飯鐘卯初撞，茶版午餘扣。僧解上乘禪，佛參無量壽。金幢外國施，珠幔前朝繡。亭敞愛淹留，池清思盥漱。架藤碧螭蟠，庭石蒼鷹瘦。寶所異景光，靈區殊氣候。夏木綠方濃，欄花紅不皺。芝蘭足庖廚，榛栗備糧糗。底用持清齋，自堪傳祕咒。古鉢毒龍降，單方百病救。施食及禽魚，留客猶朋舊。昔聞情久移，茲游願克副。暝煙四遠生，日馭西馳驟。到無晷刻寧，來擬秋冬又。整衣出松門，白月東崗逗。

夏日游廣安寺題寄京師諸同志

鹿苑淹留曉又曛，清涼暫得避炎氛。簾櫳一磴風前樹，臺榭千山雨後雲。地勝景佳忘出塞，身閒晝永悵離羣。所輸紅藕花香處，茗盌薰鑪劇論文。

偶游東嶺見小松一株特奇移植瓦盆繫之以詩

寂歷東嶺東，磴道罕人躧。探幽偶躋攀，觸目忽心駭。石罅挺奇松，高未及半拐。勢偃似積雲，質堅逾積鍇。蜷枝虬蚓結，破幹鹿角解。儻令產中華，兼金莫由買。惜爾落邊陲，榮枯隨苦蕒。攜鑱掘以歸，亟汲涼泉灑。無謂瓦盆陋，無謂棐几矮。置汝石窗前，自有清風擺。且待下直時，或當早朝罷。邀客共品題，蠻箋書小楷。

西谷遇雨因過碧峰寺

深谷盡蘼蕪，一碧無坱圠。散步起躍蠡，扶笻聽鳴蛰。遙岡形彎環，古柏勢勁拔。潭影涵空青，如鏡新磨刮。野花豔不禁，坐視小童揠。無端風怒號，草木互相戛。西北礮車雲，半天濃墨刷。扳藤復攝衣，登頓投梵剎。小憩神稍寧，據几弄筆札。室虛白自生，篁密青堪殺。花瓷玉茗嘗，蘿磴瑤琴扴。生憎澗戶西，竹雞故狡猾。沙徑潦難停，妄言泥滑滑。且待夜涼歸，銀蟾剛二八。

望筆架山戲作長句在波羅河屯

峰以筆架名，衆謂由像形。我備考厥故，見諸大荒經。北溟魚從硯池出，豈無筠管如金莖。亭亭仙掌擢雲表，揮灑所向，能令鬼神泣、風雨驚。鋪張白地明光錦，梁州黑水為墨瀋。龍跳虎臥波磔成，草破楚江秋萬頃。先天義奧世莫知，放手壓折孝穆珊瑚枝。幸值崇巒為撐柱，然後佩阿筆神名獲有高枕橫陳時。無端巨靈醉酩酊，忽向中山喚毛穎。偕往騷壇逞技能，賭扛萬斛龍文鼎。興來也效班超投，顛著三墳，末藉九丘。郊荒岑寂，誰復冥搜？迨至唐天寶，李杜事幽討。招來同臨池，運用稱懷抱。落教五嶽搖，橫使千軍掃。心知異尋常，未敢相草草。庋之高閣藏名山，宛若扶桑寄三島。後人含豪尚渺然，不識鴻才可掞天。每當平章處，未肯引真詮，任從海嶽廢書眠。脈望弄狡獪，盜向人間賣。致令浮夸子，渲染西江派。矯矯龍鬚賓，聞之心不快。立地遣五丁，奪歸擲天外。扈斑無所庸，王右軍古石筆架名。並教移北塞。至今苔蘚侵，藤蘿蓋。嵔廆谽谺，雲蒸霞蔚，日夕生光怪。玲瓏秀骨冠人代，對之能不心乎愛？我惟具袍笏，來效米顛拜。

入厓口

紆盤一徑石峆岈，瘦馬跉蹁未敢撾。映日遥岡沙似雪，著霜叢樹葉如花。行圍野宿俱槍壘，出塞書生有箭靫。預料花前逢舊侶，壯游豪概任儂誇。

與安大嶺歌

巉巖絶塞矗重嶂，秀拔扶輿逞天匠。虎踞龍盤疊復坳，石棱厓角森南向。相距百里餘，蒼翠已在望。遥想丘壑奇，未至神先王。裹糧侵曉行，怒馬恣奔放。縈槃沿山麓，鳥道絕依傍。峰峰秀鐵花，迥出層霄上。棄騎力攀躋，嶺半稍平曠。藉地微喘息，縱目訝殊狀。足底白瀰漫，雲氣隨風颺。大千世界中，忽化無聲浪。仰觀顥穹，碧入四空。日輪卓午，景物和融。藤纏林以羃䍦，泉漱石而琤琮。不知幾千載，峭壁挂此枝卷幹紐、不榮不瘁、百尺蒼皮松。北行四五里，凛冽多悲風。如何一山内，涼燠倏異同。芒昧難了了，地盡天欲窮。豈是盤古氏，未曾至此開鴻濛？或云此係仙靈藪，恒有怪物相屯守。巖扉澗戶間，冰雹大於斗。人偶觸犯之，飛擲徧陵阜。或云前通委羽山，有神蛇身人面銜照於其間。又云北溟環在外，厥水魂魄晝猶晦。往往扶搖生，挾人直墮鯤鵬背。我驚退走雲門西，一峰下方上鋭形如圭。賈勇儻登覽，乾坤可端倪。石广貯祕訣，玉版書金泥。探得而讀者，壽與日月齊。進方數武，心怵目迷。迷陽傷我屨，石角鉤我衣。狼嗥虎嘯蝯猱嘑，似憎塵凡質，未許即陟青冥梯。回策東岡去，霜葉紅千樹。蘼蕪一望平，不見行人路。得無太古迄于今，登此山者數我為初度。爰抽佩刀，磨厓題署。乾隆丁丑秋九月，靈巖畢沅扈蹕大獮曾游處。

木蘭行圍即景十首

芒芒甌脱藏靈境，如砥平原難計頃。中盤七曲八曲溪，木蘭溪河甚小而曲，名羊腸河。四抱千層萬層嶺。紫邏遙連鹿柴門，孕䕃虒角友羣屯。昔屬諸番氈幕地，慕義輸誠獻至尊。本蒙古地，康熙間獻為圍場。永為聖代游畋界，肆武年年秋出塞。懷柔即寓櫓陆中，謨畧遠超虞夏外。一

法祖吾皇紹壯圖，二虞四校備三驅。干城才衆爭罝兔，肅殺時乘合祭貙。晉鼓虞旗虔侍奉，鹿鷲圍逼交騰踊。日角無雙聖且神，金髇不二仁兼勇。曉日曈曨露草乾，棽麗翠蓋擁千官。看城遙設紅雲裏，到處能承聖母歡。行圍處為皇太后設看城。二

白翎通鞥書名姓，憑驗頭鵝誰獲儁。幄殿頒鮮萬部叨，銅匜執熟名王進。蒙古諸王設幄殿進膳。跪吹尺八奏琵琶，盛世華戎共一家。繞座雲峰環作障，當筵霜樹豔如霞。齊聲共祝無疆壽，稽首陳詞還拜

手。惟願皇輿萬度臨，四十九旗慶重九。塞上蒙古共編四十九旗。三

白桿朱英丈二長，一人袴褶巡圍場。衆從虎圈逐虎出，獵獵風捲黃沙揚。人蹲虎立兩相搏，得間銀光貫虎齶。高揭亭亭雙手擎，如鉤鐵爪空中攫。舁來獻獲向帷宮，犒之羊胛酒千鍾。共喜桓桓猨臂客，早標矯矯虎臣風。右謂虎槍。四

皎皎兒駒稱汗血，生成曾未經羈紲。調之跨馬與為羣，絡首竿繩暗牽掣。騰身上駒駒怒瞋，千掀百擲揚沙塵。伏腰握鬣施銜勒，約制無多桀驁馴。盤旋不待加鞭箠，氣勢昂昂輕萬里。應知游目契宸衷。此術堪移跅弛士。右謂套駒。五

行營一戲亦習勞，力士東西分兩曹。短衣窮袴緊纏束，不肯膚撓肯目逃。彼軒此輊覷機勢，匪特恃强兼運智。負嵎虎餓待張拳，毆爵鸇飢遙側翅。欻然一撲判低昂，勝膺賞賚負羞藏。漫云角觝尋常事，深寓時平簡練方。右謂相撲。六

儡⿱山卷明駝高一丈，欲乘誰不攀緣上。健兒三五矜技能，雙跗曲踊身長往。人起人落駝不知，但覺背上涼風披。著翅名應儕韓果，飛豹號詎輸王彌。迅捷遑憂阻垠堮，登城緣棧踰猱玃。昇平多士裕鷹揚，歡忭萬方同雀躍。右謂跳駝。七

番中年少稱善騎，距營廿里鞁駓騏。遙聞號礟競揮策，疾猶上落非平馳。到眼林巒不及靚，馬蹶去久塵方逗。逐電應居礮磾先，追風當笑扶搖後。不須片刻集營前，離鐙整衣跪比肩。犒以豚醪稽首謝，我皇福履億萬年。八

十丈穹廬傍幽嶺，初更白棓交巡警。周遭氊帳悄無聲，惟見中天孤月影。碧草青林露氣滋，窮邊

早值授衣時。矮几行牀謄祕敕，羔裘重襲涼絲絲。曙色纔分鵲未噪，幔城已起黄龍纛。霎時拔帳去如風，柴煙任裹宵屯竈。木蘭皆掘地為竈。九

撤獮歸程趁曙星，馬馱麕兔有微腥。野花豔絕無名字，雲嶂天然展畫屏。縹緲林端露臺殿，遥瞻且喜山莊見。還家猶未解弓弢，拭几先令排筆硯。屢荷頒鮮恩遇奇，自慚無補聖明時。抽豪漫效長楊賦，伐輻聊吟素食詩。十

出鹿柴門

明駝班馬各紛紛，前路猶賒日漸曛。積水平沙遥莫辨，碧雲青嶂亂難分。風高倏爾迴鴉陣，獮罷依然足鹿羣。聖代八紘歸版籍，壯圖今不慕終軍。

題仇十洲箜篌圖四首

拂地宫衣弱不勝，花深入夜醉懵騰。銀鐙倚閣春風暝，舊譜傳來自李憑。

桑濮繁音大雅羞，哀絲脆竹遏雲留。亂邦事事堪亡國，冤爾偏名空國侯。

木撥輕籠蜀國絃，歌傳昔昔怨師涓。升庵仙去風流絶，古器淪亡三百年。楊升庵先生曾于蜀中得古箜篌一。

哀怨無端蹙翠蛾，簷頭皎月麗金波。分明一曲公無渡，淚落聲聲喚奈何。

雨夜〔一〕

小閣竹林間，心閒境亦閒。孤鐙然夜雨，好夢入家山。秋樹已無葉，行人殊未還。晨朝青鏡裏，應見鬢毛斑。

【校記】

〔一〕 青箱書屋本題作『旅夜』。

青箱書屋本王批 蒼厚。

今夕

今夕知何夕，同君話軸薖。好游為客慣，知命得天多。有露鶴初驚，無風池自波。開尊翦華燭，試聽采芝歌。

遲家書不至月夜有作

西風拉雜作勢緊，木葉蕭蕭打窗盡。風停樹靜月忽來，一片清光遞相引。深秋物態經洗磨，刻露不受纖豪隱。放眼空明煙水邊，舉頭清切嫦娥近。涼氣依微度層巘，花陰羃䍥搖苔蘚。堦前促織鳴向人，玉漏沈沈滴空館。

祀竈謠

紅鐙綠酒青松枝，盤列園蔬佐以飴。鑪香一炷煙霏微，再拜稽首前致詞。終年善惡勞記錄，明晨彙報陳天墀。自揣功無過亦細，應荷玉皇詢姓字。伏乞神君進一言，斯人但以詩為事。十年已積三千首，勞勞未免風塵走。夜夢神君有所述，述帝云爾情甚逸，敕賜生花一枝筆。

靈巖山館詩集卷十三

青瑣吟香集

著雍攝提格（戊寅）

車碌碌

車碌碌，千車萬車擊者轂。驅之驅之，毋折我軸。前有高岸後深谷，世間那得皆平陸。嗟爾車中之人兮，只要後車速，不見前車覆。

休洗紅

休洗紅，洗多紅自淺。願歡少躊躇，聽妾歌宛轉。回黄轉綠無定期，日出雨落晴參差。

讀曲歌十二首〔一〕

揚檝過渭河，清流聞過槳獎。庖廚腊六鼈，論饌撰非凡鯗想。

東閣花開未，青春正望梅媒。翦衣忘複縠，輕薄悞多裁才。

無如藥物何，遠志卻名芣曉。屢夢還屢醒，自寤誤固不少。

當軒一架花，人被紅薔牆隔。豢豚猶用招，知君無好柵策。

熊膽鼎中儲，撏尋嘗常惟苦鼐耐。稻粱無處春，何日方成碓對？

麤砂治石屏，磨魔久愁終磷吝。風裏望旛竿，街佳旗期渾不定。

白芷皃茈代，由來葯約不真。平分梅子核，果爾暗懷仁人。

羣鷺集長楸，秋聽鸝羽雨翻宿翻宿。條條鳳脛鐙，憶昨蘭房燭囑。

園桃忽自榴，知是中心蠹妒。空艦泊煙汀，畫艛樓虛此渡度。

遵瀆搴紫藫，離罯汝搖遙蘋頻蒂嚏。出意綰雙鬟，同心成兩髻計。

零雨掩紅窻，不晴情關隔子。治任乏橐囊，諒必無行李理。

山脊陵時綠，維岡綱自有苕條。古瓿無款識，人道逼哥歌窯謠。

【校記】

〔一〕『讀曲歌』，底本誤作『讀歌曲』，據文意改。

遣興〔一〕

書則羲獻，史則馬班。詩則李杜，文則柳韓。琴則栗里，畫則輞川。詞則白石，賦則孟堅。半畝之宮，卜居廉泉。

虎豹之鞹，不如羊皮。玉巵無當，不如瓦瓻。西子不潔，不如村姬。物貴適用，士忌浮詞。白衣山人，我所思兮。

行陸以舟，渡水以馬。鬻葛當冬，賣裘當夏。買櫝還珠，棄璋寶瓦。道真左左，策乃下下。前有古人，後有來者。

趙孟之貴，何如園官？晉楚之富，豈多一簞。棋局勝負，夢境悲歡。窗足容膝，戶任礙冠。我之懷矣，千竹平安〔二〕。

【校記】

〔一〕青箱書屋本題作『漫興四首』。

〔二〕『千』，青箱書屋本作『一』。

青箱書屋本王批

只此四十字，駕一篇《樂志論》而上之。（『書則羲獻』一首）

集中三言、四言，皆獨自成家，竟欲前無古人。（『虎豹之鞹』一首）

『左左』、『下下』絕對。（『道真左左，策乃下下』）

禽言

姑惡姑惡，使儂晝炊夜織，尚嫌不操作。行將儂有作姑時，姑欲使儂知苦樂，姑惡姑惡姑不惡。

不如歸去，山莊本在花深處。去年花發別慈親，今年花落猶風塵。歸去歸去歸須早，堂上慈親年欲老。

行不得也哥哥，瑟瑟蕭蕭雨，上上下下坡。馬瘦轅短君奈何，不知客囊本羞澀。若待天晴時，轉恐行不得。

婆餅焦，老年執爨不自聊。勉强持噉兒，兒免夜啼飢。汝父服賈出門去，得錢歸來不知數，為兒娶婦作寒具。

脱卻破袴，五袴裁已成。機尚有餘布，共歌使君來何暮。使君清廉晉高爵，嗣者生端恣貪攫。新袴持質錢，破袴已脱卻，朔風捲雪暗山郭。

泥滑滑，山口村。亂木風拗折，冷雨天黃昏。獨行值屯厄，心喜手加額。不見前年與去年，萬頃平田龜兆坼。

得過且過，寒恃牛衣飢馬磨。職炊職汲，男長女大。君不見，五侯家，列鼎食兮重茵坐。一旦值風波，雲廊月榭青苔涴。

家家插禾，山村四月猶清和。分龍雨降聲滂沱，平田漠漠簑笠多。忽向吳門啼達曙，人家十萬櫛比住，老死何曾識農具。

提壺蘆，鄰姬十五解當壚。紅白花枝照座隅，良辰美景隙過駒。青鬢忽忽成白鬚，問君不飲胡爲乎？

老梟行

東城街東東數步，市人縛鴟坐鴟路。頭方角鋭毒眼怒，睥睨旁人屢迴顧。此雖不鳴復不飛，胸藏銛弩伏暗機。縱横斗覺風煙慘，排擊惟貪血肉肥。禽其翼，獸其頭。性猛鷙，儕貔貅。天寒風緊更得意，側身直上窺清秋。羽族繽紛遠逃避，憑空作勢聲飀飀。一朝鎩翮意氣盡，有力不能脱臂韝。無良醜類未老死，束縛轉為凡鳥羞。吁嗟乎梟兮，明正取爾作羹登爾飣，古典嫉惡著為令。

獨鶴行

山蒼蒼，海茫茫。鶴不于此棲，乃獨翔南方。不隨鵁鶄巢青林，不隨鸚鵡啄紅稻。昂藏七尺身，何處謀安飽？謀安飽，奈若何，深林大澤多網羅。勸君振翮去，仰首即雲路。仙島日初紅，雲暖三珠樹。

野鷗行

寒玉一團想儀采，日日尋盟向江海，雨細風斜志不改。春暖偎沙嶼，秋涼宿荻洲，菰米菱花不待求。鷺為羣，雁為侶。見慣波瀾生，機忘自容與。驚飛輒避人，野性本難馴。安願學池上，能言禽可狎，得食自呼名鴨鴨。

春日登慈仁寺毘盧閣述懷作

高閣憑闌望，春風冷漸除。一春二月半，燕子杏花初。薊北仍為客，江南未有書。何時謝簪組，篷艇狎樵漁。

雨

輕霏密灑豁塵襟，土脈蘇回漸浸淫。四面樓窻青岫合，半弓庭院綠天深。殘花拌盡春光去，客枕支餘夢漏沈。莫怨布衾涼似鐵，書生也抱望年心。

憶劒飛弟〔一〕

與爾未曾違匝月，今經一歲卧空帷。梅花關塞銷魂笛，春草池塘入夢詩。落筆雲山當此日〔二〕，對牀風雨更何時〔三〕？殷勤尚憶臨歧語〔四〕，莫為離愁損鬢絲。

【校記】

〔一〕『劒』，青箱書屋本作『澗』。

〔二〕『落筆雲山』，青箱書屋本作『倚杖看雲』。

〔三〕『風』，青箱書屋本作『聽』。

〔四〕『尚』，青箱書屋本作『為』。

青箱書屋本王批

自然入妙，妙在語淡情深。（『倚杖看雲當此日，對牀聽雨更何時？殷勤為憶臨岐語，莫為離愁損鬢絲』）

晚過天寧寺作

偶詣高齋坐夕暉，霏微空翠暗霑衣。石攔池竹分行立，風舞庭花相背飛。鑪篆燒殘僧未返，嶼煙衝破鶴初歸。欲求幽趣何須遠，但屬郊坰好息機。

蘀石先生贈紙詩以謝之

白于秋練細于膚，玉版何期肯惠吾。敢謂萬言需起草，正思五嶽試爲圖。除君文字將焉托，似此人情尚勝無。連夜石堂常握筆，苦吟銷卻睡工夫。

題封一束敢言輕，不節曾嗤逸少名。正反於人宜檢點，短長任我自裁成。製爲小帳回春暖，糊作横窗奪雪明。蕉葉從今遂生意，闌前留得弄秋聲。

洗象行

恢台初庚日卓午，宣武門西列旗鼓。士民奔走官校呼，迎象出門洗城湖。象奴含笑前頭走，今日雌雄合配偶。喧囂塵土聲如雷，填街塞路何崔嵬。揚旗擊鼓鼓愈急，河翻水沸象倒立。浮波逐浪動如山，跋浪衝波勢泊天。忽憶昆陽城，殷殷聞雷霆。王郎驅車闘吳漢，天地慘慘日色變。又思涿鹿戰，風雲出奇幻。蚩尤鏖兵日色昏，天跳地踔顛乾坤。從來以德不以力，象戰窮兵亦何益。是時隆暑正赫曦，彤雲倏布熹陽微。涼颸習習細雨飛，俄頃浴罷象自起。垂鼻輪囷意似喜，十二年中各生子。城邊旗鼓漸迴翔，迎象入門歸象房。行人回首看城水，動蕩餘波猶未已。

蟬二首

薄物爾無情，居然應候鳴。疎槐一樹碧，水閣四圍清。高唱哽還歇，殘聲曳又生。不知何所感，聽客轉心驚。

清絕居高地，如何苦不平。煩襟風裏散，涼意葉邊生。山谷鳴逾靜，雲林畫不成。五更疎斷處，相對各無聲。

余性愛琴某山人有舊藏古琴四其最佳者為趙松雪故物許自南中攜贈詩以速之

古音不作古器亡，寶琴百衲無輝光。江關老屋風雨夕，七條瘦玉淪微茫。山人家住横雲麓，一生消盡清閒福。明徽妙手發奇聲，成連海上傳仙曲。别鶴離鵾調不聞，雪絃寂寂網輕塵。前年挾策走京洛，相逢一一為吾陳。云是家藏琴有四，一有有元至正年間識。蛟唇蛇腹鳳凰絲，背篆猶銜松雪字。中抱泠泠太古心，王孫秀邸寄愁深。憑添南渡滄桑感，彈徹西臺慟哭音。琴是人非歲復月，浮雲柳絮飄空濶。縑素流傳半劫灰，五百年來賸此物。予愛琴德通琴聲，點點寒星纖指横。若將焦尾遙相贈，便是中郎無限情。玉軫孤桐分一片，柳家雙鎖人難見。梅花淡月隔江南，莫負秋堂紅石薦。

重過山人寓齋聽琴二首〔一〕

積雨書堂悵離索〔二〕，披衣躡屐出南郭。入門狂叫呼主人，貰酒且來池上酌。斯時新霽日未沈，斜光弄竹如碎金。熏鑪裹煙石几净，為我尊前調素琴。之子磊落湖海士，廣額修眉美容止。自言習此已卅年，練心悟徹元音始。低徊按抑去復留，空山灌木鳴鉤輈。白晝無人春壑綠，上有太古飛泉流。音高調逸彈欲住，游絲一縷縈飛絮。漁舟欸乃破煙來，搖過青山不知處。

長風吹月挂秋城，一絃一聲萬籟清。花影上簾雲到竹，石堂悄悄微涼生。有時宛似出塞曲，征人夜向沙場宿。陰山夜半雪花飛，鬼語咿嚘鬼鐙綠。靜坐聞之忽憮然，憶昔寒山寺裏眠。暗泉咽石蟲隱壁，碧梧策策風窗前。此境清幽譜未得，漫賦詩篇紀曩昔。今日聞君山水音，回首舊游如夢隔。嗚呼！僕本愁人何足云，君之妙藝世罕聞。成連不作叔夜死，世間箏笛徒紛紛。我今勸君一杯酒，君文萬軸才八斗。賞音不遇蔡中郎，請碎此琴君肯否？

【校記】

〔一〕青箱書屋本題同，闕第二首。

〔二〕『書』，青箱書屋本作『疎』。

青箱書屋本王批

公自能琴，故深得琴趣。（『白晝無人春壑綠，上有太古飛泉流』）

昌黎不足言，即東坡大絃春溫，尚滯皮相。（『音高調逸彈欲住，游絲一縷縈飛絮。漁舟欸乃破煙來，搖過青山不知處』）

王石谷蘆江獨釣圖

江南八月蘆花肥，水光風力相參差。煙消樹碧天杳杳，晝長日暖晴霏霏。䭱然秋空豁望眼，一一鴻雁東南飛。九峰高人理素絲，蘭槳桂棹來遲遲。青箬笠，綠蓑衣。釣竿欲拂珊瑚枝，身與浮雲無是非。我獨何為走路歧，好山如畫將無歸。

下直同人遊檀柘寺

暮秋天氣易晴陰，得暇因過祇樹林。塔院曲廊隨磴轉，禪房清磬隔花深。山禽避客黃塵面，梵唄生人淨業心。何日盡訓身世事，故鄉不少白雲岑。

贈許鍊師

谷轉崖迴一水分，院門深掩絕人羣。為栽丹桂鋤明月，欲補寒衣翦白雲。輕騎但招松上鶴，祕書不似世間文。十洲我亦曾遊者，猶記題名向紫質。

屠維單閼（己卯）

巵言十六首〔一〕

女媧支紅鑪，為天親煉石。地上缺限多，未補殊可惜。
東風吹凍消，西風吹暑退。惟有冬夏風，但作炎涼態。
陰陰雲一片，四海望為霖。飄然既出岫，不得諉無心。
后羿彎强弓，九日並時墮。卻容竊藥人，安然月中坐。
夸父渴死後，日復從東至。笑爾一何愚，不知旋踵計。
我聞太古初，字形如鳥跡。若將後世書，蒼聖亦不識。
陰陽惟兩端，奇偶不數畫。乾坤男女間，重重多變卦。
本草藥千名，徧嘗别其性。而我笑神農，無乃不病病。
生而不遇時，莫如我孔子。未聞鳳凰來，已見麒麟死。
鉤以曲為良，矢以直為善〔二〕。持此問蒙莊，齊物焉致辨〔三〕？

倦向空山眠，飢煮白石食。如此為神仙，長生亦無味。
清淺曲池水，奔騰千仞湍。驚風一搖蕩，大小總波瀾。
牛以祀天珍，羊因告朔重。騶虞雖至仁，不合帝王用。
瀲江三五夕，驪龍驚月影。競探不夜珠，誰知同畫餅。
春樹喚催耕，秋階鳴促織。區區蟲鳥情，尚知急人急。
對卷一憮然〔四〕，所憾早生我。若後千百年，異書應更夥。

【校記】

〔一〕 青箱書屋本題作『巵言』，闕第四、五、六、七、八、九、十一、十三、十四、十五首。

〔二〕 『為』，青箱書屋本誤作『不』。

〔三〕 『辨』，青箱書屋本作『辯』。

〔四〕 『卷』，青箱書屋本作『景』。

青箱書屋本王批

奇想。（『東風吹凍消』一首）

讀諸子詩十八首

下直歸，偶于書肆購得子書十數種，因每夜讀兩册。一書竟，即係以詩。非有心得也，聊資談助而已。

老子

道德五千言，厥要在無競。知雄翻守雌，棄智兼絕聖。玄牝存谷神，芻狗喻百姓。妙門示元元，上德猶病病。游龍信非虛，呼馬何妨應。

關尹子

關尹所著書，善能近取譬。觀其四符篇，義理一何邃。五行萬物機，直可揭相示。鏤塵思枉然，擷影學終棄。渾乎復洋乎，大道將來契。

列子

恢詭復漫衍，吾愛子列子。力命一篇中，深參造化理。海鷗機有無，蕉鹿夢彼此。泠然御風行，去去伊胡底？攓蓬語髑髏，爾我未生死。

莊子

桼園有傲吏，立論何譎詭。蝶夢方俄然，鵬翼幾千里。烹雁異山木，知魚樂濠水。萬物齊不齊，焉能究厥旨。江湖浮瓠樽，天地猶稊米。

管子

夷吾天下才，經濟善率育。觀其任政後，好惡同於俗。轉敗以成功，因禍而為福。牧民乘馬篇，不厭屢反復。三歸雖太奢，九合究堪錄。

晏子春秋

彊識復博聞，平仲殆天賦。歷事靈莊景，忠告期開悟。得祿每萬鍾，持以給親故。裘敝馬亦疲，身不異寒素。宜乎太史公，執鞭所欣慕。

文子

跛鼈行不休，千里終來反。寸管若無當，萬斛豈能滿。我讀文子書，言近旨則遠。不見古之人，自立貴循本。樹黍而獲稷，由來世所罕。

孫子

旨哉行軍法，廟算為始計。乃知操五勝，尤須揆九地。火攻胡不仁，行間是真智。遺編披覽餘，憮然懷軼事。美人究何辜，殺之等兒戲。

吴子

死母不奔喪，殺妻以求將。吴起猜忍人，行事一何妄。然其制三軍，穰苴豈多讓。在德不在險，斯言尤鯁諒。料敵形勢間，勵士廟廷上。

墨子

墨子之為人，兼愛乃素檢。世譏節葬篇，送終過崇儉。視親不若人，厥過固難掩。而我窺其意，誠奢冀防漸。黼黻須文章，何必悲絲染。

商子

馬遷云商君，天資本刻薄。悍然更舊章，秦民悉不樂。政成國雖强，時移禍亦作。為法適自敝，窮途始知錯。一狐腋可珍，六蝨名堪愕。

鬼谷子外篇有《本經陰符》七篇

鬼谷究為誰，陰符最該洽。利害工揣摩，陰陽善捭闔。奧義何眇眇，飛箝復諜諜。隱居戰國時，卓然不可狎。内視反聽閒，螣蛇以為法。

荀子

荀卿性惡論，似深戾乎道。世遂起相譏，究亦不深考。彼之為是言，用以激末造。試觀儒效篇，四海置懷抱。麻中蓬雖微，學者毋草草。

韓非子

我讀韓非書，不禁長太息。明知說之難，揣摩竭心力。未曾逆鱗嬰，終罹毒藥阨。何如謝塵鞅，安往不自得？風雨閉蘧廬，弦歌出金石。

呂氏春秋

鑒遠而體周，呂覽功用大。乾坤窺端倪，古今落欬唾。當其著書時，未審誰參佐。荀卿韓非間，公然分一座。笑語大賈人，真善居奇貨。

黄石公素書

橛橛復梗梗，乃所以立功。孜孜更淑淑，乃所以保終。每三復斯言，冀以持恥躬。誰知張子房，與我意署同。未友赤松子，聊師黄石公。

淮南子

八公大小山，各集所聞見。摭異復搜奇，出入經與傳。每於晴窗下，焚香讀一卷。叢叢義不窮，亹亹意忘倦。搜材來鄧林，游目向禹甸。

揚子

子雲不曉事，謫仙所深否。迄今閱法言，卑卑無足取。是真雕蟲耳，于辭賦何有。尚能甘淡泊，為郎從白首。我亦有奇字，惜無人載酒。

暮春梁瑤峰修撰移居魏染衚衕相傳為吴梅村祭酒舊寓暇日同吴大鑑南過訪得詩四律奉贈

鈴索丁東響玉堂，閒中珥筆好風光。飛英春老荼䕷架，覓句書翻玳瑁牀〔一〕。崔翰沾恩知制誥，柳州報國在文章。六銖衣著輕寒甚，攜得朝回滿袖香。

侵簾草色綠堦除，尚友何曾感索居〔二〕。蘇海韓潮期寸得〔三〕，曹倉柳篋惜分餘。三春櫻筍廚將過，四月鸎花課漸疎。差勝酸寒孟東野，寥寥家具少于車。

清華江左盡聞聲，祭酒當年最擅名。故國鵑啼餘舊痛，畫梁燕壘又新營〔四〕。敦槃乍啟思前輩，花木重栽悵隔生。我是婁東吟社客，瓣香私淑不勝情〔五〕。

鵾鳩鳴時換物華，忽驚歲月客中加。湘臯持節搴香草〔六〕，宫體銷魂為杏花。視草清階慚予選〔七〕，穿楊妙手幾人誇。餞春無計留春住〔八〕，柑酒攜來杜曲家〔九〕。

【校記】

〔一〕『覓句書翻玳瑁牀』，《黃琢山房集》卷四所附作『度曲塵凝玳瑁梁』。

〔二〕『尚友』，《典琢山房集》卷四所附作『長日』。

〔三〕『蘇海韓潮期寸得』，《黃琢山房集》卷四所附作『周北張南聯故侶』。

〔四〕『故國鵑嗁餘舊痛』二句，《黃琢山房集》卷四所附作『大雅扶輪原自重，平泉易主本來輕』。

〔五〕『瓣香私淑』，《黃琢山房集》卷四所附作『蒼涼今昔』。

〔六〕『持』，《黃琢山房集》卷四所附作『弭』。

〔七〕『視草清階慚予選』，《黃琢山房集》卷四所附作『斷梗浮蹤何日定』。

〔八〕『餞春無計留春住』，《黃琢山房集》卷四所附作『五雲猶覺三台遠』。

〔九〕『柑酒攜來』，《黃琢山房集》卷四所附作『試問天邊』。

鍾馗詩題扇二首

研朱滴露細分明，喜繪終葵古姓名。科第舊傳唐進士，衣冠不改魯諸生。百靈影遁雙眸炯，五夜風清一劍橫。憑仗送窮還解祟，金巵蒲酒話昇平。

素練風霜却有神，榴花紅照浴蘭辰。奪標已負雲霄願，作戲偏儕傀儡身。角黍堆盤陳九子，錦花圍座壓三春。勸君飽食揶揄鬼，一卷離騷弔楚人。

初秋直園水閣夜坐偶成

池邊小閣啟窗紗，秋令雖行暑尚賒。照水螢孤星上下，受風蒲亂劍交加。路遙不阻還家夢，鐙暗知垂報喜花。清簟疎簾揮羽扇，坐看殘月向西斜。

小師林漫興

卷簾微雨歇，支枕一編親。老石如先輩，秋花似麗人。觀心袪妄念，學道辟煩塵。此地平泉舊，豪門悟夙因。

七夕

碧漢無聲帶影流，人間天上路悠悠〔一〕。旅懷迢遞逢今夕，涼夢惺忪恰早秋。易遣銀河縈舊感，難將風露浣新愁。如何淡淡蛾眉月，依舊初更照畫樓。

【校記】

〔一〕『路』，杏雨草堂本作『兩』。

秋日送友之江右

秋階一葉下梧桐，忽送行人逐斷鴻。小榻北窗琴與酒，片帆南浦雨兼風。拈來險韻曾同賦，占有奇才各自雄。相訂歸期君莫悮，書堂簾外海棠紅。

聖武遠揚平定回部西陲永靖大功告成恭紀謹序

乾隆二十有四年，歲次己卯，十月朔之二十三日，定邊副將軍富德等以拔達山回部輸誠、逆酋授首，馳露布以聞，皇帝陞殿受賀，昭假天祖，以告成功。典礼茂昭，湛恩周浹，西陲之事大定。天命皇上統一中外，旄麾所向，悉臣悉庭。蠢茲大小和卓木者，以額魯特俘囚餘虜背恩反噬，恃其道遠逋誅，負嵎自固。不得已，再申天討，破羣疑，握乾斷，特命將軍兆惠等指授方畧，舉兵徂征。不五年而罪人斯得，回鶻全部咸隸版圖。於焉答蒼旻之篤貺，纘烈祖之遺謨。豐功偉烈，亘古為昭矣。小臣陪直禁垣，趨承機地，謹作為長歌，以頌揚鴻休。其詩曰：

惟皇帝德彌遐荒，丕廓王會開明堂。手握軒鏡膺乾綱，款關萬國朝冠裳。承平日久兵不用，百二十年大一統。内地妖氛悉蕩除，邊陲遺孽猶逋縱。我皇告廟勤西征，乘西揵伐伊犂平。纘承祖烈紹弓鼎，準夷四部黄霾清。馬前膜拜數十國，首哈薩克布魯特。降書競獻貝多羅，天討直窮懸度阨。將軍罨地蒙茸開，版圖突過龍沙堆。文犀紕罽捧日至，葡萄苜蓿朝天來。二酋大小和卓木，仰首嗚號眈兩目。皇仁丕冐荷矜全，命釋其囚長其族。無何阿逆横披猖，實作不靖搖邊疆。豺狼當關蜂鼠合，背恩負德蟲沙颺。邊書星夜飛章進，王赫斯怒雷出震。牙帳高懸日月旗，軍門疾捲風雲陣。羣謀築室徒徬徨，全虜在目歸當陽。王者有征而無戰，泰山壓卵良難當。二酋凶德無厭極，以賊助賊張虎翼。皇師再入搗犁庭，餘燼重歸勃律側。韜章不日馳邊隅，銘石永揭狼居胥。詎茲回鶻逞狡悍，螳臂忽復思當車。爰易將士整旗鼓，義問重申不毛土。惜哉專閫無良謀，轉使跳梁肆鼇午。天王戒日臨朝軒，簡策大將清犁軒。奇謀勝算親指畫，環珠口授三千言，風徂雲捲勢交錯，朝版一城夕一郭。和闐烏什盡歸誠，豈有戰聲喧膈膊。行師日夜艱長途，卒不罷勞馬不瘏。乘虛猝發十萬弩，狼沸豕突猿猱呼。渡河半壁忽遮截，以寡敵衆誓死決。孤堡堅持黑水津，鑾刀爭舞陰山穴。羣狙跳躍張狂鋒，欻驚野火連山紅。將軍夜砍賊營出，桴鼓殷地聲硠礚。雀鼠爭藏避鋒鍔，如電掣雲風掃籜。彤矢交加霹靂飛，琱戈横掃欃槍落。回兵重整阿克蘇，前茅後勁爭馳驅。哈什哈葉爾奇木，角之掎之銜枚趨。二酋首尾不相顧，先後逋逃如脫兔。輜糧棄野慄有餘，心膽墮地驚無措。三軍分道攢戈矛，一覆再覆神姦收。幕下生擒九青兕，帳前倒走千貔貅。桓桓師旅虎力猛，大者封屠小絕哽。妻孥舊僕三百餘，追奔入拔達山境。山中部落亦狡回，銅鉦一擊天山摧。呼降夾道帖首服，木函爭獻殲渠魁。邊臣十日捷書至，赤旗高颺馬蹄駛。廿九臺前露布傳，五十國外星鐃吹。丕承武烈復在茲，堂堂正正王人師。仁者好生不好殺，今不得已而用之。古者軍人苦行役，不數十年兵不息。陰霾宵捲單于刀，黃雲凍結蘭山戟。矧茲回鶻披蠶叢，人煙不與華離通。豎亥之足不可至，大鳥之卵奚當供。洮河夜走四百騎，角鬭紛來眼瞤眙。兩壁喑叱戰聲酣，重圍衝突犀鋒利。至哉廟算親焦勞，太阿在手旍旄高。奇師億萬自天降，一戰而捷擒其梟。清笳馬上歌聲起，韣韔韜弓房納矢。恢恢拓地二萬餘，僂指瓜期五年耳。我皇智勇開洪濛，聲色不動揚膚公。將兵將將運宸斷，萬民安堵觀成功。維天眷聖聖法祖，叡業鴻猷照寰宇。顯揚廟畧靖邊塵，默相天兵耀神武。圜丘殷薦升椒香，大德小德尊而光。鞮鞻十部譜新曲，廣樂具舉聲鍠鍠。千官忭舞羅丹陛，請熙鴻號崇嘉礼。玉册千秋焕武功，金泥億代綿庥祉。皇心讓善吉語溫，母心亘古垂鴻坤。遐哉聖壽樂無極，龍文上護慈寧門。紫誥絲綸出天賜，恩光翔洽歡聲沸。鸞蹕親勞細柳軍，虎臣特晉長松尉。濡染御筆輝瑤宮，豐碑千丈摩蒼穹。煌煌駿業勒金石，虎闈夜半騰蛟龍。羣黎永戴德汪濊，好戢干戈負耜耒。遙看犁雨遍休屠，豈有風煙驚海内。諸軍散射各在郊，春回盎盎祥風調。赤刃不加冰雪寙，皇圖鞏固崑崙尻。小臣禁近侍朝夕，欣瞻睿略邁今昔。願挽長河洗甲兵，天門映蕩朝陽晴。

積雪寒甚夜坐至三鼓

薄寒庭院暗飛沙，漠漠濃陰閃暮鴉〔一〕。一夜顛風重作雪，亂山何處不飛花。靈珠落手鐙還翦，碎玉敲櫺夢不譁。擬向小舟篷底臥，江楓漁火便浮家。

【校記】

〔一〕『暮』，杏雨草堂本作『晚』。

上章執徐（庚辰）

春朝

不分迎春怕送春，天涯時序逐年新。西垣初直纔臨亥，予以乙亥年入直機地。北斗重回又指辰。愁酌屠蘇分歲酒，苦思風雨對牀人。買船便擬江南去，一路看花採白蘋。

贈李念庵

燕市垂簾處，藏名幾十春。座中青眼客，堂上白頭人。知命即能達，有書不算貧。如何煩伯樂，物色到風塵。

閒憩得石軒題句

熏鑪風定篆煙霏，冷宦常憐過客稀。三徑埽花香滿箒，空庭題竹粉黏衣〔一〕。難消清晝惟拌睡，小夢寒山亦當歸。日暮疎簾渾不下，愛看雙燕往來飛。

【校記】

〔一〕『黏』，杏雨草堂本作『侵』。

憶五畝園

名園剛五畝，風景果如何？猿挂山窗樹，禽窺花沼魚。雲根移白下，詩體逼黃初。自説幽棲慣，人間懶報書。

靈巖山館詩集卷十四

閬風集

臚傳紀恩四首

仙樂鏗鍧霽景初，五雲閶闔敞皇居。同披毳褐朝金闕，先躡紅雲拜玉虛。下士忽登千佛首，名山未竟十年書。高逵雖已鴻飛漸，自顧為儀倍凜如。

宣豪江硯集承明，思湧文慚翻水成。敢冀茂才居異等，恐嘲名士總虛聲。幸繙虎觀書應徧，相對龍池骨亦清。豈有春城寒食句，九重何自識韓翃。

主知特達謝圭璋，柳染宮袍數異常。濫飽毋求行易勉，科名不愧道爭光。書生敢擅通經譽，邊務虛叨對策詳。廷試卷進呈，上批閱經學、屯田二策，深蒙嘉□□，遂拔置一甲第一。聖代崇儒兼奮武，漫云報國僅文章。

海上神山許寄棲，故鄉幾日見金泥。詩書少荷慈闈訓，姓字今叨御筆題。私愧名同恩並麗，敢言文與福俱齊。退朝身率羣仙下，回望層霄意尚迷。

瓊林宴紀恩四首

簪花綴席有成規，雲裏詔咸下玉墀。彩杖忽傳天使至，上公親為酌金巵。

將士西征卸鐵衣，武成宴罷接文闈。虎頭主席金貂客，定遠新從絶域歸。時西域底定，回部凱旋，上命武毅謀勇大將軍兆公主宴。

禁柳籠煙覆玉池，酒波紅映石榴枝。廣筵叨飫天廚饌，莫忘空山畫粥時。是年改端午日殿試。

龍頭人羡領羣仙，文錦宮衣錫九天。莫訝舉朝名氏熟，西清珥筆已多年。直機廷已五年矣。

王坦庵獨立圖

冰綃圖幽姿，風骨頗成削。飄然出世意，瀟灑如野鶴。九龍山下人，少小去採藥。研精紫書奥，逃名方技托。偶攜瓢笠遊，蹤跡等行腳。金銀融丹液，靈丸盈祕橐。妙術能合綜，百試無一錯。嗟哉煩惱界，彭和久不作。桂辣甘草甜，藥性昧參酌。游戲判死生，聚斂魂與魄。惟子入神技，指落病已霍。冥心追微茫，肺腑洞橐籥。抱兹濟世心，身計轉寂寞。活人不望報，為善亦云樂。清標頎而長，瞥向畫圖索。顧影劇自憐，勝衣體猶弱。毋庸更點綴，不必添丘壑。敻無依傍中，湊合淡與泊。肘後方甚奇，頰上豪可摸。姓氏韓康同，俛仰庶無怍。聖言不偏倚，佛言無住著。斯圖名獨立，鄙意猶嫌鑿。

得石軒前有太湖石四風霾塵垢積有年矣暇日汲井泉洗之嵌空玲瓏為石君復開生面因係以詩用昌黎山石韻

太湖石色學翠微，補天而賸屹不飛。蒼苔繡澀古紋瘦，老榆虧蔽新綠肥。長安石少卿相多，海嶽仙去真賞稀。瓊嵐突兀鎖咫尺，憑欄晤對忘朝饑。所惜土蝕奧竅塞，無有靈氣生竹扉。呼童汲泉泉溶溶，書窗瞥見煙雲霏。洞穴豈止七十二，千巖萬壑收徑圍。銅瓶挹注百道落，時有珠瀑濺人衣。塵悰擾擾歲復月，嗟爾石丈亦受鞿。莫釐飄渺故鄉去，一棹扁舟歸不歸？

晚出西直門至壽福禪林小憩

小車犖确背城闉，兩扇禪扉帶碧津。素壁詩參三昧旨，青山寒對一僧貧。華嚴法界當空現，阿耨慈雲入定親。解得拈花微笑義，佛堂撥火證前因。

雨夜懷竹莊

聽此階前雨，念彼天涯客。欲裁篋中素，寫寄書盈尺。握筆無所言，臨風但默默。雨歇下堦行，蒼苔數屐跡。

于闐玉

蔥嶺天方外，華滋產玉瑛。雲根埋阻絕，石髓結晶瑩。瑰寶寧淪劫，璇源好洗兵。虹流輝紫塞，鴈磧洩青精。琛賮通邊貢，共球達帝京。堅剛符睿斷，廉折合夷情。柔遠勳逾大，披圖瑞畢呈。

夏日同劉學士星煒吴侍講鴻泛通惠河作

輕舟初解纜，高柳正鳴蟬。退訝窗前嶂，搖驚水底天。逍遙同郭李，指點話雲煙。何異橫塘路，吴娘鴨觜船。

寓園遣興四首同雲松作〔一〕

偶攜淵明詩，池邊石上坐。每逢誦一篇，首搖足亦簸。不意水中影，一一形容我。凡我會心處，彼亦若許可。正爾索解人，世間惟子頗。

偶來花徑遊，須臾客疊至。因就松竹陰，石上陳弈戲。文士忽英雄，喜有用武地。居然一枰間，各懷席捲志〔二〕。屢競紅羊刼，未甘黑子棄。兩雄不相下，師行互無利。斯時我在旁，詢我解圍計。我但舉一子，閒處為安置。亦知非要途，儘可藉聲勢。笑問當局人，君肯如此未？

侵晨喚奚奴，汛埽書堂地。庭梧葉盡凋，簾櫳喜清霽。紅日尚未升，肅肅含霜氣。忽逢山鵲來，一聲噪簷際。急起向之祝，蒙汝不遐棄。儻報佳客來，否則吉事至。望汝莫憚煩，高鳴復三四。我言猶未終，彼已振雙翅。如學能詩人，語含不盡意。

二客不期至，書窗訴懷抱。一願呼小龍，耕煙種瑤草。手拍洪厓肩，口噉安期棗。清晨遊蒼梧，黃昏宿蓬島。一願居華堂，青年歌得寶。白撰堆房廊，明珠貯栲栳。入則據南面，出則建大纛。因問我何如，我云不同道。飢食紅稻飯，寒襲青霓襖。有月夜眠遲，有花朝起早。時獲琴書歡〔三〕，而無離别惱。摩撫膝下兒〔四〕，删定等身稿。百年無疾終，安然投富媪。二客相視笑，庭柯日杲杲。

【校記】

〔一〕 青箱書屋本題作『遣興』。

〔二〕『各懷席捲志』，青箱書屋本作『東帝與西帝。此懷囊括心，彼蓄席捲志』。

〔三〕『書』，青箱書屋本作『尊』。

〔四〕『膝下』，青箱書屋本作『繞膝』。

青箱書屋本王批

此四詩在集中另是一體，高絕妙絕，真不可思議。

即『化為百東坡』之意，妙在毫釐，不褻其貌。（『不意水中影，一一形容我。凡我會心處，彼亦若許可。正爾索解人，世間惟子頗』）

此句另換為佳。（『東帝與西帝』）

公精于弈，故能頭頭是道。（『斯時我在旁，詢我解圍計。我但舉一子，閒處為安置。亦知非要途，儘可藉聲勢。笑問當局人，君肯如此未？』）

靈光往來。（『如學能詩人，語含不盡意』）

此福最難，公至今猶未酬此志。（『因問我何如，我云不同道。飢食紅稻飯，寒襲青氈襖。有月夜眠遲，有花朝起早。時獲琴尊歡，而無離別惱。摩撫繞膝兒，刪定等身稿。百年無疾終，安然投富媪』）

四詩化工之筆，可謂得淵明之神。

黑龍潭

幽州大安山，崔巍切雲端。有龍破山頂，直下山底眠。山根已窮盡，莫測龍潭源。潭空杳無際，崖斷虛無邊。四壁翠嶄削，一泓雲彎環〔一〕。俯憂坤軸弱，仰笑天光慳。沈沈浸太古，星辰倒影寒〔二〕。紅暹逗朝旭，羲和繞危欄〔三〕。雷霆挾風雨，咫尺波瀾間。逢時起倉卒，列缺崩山顛。非時寧蠖屈，垂首甘泥蟠。似聞至正年，驕陽為災愆。五月至六月，千里皆枯乾。平章有某公，日夜心憂煎。齋心禱潭上〔四〕，霹靂飛紅煙。風雲四垂合，霏雨一朝溥。龍迴人共仰〔五〕，夭矯空中縣〔六〕。豐碑紀靈蹟，萬口為詩傳。至今崇報賽，歲歲申吉蠲。父老為我言，神龍在深淵。龍飛倏千丈，龍臥還依然。功成而不居，掉尾迴清湍。潛躍為民生〔七〕，變化何其賢。吾來值秋暮，黃葉飛滿天〔八〕。惕惕俯窅窱，隱隱疑連蜷。澄潭自杳渺，空山自迷漫。龍吟而雨至，寒風為颭然〔九〕。

【校記】

〔一〕『雲』，青箱書屋本作『墨』。

〔二〕『星辰倒影寒』，青箱書屋本作『幽州為之寒』。

〔三〕『羲和繞危欄』，青箱書屋本此句下有『鳥雀不敢近，魂魄愁飛翻』二句。

〔四〕『齋心』，青箱書屋本作『精誠』。

〔五〕『人共仰』，青箱書屋本作『猶可見』。

〔六〕『夭矯空中縣』，青箱書屋本此句下有『飛章奏朝廷，從此立廟壇』二句。

〔七〕『潛躍為民生』，青箱書屋本作『於茲發清歎』。

〔八〕『滿天』，青箱書屋本作『翻翻』。

〔九〕『颭』，青箱書屋本作『飄』。

青箱書屋本王批

險語。（『俯憂坤軸弱，仰笑天光慳』）

奇語。（『沈沈浸太古，星辰倒影寒』）

篇終發出至理，杜陵格律。（『父老為我言，神龍在深淵。龍飛倏千丈，龍臥還依然。功成而不居，掉尾迴清湍。於茲發清歎，變化何其賢』）

憫忠寺

幽州旃檀金滿地，只數城南憫忠寺。一抔香土重於山，萬里孤臣死猶未。為君太息言其事，人代淒涼未可知，見聞脫漏粗堪記。有唐貞觀十九年，四月出師九月還。為憫東征將士苦，遺骸收葬城西偏。又於此地建此寺，寺名還以憫忠傳。傳聞寺中有高閣，其高一握不及天。有何天人忽來此，手攜一瓶舍利子。自言此是釋迦形，能使人天大歡喜。隋人失之唐得之，金函玉匣藏寺裏。會昌之末祿山亂，多寶沈埋舍利死。於時亂臣史思明，殺人媚佛求長生。能文誰者張不矜，鋪張勳業誇工程。靈芝行書亦好手，惜哉於此留其名。穹碑大書寶塔頌，陷文缺盡滋疑生。嗚呼往事都消歇，古木寒煙自明滅。碑版縱横臥夕陽，蟲聲嗚咽啼殘月。滄桑滿目空悲咤，惟有當年謝文節。白日猶懸司戶名，青山不改萇弘血。先生遭際最可歎，百煉千磨大節完。幾人慷慨生平負，如此從容就義難。吾來寺中秋已殘，蕭蕭木葉下庭闌。傷心莫問前朝事，揩眼重將青史看。

張吟香心鏡圖

胸羅萬字滿月面〔一〕，白毫光旋鵝溪絹。誰與為此工形摹，乃我吟香居士心鏡圖。圖成精爽透眉頰，是時行年正三十。鏤玉雕瓊夙擅場，江關詞賦空蕭瑟。碧簫一卷手自刪，白雲白石伯仲間。諦觀此圖畫，舒卷心茫然〔二〕。豈真金粟如來再世為青蓮，遊戲三昧來人間，朝朝斗酒詩百篇。豈真維摩病起厭文字，拈花欲參天女禪，并光全耀不分鐙萬千。豈真曉風殘月豔思綺語剗不盡〔三〕，寶樹顆顆湧現而騰佘，欲于鏡也懺悔光明天。嗚呼！以鏡鏡心心不見，以心鏡心窮萬變，是君非君我不辨。君不聞安心本無境〔四〕，明鏡亦非臺，傳鐙心法何有哉〔五〕。當頭棒喝亟猛省，心地迴看鏡虚静，不然猶恐旁人錯認張三影。

【校記】

〔一〕『滿月』，杏雨草堂本作『月滿』。

〔二〕『舒卷』，杏雨草堂本作『反復』。

〔三〕『豔思綺語』，杏雨草堂本作『綺語豔思』。

〔四〕『境』，杏雨草堂本作『法』。

〔五〕『法』，杏雨草堂本作『氣』。

友人以紈扇索畫為寫幽蘭一叢並題

本來與俗別寒暄，只耐清閒不耐煩。何況同心人落落，自應空谷淡無言。

重光大荒落（辛巳）

友人將之江南詩以送之〔一〕

半塘橋畔是儂家，極目江鄉萬嶂遮。寒夜雪花吹客夢，關心第一為梅花。
金閶春曉綠楊齊，霧閣雲窗望欲迷。恰恨亂鶯啼不住，喚回殘夢畫樓西。
迢迢芳草送晴波，腸斷吳娘白苧歌。正是冶遊天氣好，白蘋深處畫船多。
舊院空傳長板橋，登臨有客思無憀。麗華祠畔青溪水，暮雨聲聲送六朝。
彈指番番花信通，莫嫌多雨更多風。畫圖一片迷離影，半在湖山春雨中。
寒鐙遠夢半依稀，回首江關舊侶非〔二〕。不及社前雙燕子，隨君帆影向南飛。
桐花宵落讀書帷，青壁茅齋歸計遲。煩到靈巖傳一語，山人已負十年期。予童時讀書靈巖山，出山時，本意十年作歸計，今已逾期矣，恐貽山靈騰笑耳。

【校記】

〔一〕『之』，杏雨草堂本作『至』。『詩以送之』，杏雨草堂本作『贈別』。

〔二〕『闕』，杏雨草堂本作『南』。

春和公相四十壽讌詩有序

蓋聞列宿經天，實布三階之位；羣山奠地，惟資八柱之功。尊彝登清廟之珍，而稱華者瑚璉；粢桷中明堂之選，而任重者棟梁。維貞元當極盛之期，斯喜起著交孚之美。恭惟公相圭璋毓秀，黼黻儲猷。傅野星高，獨受對揚之命；虞廷日旦，長陳襄贊之謨。公望攸歸，帝心是簡。文通武達，倫股肱耳目之司；德懋才優，兼師保凝丞之寄。廣甄陶于品類，吐握為懷；資輔相于陰陽，經綸在手。已著垂紳之度，還傳振鉞之勳。方玉帳之初開，正金川之就定。車中羽扇，同蜀相之平蠻；道上橐鞬，陋唐臣之破蔡。殊榮載錫，寵命頻申。爰超五等之崇，遂壓三司之貴。於是均平國政，弼亮天工。垂模楷於羣僚，總紀綱於庶職。傍鸞鑣之肅穆，每扈金輿；趨豹尾之雍容，常依玉案。自遠塞行師之日，迄遐方蕆武之年。開新畫之田疇，皆歸地版；會大同之鞮譯，悉奉軍書。莫不謹秉宸謨，深參國計。建非常之偉伐，成不世之殊逢。加以戚畹清華，閎門貴顯。錦韉公子，多隨熊館之班；鞓帶小侯，復締鳳樓之契。里有鳴珂之號，庭餘列戟之榮。而更積慶穰穰，持盈抑抑。有容乃大，涵瀛海之汪洋；無欲則公，表崧高之峻極。入溫室而彌形其慎，歷勳階而共識其謙。斯固記以旂常，銘之鼎鼐者矣。屬三微之肇祚，欣四秩之開祥。響動仙韶，聽徹琅璈之管；香生法酒，賜來醽醁之杯。朝端表淵岳之儀型，海内指鳳麟之品望。沅夙仰秉鈞之業，曾陪珥筆之行。履令節而抒詞，聊引作朋於《魯頌》；瞻崇班而誌悃，庶徵平格於《周書》。謹為詩十章以上。

崔嵬崧嶽表生申，柱石功名總少論。紫極正環天輔弼，黄扉親捧帝絲綸。保衡正合符昌運，揆覽偏宜協令辰。肇歲一人敷有慶，喜分遐福逮元臣。

冊府河山鐵券隆，桓圭列爵□尊崇。策勳首入淩煙譜，宣力親承捧日功。亮采官兼虞百揆，調元秩重漢三公。聖朝魚水真符契，一德明良拜手同。

蘭錡高門澤最長，天家肺腑屬椒房。金張久識家聲貴，韋杜還占相業昌。繡幰並趨光宅里，絲鞭遥指午橋莊。森森喬木連柯影，領取榮華傍帝閶。

禁幄從容獻替餘，太常懋績不勝書。三銓已典官曹秩，九式還司少府儲。玉鉉有光占寶鼎，金樞無缺奠皇輿。雞翹豹尾趨蹌近，歲歲花開扈法車。

參謀密勿直機廷，名冠璇扉十二屏。鳳閣班尊瞻氣象，龍門地峻想儀型。功存燮理三才協，道在旬宣六宇寧。斜日退朝花底散，幅巾深坐許談經。

直上螭頭曳履聲，青霄百尺秉樞衡。中朝盡仰元公業，絕徼猶傳上相名。勵節要符金筯直，澂心應並玉壺清。蓬山一路紅雲繞，邸第開時晝錦明。

羽林上將領期門，出入常看護紫闈。蓋擁黄龍陪彩仗，筵開白獸引芳尊。六符恰應天文麗，三接頻邀帝語溫。正是昇平多盛典，蓼蕭湛露好承恩。

浩蕩天聲疾似雷，頻年西極捷書催。威行月窟通千部，界越河源畫九垓。憶自中樞傳詔出，即看異域獻俘來。相臣實與籌邊議，從此華夷重鼎台。

濟美箕裘不數逢，鳳毛接武著勛庸。請纓慣草師中檄，投甲初銷塞外鋒。星漢岧嶤傳駕鵲，風雲浩蕩快乘龍。絲蘿喜托蘭宫近，早有丹誠荅九重。

上苑陽迴草木知，恩光取次下丹墀。仙家歲月添籌候，帝里功名補衮時。啟沃好酬霖雨命，賡颺遙拜慶雲詩。堂廉千載逢交泰，長進春風九醖巵。

遊昆明湖偶作

蓬島眼前落，游仙夢清晝。小步修隄上，翻翻風滿袖。綠涵遠近村，青映高低岫。春深酒幔多，苔古漁磯秀。紫燕每雙飛，錦鱗時一逗。波搖橋影曲，浪漾天光皺。丹青畫不成，詩句摹難就。回首百花西，雲中下宫漏。

翰林院古藤歌

古藤未識何年物，龜甲為皮銅作骨。千條百幹蟠苑牆，玉堂恍在蛟龍窟。右側左攲形鬱盤，碧雲萬片晴空攢。愔愔只益疏簾靜，漠漠常生六月寒。根近層霄雨露足，離離縰縰相纏束。色接西山曉黛青，痕連太液春波綠。每值花時最有情，跗重萼疊彫寒瓊。啖高蜂蜨遠相避，香重雲霞暗自生。大夫松與將軍樹，於今搖落歸何處？不及此藤鄰絳霄，長垂上古結繩文。

汪用明紅袖添香伴著書圖

小閣桐陰覆畫闌，鴨爐溫燼未挑殘。妙香聞道心清候，古帖名花一樣看。根觸心情憶往緣，挑鐙重與拂芸箋。烏絲紅袖揚州夢，是夢分明已十年。

題查查客竹溪垂綸圖三首〔一〕

查氏多詩人，耳熱君名久。澹蕩竹溪風，長竿時落手。忘機境自佳，得魚事亦偶。煙波一釣徒，不見初白叟。

我愛侯叔起，投竿赴沮洳。取適非取魚，忘筌理斯寓。今人志得魚，臨淵老不悟。欲魚須遠去，總為昌黎誤。

人游世網外，魚戲重淵中。各自適所適，以釣為流通。竹林帶波綠，蓼汀綴秋紅。手持一竿釣，目送青天鴻。

【校記】

〔一〕青箱書屋本題作『題查查客竹溪垂綸圖』，僅錄第三首。

青箱書屋本王批

浩浩焉，落落焉，覺莊生濠上之樂，千載如見。（『人游世網外』一首）

寄題黄丈野鴻山中別業

隔斷紅塵水石居，閒愁不待酒消除。茶煙白逗窗前竹，松影青浮几上書。庭小尚堪容一鶴，地偏無復望雙魚。幾回蘸筆揮蕉葉，寄傲詩成逼古初。

送延清三弟下第南歸三首

晨夕相依又兩年，此時欲別倍潸然。不知歸夢隨君去，先上吳淞第幾船？

漫天離緒通宵滿，明發臨歧無一言。覺道年來長送別，不知此別最銷魂。
一片南雲結暮陰，孤鴻蹤跡杳難尋。旗亭玉笛吹楊柳，落日愁心揚子深。

夜雨不寐懷延清弟

深巷沈沈恰二更，空廊風竹犬頻驚。孤鐙未燼已無色，急雨欲來先有聲。得畫眼前諸事廢，不眠枕上數詩成。驚心忽念東歸客，野店山橋日幾程？

諸申之以龍井茶見惠作此奉謝用蘇文忠公和錢安道寄惠建茶詩韻

生平自笑與俗違，不嗜醇醪嗜佳茗。其中甘苦各有宜，每憐此意無人省。吳甌代醉覓句嘗，石鼎聚蚊憑几聽。一飲煩鬱頓消釋，何異古琴能養性。又如森然見君子，邪念不萌惟秉正。回憶昔年山中居，幽窗獨苦春晝永。石銚甎鑪菩薩泉，謖謖松風活火猛。依經煎喫草中英，頓覺塵襟滌頑懭。啜久綠雲肌體清，酌餘碧粉心源冷。一朝不見晚甘侯，磊塊在胸如骨鯁。故人知我有此癖，雨前瑞草摘煙嶺。香蒻包緘製造精，頡頏龍團儕鳳餅。入手更知珍重意，題記墨痕光炯炯。速呼侍兒洗銀瓶，汲取花間玉色井。勝韻清香絕世無，佐我吟懷真厚倖。休論醝鬼與交牀，自有山樽剜柳癭。

題家可亭觀察蕉林揮麈圖

晚涼雨歇半庭綠，青羅扇扇如新沐。蒲團趺坐麈尾揮，變相如來面如玉。佛言是身如芭蕉，中無有實本不牢。我家觀察拈妙諦，掩關獨憩捐煩敵。竹西春事匪所戀，小園結構連紅橋。丈室清規十弓地，偶現色相圖冰綃。攜來寓邸一展玩，蕉林百本清風搖。翠微何人飛玉屑，麈尾蕉心對披拂。依稀懷素綠天庵，仿佛王維輞川雪。臥雲穩穩少風波，說夢紛紛有得失。披圖飄瞥坐巖阿，疎簾院落聲蕭瑟。繁華歷盡説枯禪，瀹茗親烹第五泉。小榻茶煙輕颺處，心情不似杜樊川。

寄懷袁簡齋前輩

石堂燕寢簾垂晝，吏隱能兼殆天授。白袷常教紅粉扶，玄關只許詩人叩。春雲秋雨共分題，六代湖山推領袖。遙知夢到西泠時〔一〕，月白山橋梅影瘦。

【校記】

〔一〕『泠』，杏雨草堂本誤作『冷』。

春和公子行贈傅大瑤林

春和公子年十八，奕葉家聲嗣黄閣。萬里龍堆百戰歸，勒勳銅柱標沙漠。少小趨庭跨彩虬，一枝玉樹倚瓊樓。風流傅粉何平叔，穎悟吟棋李鄴侯。清華戚畹承恩重，侍中親切新供奉。豹尾螭頭扈玉皇，金貂殊錫增光寵。是時西域未休兵，參贊軍門任不輕。敕廣專征膺鐵券，終軍弱冠請長纓。面承方略申天討，玉關一望無青草。六月陰山霜雪飛，偏師直向中堅擣。如何餘孽肆猖狂，螳臂車前勢莫當。四面妖氛聚礮石，十旬將士缺芻糧。六軍陷陣陣如鐵，雕弓無弦寶刀折。角吹空催白馬嘶，戰酣渴飲黄獐血。君家兄弟奮無前，十丈弧蝥手自搴。殺氣殷雷疑動地，寒雲匝陣欲迷天。百戰賊兵如駭鹿，樓蘭雜種悲巢覆。拔達山高黑水深，飛章捷奏何神速。歸來召見明光宫，寵冠期門七校中。定遠虎頭開日域，蕭郎鳳吹引天風。灼灼穠華紛欲舞，紅窗翠館調鸚鵡。明珠步障七香車，結契親藩隆礼數。重疊恩光荷紫宸，榮華動戚萃君身。當朝師相調元化，圖畫雲臺第一人。年來簪筆趨西内，追陪我亦搖瓊佩。機地曾窺虎豹韜，綸扉喜逐鴛鴦隊。勞君向我索詩逋，金管敷揚事豈誣。衛霍連鑣光史册，仲宣弱句費描摹。君不見韋平世閥綿恩澤，赫奕朱門森晝戟。易聞戚里擅豪華，難得勳門保沖抑。愛君謙讓更風流，白皙通侯今少儔。將相生來原有種，竚看名氏覆金甌。

月夜遊法源寺

寂寂山門掩綠蕪，打鐘廊外佛鐙孤。一庭涼月墮冰雪，半壁疏林入畫圖。木榻經聲隨處有，瓦盆菊種已全無。此遊便擬承天寺，只少懷民執手俱。

靈巖山館詩集卷十五

閬風集

玄默敦牂（壬午）

元日和少司農裘漫士先生盆梅原韻

斜横石几近前除，官閣繁枝照影虚。銜暖素葩纔半放，勒寒香意未全舒。黄瓷斗小春猶淺，緑綺琴調韻有餘。如此風光如此夢，花田幾稜傍吾廬。

萬柳堂

岑寂荒園客到稀，幾株高柳尚依依。橋傾水自青三尺，屋老山仍緑一圍。花墅管弦嘑鳥在，蘭亭裠屐落霞飛。我來憑檻聊延佇，慨想當年事總非。

過海淀某氏廢園

水複橋迴洞壑深，薜蘿漠漠徑沈沈。虛廊月上見狐拜，廢圃花殘聞鬼吟。何代通侯開邸第，此時倦客罷登臨。轉頭金翠渾如夢，霧閣雲窗底處尋？

松柏庵避暑作

避暑入招提，齋堂萬竹西。風隨廊曲折，樹逐磴高低。倦借桃笙臥，吟分柹葉題。暮歸仍緩緩，新月在前谿。

聖駕三次南巡恭紀樂府十章謹序

洪惟我皇上寅奉丕圖，繼天立極，執神化之道，鏡照四方，覆載以內，沐膏咏勤，罔有遐遺。矧吳越密爾畿甸，視漢三輔，為左馮翊之次，獲耀光明，最先且久。茲以二十七年春正月諏吉恭奉皇太后安輿，三幸江浙，上以紹聖祖六巡之鴻規，下以慰元元積年之跂慕。其江南河湖蓄洩機宜暨浙省海塘工程，親臨相度，罔不洞照。慶賞既行，闓澤覃敷，茅檐蔀屋，祈祝歡呀，聲動天地。爍乎皇哉，誠帝者之上儀也。臣謹按：隆古有虞氏五載一巡狩，夏、商因之，周迺以十二年。傳曰：『歲卜其祥，祥習則行。』繄古郅隆之世，歲習卜征，而太史猶復勤求懿德，作為雅頌，雍容揄揚，著於奕禩，迄今所傳《時邁》、《般》、《賚》諸篇是也。臣家世南服，六飛載臨，與黃髮蒼髫，蒙被尤渥。近復備員史館，以敶詩為職事。用敢自忘檮昧，作為樂章。雖於鴻烈景炎無當萬一，竊自附於瞍賦矇誦之義，以宣上德而攄下情，備掌故於石室金匱焉。謹拜手稽首以獻。

帝車南指第一

皇帝法天行建，恭奉聖母，省方觀民也。

祀在壬，月建寅，維帝車，秉上春。指析木，天之津。帝則之，殷三巡。詔泰士，撰靈辰。春蒼蒼，開天門。迓景旭，歒浮雲。載俞騎，集方神。建華蓋，凌句陳。奉大安，肅以溫。澢之涘，江之漘。畢汛道，箕祓塵。耄者叟，童者孫。曁庶媼，其來紛。尊載醑，俎潔芹。薦廣術，聆和鑾。晞日表，徯天恩。

恒春第二

青陽再閏，生物咸遂。皇帝子惠元元之意，與共久長也。

青陽開動，土膏載融。積數以閏，布濩愈充。獲挺挏孰茂，厥維南東。曰日杲杲，曰雨濛濛。桃毓其華，牛鳴於宮。宛彼青鳩，亦降於桑叶。警我樹蓺，樹蓺斯芃。無螟螣是賊，無莠稂是叢。既昌既阜，兆用大豐。孰執其端，曰惟帝之德時乃功。

河海晏第三

皇帝導海觀河，指授方畧，洪流永奠也。

河朝宗，歸海若，元功漫漫頌聲作。昔所治搴茭，沈璧楗木菑，舊所俶載今來斯。維荊山有橋，惟紫石有碕。枝歧旴旴水所歸，捆束瀨，澹淡之。澹淡之，惟海涯。德所基，維彼黃。能亘千萬歲，不掘波叶。吉金貞石鐫歲時，曰旃蒙作噩，維右序是宜。

農慶第四

鑾輅經行之地，截免租賦，並緩徵積逋，厚澤有加無已也。

農祥星有剡，崔錯升我垣。六轡今戴之，若若行東南。東南何所有？錦繡錯井疆。時至賴風雨，百物繁以昌。夏穧冬有糧，辰畦而角澤，千倉以萬箱。倉箱積何庸？將以輸我公。安知巽命下，習習如條風。條風何溫溫，大澤何顏顏。方攘汔萬類，孰克知其端。

鳳翽毛第五

皇帝旁求俊乂，濟濟多士，利用賓王也。

鳳有翽，鳴高岡。梧有實，生朝陽。亦集爰止，羽儀用章。象我吉人吉士，為上國光，作人豈弟維我皇。芃者樸，濟者楛。直之紀，張以綱，以引以翼羅天閶。薇垣為奕奕，槐市何將將。永禔千百福，宏化游無疆。

利涉第六

皇帝軫恤民隱，榜人舟子，均予優給，慶利濟也。

日吉兮辰良，方余皇兮涉清江。樹陰羽兮虡幢，輯舟牧兮吳淞。祛錦纜兮交綺窗，奏簫籟兮靡微風。愔愔靡靡兮汎以溶，狎翫靈胥兮習御河馮。渚禽不驚兮風鳥自降，帝用嘉止兮水衡自將叶。澤虞騰歡兮聲喁喁，臚如波潏兮雲景從飛龍，秋以利濟兮嘉我南邦。

大閲武第七

簡軍寔，講武事，儀春蒐之典，不忘在安也。

陳虎旅，振龍驤。治弗忽，安不忘。西建業，東餘杭。陸有師，水有艎。爰鞠之，迵廣場。舍在角，日用剛。命熒惑，歐欃槍。豹輯旅，鶴控營。侯有望，尊我行。陣魚麗，文鳥章。郅樊桐，掍搏桑。往復還，何洋洋。帝嘉哉，咸有慶。頒大酺，爛以光。胥免胄，歌樂康。頌於爍，維我皇。

引年第八

皇帝優礼舊臣，誕敷慈愛，以逮庶老也。

浙之涘，江之濆。有二老，沈與錢。扶鳩勃窣，迓六飛以南叶，我皇顧之予霽颜。錫正卿，昌厥身。召上第，裕後昆。二老拜手受命復上言，自我皇帝奉金根，世曼壽，今四巡。高賢愉愉，民氣日以敦。老者衣帛，幼者不夭扎，少者得遂生叶。咸拜手稽首抒厥誠叶，帝用嘉止推殊恩。賚以粟，貸以泉。浩若海，煦若春。以集我茂祉，以康我兆民。

乾文耀第九

奎章載錫，動華光被，象天文也。

日而月，星而辰。迓晃朗，垂穹天。下燭大地山嶽川，宸章象之同煸爛。維此南服，水澮澮，中有山，翼以丹宮紺宇相洄沿。前有睿藻今復聞，下暨都吏文云云。如日抱戴光在中叶，文章煥乎莫敢名叶。願偕南風布以宣，被樂中和垂萬年。

曼壽第十

輿情臚祝聖母萬壽，皇帝祗奉，歲歲巡幸也。

曼壽符協南極，寶婺光春輝艷，天母聖壽斯是則。維聖母慈，皇帝孝德。馮馮翼翼，莅止南國。維南國之氓，各各受皇帝之福叶，以介萬祉，沐柔色，錫難老，履壽域。歲歲迎鑾膺戩穀，用垂宬史光萬億。

春雨

怪底琴絲潤，幽霖尚未闌。深春孤枕聽，一夜小樓寒。園杏紅將動，階苔綠漸寬。關山與原野，人事雜悲歡。

夕陽

小立春池上，斜陽所在幽。陰移花外隝，紅上柳梢樓。最遠數峰見，分明極浦流。桑榆慎無忽，清景儘堪收。

春草四首

纔著東風即返魂，由來不死是愁根。得時便占行人路，托足難當貴客門。小字無端同女婢，不歸休更怨王孫。青青想見斜陽裏，仲蔚貧居沒屐痕。

露染蘭皋翠色深，翩翩蛺蜨解相尋。每祈詩句成佳夢，衹有春輝戀寸心。林下何人鋪碧簟，花時也自散黄金。離離煙色沈沈院，多少閒情不易禁。

高閣憑闌眺夕曛，韶光牽率思紛紛。剏成緑野應容我，占斷青山合讓君。涼影淒迷初過雨，暖香縹緲欲黏雲。騷人不用傷遲暮，鶗鴂于今尚未聞。

清明時節落花天，一種風情百感牽。是處毯文鋪剗剗，阿誰袍色自年年。踏青兼可蘼蕪采，拾翠無將葑菲捐。手把璚芳思所寄，不堪遠道正緜緜。

池上

偶折池邊花，書窗供幽賞。俯視水底雲，人影在天上。

金尊

金尊蓴綠春，玉椀麒麟脯。滿座忽生香，客少將花補。

草橋

畧彴横小谿，徑草花無數。萋萋雖有情，不是還鄉路。卻怪宵夢深，偏向此間去。

當壚曲

紅亭白墖横塘路，酒帘風颺桃開處。吴姬十五獨當壚，銀壺寶盌文犀箸。白馬何來美少年，黄金作鐙玉為鞭。公然入座氣颯爽，買醉能拚博進錢。酒酣竟欲出門去，為指前途日將暮。不如今夜宿儂家，儂家留得春風住。君看若箇酒壚傍，人正紅顔花在樹。

青箱書屋本王批

天然麗景。（『酒帘風颺桃開處』）

銷魂之至。（『君看若箇酒壚傍，人正紅顔花在樹』）

燒香曲

鵲尾鑪深埋獸炭〔一〕，閒焚石葉供清玩。微煙未動氣先熏，漸冱濛濛一閣雲。慧心悟得留香法，盡掩銅鋪下簾押。小雨愔愔薄暮時，恰當紫燕一雙歸。開簾納燕香飛去，宛似郎行留不住。無憀獨坐晝屏前〔二〕，犀合金匙絕可憐。冀郎鑒妾真誠意，默禱添香作心字。碧篆消殘郎不回，妾心龍腦兩成灰。起收宜愛芙蓉匣，小玉移燈鋪繡榻。早知鴛被覆離鸞，悔不雞窗陪睡鴨。

【校記】

〔一〕『埋』，青箱書屋本作『燒』。

〔二〕『憀』，青箱書屋本作『聊』。

青箱書屋本王批

思路如清香一縷，裊入太空。

白芍藥二首

三月輕風著意撩，名花逗影欲魂銷。珠簾隔斷揚州路，猶憶簫聲廿四橋。

拂面濃香月滿帷，琉璃為葉玉為規。最憐小閣春如夢，繭栗梢頭照鬢絲〔一〕。

【校記】

〔一〕『梢』，杏雨草堂本誤作『捎』。

杏雨草堂本王批

文治有瓶中白芍藥詩，錄以就正：『曉折名花供膽瓶，疏簾素幌動微馨。更無長物留髹几，一卷維摩所説經。』

簟

只緣消夏功，聊爾因人熱。天生一味涼，成就淩雲節。

和童梧岡無題三首〔一〕

雨洗新秋璧月生，無憀特地下階行。旁人只道心情好，倚遍闌干愛晚晴。

冰雪芳姿綴素翿，當筵醉解紫金條。瑶臺花發多名種〔二〕，不向人間戀碧桃。

芙蓉别館玉為城，悵望仙蹤路幾程。調得隴山鸚鵡舌〔三〕，惱人還作斷腸聲。

【校記】

〔一〕杏雨草堂本題作『和童梧岡無題四首』，其三為底本所删，參見本書附録《畢沅集外詩詞》。

〔二〕『瑶臺』，杏雨草堂本作『仙家』。

〔三〕『隴』，底本誤作『龍』，據杏雨草堂本改。

徐丈培貞松陵垂釣圖三首

松陵一抹柳濛濛，獨坐江頭理釣筒。芳草綠波人共遠，垂虹亭畔又秋風。

煙波飄渺任投竿，得失胥忘心自安。若解漆園仙吏語，何人不作釣魚看？

回首名場計本迂，未妨蹤跡伴菰蘆。天隨一棹吴淞後，多少詩人屬釣徒？

蜀錦曲

繅絲長百尺，柔香復皎潔。濯以錦江水，澡以蛾眉雪。新翻花樣隨時造，白地光明動要裹。錦機玉手親織成，幻出十洲與三島。仙霞雲氣交氤氲，五色相鮮雜禽鳥。阿誰巧製真玲瓏，百金購得同珍寶。美人裁為金縷衣，細意熨貼熏龍腦。搓酥滴粉不教汚，暑往寒來那常好。棄捐篋笥中，百年誰能保？噫吁嗟！迴黄轉緑無定期，所以墨子悲素絲。

擬擣衣曲

涼颸撼疎槐，感此秋堂夕。月照一庭霜，中有美人跡。空閨捲幽幔，殘翠斂微顰。薄寒變節序，遠道念情人。開笥理舊衣，纖纖把雙杵。却下玉階行，低頭不聞語。徘徊夜將半，白露霑羅襟。庭前一片石，月下萬里心。榆關去防秋，相思隔婉孌。不見寄衣人，見衣如見面。音響淒以惻，獨客暗傷魂。故衣弗忍浣，舊有淚痕存。

蛟蛋瓶歌為陳絙橋繩祖作〔一〕

陳郎有瓶絕大如缶形，非玉非石非空青。中豐口平頭足鋭，精芒昱昱疑有怪物陰憑陵。鏗然其質堅弗脆，彈之隱帶青銅聲。堊然其色涅弗淄，横斜皺出松紋綾。湘簾棐几幽絕地，瞥見甲雲鱗氣光怪隱現空中生。目雖未識幾刼走〔二〕，主人告予此是蛟蛋瓶。是物得之丁丑歲，其時中州一月雨不停。黄河之水半夜立，鬼馬踏霧雷車轟。百靈秘怪噓山吸谷掀巨浪，遂使揚橋板沒一綫直走開封城。數十萬人同日死，千村萬落，男嘑女哭，慘若嵩少峰摧崩。忽然有物類萍實，波濤洚洞出沒聲輷輘。毒涎纏裹陰氣洩，定是靈湫無底之處遺下虬卵賴龍精。雉孽亦能致風雨，不知誰歟獲取不復能飛騰。爰命良工破厥殼，鑿開竅穴光晶瑩。塗以玉膏翦金薄，枝枝葉葉花瓏玲。秋堂雨夜鬼嘯夕〔三〕，尚覺虛帷颯颯，有物呼嗷聚嘯森陰冥。我聞其語為拂拭，手指尚帶寒雲腥。花枝亦可插，春酒亦堪盛。慎勿吟邊戛擊代銅鉢，恐驚蒼水使者乘風破浪攝取歸龍廷。

【校記】

〔一〕『繩祖』，青箱書屋本無。

〔二〕『雖』，青箱書屋本作『所』。

〔三〕『夜』，青箱書屋本作『昏』。

青箱書屋本王批

此之謂詩史，妙在以無意出之。（『數十萬人同日死，千村萬落，男嘑女哭，慘若嵩少峰摧崩』）

奉題座主大司寇秦味經先生秋林講易圖

洪濛一畫拓扃鐍，憂患之始爻象設。儒者讀書不讀易，其於事變何繇徹。我師博古闡六經，一經一義俱搜括。少研三易契真宰，儼與羲周面稽說。上窮造化下幽玄，旁及讖緯恣排抉。心精騰躍穿溟涬，眼光閃霍射列缺。九師迭起三極晦，力擯偽學使之滅。戴憑詰難席定重，朱雲討辯角屢折。數聖心源學微妙，觀象觀變了若揭。嗣丁家難際屯蹇，猶抱韋編手弗輟。匕鬯空傳百里驚，趨避奚啻三桀牒。羝羊乍觸勢未遂，虎尾雖凶人不咥。一朝供奉金華門，豹變忽占離杌隉。瀝血成書上彤陛，肫懇私情帝所閱。雲雷始交動乎險，剛健不陷出自穴。大儒讀書善貞變，端以用晦暨名節。畏塗歷盡履亨塗，萬古經常賴不蔑。平生得力至命書，措之大業自一轍。西清遇合在文字，北斗職掌司喉舌。超持秋典二十載，丹筆秉議詳按讞。議獄緩死豚魚孚，明罰敕法金矢掇。聖朝弼教在祥刑，義取文明四象別。致君行將佐鼎鉉，治國豈止作柄臬。官燭三條入瑣闈，珠網冰衡手量挈。南宮風月畫不到，回首梁溪光景瞥。桐川宮庶潑墨奇，倪黃小幅真清絕。九龍之山芙蓉湖，茅屋數間山之窟。竹林陰靜講堂開，幾人載酒踏寒雪。仿佛焦京來辯難，滴露研朱互補裂。白鹿洞前秋草深，三鱣堂後春葩茁。惟師躡窟且探根，指陳窴窔如玉切。著□從來富等身，三千餘年誰與埒？極深研幾殫一心，開物成務躋九列。否終悟得泰交義，所以許身如稷契。

遠水

高樓羣木杪，極目望江湄。瓜蔓日云長，風波客不知。幾驚來鳥墮，未覺去帆移。底事滔滔急，朝宗恐後時。

疎林

門外足佳樹，迎霜葉漸無。但教風勢減，何惜鳥巢孤。瀟灑見泉石，槎枒當畫圖。不妨霜凜冽，生意在根株。

歸鳥

荒荒日欲西，鳥倦翼飛低。雲路渺無極，煙林每易迷。雙投前浦去，各有一枝棲。只恐眠難穩，飢雛索哺啼。

杏雨草堂本王批 一氣卷舒。

浮雲

富貴亦如此，虛空何挂牽。偶因風出岫，卻伴日當天。甘雨曾含否，清歌或遏焉。從龍有時去，知在十洲邊。

青箱書屋本王批

公異日胸襟事業，皆似此詩，殆隆中預定者耶？

鄰笛

月明今若此，鄰笛一何哀〔一〕。客館那堪聽，春風偏欲來〔二〕。折將何處柳，落盡隔牆梅。此夜鄉關路，應知有夢回。

【校記】

〔一〕「一」，杏雨草堂本作「亦」。

〔二〕「偏」，杏雨草堂本作「吹」。

杏雨草堂本王批

五字鄰笛之魂。（「月明今若此」）

村砧

山村霜月夜，砧響輒通晨。忽觸無衣客，遥憐獨杵人。聲輕知腕弱，地僻識家貧。因憶深閨裏，應同此苦辛。

山徑

何年成此徑，曲折鑿崖根。馬跡未經處，莓苔有古痕。非通花外寺，定入竹間村。乘興探幽去，前山日欲昏。

野航

桅竿截綠筠，小艇布帆新。能濟狂瀾阻，何爭要路津。載樵倉儹葉〔一〕，喚渡谷膺人。入夜空灘泊，還堪展釣綸。

【校記】

〔一〕『倉』，青箱書屋本作『艙』。

青箱書屋本王批

寒絕處，恐東野不及。

靈巖山館詩集卷十六

閬風集

昭陽協洽（癸未）

題曹丈楓亭先生觀海圖

我聞四部洲，環在香海中。人生一隅内，如在月半弓。況復轅駒苦局促，縱有壯觀無繇逢。楓亭先生江海客，胸次萬頃涵沖瀜。中年淮海事游歷，秦東門外扶青筇。興來欲躡羨門迹，獨乘氣蹻披長風。賦心尚笑木華隘，絕境欲與盧敖通。五城三山在何許，但見一氣浮青紅。虛無指點是征路，水仙一曲淩飛鴻。先生舊隱天都峰，蓮花萬仞搖空濛。有時盪空作雲海，蒼茫畧與圖中同。余家息壤亦在此，雙溪時夢追臺佟。自從騎驢走京邸，日與令子相雍容。雖有良朋數晨夕，終如萍葉隨虛空。何時歸築一畝宮，與翁昕夕時過從。待看黃海拓胸臆，曹溪歙浦流溶溶。江山蕩槳卜他日，更煩善手圖幽蹤。

笏山先生新移海淀寓園得句索和因次原韻〔一〕

幽香不礙碧雲遮，新插疎籬整復斜。水竹幾分供粉本，雲山千疊借鄰家。薜蘿補屋牽歸夢，風雨傷春喚賣花。夙願未偕禽鳥樂，掩關且免夢魂譁〔二〕。先生有三分水二分竹小照。

【校記】

〔一〕杏雨草堂本此詩共二首，其二為底本所删，參見本書附録《畢沅集外詩詞》。

〔二〕『掩關』，杏雨草堂本作『此中』。

短檠歌

短檠一尺便且光，自我對之已廿霜。風簾月幙雲水鄉，蘭膏煎熬夜未央。攜之入座開青箱，如金鎞刮目翳障。揭來珥筆承明地，短檠雖在人事異。觚稜仙掌玉華明，金蓮花燭時頒賜。寒窗燈火敢相忘，汗青頭白平生志。嗚呼短檠識此意，牆角無須憂汝棄。

贈英夢堂少司農二首

擅譽詞場數十春，年來知遇感楓宸。文章不愧真名士，風節居然古大臣。閒以著書娛歲月，老於制事見精神。近聞朝罷端居暇，萬首歌行脫手新。

格律由來老益工，瓣香應自浣花翁。江山朋輩消磨盡，雲海風襟浩蕩同。高座每多青眼客，盛名不數黑頭公。重簾煖閣春先到，燭穗垂垂照酒紅。

家藏董文敏山水一軸曹竹虛同年見而愛焉即題長歌卷圖以贈

華亭宗伯筆墨工，作畫亦與作書同。超神入妙兩奇絕，能事不讓松雪翁。此圖昔為眉公作，雲煙晻靄聯九峰。遙嵐一抹半隱現，風鬟霧髻虛無中。傍山人家小村落，繞村活活鳴寒淙。三間板屋嵌絕壁，幾株衰柳迎寒風。橋危石古細路沒，竹西不見幽人蹤。我得此圖閱三稔，錦囊什襲親題封。得石軒中一展玩〔一〕，臥遊使我心神融。開窗恍對碧山碧，掩關忘却紅塵紅。竹虛曹子一見即叫絕，云此真蹟真難逢。嗚呼真蹟真難逢，流傳識別都悤悤。余家舊住吳淞東，奉常縑素半灰劫，廉州墨妙餘殘叢。況復後人鑑賞苦不確，信耳則聰目則瞢。即如此圖蒼翠雲濛濛，下筆工妙凌南宗。愛之入骨世有幾，模糊藻鑒使我心忡忡。君昔采藥曾入黃山去〔二〕，芒鞵踏遍青芙蓉。今將看山之眼來看畫，自然豁然洞鑒畫山真贋之形容〔三〕。卷圖贈君我不惜，巧偷豪奪俱無庸。以詩送畫自我始，好事直欲追坡公。

【校記】

〔一〕『得石軒中』，青箱書屋本作『聽雨樓頭』。

〔二〕『君昔采藥曾入黃山去』，青箱書屋本作『多君採藥入山去』。

〔三〕『然』，青箱書屋作『能』。

青箱書屋本王批

公每于複字處見奇，非尋常套子可比。（『竹盧曹子一見即叫絕，云此真蹟真難逢。嗚呼真蹟真難逢，流傳識別都恖恖』）以上真氣流動，浩乎沛然。（『即如此圖蒼翠雲濛濛，下筆工妙凌南宗』）眼前語，卻是未經人道。（『多君採藥入山去，芒鞵踏遍青芙蓉。今將看山之眼來看畫，自能豁然洞鑒畫山真贋之形容』）

紀侍御心齋復亨前輩滌硯圖〔一〕

展圖突兀見硯山，風景宛然苕霅間。苕霅溪流流不住，正是詩人洗硯處。此硯隨身三十年，雲腴一片秋碧堅。踏天割得鍊餘石，古質膩理光油然。先生昔游梁宋邸，繁臺身價鄒枚比。一朝挾策向金門，官由翰林改御史。上書論事真慨慷，人不負硯硯所喜。草奏著書任所須，批風抹月坐臥俱。重為石君一拂拭，如與哲人相步趨。英華未泐飛光徂，磨人磨墨理不殊。先生久已我忘吾〔二〕，磨光刮垢還其初。無有所有有所無，但覺語言文字麤。心藏此意寫此圖，洗心洗硯君知乎？

【校記】

〔一〕青箱書屋本題作『侍御紀心齋前輩滌硯圖』。

〔二〕『我』，青箱書屋本作『吾』。

青箱書屋本王批

崎嶔歷落，出人意表。（『先生久已吾忘吾，磨光刮垢還其初。無有所有有所無，但覺語言文字麤。心藏此意寫此圖，洗心洗硯君知乎？』）

送延清弟南歸二首〔一〕

忍彈別淚濕征衣，帆飽西風送客歸。柳岸露深蟬漸斷，荻灘月冷雁初飛。凌雲誰薦相如賦，辟穀難紓曼倩飢。小草自憐心寸寸，萋迷何路報春暉？〔二〕

如麻雨腳不曾停，客裏愁懷雜醉醒。秋永候蛩聊破寂〔三〕，夜長涼夢最通靈。家門聚順真難得〔四〕，河海分攜況屢經。難忘對牀風雨夜〔五〕，十年同守一燈青。

【校記】

〔一〕杏雨草堂本題作『送延清弟南歸三首』，其三為底本所删，參見本書附錄《畢沅集外詩詞》。

〔二〕『小草自憐心寸寸，萋迷何路報春暉』，杏雨草堂本作『極目斜陽閒駐馬，仗伊寸草報春暉』。

〔三〕『秋永』，杏雨草堂本作『吟徑』。

〔四〕『聚順』，杏雨草堂本作『向善』。

〔五〕『難忘』，杏雨草堂本作『苦憶』。

杏雨草堂本王批

情至語自然流露。（『極目斜陽閒駐馬，仗伊寸草報春暉』）

有寄

風簾月落悼亡時，鶴羽經秋病自支。半榻茶煙縈素鬢，一春夢雨賦靈旗。背人南菊香逾淡，呼侶征鴻去獨遲。銅井銅坑梅萬樹，花開將爾寄相思。

哭汪庶常叶淵為善

玉筍班行數出羣，漫勞諸老致殷勤。鳳池麗句傳元相，狗監雄篇薦子雲。珠署仙官初拜職，金臺福地促修文。撫棺一慟空餘我，畢竟浮名是悞君。

泥金消息到南天，彈指經旬凶問傳。兩地空縈離別恨，一官拌得死生捐。春回寸草難重發，月照深閨不再圓。旅館花前聞鬼嘯，夢還猶認對牀眠。

送同年胡解元安公(溶)南歸〔一〕

策蹇登古道，浩然不可攀。秋風析津渡，落日太行山。遠客身逾健，勞人心最閒。君看夕陽外，有鳥倦飛還。

【校記】

〔一〕青箱書屋本題作『送同年胡安公南歸』。

青箱書屋本王批

氣骨俱蒼，在集中為變調。

送姜杏村同年之官蜀中十首〔一〕

街鼓鼕鼕逼四更，擎燈悵別不勝情。門前風雪登車去，萬里西川第一程。

危棧千盤一綫懸，孤城白帝遠於天。行人那得不淒絕，涼月滿山嘑杜鵑。

輕帆十幅影遲遲，正好牽舟上峽時。借問使君何處宿，春風花落女郎祠。

紅嫣紫姹太沈酣，楚絮湘萍總不堪。流盡三巴瓜蔓水，得知幾夜到江南？

綠竹紅樓對碧岑，金閶花月夢中尋。下河河水深千尺，比似郎心深復深。

欲別先商後會期，嶺雲江樹攬離思。巴山山館瀟瀟雨，應記樓頭聽雨時。

小閣圍爐伏火溫，心香驗取熱灰存。也知無計留君住，且復從容盡一尊〔二〕。

氍毹月冷照寒空，後夜思君遠道中。料得他年同見面，畫堂愁聽按玲瓏。

風懷如夢夜如年，紅豆三生劇可憐。今日傷春復傷別，消魂我亦杜樊川。

采風異日記循聲，如此才華合錦城。好贈坡公舊時句，亂山深處長官清。

【校記】

〔一〕青箱書屋本題下有『小注』。注文云：『癸未小春之月，杏村明府出宰劍南。廿年舊雨，一旦分攜。酌酒宵分，潸焉話別。迴憶金臺把臂，芸譜聯名。喜丹桂之同攀，幸芳蘭之結契。陸機獻賦，正當入洛之年；王粲懷歸，遂有登樓之作。嗣後鱗羽阻脩，萍蓬飄泊。君則吳根越角，去訪庭闈；我則藥省梧垣，久羈供奉。嗟故人之遠別，欣日下之重逢。復訂盟言，更饒狂態。邀酒人於燕市，共載壺尊；結吟社於京華，重聯裙屐。紅牙按拍，則處處徵歌；白練揮毫，則時時留句。於時知己二三，纏頭百萬。西園小部，鄭櫻桃色藝俱佳；南國新詞，和學士風情不減。無如別易會難，星離雨散。秋風嫋嫋，愁深公子之行；暮雨瀟瀟，腸斷吳孃之曲。未覺揚州之夢，紅粉青樓；重尋茂苑之遊，銀燈畫舫。已而鄭虔竟作廣文，潘岳旋膺花縣。計偕北上，剖竹西行。奏風笛之淒清，悵仙鳧之縹緲。日者寒漏沉沉，離情黯黯。明燈相對，舊人則惟有何戡；落月相思，遠道則空悲杜甫。篷艭停棹，雙江之春雪初消；劍棧盤雲，三峽之清猿不斷。到得金花橋畔，回首難堪；他年聽雨樓頭，對牀何日？因成短句，用寫中腸。即當折柳之篇，聊比竹枝之唱云爾。』青箱書屋本闕第一、三、五、六、八首。

〔二〕『尊』，青箱書屋本作『樽』。

青箱書屋本王批

『此情可待成追憶，祇是當時已惘然』。（『到得金花橋畔，回首難堪； 他年聽雨樓頭，對牀何日？』）

一往有深情。（『紅嫣紫姹太沈酣』一首）

此之謂愚忠愚孝。（『心香驗取熱灰存』）

不身親當日情事者尚不能盡知此詩之佳。（『風懷如夢夜如年』一首）

春和園紀游詩二十四首有序

春和園

春和園，今太保、大學士、忠勇公別墅也。公喬木世臣，椒風懿戚。圖形冠于紫光，勛伐垂諸青史。鴻庸偉績，炳燿台垣。帝鑒勳相忠忱，爰賜上囿一區，在海淀禁苑東偏，為休沐所。公燮理清暇，結契林泉，嵐影溪光，天然佳勝，清流灣環，石橋飛跨。當戶戟門洞闢，羣玉峭立，翠壁枝峰，蔓壑螭徑。盤旋數折，達於堂廡，中懸賜額曰『春和園』。東軒為寧靜堂，後爲怡情室。堂皇迆西，修廊宛僤，翠篠紛披。中有臺門，顏曰『一院清聲』。又西有舫齋，為一片雲，煙榱霧桷，迴帶細岑。其下界以虹闌。循石磴上下，行至澄懷室。室後紅蓮滿沼，與堂遙對。取王子安詩語，為『葉嶼花潭』。右有綰翠亭，穹然翼然，俯鑑空碧，捫扉而往，仙源之洞壑在也。

晉公池館足煙蘿，棨戟閒開傍澗阿。金碧樓臺臨地迥，丹青圖畫悅心多。山分珠島通雲氣，水接銀潢寫月波。陶鑄百昌饒後樂，禽魚翔泳暢天和。

虹梁

春和堂東院巖層岫衍，青翠深沉，施靡而進，戶牖倏開，為致爽軒。軒後隔岸有亭二：一曰觀魚，一曰綠煙。深處清泉白石，三面環之，滙而東注。池上結以游梁，緣以曲檻，新波靈液，澹蕩其間。譬之雨過長空，煙銷碧落，文虹窈窕，斜倚青霄。至若錦纜徐牽，安歌逕渡，鶯囀清湘之曲，魚游明鏡之中，恍如濯魄於冰壺，奚啻置身於圓嶠。

蘿月西偏柳浪東，畫廊清望擬長虹。舟行九疊屏風裏，人在回文錦字中。紅雨飛香銀鑰啟，碧雲流影玉奩空。武夷幽秀湘波麗，委宛溪山訝許同。

蘿月山房

蘿月山房西與九曲廊接，複道外延，層軒內屬，鏡涵金翠，花隱簾櫳。轉而東，頳廊跨水。青藤十數株，交陰其上。暮春花發，裛景羅香。揄袂拂巾，清吟還倚，如行紫絲步幛中。廊外遙結子亭，中供聞思大士水觀月照，交光相羅如寶絲網，四圍纓絡垂珠，湧現華嚴法界也。

廊腰百尺抱溪斜，蘿屋遙看綠幔遮。放蕊乍翻鷩細蝀，抽梢直上引修蛇。月迎夜色窗三面，雲羃春陰水一涯。稽首慈雲參秘乘，金燈長照四時花。

繹堂

《礼》曰：『射之为言繹也。』又曰：『射者，天子制之而諸侯務焉。』公退朝燕處，肄武觀德。爰即蘿月山房東相爽塏之宜，激流植楥，構廳事三楹，戶敞風雲，堂容觴豆。列二亭於左右，曰留雲，曰湧翠。中嵌文石，繩直砥平，是為馳道。又東置水雲闕，與陂前六角亭櫓梠相對。暇日鳴珂飛佩，樹羽設正，鏘鏘濟濟，奏采蘋之節，賡貍首之章。林鳥不驚，水花競發。君子以嘉會合礼，宜哉。

沙隄風定柳煙輕，小隊吹笳試晚晴。向埒鞬韣方競響，隔簾水竹有餘清。鹿鳴鼓瑟升歌叶，魚麗傳觴旨酒盈。宴罷長楸聞控騎，歸來涼月滿松棚。

蘭輝堂

瑤林宿衛第館在寧靜堂之東，丹楹藻井，颜曰『蘭輝堂』。堂後邃闥四楹，旁通芝逕，為東出玉池。間道室中，蕙櫋蓀壁，百草實庭，陽葉春青，陰條秋綠。宿衛聞鐘趨直，聽箭歸朝。容裔庭階，時有職在。蘭錡不忘，在公之義。蓋不僅充幃紉佩，取效騷人逸韻爾。

春輝藹藹播蘭馨，轉蕙風光濇碧汀。地望佇將分列戟，家規最喜接趨庭。晚辭溫樹紆金佩，曉過長楊掣玉鈴。肄雅投壺清興在，修門下直晝長扃。

小桃源

西苑昆明湖受香山玉泉之委，滙為巨浸。靈源浩渺，直達諸淀，茲園適為經流之所。水自繚垣入，側注東長河，河口有赤闌橋。方舟而入，兩岸無雜樹，平流如掌，人行在綠陰芳草間。東有步廊，與郵亭、水驛相間。逶迤而北，皆深曲枳籬。細露庭宇，名『靜宜軒』。青松繞門，白雲入室。遥視耕雲亭岸，東阡西陌，菱櫂桑車。其中種作往來，令人逌然有問津漁父意也。又轉而西，竹木中分，石梁旁控，達北海之即景園，蓋如出武陵洞口矣。

縮翠亭邊理畫橈，正逢春岸雨初消。煙生曲港疑無路，花引雙帆忽過橋。翠隴遥連秧數頃，紅亭低拂柳千條。邀人況有山桃影，不用漁郎抗手招。

含碧軒

分綠窗面瞰六音鐘樓，外與存誠室相屬。中有露庭月井，上結翠篷，俯暎松篁，碧染襟袂。窺瑣窗而入，則有連闥洞房，交疏對梘，涼堂溫室，秋戶春臺。雖遠歷乎百盤，究不踰乎一室。于是文以藻玉，綴以華璫。寫張萱《仕女》之圖，書曹植《洛神》之賦。每至風調日暖，翠靄籠陰，雅韻格于靈圖，餘思垂於清晝。然後步檐外陟，畫檻迴環。別規一院，為含碧軒。軒南有舞榭，下矚碧池，俾點徵含商，與山水清音相間，洵足以外舒襟度、內葆沖和也。

蓮花刻漏六時移，青瑣晨開碧蘚滋。檻外竹陰涼墮粉，座中桐影靜交枝。琴聲遙送紅蘭榭，雅思清含白玉池。製得瓊屏三十扇，闢門依舊月如規。

連雲榭

分綠窗之西構連雲書屋，中隔璇扉，外施珠幕。藥闌數折，上扶飛樓。樓外為課花所，歷階重臺，鋪錦列繡。碧枚丹蕊，繁若無枝。當夫春日載陽，惠風荏苒，錦幃乍卷，銀燭初升，下睇瑤華，非煙非霧，不必流精之闕、光碧之堂，始珊珊然有淩雲氣也。西有探雲洞，與宜蘭室相接，交窗複檻。後蔭竹房，顏曰『甘節』。

分綠窗連石洞虛，涼雲如水浸衣裾。風揉金縷鸎聲淺，花掩珠簾燕影疎。靈境似窺福地勝，層樓端合上仙居。粉圖好付徐熙手，只恐香多畫不如。

玉池

在怡情室後者曰涵遠齋，下俯清池，瀾澄漪簇。自含碧軒以東至連雲榭，畫檐修折，深得玉水方流之意。岸南皆蒼松怪石，直西構明軒，榜曰『紅泉翠壁』。東瞰芝徑長橋，如宛虹臥波，湛然明瑟。岸北皆高柳，橫亘大隄，與金碧亭臺互相掩映。韓致堯有賸句云：『疊石小松張水部，暗山寒雨李將軍。』可謂妙於形似者矣。

步葉牽花小徑盤，紅橋東際水煙寬。柳塘風急春衣薄，芝浦人稀晚釣寒。新漲欲流亭影去，遥山如隔霧中看。迴飈拂渚檐端落，忽漏斜陽上畫闌。

和慶堂

玉池之北岸為公主府，碧柳交枝，朱門雙啟，颜曰『爽氣在襟』。由列戟而入，青松黄石，高下亭臺。堂供賜額，曰『和慶齋』。其中瓊枝匝道，碧樹周阿，佳氣氤氳于藻井，瑞煙罨靄於文窗。頫楣翠桷，如有糺縵卿雲，下蔭金枝玉葉者。齋後凝碧堂，為珊林額駙憩息繙書之所，迆邐而東出如蘭室。

瑤齋四面遶松篁，御墨留題日月光。一室太和占乃利，千年餘慶卜其昌。人歌穠李原仙植，天護芳蘭本國香。遙憶堂前月華滿，簫聲縹緲引鸞皇。

環秀亭

自芝徑橋舟行，逕公主府，折而北，篔簹夾岸，藤蘿裹空。結環秀亭達于長彴，是為北海子。會合長河之水，菁渟黛蓄，沈沈無聲。鴻儔雁侶，時出沒於蓼汀葭渚間。明湖秋漲，水闊雲多。遊者自一輪香至迎鶴樓之西岸，青徑彎環，歷亭凡四：曰芙蓉影，曰一房山，曰受薰，曰映碧樓。高下輔勢，林巒岔入，向背俯仰，勝無遁形。呂衡州所謂『不出戶庭而獲江海之心』者，于斯焉信矣。

澄懷室外水縈紆，向夕扁舟入畫圖。葉葉涼雲開玉抱，亭亭新月隱金樞。樓臺遙接東西崦，煙水平分裏外湖。指點虛無清景足，況餘賓雁晚招呼。

澂香亭

紅泉翠壁之後循廊行，與四角亭相接者，澄香亭也。面臨方塘，塘南有舫齋。折而西，曠觀亭外，塘之中界以修隄。緣堤植柳，浄淥迴環，流注弗竭。爰於水次偏種荷蕖，輕霞冠岫，初日在川。

嶙峋乎玉容，葳蕤乎瑶芳。清飔徐引，暢襟導涼。葛簟湘簾，蘭槳桂棹。夷猶宕漾於其間，不減蘇白隄邊荷風送香、竹露微滴時也。汀迴路轉，石梁南控。又南有亭，曰流雲湧月。

紅泥亭子接金塘，曉入承明此駕航。絲柳欲分青翰影，緗蓮低散令公香。宛虹隄映弓文檻，罨翠畦連亞字牆。省識朝天花漏早，月中清露點衣裳。

小蓬壺

宋嚴華谷云：『蘋有三種：大者曰蘋，中者曰荇菜，小者江東人謂之藻。然皆性畏風日。』愛茲蘊藻，翼亭覆之，錦櫳翠格，命曰『小蓬壺』。岸北即舫室，窗前壽藤數本，蟉曲倚架，如幢聚，如蓋張。其下多灌莽叢薄，綠陰濛濛，如幽碕洞壑，窺視杳窅無底。西有紅板橋，滮流注之，與小蓬壺相接。時或憑闌高詠，濯纓清歌，羽扇不搖，水香微至，洵一幅江鄉消夏圖也。

蘋葉蘋花冷翠鈿，一聲欸乃學鳴舷。垂楊倚檻作秋色，孤鷺下汀開暝煙。北渚晚來晴亦雨，西堂閒處日如年。水鄉風味江南思，棖觸遥情到酒邊。

鶴柴

由流雲湧月亭西去粉垛百餘步，文館平原，層闌側逕，紅亭窣然，是為鶴柴。前有方池，甓流分渠，周遭庭宇環池，遍蒔秋菊，圓花細葉，青莎間之。每居金風雲斂，碧溪光澄，月滿一林，水落半岸。遙望羽衣仙客，下上其音，裵回階墄，宛在燕文貴寒林小筆中也。池中有座石，盤拗秀出，亦如白香山所云『若跧若動，將翱將翔』者。

四面風簾敞畫楹，水天空處好經行。月高幽徑花無影，霜落平皋雁有聲。秀石淩虛冬更瘦，小池含凍夜偏明。眼前便有西湖夢，夢去孤山雪乍晴。

雙壽寺

乾隆庚辰歲八月，皇上五旬萬壽。明年辛巳十有一月，聖母皇太后七旬萬壽。百靈禔祉，三辰合慶。公即園之西圃闢選佛場，敬効人天蓯祝。寺前有寶坊與玩鶴亭，後廊相對，文曰『吉祥』。雲護其下，百泉會流，蓄為淨水，如神瀵，如鴛漿。隱映香臺，靈源湧出。每聽螺音激水，魚梵吟風，千佛經聲與池籟泠泠共相應和。西有紺宇，為養性齋。右出不繫舟，挐音至晚香、延眺二亭，皆雲出於棟，水環其室。然後由椶屋橋斜趨東岸，上有樓二，一曰『爽豁披襟』，一曰『心閒神遠』。遙望雙壽寺前，萍流池上，花散空中，恍若諸天樓閣，飄渺慈雲法海中也。

琉璃萬頃肅清襟，寶界中開湧地金。鴿樹遙分晴蓋影，龍潮清應夜鐘音。世尊壽比恒沙數，福地源從淨海尋。采得天花緣聖節，好教盛事軼珠林。

荻浦

海於天地為物最鉅，謂其受納廣博也。園中西海子，南受雙壽寺前水，東受北海子水，曠如也，奥如也。南有凝翠軒，沿緣而上，多小石山。山無大林木，皆短松瘦竹。西有軒曰浴月，有亭曰挹秀。右轉而北，崇岡俯仰。最高者為嵐翠亭，横翠山房次之，浩然亭、眺吟樓又次之。屋宇皆樸屬，清泠含風，下瞰湖波，渺瀰淪漣，千頃一碧。至若攲岸側島，蒼蒼凄凄，蒹葭離披，天水相永。或攜笭箵，或載琴樽，或迎潮自横，或挂帆逕渡，風水為鄉船作宅，知不必定在江南矣。

涼雲如蓋覆汀洲，閒向蘆中狎浦鷗。石氣青隨孤溆晚，水心淡載一船秋。松聲互聽隄邊路，蓼影輕遙水底樓。漁艇煙波清景在，畫圖何必問營丘。

明善堂

坐玩鶴亭西望，有石門如雉堞，東曰歸雲，西曰舞雪。相羊而入，前跨飛梁。中有曲榭，曰浣香艇。後爲清吟書屋，庭列秋槐二株，宵炕晝𦤀，外有船隝。因命舟師理檝，至錦香亭。白沙如雪，清流玉環。達於明善堂，堂敞七楹，露除霜閾，奎畫熒煌。面對玉洲綺島，秀若方蓬。其上仿涉江詩意，徧蒔芙蓉。昔江湖長翁謂芙蓉為秋牡丹，以其丹外縞中，花開四照，倚闌延望，爛如餘霞散綺，丹青滿天。宋楊萬里句云：『誰知雲水鄉，化作錦繡谷。』移於斯境，庶幾似之。

雁齒溪橋接錦沙，笠亭如翼俯輕槎。水光入暮初成霧，花氣浮空欲變霞。一角簷鈴閒自語，半鉤簾日靜無譁。華堂為領雙清意，不是平泉玩物華。

涵遠閣

明善堂後闢重軒，遙對知魚榭者，曰煙波映月。四望飛甍倒水，重簷壓雲。東接垂虹橋，引西海子之水，翼注參差，達於宛轉。橋之北岸，由花磚門徑而入為樂和室，次為凝禧。西為攬秀軒，軒之外畫闌曲檻。延緣而東，上冠傑閣，是曰涵遠。前濬深池，竟川含綠，波上靈石磥砢，望若神仙窟宅。閣内飛廊旁達，有平臺複遝，淩虛御風。右臨先月亭，亭後曰倚雲樓。西矚涵遠閣，雲楣霧桷，含風有聲。爾其秋煙靄林，新涼乍引，蟾光宵迥，桂華上浮，昇東林，入西樓，容與裵回，如在雲階月地也。

層楹疊榭渺難分，玉女窻虛隔紫氛。丹地月臨光欲鑒，碧疏風暖氣如薰。鳳笙自向明河按，鶴馭時從靜夜聞。樓閣分明秋色裏，人間遙望只重雲。

花畦

晚香亭在瀓霞室之右，西出雅園，門内有小樓，取溫岐詩句，颜曰『水木凝暉』。外架山彴，松門蓋空，石道如帶。上有澄景樓，頳壤素壁，與雲莊掩映。南入皆牡蠣牆，縈帶薜荔，如垣如墉，是為百花鎮。鎮中有屋宇肆舍，無他草木，惟植架花盆卉，絳綠紫黃，大者小者，靡者植者，據皋跨澤，千態萬狀。當夫日落西浦，煙生北林，歸雲屬連，倒影薄射，倚樓曠望，覺杜樊川《晚晴》一賦未足以盡之。

雨香雲淡早春天，蕙圃西南景色妍。野水綠添新雨後，好花紅到夕陽邊。孥雲瘦石呈空翠，隔岸遙林洗暮煙。更喜農歌西畔好，桑枝刺眼麥盈肩。

豐樂莊

繞百花鎮西南，沙丘迆邐，小舟澶洄，泊岸曰豐樂莊。平疇沃野，容數百弓許。豆籬夤緣，瓜田錯互，襏襫在門，耒耜挂室。其中屋廬凡數十區，雞犬桑麻，並離然在目。時當築場九月，刈稻雲屯，秔香粥白，食以菜根。或長鑱負水，或短笠燒畬。無輸粟之軍倉，拋納租之縣帖。門陰桑柘，社祝雞豚，真不減農樂圖也。公欲知稼穡之艱難，廣陰陽之調劑，常於公退，有事西疇，宅土運田，勸耕教稼。將以繪《豳風》之什，補《無逸》之圖。逝往觀乎，意深遠矣。

青村路轉百花叢，阡陌茅茨極望通。自有經綸關畎畝，豈無人力補天工。歸禾合誌雙歧瑞，築圃如賡七月風。滿眼江鄉好風景，年年憂國願年豐。

雪堂

豐樂莊西偏，岸墳如防，水窮逕絕。南為清照亭，北為虛朗室。岸西有門，春和別墅在焉。門内明竿四照，爰構竹香小齋，紙窻木榻，一室蕭然。時而沙隄初暖，晴雪未消，輒有翠羽飛鳴，爭枝上下。公春時常自西爽村入朝，銀鞍玉節，來往其間。于時金爵觚棱，猶餘粉白；丹崖綠壑，尚璨瑤光。往往顧而樂之，蓋藉此積素凝華，占三農瑞應，不比灞橋風雪，僅益驢背詩情也。

香爐何必定編柴，物意人情各自諧。沾被功宏知德澤，虛明境杳驗心齋。霜禽乍囀風初煖，快雪時晴月倍佳。無數遺蝗應入地，豈惟廣廈庇吾儕。

槐市

《說文》：『市，買賣所之也。』《晉書志》謂天市垣有公七星、侯一星。因知古大臣閒居燕處，欲周知民事，往往開廛列肆，俾之懋遷有無，以相體察。公爰即竹香齋之西置數十廛，次舍甲乙，西南其戶，用使百貨駢集，往來交通。南有雉垣曰邃秀谷，與旗亭相間，如關津然。北向有樓曰近香，有居曰集賢。春橋酒幔，夜栅茶檣，咸集於此。至於槐陰雨過，柳外人歸，青帘受風，新月補竹，人煙叢遝，燈火散亂。惜無張擇端其人者為畫《上河圖》耳。

修廊如翼徑如弓，處處槐煙小市通。何必樓臺無地起，不妨景物與人同。綺羅香泛荷池月，燈火光搖柳界風。向夕河橋人未散，禁鐘遙起粉牆東。

水雲榭

自履豐坊西行數百步，隔竹隖，聞水聲淙淙，如鳴佩環。入竹取道，至石潭上。潭清澈鑑底，近岸皆卷石，屬者獨者，為嵁為巖。中有魚數千百頭，皆五色，如遊空中。日光下澈，影布石上，或潛深淵，或跳清波，以泳以游，極浩渺閒適之致。南構水雲榭，架空掀極，直造雲根。四圍蘿蔦披薄，蒙絡支綴。時或亭皋木落，巖光晝清，釣石自溫，錦鱗不動，髣髴在嚴灘七里間，匪但契集濠梁，始覺會心不遠也。

湖光山色儼桐廬，不羨臨淵興有餘。葦簖一痕秋水闊，筠簾三面夜燈虛。梧陰濃淡宜棲鳳，蓮葉東西想戲魚。假荇弄萍知極樂，江湖戢影恐難如。

西爽村

水雲榭之前遥見粉額，曰『天光雲影』者，為擷秀山房。淩波結構，面對石壁。左有引勝洞，嵐氣沈沈。俄頃開豁，轉入翠巖。巖内有小軒，曰漱玉。俯視石根，猗猗蒼潤，如有芝髓乳泉出其間者。旁出斷徙，復由山房而西，至雲山徑，澗曲泉清，通以長彴。外為西爽村，秋原如畫。遥緬鳳城，樓閣隱見浮嵐暖翠中。公平旦趨朝，每由園西角門入左掖垣。于時紗燈前導，湛露未晞，御柳疏秋，宫雅拂曙，天街凝望，簇杖雍容，又復身在五雲深處矣。

樓閣參差接斗台，天光雲影靜裵回。名園直並千秋業，麗句休誇八斗才。東閣春風陪仗履，西山爽氣映蓬萊。絳龕弟子紅蓮客，親見菖蒲花朵開。

長至後七日微雪同辛楣學士健堂太守辛齋侍御魚門舍人竹虛編修小集蘀石詹事齋分韻得微字

客子眷長夜，嘉會良不違。維時朔風斂，快兹祥霙霏。言登君子堂，促膝坐四圍。明鐙照華席，逸興隨觴飛。更深寒意動，漸覺酒力微。先生抱奇癖，嗜古世所稀。示我三友圖，生香襲人衣。勖我歲寒操，諄切堪佩韋。賤子走京雒，十載空懷歸。江頭老梅花，覆我舊釣磯。荒村畹晚意，鄉夢不得希。

幸隨諸公後，錯落窺珠璣。同心疏礼節，如馬脫羈鞿。有酒為公傾，有年為世祈。中宵盈尺瑞，優渥滋三畿。遺蝗入地死，宿麥先春肥。斯人盡康樂，膠漆時因依。回看座中客，齒髮各已非。須臾逼殘臘，轉頭又芳菲。相逢莫輕別，所願亦易隨。尊中常滿滿，民物咸熙熙。

曉登聽雨樓望雪

疾颷撼孤夢，寒氣逼莽蒼。布衾鐵不如，僵卧面常仰。漸聞淅瀝聲，稍覺鏦爭響。是時更漏殘，疑見月朧朧。淩晨聲轉嚴，雪花大於掌。不知高天高，但覺廣庭廣。九州八紘外，乘興欲一往。登樓啟雙扉，心目倏惝怳〔一〕。天光泯羣動，物態收萬象。濕煙青濛濛，倒景白蕩蕩。坐卧涼雲中〔二〕，透骨發幽賞〔三〕。獸炭堆銅槃〔四〕，春雲破瓷盎。小閣圍團圞，促膝對明敞〔五〕。談笑無局促，脫畧不韈鞅。竟忘氣候肅，翻覺肢體爽。興盡忽不愜，頓作故園想。此日綺窗前，黃梅正疏朗。花光映慈颜，寂寂獨攜杖。松火宵自焚，椒盤味誰餉。際茲歲云暮〔六〕，百憂動擾攘〔七〕。迢迢雲樹外，思之汗流顙。有母不遑將，有官不能養。男兒疚心事，安用虛生長。轉眼春雪消，料理整歸榜〔八〕。潞水挂征帆〔九〕，南風趁五兩。鄉園花離披〔一〇〕，吳山撐嵣嶸。板輿奉慈親，行樂自此昉。苟遂色養願〔一一〕，手板拋寧枉〔一二〕。萱窗侍溫清〔一三〕，重話今時景叶。輞川雪意佳，粉本再追倣。

【校記】

〔一〕『倏』，青箱書屋本作『儵』。

〔二〕『涼雲中』，青箱書屋本作『攬片雲』。
〔三〕『透骨』，青箱書屋本作『轉側』。
〔四〕『獸』，底本原闕，據青箱書屋本補。
〔五〕『膝』，底本原作『席』，據青箱書屋本改。
〔六〕『云』，青箱書屋本作『正』。
〔七〕『撞』，青箱書屋本誤作『憧』。
〔八〕『料理』，青箱書屋本作『端須』。
〔九〕『潞水』，青箱書屋本作『天際』。『帆』，底本原闕，據青箱書屋本補。
〔一〇〕『鄉園花』，青箱書屋本作『江花紛』。
〔一一〕『遂』，底本原作『逐』，據青箱書屋本改。
〔一二〕『板』，青箱書屋本作『版』。『寧』，青箱書屋本作『非』。
〔一三〕『萱窗侍』，青箱書屋本作『明年奉』。

青箱書屋本王批

奇險語，古今未有。覺歐、蘇白戰，平平無奇。（『不知高天高，但覺廣庭廣。九州八紘外，乘興欲一往』）

至性語，讀之泣下。（『迢迢雲樹外，思之汗流頳。有母不遑將，有官不能養。男兒疚心事，安用虛生長』）

歲暮友人饋紅螺炭玉田米二首

門外烏薪載滿車，傳聞特送冷官家。鵓鷯漫笑頻頻典，簾幙休嫌密密遮。從此寒威消酒琖，早教煖意到梅花。今宵手撥松明火，與客圍爐細品茶。

粒米如珠索向誰，新年旅況倍難支。正思金杵舂香稻，瞥見花瓷滑雪匙。翠釜宵飧欣已給，素風謀食媿非宜。民間一飽知何似，珍重開顔下箸時。

靈巖山館詩集卷十七

聽雨樓存稿

閼逢涒灘（甲申）

過光明殿訪妙正真人登天元閣展眺京師形勝二首

翠島銀宮禁苑偏，叩關重謁地行仙。臘梅一磴堆黄雪，客歲四月廿八日偕王詔堂走訪，時牡丹盛開，與真人小飲花下。寒竹閒房鎖緑煙。杖履風光娱晚福，畫圖松鶴記前緣。時以小照索圖。圍爐重話先朝事，頭白銜恩四十年。

百尺丹梯逼紫宸，瑶窗洞豁淨無塵。諸天宫闕分蒼昊，大地山河拓廣輪。祕籙寶龜文莫識，聽經祥鴿性偏馴。碧壇擬乞長生訣，定許星冠謁上真。

絢春園即景十首呈望山先生〔一〕

西苑開圖畫，平泉有賜莊。鳴珂連戚里，規地傍宮牆。别墅飛紅雨，長堤夾緑楊。迴環仙島路，翻似水雲鄉。

天上春如海，嘉名是御題。西山當戶直，北斗挂簷低。虎豹蹲奇石，虹蜺臥斷溪。武陵人不到，洞口望還迷。

瀲灩澄波緑，平塘曉鏡開。荷花明碧浦，翠鳥立蒼苔。好雨浮蘭槳，迴峰隱釣臺。繞園瓜蔓水，源自玉泉來。

何必游仙境，條風暢素襟。紅闌環曲榭，翠黛滴遙岑。鏡裏重看畫，屏中好聽琴。碧城珠樹曉，翹首五雲深。

長廊隨月轉，小閣對山宜。奇樹移三島，名花占四時。緑深鶯坐穩，黃褪蛺飛遲。庭院春如水，湘簾鎮日垂。

纖塵飛不到，彷彿化城居。香篆縈吟榻，花光透綺疏。竹棲金翡翠，案壓玉蟾蜍。四壁芝暉麗，紗廚護賜書。

樓閣參差見，簾櫳宛轉通。幽香宜入座，馴鶴不歸籠。瓊樹枝枝綺，晴雲面面烘。微風動鈴索，玉佩出堂東。

杖履但隨興，春風花柳村。緑蓑懸小圃，白版敞疏軒。屋角侵飛瀑，畦邊繚短垣。三時重農意，想見在林園。

綸扉方載筆，折簡記招遊。東閣華簪合，西園飛蓋留。鐙前頻顧曲，酒後又移舟。此日重尋勝，風光儼十洲。

廣廈曾容庇，靈槐早紀祥。堂開裴相墅，花發令公香。别館雲泉勝，仙鄉歲月長。近聞調燮暇，杖笏憩仙莊。

【校記】

〔一〕　杏雨草堂本題作『絢春園即景』，僅録第五首。

杏雨草堂本王批

寫繁華之景，安得如此靜深。（『緑深鶯坐穩，黄褪蝶飛遲。庭院春如水，湘簾鎮日垂』）

曹竹虚小畫舫前紫丁香一株盛開招同劉復先樸夫存子洪素人小飲得句〔一〕

緐豔晴烜緑靄天，無多紺影漾尊前。王家步幛絲成錦，霍氏文釵玉化煙。細雨玲瓏愁不斷，曉風瓔珞夢常牽。莫將本色全然改〔二〕，渲染春心絶可憐。

【校記】

〔一〕『盛』，杏雨草堂本誤作『甚』。

〔二〕『將』，杏雨草堂本作『嫌』。

與王夢樓談揚州舊事

隔岸平山敞綺軒，瓜皮艇子載壺尊。席邊芳草延今古，江上浮雲變曉昏。一賦蕪城追鮑照，十年京雒滯王孫。竹西香夢春無影，璧月珠簾總斷魂。

晚春訪王夢樓遇梁副憲階平前輩邀同人小集陶然亭分韻得足字

重城閟風雨，寢跡臥老屋。偶然走庭除，花柳漾朝旭。出門訪王郎，笑言接款曲。謂言久不至，思君腸轉轂。今日天氣佳，黃鸝再三告。便可游城南，聊以慰檢束。城南有良朋，致書不待速。聯轡出市門，漸已遠塵俗。迢迢深林中，孤亭現一角。仙侶六七人，禪房兩三曲。夕陽嵌瓏玲，谷鳥響剝啄。巾烏雲上青，鬢眉竹間綠。逡巡翦葱韭，從容酌醽醁。莓苔上下牀，蘿薜東西幄。繞亭多菰蒲，積潦泛巖谷。荇藻牽迴風，泠泠漱寒玉。小樓出鳥背，可以豁心目。西山萬里勢，攬之不盈握。羣公有清興，列坐依水木。逍遙撰良辰，觴詠聯芳躅。僕本淡蕩人，竹石素所欲。春明滯數年，風塵苦鹿鹿。抗心師往哲，遵跡念寒燠。飛光如駛流，何為自局促。努力縱談笑，日短不可續。天光倒空尊，霞影曳輕縠。君看亭樹間，白雲下來宿。

望山相公壽讌詩四首

展覲歡逢嶽降期，靈光早受兩朝知。香山妙句香光字，老鳳清聲老鶴姿。繡虎才人稱弟子，金蟬屬吏半台司。薇垣此日傳佳話，麻草新添祝嘏詞。

列戟門楣奕葉光，手調元氣佐巖廊。魏公勳舊家貽笏，郭令親賢里表坊。外國人傳相司馬，中天治本軼姚唐。韋平事業從來少，七十阿衡鬢未霜。

喬柯百尺記靈椿，耆碩功名總絕倫。功在蒼生呼活佛，事光青史冠名臣。化工長養春無迹，風月雕梳筆有神。操行潔貞同白璧，飛行還作地仙人。

蓬島蟠桃熟幾回，戟門連理記雙槐。衮衣風度思南國，珠斗光芒朗上台。帝許棲霞分一角，民歌吉甫望重來。恩波潤比江流遠，不繫舟前日溯洄。

送王夢樓同年出守臨安

滇雲驅五馬，控制及雕題。壯士歌黃鵠，才人賦碧雞。心依珠斗北，夢杳玉河西。影事隨鴻爪，輕痕印雪泥。

少住終何益，分襟倍黯然。鼎占折足象〔一〕，花斷並頭緣。時持戒律甚嚴。詞社彫顏色，歡場寂管弦。登樓慵悵望，人遠夜郎天。

惜別翻愁聚，重逢在幾年？蘭交風誼重〔二〕，杏籍姓名傳。徵逐人三五，分攜路八千。升庵遺韻在，花髻說前賢。

麗藻爭春發，優曇香影分。蒼山屏石畫，洱海墨池雲。奉佛生前慧，工書海外聞。花前及酒後，事事總思君。

【校記】

〔一〕『折』，杏雨草堂本作『闕』。

〔二〕『誼』，杏雨草堂本作『義』。

杏雨草堂本王批

賤子出都，以詩餞者頗多，極意求工者亦不少，然當以此四首為冠。余亦自命，花前醉後，堪繫人思。（『花前及酒後，事事總思君』）

喜王石亭入都話舊得詩三首

相逢意外轉相疑，喜極真堪慰渴饑。昔昔游蹤都似夢，紛紛別緒久如絲。文章行篋今逾滿，珠桂家鄉苦茀支。回首春風同硯席，不知離索已多時。余與石亭別已十年。

剪燈舊雨共心論，塵影渾如刻劍痕。宿草人多登鬼録，謂文瀾、晼芳。落英路已失仙源。頻年錯莫成彈指，往事飛沈總斷魂。莫怪君來我又去，望雲久已戀晨昏。予擬於首夏乞假南旋。

歷歷髫年事不忘，半分明處半蒼茫。迎來故侶人如玉，數遍新愁鬢欲霜。茅店雞聲悲彳亍，寥天鴻爪費思量。今朝同聽樓頭雨，猶認江鄉夜對牀。

芷塘移居接葉亭距予寓樓相去數武月夜走訪漏四下始歸贈詩四首〔一〕

巷接青楊載酒頻，紅樓斜隔小園春。合歡雙樹窺孤榻，聽雨層樓憶美人。泥滑也思憐畢曜，月明還擬訪崔駰。問誰聽鼓應官暇，詩卷閒消自在身。

北宋南施旗鼓同，西崖時論亦稱雄。十洲裘屐追詞客，一角鶯花付寓公。今雨重尋塵劫後，舊題細認子亭中〔二〕。懷清舊趾知何處，寂寂秋風咽草蟲。亭為西崖舊寓。

繞廊愛種碧檀欒，日暮天寒倚檻看。孤夢江湖漁舍穩，雙棲玳瑁燕巢安。猗蘭曲罷爐煙歇，落葉聲喧客語寒。攜手出門還少住，薄襟未覺露珠漙。

一編長日靜偏宜，婞雅如君俗可醫。小閣妙香花放足，疎林清影月來遲。幽居恰稱閒官味，當局誰矜國手棊。結隱他年尋舊約，白蘋江上更相期。

【校記】

〔一〕『夜』，卷首目錄原作『下』。

〔二〕『細』，杏雨草堂本作『思』。

中元後一日暮同嚴東有陸健男訪王蘭泉步至法源寺是夕陰晦無月歸飲蘭泉寓齋閒話至三鼓散去

王郎居臨古蘭若，地偏絶少閒游者。好客多應乘月來，不圖明月偏相左。山門一逕暝色深，兩三僧立古松下。禪房數折清且幽，竹徑苔陰遞瀟灑。露除開遍碧桃花，優曇浮出青蓮朵。南階古柏金源物，香葉如雲幹如楂。深秋叢薄翠影寒，彷彿名山眼前墮。燈微隔院聽人行，獅古對蹲疑鬼坐。梟師垂頭若鸛鶴，桫欏隱現長明火。頓覺塵襟是處空，始知法海無邊大。茶罷歸來已二更，更陳酒醑羅瓜果。舊游歷歷話鄉關，夢裏風花憐旖旎〔一〕。同是吳頭楚尾人，欣慨無端燭漸灺。燕市酒徒半散去，如此佳會亦云寡。出門各駕短轅車，珠斗銜城鼓三打。

【校記】

〔一〕『旎』，疑當作『旎』。

陸郎曲為童梧岡作

客愁零亂如秋葉，翰林主人意不愜。涼雨聲中悼陸郎，蕭齋清夢空驚厭。髫齡小史玉山同，家住吳松東復東。九峰屐染橫雲翠，一幅帆懸潞水風〔一〕。生來命蹇將誰懟〔二〕，失身悞逐青衣隊。曾向侯家作豎奴，典琴為伍真生悔。自悔飄零滯上京，雪鴻蹤影托蓬萍。朱門早決抽身計，青眼偏饒擇主明。主人恰遇金閨客，清才雅擅無雙格。前身合是杜樊川，傷春花底經淪謫。華堂絲管逐番新，水調聽殘閱幾春。酒痕紅到櫻桃面，不數歌筵窈窕人。短衣窄袖工裝束〔三〕，常奴那比方回僕。感恩詎復計辛勤，識性應知到心腹。星軺往歲粵西行，蠻箐猺磎毒雨泠。七旬眠食資調護，親切真逾骨肉情。零陵江水清無底，失足波濤起尺咫。一片倉黄急難心，濡泥那顧灘流駛〔四〕。萬里風霜往返俱，恐教寂寞悵離居。烏絲手畫供摹帖，紅蠟宵擎伴校書。家居兼荷千金託〔五〕，自憐顧影勝衣弱。誰知蕙質望秋零，瘦骨纏綿儕病鶴。一經齋後寓初移，夜月丁香發幾枝。我來訪舊齋頭過，猶見匡牀獨坐時。折脚鐺邊聊自訴，黄花晼晚風光暮。只言消受主恩深，福薄豈真緣藥誤。一朝短夢醒黄粱，玉折蘭摧幾斷腸。千古才人傷穎士，三生詞客笑雲郎〔六〕。昨夜露華瀲碧宇，牆根絡緯啼無主。茂陵孤館病文園，起擁單衾淚如雨。半幅冰綃繪玉兒，時以遺照索題。霏霏好句寫相思。梧岡有詩題卷端。擬憑山谷余成傳，程二魚門為作小詩。重續虹亭本事詩〔七〕。人生有情類如此，夜夜招魂勞剪紙。紅豆枝前十二時，青楓江上三千里。勸君珍重宰官身，過眼空花本不真。鬢絲禪榻秋燈畔，一卷楞嚴了宿因。

【校記】

〔一〕『一』，杏雨草堂本作『十』。

〔二〕『將誰』，杏雨草堂本作『誰將』。

〔三〕『衣』，杏雨草堂本作『身』。

〔四〕『濡泥那顧灘流駛』，杏雨草堂本誤作『需泥那顧流難駛』。

〔五〕『荷』，杏雨草堂本作『負』。

〔六〕『笑』，杏雨草堂本作『哭』。

〔七〕『虹』，杏雨草堂本誤作『紅』。

盤山紀游詩六十首

過大嶺作

谿轉峰勢變，磴道盤犖确。罡風颯颯吹，竹林走筍殼。日輪大于盆，去天知幾握？入雲復出雲，衣霑身不覺。遙見古漁陽，暮城飄畫角。

宿香林寺

入寺近黄昏，松關犬驚吠。假宿得雲房，茶瓜敘禪話。途長倦難禁，託故揖僧退。破窗月一痕，照我解襟帶。夜眠涼不涼，石榻花陰蓋。

登寺樓望空桐山

平明凭危欄，山色翠如洗。薊北距隴西，迢隔六千里。曷為鼎湖龍，于彼忽于此。世多步虚人，大半傳訛耳。入林訪白雲，雲是古時水。

登漁山

癖性愛探幽，攀躋蘿徑永。右旋復左盤，曲折造峰頂。俯視薊州城，人家落眢井。浩浩天風吹，頓覺衣裳冷。索茗向僧庵，石門叩松影。

漁水

溯源知源遠，沙觜聲潗漗。昨夜前村雨，稍覺晚流急。峰影抱天光，冷翠浸應濕。枯槎徑丈長，苔蝕沙痕澀。漂去無人知，上有一雅立。

醴泉院今名靜安寺，本浄名寺

漁山西復西，祇園恣幽討。竹徑敗籜堆，盈寸無人埽。白沙漾泉清，碧蘚壓碑倒。緩步巡長廊，畫壁尚完好。一僧不知年，石堂見松老。

金章宗避暑亭

雲門連月岫，風磴帶沙渚。廊樹晝陰森，金源此銷暑。閲世曾幾時，方花平古礎。蒼茫斜照中，村人礪樵斧。蘆穄不斷青，蕭蕭認秋雨。

望鐵嶺

馬首瞻遥岑，黔黮擢林表。如何秋未深，燒色滿重嶖。應是米襄陽，縱筆弄機巧。萬丈鵝谿絹，墨瀋潑初了。皴成欲雨山，濃雲百層繞。

涼泉

道左見瀓泉，涓涓出巖隙。石凹自成池，深約兩三尺。不竭亦不盈，倒浸天光碧。何當挈數缾，遠寄熱中客。只恐竹鑪頭，煎熬增水厄。

雞蘇砦五代梁開平二年，劉守文以滄州之衆，并招契丹、吐谷渾，共討其弟守光，戰于此，為守光所獲

誰使鶺鴒原，卻屯羆虎士。然其欲制人，圖蔓翻戕己。千古遺笑談，聞者俱冷齒。所憐陰黑天，青燐滿廢壘。爭頭鬼啾啾，不知身已死。

塔院莊

緣岡曲折行，旛竿見遠寺。不意老樹村，有此布金地。因余蓬島來，齋牓乞題字。落筆對伽藍，為撰重修記。啜茗澗西房，竹影一簾翠。

瓦茶寺廢址在小盤山，本名定慧寺

古寺久荒頹，命名一何雅。穿竹過雲廊，低徊不能捨。草垂露井眢，土蝕臥鐘啞。法界颭靈旛，拜甎埋破瓦。尚有灌園僧，沿街送菜把。

亂石莊有法常寺，今廢。古井、石幢尚存

亂石激谿聲，一莊團竹翠。獨姓數十家，耕種足生計。西行百步餘，荒涼入古寺。可憐選佛場，今作牧羊地。時有鄰村人，來搨經幢字。

夜宿廣濟寺

借宿古名藍，石室圓如笠。簷角挂飛泉，夜靜水聲急。侵曉揭窗帷，嫩涼一陣入。露雨兩莫分，只覺庭蕪濕。砦鶴亦無眠，早向花臺立。

大石澗

兩峰各鬬高，入天猶未住。大壑横其間，石亂水聲怒。不知是何年，沿厓鑿細路。崇朝浩浩風，數里蕭蕭樹。羣蝯不避人，隔岸自來去。

盤泉

最愛盤之阿，峽壁平于掌。懸泉如玉虹，直下數千丈。何人構草堂，畢身此偃仰。一琴一卷書，清晝闢軒幌。臨流無四時，罊石白雲響。

晾甲石

不意深幽區，巨石名晾甲。俗云貞觀年，戎衣曾此搭。遺跡遂流傳，題詠韻爭押。或值晴暄時，游人足力乏。亦來藉雲根，解帶堆白袷。

東崖觀蒼龍松

連崖展長屏，古松冠屴崱。深訝快晴時，神物亦騰蟄。夭矯鱗之而，勢欲拏雲立。我思馭以飛，風霆看呼吸。上下任迴旋，翠濤一天濕。

環翠亭

中盤小紅亭，半鼏憑闌坐。森森樹千章，僂僂峰數朵。石似飛不飛，雲將墮未墮。品題固自難，圖寫有誰可？怪底裌衣涼，萬綠四圍我。

中盤寺西齋夜坐偶書

假宿得高齋，秋鐙對禪侶。欲品白雲泉，甎鑪松火煮。玉茗味殊清，竹根盃亦古。閒話興方濃，漏下應三鼓。明晨晴不晴，檐角風鈴語。

北岡

措笻陟高岡，千尺看瀑布。風聲水氣中，松與石爭怒。凌兢躡虹梁，失足恐顛仆。磴轉徑逾危，過雲攔去路。悔不從僧言，竹轎山門雇。

碧峰寺

紺殿碧峰陰，孤鐙照古佛。境靜幽趣生，坐深妄想不。松影沍長年，冷翠透山骨。山谷迸珠泉，晝夜聲汩汩。縱橫石面流，綠雲滙一窟。

萬松寺

雲葉接飛泉，樹頭縣峻嶺。儻非迥隔凡，詎有此靈境。松寺晤枯禪，禪話頗奇穎。坐頻增客衣，不耐綠天冷。房廊風雨聲，几席龍蛇影。

寺閣月夜對瀑作

愛聽風泉聲，寺北倚危榭。前山未及游，竹榻從僧借。松頂璧月升，適與縣流射。百萬斛珍珠，亂向峰頭瀉。寒光爛如銀，石闍不能夜。

沙嶺

線徑羊腸蟠，半里數休息。泚寬衆水爭，風定孤煙直。石形闖虎頭，岡勢亘龍脊。遠望幽隝間，秋雲萬層碧。知多采藥人，沙印椶鞵迹。

白巖寺

鹿苑明殘陽，松門愜幽玩。殘雲鶴帶歸，新筍蝯攀斷。閒步入禪房，凝香憑石案。辨義究魔醯，大自在天也。緇經譯樓炭。脱葉灑風檑，猶認天花散。

望九華峰作

誰從玉井中，九朵搴蓮萼。層累堆此間，化成峯峉崿。浩浩天風聲，萬古吹不落。雲葉或一片，飄然下巖脚。巖脚有禪關，石氣青樓閣。

千像寺

晨入古招提，雲根現千像。誰憑斧鑿痕，功德示無量。不知大乘禪，貴能空色相。散步香臺東，幽翠落衣上。金粟認前身，木樨一林放。

奇石距千像寺後半里餘，一人推之則動，衆人推之則不動

寺後半里餘，礧磈獲奇覽。誰云石丈頑，動靜具靈感。隻手任推移，萬夫難震撼。居然古名將，小怯大勇敢。納交儻容吾，聞語首重頷。

紫蓋峰

一峰盤中央，亭亭如紫蓋。疑是諸應真，張之作高會。會罷各西歸，偶遺在塵界。倏爾笭麗形，化成砐砢態。迄今庇廕功，影落青天外。

宿蝯峰

太霄凝煖碧，遙海壓寒綠。厓顛無過禽，壁面有飛瀑。甜間巖洞開，時見蝯猱宿。田盤仙去後，誰復繼芳躅。他時賦遂初，敲雲借林屋。

少林寺夜宿

入夜向齋堂，飽進伊蒲供。神幔捲華蟲，檐鈴銜鐵鳳。一點長明鐙，石龕與佛共。倦身投竹牀，著枕鼾聲動。松雲幾萬層，裹住游山夢。

東竺庵

百轉盡松聲，危厓架曲棧。中休值小庵，石窗臨翠澗。飛花不知名，時漂紅一瓣。林深磬散遲，風定雲來慢。靜坐道心生，令人薄羈宦。

雲浄寺

板橋橫淺谿，曲徑轉蘿磴。愔愔小禪堂，老僧方出定。銅鼎爇栴檀，煙裹一聲磬。秋陰竹檻涼，曉雨石潭浄。閒中獨倚欄，苔嶼引詩興。

西峰

莎阪小低徊，一峰極危陗。蒼翠塞層穹，數村無夕照。厓半忽聞聲，依稀飢虎嘯。飄蕭木葉飛，長風鳴石竅。鳥道撥雲行，僧返瀑邊廟。

挂月峰

寺僧向余言，良夜數三五。山外月欲來，萬丈白毫吐。須臾冰一輪，峰銜恰當戶。金波豔豔寒，照此石堂古。石堂無居人，蝙蝠飛相語。

曉題茶子庵壁

晨興盥漱餘，高齋照初旭。盈盈露濕苔，嫋嫋風翻竹。道人谷口歸，肩擔薪兩束。敲火向甎鑪，為煮桃花粥。因挹水半瓢，搖動一池綠。

法藏寺

紅牆周四圍，翠壁擢千仞。揖笻纔入門，老僧迎問訊。庭際盤龍松，終古屯雲陣。非冬几席寒，不雨簾櫳潤。流覽水西亭，鹿迹蒼苔印。

松篷

石上古松篷，盤結枝稠密。不用葺茅茨，不須設蓬蓽。牽蘿補作牆，便是棲雲室。自有謖謖風，何畏炎炎日。我與我周旋，起居綠天一。

談禪石

松篷覆盤陀，生成自貼妥。傳昔有高僧，說法此趺坐。我聞最上乘，即持默照可。縱致天雨花，脣舌費搖播。試借祖龍鞭，驅去雲一朵。

雙峰寺

厓縣石壓頭，徑轉花迎面。幢□晝昏昏，孤鐙照古殿。修廊入磴陰，滿地蒼苔片。林鳥時一鳴，雲深看不見。盡日無來人，泉聲冷塔院。

百草窪

雙峰塔下行，數里遵旱麓。一望渺無垠，草色黏天綠。野花不知名，日煖散幽馥。相逢采藥人，筠籃荷金斸。未必即神農，焉知非鬼谷。

天成寺

古寺抱千峰，谿喧境愈悄。石色碧嶙峋，入天猶未了。殿後躡危梯，樓高結構小。小憩捲疏簾，欄楯出林杪。一蝯挂冷雲，松枝青嫋嫋。

李靖庵

唐時李衛公，結茅讀書處。泉石頗清幽，虛堂為小住。遺像如有靈，應知我情愫。抽刀向琅玕，待刻新成句。鐘聲出翠微，招客上山去。

舞劍臺

西峰舞劍臺，亦衛公遺迹。想其激揚時，意氣乾坤窄。暨乎際風雲，勳名兩顯奕。我來千載後，覽古三太息。麟閣安在哉，日落四天碧。

西甘澗

山門頗清幽，古殿隱巖岫。僧徒只兩三，屋宇從樸陋。松雲銷又生，石筍峻而秀。臨澗小遲回，薛矼便盥漱。湍急浪花堆，天影千層皺。

東甘澗

一嶺界西東，荒蹊踐石卵。秋澗聲潺湲，流過夕陽煖。茶隝帶蔬畦，曲折籬笆短。古松佛堂前，童童如翠繖。我獨愛經樓，窗小青山滿。

招提寺

半屩憩經堂，茶瓜幽賞愜。從僧入巖扉，隥道再尋躡。憑覽仙師臺，風吹衣帖帖。涼秋天氣佳，雲散魚鱗甲。獨鳥下平蕪，夕陽山萬疊。

松棧

松板架縣厓，鐵絙相貫注。彎環二里餘，前通上方路。翠壁紅泉下，人足出高樹。天風不斷吹，飛鳥未能度。數杵寺樓鐘，聲帶白雲去。

縣石亭

絕壁貼孤亭，三面立紅樹。雲根覆似船，檐角淩空跨。厍厎絕傍著，將卸猶未卸。游倦思小留，欲入魂驚怕。石華翠森森，萬古不知夏。

雲罩寺

上方鐘早聞，下方客未到。天如碧玉盆，周將寰海罩。隥道巖扉閒，日夜亂雲鬧。怪樹破厓出，作勢與風拗。過客叩花關，一蝯向僧報。

夜題寺樓壁

入夜棲寺樓，驚夢蒲牢吼。自起攬衣裳，揭幔臨窗牖。明星如藥珠，摘煩一舉手。準擬還家時，小大掇數斗。細擣和瓊飴，試釀流暉酒。《黄帝内傳》有金液流暉酒，又金門歲節、七夕造明星酒。

澤鉢泉

恒沙來應真，滌鉢此泉畔。泉水瀏其清，泉深尺有半。游人向紫厓，高下勒銘讚。冷碧浸天光，風定雲行慢。驀地浪紋圓，浮儵自驚散。

舍利塔

金鈴晝夜喧，畫塔憑空湧。不知帶雲行，但訝雙足重。扶欄一縱目，千峰翠環擁。罡風無斷時，飛甍似搖動。知已到層霄，銀河手可捧。

黄龍祠

曉詣黄龍祠，脩廊怪石夾。僧延坐西齋，松影到簾押。幽探得得來，嬾問無無法。蘚徑通沙坪，茗荈嫩堪掐。小立蘿磴陰，翠煙染單袷。

歸雲洞

出本是無心，歸亦非有意。呀然巖腹深，閒迹偶相寄。曾為何處霖，溟濛含濕翠。卷舒還太虛，肖我平生志。他時移竹牀，來此枕琴睡。

感化寺觀唐道宗大師遺行碑文沙門知宗撰文，節度判官梁知至書石

風便鐘聲遠，追尋得鹿苑。偶從梵夾傍，唐碑見搨本。敘文簡且該，波磔險而穩。翠墨重摩挲，禪房坐晼晚。破雲一僧歸，夕陽在松阪。

過李鐵君隱居

不謂素心交，別來隱盤谷。牆頭飛瀑明，階下千峰綠。山僮解樵蘇，何妨野如鹿。秋蔬挈籠挑，家釀脫巾漉。心迹兩閑閑，成就著書福。

夜題鐵君齋壁

松房耿秋鐙，對坐話心曲。示我山居詩，連卷兼長幅。秀語本天成，更番評且讀。不知曙色分，寺鐘動林麓。出視堂廡間，秋露白于醭。

將出盤山留別鐵君

入山已經旬，徧領溪山趣。道院與禪關，怪石及嘉樹。目謀心賞者，一一賦新句。行當辭故人，撥雲覓歸路。盤泉獨多情，送我出山去。

哭董庶常東亭

潞河春水送君歸，不道相逢願便違。如此奇才今有古，傳聞或者是耶非。新聲樂府吟紅豆，駢體詞章壓紫薇。君有《紅豆樹歌》，流傳都下。誰唱旗亭楊柳曲，那堪孤笛正斜暉。

靈巖山館詩集卷十八

聽雨樓存稿

旃蒙作噩（乙酉）

太平鼓歌

都人愛擊迎年鼓，游手少年聚三五。團團製就紈扇形，繪以龍鳳紛仙靈。犗羯為皮鐵為骨，左右連環互結屈。逢逢索索敲不停，環聲鼓聲相間發。初如金鐵揮爭鏦〔一〕，又如風霆起倉猝。疾徐中節心手合，屢舞僛僛百態出。兒童歡呼如堵牆，百十成羣走飄瞥。都鬘舊製久不傳，柘枝遺譜尚可述。猶是籥章土鼓意，含陽而動動萬物。踏歌行試禁城鐙，放夜催開上元月。角觝秋千百戲陳，太平鼓擊太平人。衢歌巷舞迎新歲，皇帝龍飛三十春。

【校記】

〔一〕『鏦』，杏雨草堂本誤作『慫』。

杏雨草堂本王批

首末四句另韻，中四解皆一韻，格律最嚴。近時人作七言古詩，知此者稀也。所謂『狀難寫之景如在目前』。（『犗羯為皮鐵為骨，左右連環互結屈。逢逢索索敲不停，環聲鼓聲相間發』）

觀耕臺侍班應制恭和耕耤日祭先農壇礼成有述原韻

華滋浮土脈，一墢兆嘉徵。民事真難緩，田功莫不增。劭農先嗇重，禔福聖躬承。林外鳩初喚，春原澤定勝。時上望雨甚殷。

恭紀四首

雲罕金根下九重，平田膴膴凍初融。扶犂一片勤民意，猶覺安仁賦未工。

麗日朝縣翠鳳旗，五雲端坐語移時。試看珠玉揮豪處，勝讀豳風七月詩。

淡霧輕煙帶遠林，鵓鴣聲似喚春霖。宵衣問夜頻祈澤，不獨區區格致心。時京師缺雨，上聞鵓鴣聲，顧侍臣云：『鵓鴣是布穀否？』沅引《爾雅》『鳴鳩鶻鵃』郭注『今之布穀』暨《方言》『布穀自關而東謂之戴勝』，並命和耕耤礼成詩，當時呈覽，上深為嘉獎。

橐筆賡揚侍至尊，瓊箋經進荷褒恩。至今秘殿屏風上，名姓猶留御墨痕。召見時，上屢言及『汝前在耕耤臺和詩，朕始賞識汝，遂留意拔用』。後逢耕耤日，上每為閣臣言之。仰荷主知特達，真異數也。

饒霽南先生招飲澹秋書屋

棐几銅缾尚凍冰，淩晨客思轉懵騰。新年怕聽先歸雁，小閣欣看乍試鐙。七種菜羹聊復爾，半杯竹葉未能勝。簪來旛勝休相笑，無限春愁一夕增。

聖駕四次南巡恭進櫂歌三十六首謹序

欽惟皇帝陛下，法天行健，廑念民依。比年來三幸南服，湛恩愷澤，紛綸布濩。閱三稔而東南士民懷思益切，大吏據情入告。上洞鑒悃誠，適南河之務暨浙西海塘工以次告蕆，亦須親臨閱視，指授機宜。為善後計，遂俯允所請，于旃蒙孟陬之吉，恭奉皇太后安輿，再莅江浙。翠華經臨，慶典燦備，三五隆軌，復此式覯。沅備官禁近，久在屬車豹尾間，作為歌詩，以宣上德而達下情。今茲來遊者四，而德日益崇，功日益懋，雖非扣槃捫燭之見，所以仰窺萬一，而江之滸、河之湄，或於煙波欸乃中扣舷而歌，以唱嘆聖德，亦採風者所不廢也。謹擬櫂歌詞如左以獻，輿情肫懇，庶于此足徵焉。

江國頻年跂慕真，而今重奉屬車塵。東南四度游歌處，恰慶龍飛三十春。

典慶祈年肸蠁崇，元正練吉候條風。青旗低颺新晴雪，一路春鐙識歲豐。

淑氣初迴澤國寬，迎鑾鎮外頌聲歡。南邦風土俱親悉，特詔先裁鄉導官。

春旗楊柳一村村，父老親承天語溫。豈有民間絲粟費，仍聞所過議加恩。

黃童白叟互牽裾，萬歲聲呼瞻仰餘。共說百花香裏過，至尊親導大安輿。

巽詔頻宣愷澤覃，丁糧千萬免東南。謳歌帝力知何有，賜復蠲租已再三。

養老銀牌小字鐫，扶鳩羅拜盡華顛。就中及見仁皇者，猶說南巡乙酉年。

南河蓄洩費周防，躬履金隄擘畫詳。一自璧牲親奠後，安瀾不數漢宣房。

平疇幾稜綠雲橫，樹外遙傳布穀聲。正是插秧天氣好，芳郊停輦問春耕。

帳殿臚歡舞彩同，問安調膳樂融融。鬻花三月春如海，都在慈輿色笑中。

熙春臺畔路三叉，佳麗江山處處誇。夾道香風吹不斷，紅橋明月竹西花。

扶輪大雅重詞壇，集訂漁洋亦已難。重過紅橋修禊地，推恩猶到舊推官。賜故刑部尚書王士正謚文懿。

兩點金焦化域開，江心縹緲湧樓臺。山門玉帶留題處，韻疊東坡已四回。

鐵鎖長江絕地垠，浪頭犀弩發千羣。即今荒徼烽煙靖，簡練頻繁閱水軍。

青畬臺笠正翻犁，力作全凭土脈滋。帝澤無私甘澍溥，江南二月雨如絲。

水田漠漠近江鄉，圩岸高低覆綠楊。好景馬頭看不厭，麥花如雪菜花黃。

姑蘇風物最暄妍，一色春波七里船。此日龍颜知有喜，繁華較勝數年前。

晴雪朝霏羽葆橫，太湖西去近銅坑。春深行殿排清供，萬樹梅花兩洞庭。

蕃兒躍馬效前驅，更有降王左右趨。便是紫髯兼綠眼，年來也復熟吳歈。

海湧峰頭百戲陳，緣撞角觝技如神。從前吳子何曾見，此是新歸絕域人。

濯枝時節正䨬䨼，競喜天顏一再瞻。山後山前人盡說，雨中大駕駐靈巖。

山長水遠望迢迢，宛轉紅闌四百橋。特地壺中遲淑景，仙蓂兩度紀花朝。是歲閏二月。

桃花新張碧粼粼，村落人家傍水濱。停棹鴛鴦湖畔路，陌頭半是採桑人。

湖光半入莊嚴界，花柳都含歡喜心。尤愛蘇堤入圖畫，宜晴宜雨豁宸襟。

峯到飛來面面佳，清涼福地辟塵譁。孤山梅子雲林筍，活火還烹龍井茶。

承恩魚鳥戀霓旌，江上觀潮月正盈。差喜臨安風氣朴，重留三日慰輿情。

龕赭雙門一線收，草塘工竣石塘修。只因善後紓籌策，幾度飛梁駐彩斿。

鑾輿往復路迴環，供頓煩文悉與刪。好景晚春真入畫，一痕青到白門山。

棲霞絕磴翠雲封，竹韻花香路幾重。前度宸遊揮翰處，墨花猶濕六朝松。

礼數優崇重引年，兒孫扶拜聖人前。道旁競說溫綸下，白髮詩人羡沈錢。時老臣沈德潛、錢陳羣俱特賜宮銜。

採風不費陳詩職，破格羣沾稽古榮。此次臨軒尤鄭重，親題甲乙到諸生。

雲日暉光照法林，諸天宮殿布綸音。奉香為祝慈寧壽，每到精藍輒賜金。

安福艫連如意舫，嵩呼人逼短長亭。願將身逐春江水，一路吳歌達帝聽。

祠官數典重升馨，河嶽懷柔及萬靈。聞道力排封禪議，金繩玉檢陋云亭。

一晴一雨繫天心，今歲春晴直至今。欲識勤民無倦意，到京又要盼甘霖。

偶臚謠諺及江河，釀化由來感頌多。準擬湖天明月夜，沿流清聽榜人歌。

以詩代書答友人見訊近況〔一〕

未得裁箋候起居，翻蒙江上惠雙魚。一身遠寄千峰外，百舌爭鳴二月初。奇石古於尊者相，老藤纏作獻之書。故交欲識春來狀，融雪寒泉濇不如。

【校記】

〔一〕『見』，青箱書屋本作『問』。

青箱書屋本王批

頸聯奇絕。

先大父忌日作

哀恤空銜骨，今經十六年。感時長作客，飲恨已終天。負土寧堪待，成名亦枉然。遥知寒食近，草滿殯宮前。

錢舜舉寫東坡先生遊赤壁圖

漠漠長綃含涼風，妙手貌出修髯公。扁舟一葉酒一斗，兩崖斗削青巃嵸。舉杯招孤鶴，橫笛驚潛龍。山高夜悄悄，石峻波洶洶。似有懷古意，手指荆門東。不見舳艫亘千里，尚驚石壁留殘紅。世事俯仰换，玉局悲遺蹤。干戈詞賦兩蕭瑟，惟有山間明月終古沈影荒江中。

登聽雨樓看山作歌

青山舊識盟未寒〔一〕，翠屏飛繞紅闌干。煙鬟霧髻爭娟妍，忘却出山已廿年。年來年去凋朱顔，山靈誚予孤清緣〔二〕。幼好奇服棲林泉〔三〕，靈巖絕頂琴臺邊。金庭咫尺不學仙，彌勒同龕不學禪。收拾湖山風月閒，歸我畫本同詩篇。山上看山復有山，不知身在山中間。自從匹馬走冀燕，緐花錦石霾風煙。出門大道車駢闐，重城老屋賃數椽〔四〕。如羊觸藩駒寄轅〔五〕，長鬚南來言不歡。故園梅鶴亦黯然，孤萍無著寓又遷。斗室額以西涯傳，飛樓切雲勢翩翾。朱梁鋈金藻井蓮，舊聞權門甲第聯。錦毹樺燭沸管絃，前人失勢後人憐。至今廢井淘遺鈿，老石僵卧背字鐫。滄桑眼見不肯言，我來裙屐招名賢。酒兵文戰壘益堅，西山龍子不在淵。飲予墨池何蜿蜒，雲霧晦明狀萬千。騰拏文字滿錦箋，峰峰揖我導我先。相與古今俛仰焉，樓頭雨聲入夢喧。推窗白雲來周旋，風花愁殺江南天〔六〕。

【校記】

〔一〕『舊』，青箱書屋本誤作『寒』。

〔二〕『予』，青箱書屋本作『我』。

〔三〕『林』，青箱書屋本誤作『枯』。

〔四〕『賃』，青箱書屋本作『貸』。

〔五〕『駒』，青箱書屋本作『車』。

〔六〕『花』，青箱書屋本作『光』。

青箱書屋本王批

句句押韻而一氣卷舒，絕無用韻之跡，豈非仙才？

縱橫排宕。（『金庭咫尺不學仙，彌勒同龕不學禪。收拾湖山風月閒，歸我畫本同詩篇』）奇語。（『山上看山復有山，不知身在山中間』）

同年諸申之編修出守辰州作詩贈別凡以志兩人交誼廿載游蹤俯仰流連不覺詞費得一百四十韻

帝城暮春天，風雨花冥冥。滿街賣將離，花前送君行。君行何所之，畫戟森南荆。仙官驂鸞鳳，飛下白玉京。霖雨從此始，默為蒼生慶。所嗟良友去，別懷增懵騰。遠道六千里，離尊一再傾。感君結交意，陳我終始情。髫齡走京師，羞挾王門箏。焚巢嗟旅雁，伐木歌鳴鸎。轅轍互南北，隔面聞君名。

風煙意慘淡，知有摩空鷹。三獻璞尚抱，十年字猶貞。神交乍閲歲，癸酉賢書登。得第竊私喜，喜心利得朋。次年赴春闈，蹭蹬還相仍。詔下門下省，中書實需人叶。鄭重兩制選，工妙八體升。時論推吾子，紙貴長安城。洛神三四行，光溢剡溪藤。琳琅倒金薤，蓄眼見未曾。院試紅藥詩，第一霏清聲。牽絲入丹地，清要得所憑。時務既通達，典故每恃徵。是時當國者，溧陽與虞山叶。遭逢國士遇，歷試靡弗勝。内閣重票擬，倚畀崇疑丞。藉君左右手，手手分緯經。壯齒盛才氣，五嶽生圭稜。論事中窾要，批駁莫敢攖。宸製伊犂碑，百尺高凌兢。妙選好手筆，衆以君名應。淋漓掌大字，字字結構精。龍蛇走腕下，相公稱其能。殷勤補薦牘，機地職是膺。夕郎簪綵豪，鎖闥嚴西清。與君始同官，琚佩聯東丁。道誼雲隨龍，步趨影附形。廟堂正籌邊，西域未休兵。羽書飛旁午，視草責匪輕。章奏等山積，迅掃筆不停。嚴霜紆玉蝀，曉月寫金莖。屬車豹尾間，短衣歲徂征。杏花田盤山，黃葉興安嶺叶。聯牀臥穹廬，並轡馳驒騂。攬翠玉泉雨，納涼瑞園署。在海淀，軍機同人下直處。卯入慣酉出，飛光轉飆輘。十尋掖垣梧，五落仙堦蓂。南宮再射策，斗柄歲指庚。兩人並及第，吉語傳分明。道傍識名姓，清班隸嶠瀛。君以製作手，領袖來槐廳。鏗鏘碑版文，刻畫鐫璚瑛。詞旨麗以則，體裁肆且宏。此官散仙同，崑閬不受扃。同人三五輩，良會逐日新叶。消寒醵屢訂，聽雨韻疊賡。清談玉屑霏，雋想珠淵靜叶。校書街鼓促，鬬酒拇陣轟。有時發狂言，睥睨一世雄叶。氍毹歌堂月，風雪春城鐙。寒食法源寺，重九陶然亭。不厭勝游數，那禁豪情弸。歡騰少年場，瞥來月旦評。萋菲織貝錦，駭語蜚匉訇。君智巧自衛，暗弩不及身叶。蒼蒼山頭柏，冬夏常青榮。矯矯雲中鶴，天衢刷修翎。介石石不轉，止水水常澂。從容自中道，抱蘊能畢呈。史局總編摩，琅函照珠擎。圭璋協粹品，鳳凰偕和鳴。星軺指山左，識拔皆殊英。蜩螗沸羹秋，先正見典型。以茲式多士，頹風或可撐。客歲夏四月，天子發德音叶。翰林儲材地，朕將試以政叶。輔臣慎遴選，臨軒注璿屏。今年乙酉春，閏月月未盈。豫遊省南服，吳會停雲輧。手勅降行在，朱書金鳳綾。楚南方面任，往哉汝欽承。辰州滇黔衝，鎖鑰嚴關爭。壺頭五溪蠻，雄險規沅陵。江山奇絕處，谿硐紛箐篁。盤瓠種彫繡，犵狫語傖儜。自從格王化，威暢捐鼓鉦。當年淫毒水，變作甘霖蒸。專城此重寄，撫馭有責成。猺民雜耕織，虎節揚聲靈。朱幡護衛列，貝胄公徒烝。爵視二千石，古與諸侯均叶。君才不可當，如鋋發新硎。志操貫金石，誠信孚婦嬰。縱嫺讀律法，毋以刑術淩。班史循吏傳，庶幾再見今叶。奈予感離索，掩關臥春明。彈指五六載，人事迭變更。素心日以少，素鬢日以增。繁如春前花，散若琴上星。去年送王郎，臨安太守夢樓。萬里滇南程。明朝又送君，門外催幢旌。行矣隔山岳，所思在湘衡。九疑望聯緜，煙雨空崚嶒。秋風洞庭波，木落千峰青。鷓鴣叫斑竹，能使客淚縈。想登拱辰樓，那免心怦怦。迢迢朔雁落，靄靄南雲橫。宦海杳無岸，飄泊兩葉萍。相思不相見，後會難預定叶。疇昔訂交初，風義師友并。賤子性落拓，長此守硜硜。素乏脂韋骨，低顏拙逢迎。好修授雅範，獨立憂衆憎。蒙君親愛我，弟我君為兄。本屬金蘭契，申以膠桼盟。中道一分手，顧影傷伶仃。輕別吾所諱，心悲古所懲。丈夫志萬里，勿作兒女憐叶。況君志康濟，流譽冠羣英。窮為蟠泥龍，達作摩天鵬。勿矜名地重，勿受世網罾。經術飾治術，依然一儒生。雙親頭雪白，眉壽躋遐齡。有官不能養，焉用鐘鼎烹。君今往楚服，版輿慰寢興。子臣兩無負，寤寐獲所寧。風霜飽閱歷，事業見崢嶸。道理既已熟，意氣亦自平。佳節逼上巳，河梁柳娉婷。開我得石軒，倒我雙玉缾。歡君盡樽酒，明發驅車乘。且著賜衣錦，聊脫頭銜冰。行看三公服，露冕宣喬卿。茂茲芳蘭體，展矣明德馨。人去春亦去，別酒醉還醒。他時夢君顔，梁月光熒熒。常因風雨夕，未免心魂驚。蕅花鏡湖曲，梅花香水舲。遲君十年後，歸田耦而耕。

三月四日學士錢犨石辛楣兩前輩編修趙雲松曹來殷沈景初庶常褚左莪吴沖之中翰王蘭泉程魚門趙損之汪康古嚴冬友陸健男沈吉甫諸同人重展上巳修禊陶然亭即席有作〔一〕

重三韶序記元巳，執蘭招魂國風始。風流盛於魏晉間，觴詠亦以名人傳。諸公衮衮雄詞壇，意氣淩厲追前賢。招攜舊雨修禊事，不惟其事惟其意。惠風和暢天氣清，陶然人坐陶然亭。亭旁蘭若大于斗，四面空青拓窗牖。沖瀜幽澗漲桃花，堆阜連岡斷齏臼。繁英紅墮晚春風〔二〕，浮嵐翠滴新晴柳。題襟接席相流連，敘以林泉醉以酒。竹林談笑擬步兵，洛社詩篇繼留守。京華彳亍廿年久，良會不多此其偶。曲水序蘭亭，詩古人風雅。今人師往來，人事遞今古，後之視今亦猶斯。

【校記】

〔一〕『嚴冬友』，青箱書屋本作『嚴冬有』。

〔二〕『墮』，青箱書屋本作『斷』。

青箱書屋本王批

京師友朋之盛，令人回想惘然。一半已登鬼録，可勝泫然。

七古另具一體，妙有情致。

立秋

井梧一葉墮三更，樹杪涼生夜氣清〔一〕。鐙影未闌雞又喚〔二〕，預愁明日聽秋聲。夜月初殘不上鈎，銀河碧落淡悠悠。明朝匹馬千盤去〔三〕，領略邊關一帶秋。時有馬蘭峪之役。〔四〕

【校記】

〔一〕『樹杪』，杏雨草堂本作『檐際』。

〔二〕『鐙影』，杏雨草堂本作『移榻』。

〔三〕『明朝』，杏雨草堂本作『雞鳴』。

〔四〕『時有馬蘭峪之役』，杏雨草堂本無。

通州道中

入秋暑雨歇，柳外送新涼。古戍依流水，嚴城帶夕陽。寒蟬催露急，晚稻散花香。清潞東流去，何時到故鄉？

將抵通州路遇李斗如王步東兩秀才應試北上喜而有作〔一〕

乍試征衫走馬身，鞭絲帽影拂輕塵。陌頭髣髴聞吳語，不道相逢是故人。

【校記】

〔一〕『斗』，青箱書屋本作『豖』。

渡潞河

歷歷千帆上水遲，行人勒馬潞河湄。村墟野店荒雞唱，落日西風喚渡時。

煙郊書所見

溶溶汗粉透冰肌，細葛輕衫適體宜。新雨乍晴門半掩，豆棚花下納涼時。

過桃花寺

左輔雄圖控薊州，鷺花歲歲奉宸遊。自隨翠輦來三月，相别盤山只一秋。予扈蹕暨去秋，凡兩游於此。嵐彩曉添晴旭麗，溪泉遙帶濕雲流。依稀認得桃花寺，行殿崔嵬在上頭。

馬上望盤山

萬株松樹鬱虬柯，面面巉巖壓磵阿。識得盤山真面目，去年曾向此中過。

飛泉

玉峽靈源注，層厓一綫懸。常懷清潔性，何礙出山泉。

旅店聞蟋蟀

蟋蟀對人語，淒淒近五更。山深涼意早，謝爾伴孤清。

宿吉祥庵

亂雲深處古珠宫，禪榻茶煙颺晚風。絡緯吟殘塵夢杳，紙窗斜閃佛鐙紅。
山門兩扇萬峰遮，小院疏籬石逕斜。莫笑道人無底事，迎晨汲井灌秋花。

景泰廢陵

頽雲壓危岡，驚飈起沙礫〔一〕。野鳥空林呼〔二〕，日瘦氣慘戚。四郊虚無人，落葉堆一尺〔三〕。策馬山徑轉，一抔寄寥寂。壞隧翳黄蒿，低塞煙羃䍥〔四〕。返景入蓬顆，狐兔竄瓦甓〔五〕。前朝土木案，青史事歷歷。閹豎竊魁柄，乘輿冒鋒鏑。龍戰入虎口，九鼎試一擲。衆志已瓦解〔六〕，社稷正危亟。得計而居奇，需索百千億。蹇蹇匪躬臣，慷慨建大策。内修政治平，外拒烽煙迫。人心得以安，也先無所獲。一飯三吐哺，齧齒誓報國。隻手扶乾坤，皇天洞昭格。英英神武姿，言聽計從畫。上下同一心，君臣契不隔。憂勤莅政事，中外稱令辟〔七〕。良由知人明，亦以宵旰力。初政實可觀，其後稍堪惜。嗚呼人情常，責備亦何益。然其奠定功，千古不可易。旋乾而轉坤，禍患從此息〔八〕。畢竟迎鑾輿，仍將返沙磧。飲水須知源，刈葵莫狼藉。奈何乘危亡，卒受讒姦惑。奪門以為功，其名亦可嚇。天地為飲血，忠臣竟誅磔。日月懸中天，人間夜寥闃。安得起九原，手刃徐與石。迴頭望金山，坎窞横廣陌。風摇白楊樹〔九〕，蕭蕭尚哀嗌。蒼茫弔荒陵〔一〇〕，夕照來暝色〔一一〕。

【校記】

〔一〕『驚颸』，青箱書屋本作『迴風』。

〔二〕『空林呼』，青箱書屋本作『呼驚颸』。

〔三〕『堆一尺』，青箱書屋本作『響淅淅』。

〔四〕『策馬山徑轉』四句，青箱書屋本作『前登金山椒，極目歎寥寂。蘿薜何紛糾，塞煙自羃䍥』。

〔五〕『狐兔』，青箱書屋本作『蒼鼠』。

〔六〕『前朝土木案』七句，青箱書屋本無，而有『人言景泰窆，吾淚縱橫滴。憶昔正統間，倉皇陷戎狄。此時天人驚』數句。

〔七〕『令』，青箱書屋本作『賢』。

〔八〕『患』，青箱書屋本誤作『悲』。

〔九〕『風搖白楊樹』，青箱書屋本作『白楊多悲風』。

〔一〇〕『茫』，青箱書屋本作『然』。

〔一一〕『夕照來暝色』，青箱書屋本無，而有『慨然思曩昔。夷猶下山丘，感喟發胸臆。暝昏落景斜，慘淡西風逼。明月出枯桑，饑鷹叫空碧』數句。

青箱書屋本王批

如此論古，方為平允。（『良由知人明，亦以宵旰力』）

『然』字有散文氣，須易一字，方入詩格。（『然其奠定功』）

沉着處直逼老杜，非皮相者所知。

秋日病起詒堂竹虛招飲寓齋即席賦贈〔一〕

故友開新釀，頻蒙折柬招。帶因多病緩，馬為久閒驕。池冷荷將歇，泥乾竹欲焦。邇來常止酒，今忽過三蕉。

【校記】

〔一〕『詒堂』，青箱書屋本下有『夢樓』二字。

秋日即事同錢辛楣作

向陽秋筍露微尖，小立蒼苔屐齒黏。對客事先徵石鼎，吟花體易近香奩。茶甘畢竟因泉淡，詩好何曾在韻嚴。恰喜今宵逢二八，早開風幔待涼蟾。

青箱書屋本王批

以晚唐骨仿南宋體，風韻絕佳。此公獨創之境。（『茶甘畢竟因泉淡，詩好何曾在韻嚴。恰喜今宵逢二八，早開風幔待涼蟾』）

聽雨樓對雪用歐陽文忠公聚星堂雪詩韻并效其體

不知天花亂辭萼，夜窗但怪寒威薄〔一〕。重衾壓體如紙輕，蝟縮匡牀夢難作。曉起登樓天已晴，茫茫一色迷寥廓。光芒射眼冷酸鼻，晶瑩愛得朝陽爍。修竹停多頭漸低，老松擎重釵將落。曲室重幃坐擁鑪，綈袍不異衣狐貉。取筆思賡前哲句，屈僵十指難拏攫。乾坤如此安得食〔二〕，忍飢憐彼簷端雀。陋巷亦有行人行，來往縱横印木屩。已卜明年飽麰麥，寸心竊為天下樂。呼童收拾貯甕盎，試茗預備炎天瀹。更念王師掃狐兔，萬竈貔貅屯大漠。我願疾馳下蔡州，渠魁授首縣矛槊。軍門釋甲慶成功，釃酒椎牛恣歡噱。

【校記】

〔一〕「窗」，青箱書屋本作「來」。

〔二〕「乾坤如此」，青箱書屋本作「冰天凍地」。

青箱書屋本王批

此詩比之歐、蘇，似覺更勝，由其思力皆極旺也。

忽然歸結大處，全是杜法，尤妙在末後數韻脚皆如生鐵鑄成，覺歐、蘇俱有趁韻之患。（「更念王師掃狐兔，萬竈貔貅屯大漠。我願疾馳下蔡州，渠魁授首縣矛槊。軍門釋甲慶成功，釃酒椎牛恣歡噱」）

靈巖山館詩集卷十九

聽雨樓存稿

柔兆閹茂（丙戌）

贈别

轉眼花朝淑景融，計程寒食到婁東。緑陰紅雨知何處，人在鷺花十里中。

重過石虎街書窗桃花一株裘大超然麟手植也花開爛漫感賦二首〔一〕

緗朵菲菲淡粉勻，一枝低亞傍牆堙。淒涼細雨胭脂濕，同向春風哭故人。

潯陽江上水潺湲，聞道青楊拱墓田。朝憶種桃人不見〔二〕，亂紅愁殺落花天。

【校記】

〔一〕『麟』，青箱書屋本無。

〔二〕『朝』，青箱書屋本作『卻』。

讀吴梅村先生集書後四首

蓬萊紫海又揚塵，淒絶金門舊侍臣。浣女不知香草怨，隔江還唱秣陵春。

白頭祭酒意無聊，淚灑銅駝滿棘蒿。忍遇東廂舊園叟，夕陽菜圃話前朝。

草間偷活為衰親，絶命詞成飲恨新。香海一抔埋骨後，梅花窟裏弔詩人。墓在鄧尉山下，前豎圓石，書『詩人吴梅村墓』，此先生遺命也。

兒時頻過廓然堂，松竹前賢手澤長。誰料午橋觴詠地，轉頭又見小滄桑。

呈商太守寶意盤先生〔一〕

江山奇秀鬱雄文，萬里旌麾指夕曛。畫壁吟殘吴楚粤，又攜老筆走滇雲。

長慶新聲譜管絃，風懷依舊卅年前。酒旗歌扇前塵事，説著秦淮尚惘然。

南定樓頭日未曛，蠻花妬殺石榴裙。楊郎傅粉狂吟後，風雅於今屬使君。

藤橋鐵杖海雲深，僰道西南畫戟臨。風土百蠻親入記，不煩傳寫到雞林。

【校記】

〔一〕 杏雨草堂本題作『呈商前輩寶意先生』，僅録第二、四首。

蛛網

一番羅織後，觸者牽纏死。肉食而深居，經綸乃若此。

青箱書屋本王批 言之可傷。

蜂房

亦寄人簷下，隨身懷小刺。怪底往來勤，各為戶牖計。

蜨夢

兩兩玉腰奴，宿處花臺黑。薄霧護輕魂，應迷衆香國。

螢火

一星出草茅，莫笑光微細。囊括向經筵，能明先聖字。

慶樹齋少宰方山靜憩圖

石泉淙淙風謖謖，松根有人面如玉。玉泉瑩澈玉山青〔一〕，乃是相門公子新擢天官卿。與君相知歲月久，為君題詞十年後。試問同官機地時，少年狂態猶存否？對君披圖還看君，差喜容顔未老醜。便煩青瑣珥金貂，猶是泥人春月柳。却憶相公開府吾鄉三十年，荀龍謝鳳日夕相往還〔二〕。邇年即在甘泉豹尾間，金閶白門春正妍，夢魂吹落風花天。胡不刻畫棲霞峰頂雲兩角，不則寫出蔚藍十里秦淮船。江草江花堪把覽〔三〕，江南山水足以供流連〔四〕。而乃貌此貞蕤修幹雙蒼龍，禿襟趺坐神沖融。豈知畫師有深意〔五〕，眼底紛紛盡却棄。惟此霜皮黛色青銅柯，拔地參天棟梁器，好為侍郎明遠志。而我與君松下逢，青苔白石時追從。春風酣酣桃李濃，浮雲富貴都虚空。世臣勛戚屬子躬〔六〕，願君家法學相公〔七〕。噫嘻君能家法學相公，後凋視此圖中松。

【校記】

〔一〕『青』，杏雨草堂本作『清』。

〔二〕『往還』，杏雨草堂本作『留連』。
〔三〕『堪』，杏雨草堂本作『足』。
〔四〕『江南山水』，杏雨草堂本作『山川佳趣』。
〔五〕『豈』，杏雨草堂本作『從』。
〔六〕『屬子躬』，杏雨草堂本作『責綦重』。
〔七〕『願』，杏雨草堂本作『期』。

杏雨草堂本王批

靈氣往來。（『却憶相公開府吾鄉三十年，荀龍謝鳳日夕相留連。邇年即在甘泉豹尾間，金閶白門春正妍，夢魂吹落風花天。胡不刻畫棲霞峯頂雲兩角，不則寫出蔚藍十里秦淮船。江草江花足把覽，山川佳趣足以供流連』）筆端如雲龍出沒，不可端倪。（『噫嘻君能家法學相公，後凋視此圖中松』）

望山先生拈聚奎堂壁間原韻作詩遍示同考諸公依韻奉和

詔許掄才眷注深，聚奎堂喜福星臨。斯文自昔關元氣，公望於今重士林。論到先民歸典則，拈餘大筆判飛沈。白頭宰相虛懷甚，四十年來矢此心。

雨後過望山先生齋論文疊前韻

天街雨過杏花深，棘院清嚴喜乍臨。矮屋誰誇珠在握，佳篇應許玉為林。定知老眼原無障，猶恐真才或易沈。重到當年文戰地，三條畫燭尚驚心。

客春相國扈從棲霞道中已面奉今科會試總裁之命闈中談次再疊前韻奉呈

閱歷方知辛苦深，明神肅肅在旁臨。聖朝久已崇經術，實學真堪愧藝林。鳩杖風和春盎盎，龍門鼓寂夜沉沉。才知南國棲霞路，隔歲先縈簡在心。

揭曉前一日相國復以新句留别諸同事即次原韻

臺閣文章重世家，吟成醉墨任攲斜。春風吹遍瓊枝雪，還問當年及第花。

眉嫵從人問淺深，幾回眊氉淚沾襟。九重親奉憐才意，遺卷重搜識苦心。

瑣闈佳話幾番新，報國文章重此身。滿院綠陰他日到，依然前度種桃人。

呈望山先生并謝以所選斯文精粹見貽二首

江關和氣暢魚禽，回首棲霞隔翠岑。推轂功還歸鼎軸，攀轅情更切蒼黔。冰臺朗鑑懸珠斗，霜鬢飛花點玉琴。拜賜豐貂猶懶著，素絲風節凜臣心。

問字曾叨列後堂，正聲此日慮微茫。騷壇終藉扶輪手，俗學今傳換骨方。裴相賓朋依綠野，令公風物愛秋芳。吟餘倦作西園夢，新得平泉號晚香。

白丁香花十二韻

一種多情樹，誰栽綺閣前？葉青雲蹙摺，蕊素玉雕鐫。忽訝深春日，重交小雪天。霜華容借彩，星點許分圓。浥露光逾艷，迎風態倍妍。三生妝雅淡，百結恨纏緜。秀靨渾疑笑，幽姿若自憐。未宜供棐几，只合貼金鈿。絡索珠千縷，玲瓏璧數聯。夜分猶的的，雨過更娟娟。此日勞調粉，他時恐化煙。流芳知有待，不藉杜詩傳。

紫藤花十二韻

滿架龍蛇影，花憑赬玉彫。繽紛攢疊蕚，宛轉綴長條。戶外張朱幄，人間有絳霄。光分霞彩麗，暈浥露痕嬌。弱質須援繫，柔情易動搖。寒衾鋪紺縠，春服翦丹綃。羞頰何時解，酡顔不易消。豔真天所縱，香得客無聊。羃䍦當吟榻，葳蕤廕綺寮。赬虬齊架霧，紅雨下如潮。瓔珞收遺佩，珊瑚問墮翹。廣庭飄落徧，誰解惜瓊瑤？

中酒

半簾殘月轉迴廊，廊角緋桃浥露香。正是春人新病酒〔一〕，蛤蜊菰葉夢横塘。

【校記】

〔一〕『病』，杏雨草堂本作『中』。

雨過

雨過苔痕綠上廳，鑪香漠漠裹銀屏。兒童愛聽離奇事，泥我閒談海外經。

無題八首有序

小樓聽雨，已逼花朝〔一〕；令節禁煙，又逢寒食〔二〕。感韶華之冉冉，悲客思之騰騰。芳信忽來〔三〕，鄙懷益歉；並勞瓊報〔四〕，遠賁雲箋。託美人香草之思，寄鴻爪雪泥之意。愛而不見，我勞如何？紅雨江南，攬玉堂之清夢〔五〕；碧城天上，攀珠樹之瓊枝。寓意無題，寄聲有作。縱使雕金鏤玉〔六〕，無非游戲之詞；庶幾題柳吟花，悉本風騷之旨。

芙蓉城闕夜沉沉，虛幌斜通珠斗臨。刻燭清吟嫌漏短，懷人小夢怕春深。愛聞蘭蕙幽芬氣，愁剝芭蕉宛轉心。袖底暗翻紅豆曲，攜來石上理瑤琴。

玉河新柳碧鬖髿，陌上相逢走鈿車。底處似經蘇小墓，幾時曾降蔡經家？長眉愛掃臨青鏡，短拍工填付紫牙。却向東風小垂手，水晶簾下看梨花。

紅羅密密護瑤房，羽帳雕文百寶牀。一縷心香通碧落，二分眉月照空梁。風前初試宜春服，花下新翻入世妝。摺得同心方勝罷，又拈鍼線繡鴛鴦。

君家河北妾江南，消息多憑青鳥探。翠竹粉新香不斷，綠窗春煖夢初酣。長箋舊恨傳眉語，團扇清詞抵面談。金粉畫圖尋月地，曲闌芳草記春三。

羽衣仙子住層樓，玉宇高寒最上頭。絳幘朝真花爛漫，雲軿訪道骨清修。蕊珠文字人間讀，光碧軒堂鏡裏游。儂本飛瓊經小謫，姓名仍隸鳳凰洲。

消魂時節近花朝，上巳風光倍寂寥。雙燕有情窺繡幙，亂鶯無計款春韶。珠簾乍捲真花落，錦薦慵支好夢遙。懊惱夕陽樓閣外，滿街吹送賣餳簫。

錦屏風外是天涯，解佩他時願未諧。么鳳金蟠如意合，雙鸞玉琢並頭釵〔七〕。相思秋草年年換，獨翦春羅字字佳。心事分明隨皎月，不論遠近墮君懷。

空中尺素報平安，雲際高騫白鳳翰。九子鈴空驚曉夢，五銖衣薄怯春寒。加餐好進青精飯，換骨頻分紫雪丹。料得碧桃花下過，蓬萊秘籍許同看。

【校記】

〔一〕『已』，杏雨草堂本作『又』。

〔二〕『又』，杏雨草堂本作『已』。

〔三〕『忽』，杏雨草堂本作『欲』。

〔四〕『報』，杏雨草堂本作『想』。

〔五〕『攬』，杏雨草堂本作『攬』。

〔六〕『鏤』，杏雨草堂本誤作『縷』。

〔七〕『鸞』，杏雨草堂本作『鬟』。

杏雨草堂本王批

入木三分。（『一縷心香通碧落，二分眉月照空梁』）

龍鳳雙硯引柬曹萊英緒筠心庭璋

褚君貽我硯，其上琢雲龍，意欲與我如彼常相從。曹子贈我硯，其上鐫鳳凰，意欲使我節節足足和聲鳴朝陽。褚子本真龍，曹子即鳳族。我願墨池飛出北溟鯤，翻騰變化，上追摩天門，下隨游海瀆。乃語硯曰：『鳳兮汝莫升天，龍兮汝莫潛淵。使我中書君，躬耕老此二頃之石田。』石不能言，請以臆對：『利見大人龍在田，聖人垂拱鳳鳥至。願君擩豪吮墨，金馬石渠，詠歌盛世。』

雨窗與石亭話舊三首

駒隙流光去莫追，前塵昔夢裹風絲。江楓秋老毘陵驛，可記同舟擁被時？

妙悟何郎痛瘠捐，忍將涕淚灑重泉。遙知宿草秋墳路，雨冷吟魂已十年。謂何十畹芳。

轉頭樂府溯歌場，蓬跡飄零舊酒狂。却憶往時觴詠地，年來松菊已全荒。予幼時與諸君結吟社于弇山草堂。

重游白塔寺作

瀟灑古琳宫，浮圖擢太空。香飄旛影裹，客到磬聲中。廊竹凝煙碧，階苔背日紅。又看禪院菊，開滿去年叢。

鄧尉山樵以便面寫秋林遠岫見寄作此奉謝

老樵愛山貯畫篋，五湖煙翠到眉睫。偶將便面掃林巒，不寫梅花寫楓葉。笑我辭家已十年，夢魂常戀舊溪山。山人出山猿鶴寂，涼月高挂松雲間。波迴嶺複果何處，擬借柴車載家具。平沙葭菼望蒼蒼，竹院三間破草堂。一桁碧嵐橫暮色，半林烏桕冷斜陽。崖巔樓閣空王宅，仿彿鐘聲度清樾。杖藜入谷彼為誰，安知不是眠雲客。路斷溪深喚渡忙，居人泉石成膏肓。臨流不復種桃樹，落花恐又迷漁郎。扇端一點汚墨錯，添出遠峰真不惡。和靖家中客每過，籠閒放出孤山鶴。

題裘二超承獅江帆夜月圖三首

香土東華事有無，江鄉清景費追摹。憑誰喚起王摩詰，重寫名山挂席圖。

溢浦章江接杳冥，扁舟滿眼盪空青。敂舷歌罷滄波靜，定有魚龍夜出聽。

菰蒲望遠已多年，剪取吳淞景宛然。便欲從君書畫舫，畧分清夢到鷗邊。

雨不止作歌五首

太陰司歲功，玄冥挾號令。一雨過三伏，直屆秋之孟。癡蛟肆憑陵，黑蜧恣跳橫。坤軸輘輷飛霆聲，長霤下注雙虹明。碧海波翻掉尾鯨，銀河無底漏玉清。瀧瀧淋淋不復停，徒使孤客羈魂驚。虛窗夜闌對短檠，鐙花暗卜明朝晴。朝晴洵可喜，暮雨愁何極。夢迴淒風攲枕側，疑是月落天光黑，起看屋角雲如墨。

黑雲四起雨勢濃，屏翳叱詫驅土龍。橫流淫潦聲洶洶，長衢曲巷無人蹤。車轍泥濘深數尺，蹇驢牽出力已慵。鞭之不動輒欲臥，四蹏陷淖恒邁邁。擲鞭太息入門坐，西窗話雨誰能從？牀牀屋漏少乾處，頭戴篛笠居齋中。長安小民多力傭，居人那免愁飱饔。

居人尚如此，行人當奈何。予季昨南下，舟發如投梭。津門水程經百折，布帆雲外空明滅。波濤萬頃掣魚龍，浪花蹴碎飛寒雪。同舟賴有素心人，剪燭推篷話離別。君今去矣我獨留，況逢秋雨心淒切。昨傳消息自江南，民間斗米四百錢。

江南歲歲多梅雨，聞說今年雨更苦。江淮之水趨下流，舟行不見白楊樹。邇年河湖經擘畫，巨浸汚萊成沃土。三吳財賦甲天下，煦嘔拊循非小補。此時大火正西流，金穗玉粒宜盈疇。江鄉風景牽予愁，水田漠漠飛白鷗。田家一晴一雨關天意，欲識天心在人事。力穡逢年拜明賜，游民妨耕賈妨農，況乃愁霡動為戾。

去年直省告豐收，小熟大熟書有秋。小民元氣漸充復，九重額慶成天休。今年夏秋交，積陰勢摩盪。南北數千里，河增一丈浪。廬舍半傾塌，溝渠勢漭泱。雖云未成災，水勢已有象。大田刈穫及是時，其雨其雨日怨咨。嗟乎其雨其雨勿怨咨，吾皇調劑優為之。

送楊竹堂出守平越〔一〕

一麾西指萬山顛，蠻郡端資老守賢。舊雨空齋燕市酒，孤鐙小驛夜郎天。馬頭古洞雲成石，龍窟驚灘紙作船。好遂班生投筆願，蘭滄江外正烽煙。

黔陽境接古梁州，輓粟飛芻借一籌。地雜苗夷風近古，時當征調澤應稠。巖疆治本需循吏〔二〕，遠宦天教作壯遊。滿路竹雞嘑不歇，露蝯西去莫回頭。

【校記】

〔一〕「出」，杏雨草堂本無。

〔二〕「巖」，杏雨草堂本作「嚴」。

宋謝文節橋亭卜卦硯歌有序

按《宋史》：疊山先生自信州兵敗，以母老不死，遁入閩中，變姓名，賣卜建陽東門朝天橋亭。是硯，賣卜時故物也，逕一尺，廣半之，厚寸許，背鐫『宋謝侍郎硯』五大字。有程文海銘，取『不食而堅』之義，以首陽高節比公。石質黑黝古澤，歙產也。明永樂丙申歲，閩大水，橋亭漂圮，易為公祠。郡人趙元掘地得之。閲四百年，轉徙至直之津門潮音庵，僧取以支牀，為詩人周月東所得。查儉堂太守有嗜古癖，一見欲之。周曰：『是不可得也，我死當歸君。』後儉堂官西粤，一日郵札至，封題宛然，開函硯在，而周君死矣。乾隆丙戌冬，攜來京邸。酒酣出硯，諸名士各賦贈之〔一〕。嗚呼！是硯，片石耳，孤臣版蕩之思〔二〕、良友死生之誼，有卓然不可磨滅者，是可寶已。

匡山鼎淪宋社屋，建陽孤臣抱硯卜。滄桑劫外硯依然，七朝眼見收殘局。舊蹟朝天易代存，靈潮漂出翠雲根。遜國丙申標漢臘，奇章甲乙重王孫。硯長逕尺珍璠玖〔三〕，賞鑒今推查太守。平生風義故人同，貽自析津周月東〔四〕。名士愛硯抱硯死，封題遠寄榕巢子。良臣肝膽逋臣血〔五〕，千古傷心長對此〔六〕。雪館鐙昏賭酒巵，團坪遺事更誰知。摩挲石丈峻嶒骨，如見麻衣野哭時。先生夙妙靈氛術，廿年前抱先幾哲。五更妖讖杜鵑嘑，海陵氈慘青城月。龍戰玄黃道已窮，明夷用晦爻重揲。後死難孤老母恩，逃名忍附遺民列。長抱區區不轉心，硯與先生兩決絕。南冠逼致老經師，冰雪邊關鬢若絲〔七〕。餓夫自分辭周粟，孝女空慚讀漢碑。佛鐙慘澹孤魂炯〔八〕，碧血模糊病骨冷〔九〕。潛璞埋殘五百年，硯南公北存亡并〔一〇〕。破驛炎荒萬里長，土花繡蝕歙溪良。支龜昔到潮音閣〔一一〕，鶩鶴今翔秋白堂。龍尾四圍蟠古篆，麝熏重襲發新香〔一二〕。銘詞悔託程承旨〔一三〕，官秩仍鐫宋侍郎。硯兮硯兮，汝獨瓦全人已杳〔一四〕，紅絲玉帶應同寶。卻聘書猶今日傳，乞降表免當時草〔一五〕。鐵質宵鏗戰鼓聲，恍提一旅信州城。墨池清淺平如砥，飲恨安仁半江水。君不見西臺如意水雲琴，抱器飄零底處尋？又不見大觀法物經奇厄，德壽芙蓉總陳迹。半壁江山六陵骨，不及趙家一片石。吁嗟乎！終古西山未了青，江東人說謝提刑。故宮忍問冬青樹，銅爵香銷冷舊京。

【校記】

〔一〕『各賦贈之』，青箱書屋本作『賦詩題贈』。

〔二〕『版』，青箱書屋本作『板』。

〔三〕『璚』，《卜硯集》卷上作『瓊』。

〔四〕『貽』，《卜硯集》卷上作『遺』。

〔五〕『臣』，青箱書屋本、《卜硯集》卷上作『朋』。

〔六〕『長』，青箱書屋本作『常』。
〔七〕『邊』，《卜硯集》卷上作『燕』。
〔八〕『慘澹』，《卜硯集》卷上作『古刹』。
〔九〕『模』，青箱書屋本、《卜硯集》卷上作『糢』。
〔一〇〕『潛璞埋殘五百年』二句，《卜硯集》卷上作『殘石拋殘五百年，公北硯南奇節並』。
〔一一〕『昔』，《卜硯集》卷上作『又』。
〔一二〕『新』，《卜硯集》卷上作『生』。
〔一三〕『詞』，《卜硯集》卷上作『辭』。
〔一四〕『人』，《卜硯集》卷上作『公』。
〔一五〕『乞』，《卜硯集》卷上作『歸』。

青箱書屋本王批

平平敘事，自見奇玄，得史公之神。（『周曰：『是不可得也，我死當歸君。』後儉堂官西粤，一日郵札至，封題宛然，開函硯在，而周君死矣』）

筆能扛鼎。（『半壁江山六陵骨，不及趙家一片石』）

嵩陽引壽胡母甘孺人

嵩陽鬱靈素，上有女貞樹。金閨令聞揚，蕙質夙所賦。一解。結褵事君子，及笄歸名門。飛飛雙鳳凰，一旦東西分。二解。庭樹秋槭槭，悲思日以積。家門無次丁，舅姑髮垂白。三解。奉我堂上親，慰彼泉下人。捐軀亦何難，心傷昏與晨。四解。皇天祚明德，一線綿宗祏。嫂氏長養恩，頭角漸岐嶷。五解。崦嵫景已暮，風木催心胸。哀哉北邙坂，枳棘墓門封。六解。皚皚嵩山雲，皎皎嵩山日。青鐙四十載，婦道一以畢。七解。門前蒼松長，孝鳥鳴且翔。王言旌其閭，以樹後世坊。八解。

石筍行

數株石筍臥籬空，瘦削孱颜態驚衆。長者三尋短二尋，苔封蘚蝕青無縫。聞昔江南購致時，鈎聯巨艦千夫送。毁垣闢戶始舁入，瑤館琳窗作清供。下植紅蘭帶雨移，傍添綠篠鉏雲種。春池漾影動魚牀，月榭分陰涼鶴夢。皺透參差畫不如，主人顧盼恒珍重。一朝小劫遇紅羊，園圃荒殘足悲痛。雲根傾倒自何年，半陷泥沙失陰洞。惟餘苦菜驕春風，叢花獨占遺基弄。

石幢行

荒郊有物如柱形，削成六面鐫真經。沙門昔置詶流俗，護以朱欄覆以亭。帝釋如神感必應，辟除邪祟朝仙靈。衆生結願奉持者，不徒懺罪兼延齡。癡男騃女走相告，漸至卿士俱悚聽。金錢佈施等山積，車馬雜遝無時停。誰知陵谷忽遷易，殿宇傾圮僧凋零。古井闌移土花赤，齋堂砌斷秋苔青。獨餘此幢屹然在，時有好事搜殘銘。傳聞往往昏黑夜，鬼鐙來去常熒熒。

石人行

荒荒落日挂枯木，翁仲無言立巖陸。不知前代何人墳，碑碣不存丘壟禿。玉魚金虎諒消沈，蒼鼠文貍常出伏。年年寒食棠梨紅，拜掃只聞鄰冢哭。族氏勳名杳莫詳，徒留此物傷人目。相傳歲久漸精靈，風雨宵昏走林麓。有時出掠雞犬食，血點淋漓汚袍服。往往夔魖罔兩輩，附木憑風居聚族。時聞疾病鄰村人，禱請弭災更祈福。酒漿滿地紙錢飛，古月如丸墮煙綠。

童梧岡長沙使至復書並寄

十年兩制總同官，軍機、翰林即古之兩制。臭味分明浹古歡。紅燭禁垣鐘未動，白榆絕塞月初殘。人隨歌舞如花散，雁落瀟湘賸影寒。珍重臨歧酬別語，前塗風雪正漫漫。

殘雪四首

天花一夜灑人寰，晴日門庭屐往還。疎木之中皆白屋，斜陽以外少蒼山。園亭尚幸瓊枝在，丘壑誰將粉本删？檐角南柯牆脚蘚，春痕已動有無間。

平明步屧入園門，漸次坡陀露樹根。淒楚玉容經冷落，頽唐鶴髮少溫存。開牕尚認殘蟾白，流水新添斷磵渾。一曲陽春酬郢客，璵璠收拾滿乾坤〔一〕。

誰折瑤華寄好音，書齋博得伴幽吟。迎陽終覺門如水，隔竹遥疑鶴在陰。白眼有人偏晤對，素心何處試追尋？深居冷淡由來久，一種冰懷怕熱侵。

聞說前溪路漸通，梅花消息訪鄰翁。寒銷酒庫三竿日，跡屏書堂一面風。昨夜已看危磴瘦，今晨全出小闌紅。殷殷情切人間世，潔退仍留澤物功。

【校記】

〔一〕『璵璠收拾』，青箱書屋本作『珠塵瑟瑟』。

靈巖山館詩集卷二十

聽雨樓存稿

強圉大淵獻（丁亥）

上元鐙市曲十首

東華門外上元時，五色鐙然百萬枝。畫閣朱樓簾盡卷，春寒料峭不曾知。

流蘇五彩綴檐牙，陣陣香塵走繡車。始信玉京天不夜，金枝紅徧萬人家。

燮理微憑點綴功，不徒事此慶年豐。人間寒沍陰凝氣，銷盡魚龍影戲中。

九微鐙影一聲歌，檀板銀箏簇綺羅。南北兩廂齊競勝，誰家樓下聚人多？

珍奇羅列市三條，銀燕金皃處處燒。始識昇平原有象，滿城簫鼓輒連宵。

棽麗珠綴玉蟬聯，鐙樣新奇勝去年。一顧朱門聲價重，大家爭購不論錢。

襹褷青鳳絳雲攢，膏購嵰峈細束難。無數游人爭入寺，侯門新施繡旛竿。

相逢立馬大橋頭，年少豪門作夜游。何處徵歌謀一醉，玉鞭遥指望春樓。
踏鐙新試牡丹韉，笑語門前姊妹偕。更漏漸深人漸少，好乘明月走天街。
拈豪自拂剡溪藤，詩未吟成硯已冰。如此尚孤佳節否，一窗梅月一書鐙。

雅瑟詞

朱絲碧桐含清芬，三尺六寸有六分。高齋見之意肅穆，金徽隱隱羅星文。此器人間已無譜，餘音只憶湘靈鼓。淅淅寒霖嫋嫋風，洞庭波涼雁聲苦。時遷人往迹空遺，拂拭怦然有所思。誰憐置散投閒物，曾奏明堂清廟詩。

古碑歎

破廟無門風不歇，萬樹松花灑黄雪。庭隅斜照蘚斑斑，龜趺入土碑三截。拂拭子細看，銘誌半磨滅。歲月無由詳，撰書名兩缺。斷續百餘字，結體整而潔。核其波磔間，依稀虞與薛。可惜希世珍，無人知玩擷。歐陽暨趙洪，記録失登列。即此推物理，小大同一轍。莽莽乾坤内，埋没詎勝説。珠生滄海那全搜，玉在藍田寧盡抉。思之思之心藴結，誰持此石鐫石碣？

貧士吟

江城三日雪霏霏，有客雙扃白板扉。竈突無煙甕無米，淒涼坐擁青氈衣。殘年何處謀升斗，躡屐衝風詣親友。不慣低颜訴向人，幾番欲語終緘口。薄暮依然徒手回，琴牀硯席吹浮埃。清茗一盂鐙一琖，瓦瓶吟對梅花開。

寒女詞

桃實初蕡梅已摽，寒女深居人未曉。悅礼明詩操作工，只餘阿母憐嬌小。東鄰嫁女歲纔周，已見歸寧抱阿侯。西鄰小妹年十四，又說冰人來問字。阿母相看常惘然，蹉跎吉日復經年。蹇修叩門忽致語，昨日襄陽來大賈。爾若能趨時世裝，不吝金錢便相取。寒女殷勤笑相謂：雞逐雞飛各從類。女蘿平地微賤姿，無因結託珊瑚枝。

獨樹歌

一樹亭亭拔巖麓，宛似高人愛幽獨。儘多古榦排飈輪，賸有孤根通地軸。奇姿堅質蒼龍皮，雪霜凛冽渾不知。如此大材宜廣廈，應待人間有力者。千尋直欲入青雲，十畝盡教成緑野。未知生長是何年，槭槮遠聽疑縣泉。夏日炎歊金石鑠，緑影如雲常漠漠。豈獨堪棲飛鳥爭，並看得蔭行人樂。我欲樹傍置石亭，歸來無事坐繙經。只愁一旦生煙霧，忽化靈槎天上去。

廢園吟

城西偶入舊林亭，徑草階苔一片青。朱竿半脱荼䕷架，畫檻斜傾芍藥廳。此間本是豪家屋，湖有虹梁垞有竹。蛺蜨春深繡幙穿，鴛鴦水煖銀塘浴。石扶月榭碧千尋，花護雲房紅一簇。忽值殘秋風怒號，荒涼滿地落松毛。無復珠鐙千琖艷，空餘石筍半牆高。交榦紅桐金甃井，一泓冷浸秋雲影。離離鵪蝨滿花臺，箇箇蝸牛延石鼎。圖畫依稀金粉人，煙波想像笙簧艇。無限傷心何處論，涼風薄靄欲黄昏。栖鴉返樹遊人去，頭白鄰翁為鎖門。

羈旅吟

水洄洄，山疊疊。纔離短轅車，又上衝波艓。山城干謁投故人，故人前月向天津。進已無門退不得，春花春鳥偏傷神。一廛僦居湖上廟，失計翻遭頑僕誚。土屋牆穿見樹來，風窗紙破疑梟嘯。猶喜春殘典有衣，擔書襆被且旋歸。兼程日暮無鐙火，徑仄溪斜路相左。更深方得見田家，借宿殷勤蒙許可。擷蔬淅米具盤飧，老翁卻坐道寒溫。籌鐙相對酌村釀，備述家園睽隔況。坐傍小女聞客詞，問客如何是別離？

廚娘曲

衫裁輕紵釵縷銀，年未三十饒丰神。名都豪貴新聘取，善向庖廚鍊八珍。饌玉炊金供一飯，一物新奇錢累萬。熊掌駝峰何足多，咄嗟所貴羹湯辦。片時合意賞賜殊，朱提漸漸充私帑。便爾辭歸作家計，花下當壚張酒肆。

送遠操

前程千里復萬里，相送君行從此始。隱隱斜陽側側風，布帆一葉浩煙水。遠游終勝在家貧，況復天涯若比鄰。但得男兒伸志願，何為齷齪戀交親。行矣秋光明似畫，他時欲見無難會。因風有夢可相尋，知君只在千山外。

失釵怨

釵頭瓏璁尾合股，一雙盡結同心縷。良人昔日定情時，玉鏡臺前親贈與。感戴何曾片刻離，髻鬟百葉雅相宜。常聞彩伴私稱羡，匠手精奇價不貲。園亭入夜看蟾魄，匼匝花叢春徑窄。歸向妝樓待卸頭，驚心只見鴛鴦隻。移鐙依舊出重門，月滿瑤階杳無迹。似有風枝掠鬢邊，亦曾羅袖翻簾隙。自尤自悔自猜疑，珠淚盈盈情脈脈。一物雖微恩義深，無端脱落恨難禁。渾如玉蝀風前散，宛似銀瓶井底沈。歸來幾度興長喟，夢怯魂驚難割愛。平明急起索金錢，遣婢橋頭打瓢卦。

張樂詞

絳蠟幢幢立彩虹，羅屏繡幙圍春風。西園公子作清宴，蘭堂貼地氍毹紅。小隊吳伶俱稚齒，玉笙金管調宮徵。啾啾七十二鴛鴦，翔戲銀灣曙煙裏。轉調琤琤小忽雷，頹雲凝碧吹晴開。纓鈴鈿扇姍姍去，麟帶蟬衫嫋嫋來。綠醽百徧遭觥罰，蓮漏水乾曾不歇。歸臥塘東走馬樓，梨花一帶飄香月。

對酒詞

造物由來於我厚，萬卷蠹叢儘消受。到處花前開笑口，欲挽天河作春酒。今日復何日，韶華百態新。溪山既明麗，竹樹尤精神。流連當前景，慨念現在身。所幸不曾為古人，古人往矣成寒燐。又幸非復是後人，後人茫然猶幻塵。今我得為我，冥冥豈無因。常招歡伯共陶寫，醉鄉日月何瀟灑。無秋無冬無春夏，相逢盡是忘憂者。但得樂相樂，安問才不才。浮榮與浮利，於吾何有哉。一石徑醉，五斗解酲。千秋萬歲，以酒為名。玉山頹兮不得去，當戶花枝索新句。

牧牛詞

草淺淺，牧牛遠。朝東岡，暮西坂。敗蓑破笠遮雨風，牛瘦任咎肥無功。歸掃牛欄驅牛入，腹飢欲死不敢泣。生菹白粥纔霑脣，又聞主人呼徙薪。傭身自笑等奴輩〔一〕，何事牽牛名，乃列二十八宿内？

【校記】

〔一〕『輩』，青箱書屋本作『婢』。

捕魚詞

芙蓉落盡秋江冷，漁父爲家僅舴艋。捕魚不論西與東，但有逆水無逆風。笭箵已滿舉家喜，小者充庖大易米。江湖生長少朋儔，男婚女嫁俱鄰舟。岸上聞多離別地，尺素常憑雙鯉寄。網得鯉魚因放生，腹中恐有相思字。

青箱書屋本王批

奇絕之句。（『但有逆水無逆風』）

奇絕之思。多情語以奇思出之。（『岸上聞多離別地，尺素常憑雙鯉寄。網得鯉魚因放生，腹中恐有相思字』）

射鴨詞

野塘秋雨過，風輭波粼粼。鴨媒褷褷羽，哀鳴求其羣。菱絲菰米雞頭葉，同類飛來相唼喋。潛機一發竹枝弓，雙翅忽投平碧中。嗚呼！君不見世上同氣多嫌猜，何獨秋來射鴨媒？

伐木詞

帶索出門天始曙，蒼厓芟斫槎枒樹。坎坎數聲衣盡霑，振落高林夜來露。竹擔兩束賣入城，糴得桃花米五升。餘錢向市沽白墮，去祀山神神福我。蛇虎不逢薪易售，山路崎嶇何足憂。采樵不采桐與竹〔一〕，留待丹山鳳來宿。

【校記】

〔一〕『樵』，青箱書屋本作『薪』。

養蠶詞

桑努青芽如鳥觜，春風幾日蠶生紙。暖房新粉泥未乾，一月忌人門不啟。紅鐙綠酒祀蠶娘，但祈蠅鼠無相妨。已過三眠蠶漸老，時向空庭曬蒿草。侵晨開箔小姑忙，團團新繭凝寒霜。茅廚水煮掉車轉，繅出冰絲肱力輭。生綃日織不停機，知作何人新嫁衣？

打麥詞

大麥黄，小麥黄，麥尾垂垂如箒長。婦姑腰鐮獲南畝，犢車運歸土門口。上場打𪑛趁晴日，陰雨儻來芽昜出。拍拍連枷聲不停，明日輸官詣縣庭。去歲歉收租未竟，催帖到門鈐赤印。賣薽納補無薪燒，林鳥妄言婆餅焦。

采茶詞

穀雨欲來茗芽吐，一旗纔展半槍露。山家女兒結隊行，銀釵布服穿雲去[一]。暮歸曉出不盈筐，家中已到販茶商。傳説欲增茶戶賦，行見官文榜村路。

【校記】

〔一〕『去』，青箱書屋本作『出』。

賣花詞

日日賣花花自種，筠籃竹擔香相送。深巷平明喚一聲，驚回多少紅樓夢。傍人莫笑所業微，姓名到處女郎知。一花纔了一花績，賣花贏得看花福。私幸生涯勝力田，官家不稅賣花錢。

題出塞圖為徐蒸遠步雲中翰作〔一〕

玉關三載客，見畫尚堪愁。旅夢迷荒嶂，霜髭冷暮秋。斗旋人北去，風急水西流。誰說書生弱〔二〕，沙場已再遊。

【校記】

〔一〕『步雲』，青箱書屋本無。

〔二〕『說』，青箱書屋本作『識』。

青箱書屋本王批

起勢超忽。（『玉關三載客，見畫尚堪愁』）

題董東山師所藏郭河陽關山行旅圖

書生本無經世志，奇服遠遊快幽意。袖底常攜五岳圖，偶向人間作遊戲〔一〕。東山先生老畫師，手出河陽畫相示。有山巉巉水濺濺，車輪馬蹏相後先。嘒嘒鳴蟬集古寺，蕭蕭落木飛平田。氊衣席帽逗人影，野風吹面酒初醒。遙峰天際攢玉簪，斜日林梢挂金餅。其後追隨僕與奴，幼者垂髫老白須。肩擔手提各有物，一琴一劍一箱書〔二〕。穿霄削壁懸寒瀨〔三〕，去路茫茫生暮靄。白塔紅亭綠樹尖，戍樓驛館汀沙外〔四〕。飛禽沒處見山城，一抹浮雲與堞平。旌旗慘淡秋色裏，風來髣髴聞笳聲。不知此地果何處，恍見夢中熟經路。梁苑春殘策馬行，秦關月落聽雞度。自從挾策辭衡茅〔五〕，裹足不復重打包〔六〕。晴窗對此發遐想，邇日真類風中匏。萬峰周遭著一我〔七〕，行李蒼黃馬駊騀。水複山重夜雨時，一點愁紅村店火。

【校記】

〔一〕『書生本無經世志』四句，青箱書屋本作『笑予慷慨有大志，妻子田廬那注意。年年行旅繪為圖，聊代生平作遊記』四句。

〔二〕『一琴一劍一箱書』，青箱書屋本作『橐囊笥篋琴劍書』。

〔三〕『穿霄』，青箱書屋本作『千尋』。

〔四〕『汀』，青箱書屋本作『平』。

〔五〕『挾策』，青箱書屋本作『薄宦』。

〔六〕『足』，青箱書屋本作『腹』。

〔七〕『周遭』，青箱書屋本作『深處』。

青箱書屋本王批

起勢崚嶒，疑從天降。（『笑予慷慨有大志，妻子田廬那注意。年年行旅繪為圖，聊代生平作遊記』）

詩中敘事最難，治每于此三致意焉。公舉重若輕，固是功深，亦由才大。（『其後追隨僕與奴，幼者垂髫老白須。肩擔手提各有物，橐囊笥篋琴劍書』）

為畫傳神，妙有遠韻。（『白塔紅亭綠樹尖，戍樓驛館平沙外。飛禽没處見山城，一抹浮雲與堞平。旌旗慘淡秋色裏，風來髣髴聞笳聲』）

篇中馳騁萬端，而首尾相顧，其猶龍乎！（『自從薄宦辭衡茅，裏腹不復重打包』）

首尾相顧，是七言真血脈，時賢知此者蓋罕。（『萬峯深處著一我』）

閏七月

星橋依舊鵲填河，綵幙從新瓜果羅。此夕靈期還巧合，他年密誓更蹉跎。五絲再綰同心結，百子重翻連愛歌。添卻紅樓思婦恨，西風無語又停梭。

題扇有寄四首并序〔一〕

涼生槐閣，溽暑將闌；露滴桐枝，新秋乍引。盼佳人兮天末，悵遠道以濼湄〔二〕。張緒風流，舊是靈和之種；宗之瀟灑，皎如玉樹之年。粉署蟬冠，迴翔雞樹；屬車豹尾〔三〕，供奉鸞坡〔四〕。僕也佩紉茝蘭〔五〕，盟深風雨〔六〕，吟賡彩筆，調叶瓊琴〔七〕。每西園接席之餘，作南浦銷魂之句。眺塞垣之紅葉，已滿千山；吹碧落之金風，正逢七夕。思君永夜，即景抒豪〔八〕。偶寫墨梅一枝，綴以長言四律。報瓊箋于塞上〔九〕，即當落月之吟；攜紈扇於袖中，勿作秋風之棄〔十〕。

暮雲重疊滯秋陰，一夕征鴻託遠心。黃葉聲中頻削簡，玉堂深處記題襟。瓊樓望斷金波影〔十一〕，銀漢光橫珠樹林。咫尺飈輪飛不到，碧城青鳥信沉沉。

天山銅柱勒奇勳，雛鳳新聲迴不羣。自到西窗同翦燭，每依北斗感停雲。秋風香草思公子，繡被湘絃憶鄂君。莫道神仙容易近，幾人曾共挹清芬。

暴衣樓外露華零，颯拉秋聲不暫停。金勒長原驕試馬，珠簾小閣暗流螢。合歡空復攜團扇，好夢何當隔畫屏。鵲渚星橋頻悵望，有人此夕拜雙星。

銷魂殘柳罥寒煙，遠塞攀條意惘然。才子年華思錦瑟，夕郎風度艷金蟬。邊城霜信清笳急，客館秋懷錦字傳。團扇影如今夜月〔十二〕，相思一度一迴圓〔十三〕。

【校記】

〔一〕青箱書屋本題作『寄友人塞上四首』。

〔二〕『悵』，青箱書屋本作『思』。

〔三〕『豹』，青箱書屋本作『貂』。

〔四〕『坡』，青箱書屋本作『臺』。

〔五〕『佩紉茝蘭』，青箱書屋本作『職愧攀龍』。

〔六〕『盟深風雨』，青箱書屋本作『心殷附驥』。

〔七〕『吟賡彩筆』二句，青箱書屋本作『素叨雅契，幸溯光塵』。

〔八〕『豪』，青箱書屋本作『毫』。

〔九〕『瓊』，青箱書屋本作『小』。

〔十〕『秋』，青箱書屋本作『西』。

〔十一〕『瓊樓』，青箱書屋本作『美人』。

〔十二〕『團扇影如』，青箱書屋本作『玉杵峰頭』。

〔十三〕『相思一度一迴圓』，青箱書屋本作『别來曾照幾回圓』。

青箱書屋本王批

此題或當另製，以深隱為佳。（『寄友人塞上四首』）

『琅琊王仲輿，終當以情死。』（『張緒風流，舊是靈和之種；宗之瀟灑，皎如玉樹之年』）

含詞宛轉，想見風流。（『報小箋于塞上，即當落月之吟；攜紈扇於袖中，勿作西風之棄』）

此人令我遐思。（『天山銅柱勒奇勳』一首）

公其庾蘭成乎！（『暴衣樓外露華零』一首）

如此方當得『多情』兩字。（『玉杵峰頭今夜月，别來曾照幾回圓』）

閏七月既望過芷塘寓齋會王大蓬心至小飲接葉亭月下放歌

碧空雨洗天如拭，夕照西林滿秋色。此時愛君池上閒，相對無言坐磐石。一庭暮景藹蒼蒼，幾樹枯槐響策策。誰與剝啄到雲林，開門識是王蓬心。主人愛客客不速，石几筠簾拂素琴〔一〕。雲浮浮兮山之木，玉缾瓷琖傾醽醁。須臾返照入深屏，明月飛來墮酒醁〔二〕。桂黄露白煙草碧，動我一片鄉園情。吾鄉今夜秋正好，銀鐙畫舫笙歌繞〔三〕。況逢閏歲百年難，乞得天孫兩回巧。香溪溪邊煙水斜，青罨上下漁莊小〔四〕。五湖舊有草堂存，心戀慈暉同寸草。西風砧杵玉樓寒〔五〕，香霧煙鬟鬢絲老。可憐滿眼望扁舟，只是關心看斗牛。青年不知重離别〔六〕，豈知客裏增煩憂〔七〕。慨然洗琖更引滿，今我不樂歲月遒。君不見亭中題句墨猶新〔八〕，小劫分明易主人。西崖老去南華死，又遣風光屬吾子〔九〕。

【校記】

〔一〕『石几筠簾』，青箱書屋本作『清簟疎簾』。

〔二〕『鎗』，青箱書屋本作『鐺』。

〔三〕『銀鐙』，青箱書屋本作『珠簾』。『笙歌』，青箱書屋本作『銀箏』。

〔四〕『青罨上下』，青箱書屋本作『青林林外』。

〔五〕『五湖舊有草堂存』三句，青箱書屋本作『白雲深處是吾家，浩蕩春暉憶春草。金閶拜月玉樓人』。

〔六〕『青年不知重離别』，青箱書屋本作『當時出門懷壯志』。

〔七〕『客裏增』，青箱書屋本作『老大仍』。

〔八〕『句』，青箱書屋本作『識』。

〔九〕『又遣風光屬吾子』，青箱書屋本下有『世上浮名好是閒，相逢有酒不須還。不信但教樓上望，西風砧杵滿長安』數句。

青箱書屋本王批

一起超然。（『碧空雨洗天如拭，夕照西林滿秋色』）

太白耶？東坡耶？元、白耶？温、李耶？情至文生，吾不能名矣。（『須臾返照入深屏，明月飛來墮酒鐺。桂黄露白煙草碧，動我一片鄉園情』）

音節悽惋。（『君不見亭中題識墨猶新，小劫分明易主人。西崖老去南華死，又遺風光屬吾子』）

秋日同人集劉竹軒寓小飲

當筵惆悵思無窮，況復清光滿綺櫳〔一〕。南菊開時人易醉，西園集後畫難工。鐙前促膝看浮蟻，天末呼羣感塞鴻。曲宴未終涼月落，又愁花影過牆東〔二〕。

【校記】

〔一〕『櫳』，青箱書屋本作『籠』。

〔二〕『過』，青箱書屋本作『上』。

題陸葵霑先生吳淞歸棹圖

吳淞半江水，莎草美且蒨。中有幽居人，浪跡混漁佃〔一〕。向讀江湖散人歌，心儀其人不予見。江頭閒卻舊扁舟〔二〕，寂寂落紅春萬片。先生系出天隨後，瀟灑風襟世無有。廿年漂泊孝廉船〔三〕，幾句新詩在人口。春來夢落故江邊，一帆風直江南天。中年自爾宦情薄，矧有令子才名賢。荒村老屋蔽數椽，屋旁尚有桑麻田。緯蕭風急篷窻臥〔四〕，掉頭一去真神仙。余家丙舍傍菉葭，紫花瀨淺卞峰遮〔五〕。自從騎驢走京邸，蒼茫歸計今猶賒。甫里郙，松陵渡，紅蓼白蘋秋欲暮〔六〕。水國煙波引客思，擬搖急艣圖中去。

【校記】

〔一〕『漁』，杏雨草堂本作『魚』。

〔二〕『扁』，杏雨草堂本作『漁』。

〔三〕『漂』，杏雨草堂本作『淡』。

〔四〕『窻』，杏雨草堂本作『底』。

〔五〕『瀨』，杏雨草堂本作『灘』。

〔六〕『秋』，杏雨草堂本作『春』。

棄婦詞三首

結髪字君子，二八顔如花。蛾眉山潑黛，風度何窊窊。初七及下九，灼灼揚其華。聘以金鈿合，載以油壁車。春風卷珠箔，夾路鼓吹譁。紫絲結步幛，明璫簇笄珈。入門嘉儀合，共道新婦佳。十年修内職，黽勉力持家。君心石不轉，妾心璧無瑕。兔絲附女羅，白首未有涯。

白首不可期，恩情一朝變。猜恨幾時生，寂寞何由遣。羅襦不復施，撿索不獲展〔一〕。下堂一迴顧，已覺萬里遠。習習谷中風，吹我樹上繭。汀草綠已繁，林花露猶泫。燕鳥依北枝，越鳥巢南苑。薄命分所甘，齊心理誠善〔二〕。涼月白紛紛，庭虛而情滿。棄置復何言，餘恩但繾綣。

棄捐勿復道，溝水東西流。秋月與春花，處處增繁憂〔三〕。君家翠微畔，迢迢有高樓。樓上何所有，珠箔珊瑚鈎。感君鄭重意，貯妾樓上頭。殷勤繡大士，為君壽千秋。知君無他意，是妾命不猶。滅燭古所戒，行露衆所羞。猜嫌始微渺，致此將誰尤？垂聲謝後世，切勿自專由。

【校記】

〔一〕『撿索』，青箱書屋本作『檢素』。

〔二〕『齊』，青箱書屋本誤作『齋』。

〔三〕『繁』，青箱書屋本作『煩』。

青箱書屋本王批

詞旨和平，意思纏綣，而徵材選句，俊偉陸離，在魏晉樂府中亦是傑作。（『結髮字君子』一首）

忠厚之旨。（『棄捐勿復道』一首）

小游仙詩三十首

讀書堂寄浣花村〔一〕，一樹梨花一酒尊。為赴幽期乘夜出，白雲看榻鶴司門。

羣仙春宴集蓬瀛，馭鳳驂麟不計程。我欲海天看曙色，獨從鼇背踏雲行。

小憩西池王母家，千年一度落桃花。隨風陣陣淩空去，不化春泥化曉霞。

千尺紅雲作毯鋪，醉邀玉女賭投壺。兩番鳳策聯華勢，贏得金箱五嶽圖〔二〕。

鸚林鹿砦帶虹橋，橋上飛亭壓海潮。縣圃春來無別草，淺藍煙影玉生苗。

常笑周王八駿遲，鎬京數日到瑤池。似儂小立飛鵬背，九萬雲程瞥眼時。

玉女牕扉敞畫樓，捲簾坐看海天秋。閒中擫笛吹明月，飄落梅花滿十洲。

為論靈樞秘笈文，瑤臺詰旦會茅君。雙成手執青鸞尾，夜向金梯掃凍雲。

清修私幸未蹉跎，免向人間喚奈何。薄有花前煩惱事，弈棋輸酒博輸歌。

仙山不負好春時，月榭雲廊花萬枝。玉女環持蟬雀扇，乞書舊日早朝詩。

罡風浩浩揭窗櫺，金鳳雙銜九子鈴。仙境高寒仍小住，愛看海色一樓青。

宴賞瀛洲曲未終，沈酣歸去跨長虹。幾時方返人間世，足底扶搖九萬風。

青山疊疊水重重，游倦還家睡易濃。怪底人間霖雨徧，夜來飛去石堂松。

金作飛甍玉作梯，扶桑東畔構樓栖。五更起聽潮雞唱，笑指紅輪出向西。

寶鼎凝香勘水經，輕裘新製鸘鷞翎。嗛山明日看紅雪，仙吏搴雲結幔亭。

玉山禾出翠茸茸，洞裏居人也務農〔三〕。數頃白雲耕未了，溪僮侵曉起呼龍。

韻譜唐時本最優，彩鸞曾許繕相投。移花海岱雲深處，為結神仙寫韻樓。

百尺靈槎八月乘，漸高風力似生稜〔四〕。星妃無復湔裙會，銀漢秋涼已有冰。

五夜仙官奉敕文，白榆須種障朝曛。九天自古無泥土，只斸深深數尺雲。

姓隸天衢列宿名，好看膏雨布青冥。蒼龍白虎非吾伴，愛傍紅鸞是喜星。

珠樹瓏璁日上初，五雲樓閣繞春渠。玉籤十萬蟠朱篆〔五〕，盡是人間未有書。

驂鸞醉入月中遊，夜半霓裳舞未休。丹桂著花長不落，廣寒宮獨四時秋。
相倩巫咸下九閽，下招屈宋馬班魂。離騷史傳多疑義，盡日雲窻與細論。
散花天女彩雲環，六六分行各兩班。手灑白梅千萬片，看飛玉蝀到人間。
碧海春來得寄居，白榆岸畔構精廬〔六〕。團花作餌閒垂釣，掣出琴高跨去魚。
翠霞簾幙玉鈎銜，吉月通明進寶函。神雀頌成深稱旨，殿前敕賜鳳凰衫。
搢笏鸞坡侍從臣，退朝雙鹿曳金輪。天街無土難生草，三月將殘不見春。
碧落游行鶴導前，九霄環佩曳祥煙〔七〕。春星摘取三千萬，歸贈知交作酒錢〔八〕。
迢迢雲漢只長天〔九〕，隔岸來尋紫府仙。不用虹梁架秋水，芙蓉一瓣當舟船。
仙樂將成夕靄霏，酒涼惟恐礼相違〔一〇〕。芙蓉五色鐙千盞，導我先騎彩鳳歸。

【校記】

〔一〕『浣花』，青箱書屋本作『石湖』。
〔二〕『金』，青箱書屋本作『巾』。
〔三〕『也』，青箱書屋本作『總』。
〔四〕『似』，青箱書屋本作『水』。
〔五〕『蟠』，青箱書屋本誤作『幡』。
〔六〕『白榆』，青箱書屋本作『星河』。
〔七〕『九』，青箱書屋本誤作『太』。
〔八〕青箱書屋本此首與下一首位置互換。

〔九〕『只』，青箱書屋本作『亘』。

〔一〇〕『涼』，青箱書屋本作『深』。

青箱書屋本王批

古今絕唱。

夙世仙緣，今生仙骨，方能道得出仙家情事如此。

奇絕。（『金作飛甍玉作梯』一首）

公每有寒絕之句，令人肌膚起粟。（『百尺靈槎八月乘』一首）

奇思至此，令人叫絕。（『相倩巫咸下九閽』一首）

可謂富貴神仙矣。（『仙樂將成夕靄霏』一首）

集夢堂司農獨往園為查儉堂太守題入蜀圖即送之官寧遠

西風葉落攪離愁，雪棧千盤尺幅收。自古詩人都入蜀〔一〕，于今良會正中秋。風期盡此一杯酒，霜鬢何當萬里遊。難得行蹤隨杜老，劍州君去我秦州。時予將赴隴右。

【校記】

〔一〕『都』，青箱書屋本作『多』。

靈巖山館詩集卷二十一

莽心漫草

初發都門宿良鄉旅館竟夜大雪不寐偶成

行蹤去及雁迴先，冰滑風嚴馬怯鞭。宦海安心嘗冷味，田家占候識豐年。寒禁茅店難圓夢，歸續梅花未了緣。十二瓊樓天一色，不知何處著神仙？

過雄縣訪王四應亭道亨明府並晤曳星文亨瀛上遇亨三昆季蒴鐙話舊即席賦贈

銀塘柳暗喚提壺，夜雨聯牀侶不孤。同拜西銘聽講易，並叨北郭濫吹竽。夢迴瓊島鞭摧鳳，花滿琴堂舄化鳧。小别十年青鬢改，重言舊事總模糊。

夜行趙北口

雲沄沄，月昏昏，冰堅雪凍白一痕。犬聲如豹吠水村，夜市無人深閉門。縷隄灣環抱清淀，衰柳千株萬株拂我面。風稜砭骨霜刻膚，搖漾鞭絲舉手戰。狐裘直比葛衣輕，驢鐸淒咽荒雞鳴。茅店酒旗望無影，僕夫告予譙鼓打四更。嗟予勞勞苦行役，少壯景光擲可惜。敲門投宿星月殘，土銼無火廚無餐。

德州旅舍夢還家醒而有作二首

入門喜見白頭親，一枕南柯境逼真。忽被荒雞啼夢破，殘燈仍照異鄉身。

轣轆車聲客緒紛，青山一髮近南雲。不知襆被還山日，老屋梅花放幾分？

濟南試院謁房師大理少卿張墨莊若溎先生款留信宿敬呈二律

龍眠門望舊儀型，試院簾垂積雪扃。風凜鐵冠司北寺，手提珊瑚截東溟。涵濡雅化期千古，陶鑄鴻才首六經。幾日弦歌聲在耳，春迴岱嶽放遙青。

席帽秋風入洛時，青袍如草拜經帷。玉溪章奏曾親授，嶽麓淵源自得師。高第盛名國士遇，寒燈閒話故園思。今宵官閣追前事，慘綠門生鬢已絲。

泛舟大明湖

清濟貫華泉，伏流忽迸出。激而為珍珠，噴而為豹突。北郭瀦淨池，濠梁境恍惚。魚鳥往無違，淼淼雲泉窟。信宿滯名邦，清遊興飛越。招招喚小舟，一葉似精室。蕩槳放中流，水木澹明瑟。此時冬已盡，陽和透景物。波間春信迴，綠意新萍活。兩點鵲華山，煙霧半迷滅。攬勝歷下亭，裙屐風流歇。名士久星散，繼聲鮮奇崛。詩人漁洋翁，句成矜擊鉢。恨我生後時，未獲奉翦拂。長吟秋柳篇，飄飄帶仙骨。大雅嗣音誰，俯仰增忉怛。宿鳥投深林，玉缾酒已竭。蒼茫暝色赴，歸思極天末。咿啞柔艣聲，搖碎鏡中月。

泰安道中雪

倚天嶽勢矗嶙峋，釀雪輕陰漸作春。袖底泰山雲一片，攜回秦隴布甘霖。時聞隴西大旱。

蒙陰曉發

馬蹴塵影惜悤悤，目斷吳頭幾點鴻。晚店酒醒殘雪後，曉程夢落亂山中。飛蓬捲地嗟途遠，爆竹喧天喜歲豐。客緒亂如隄畔柳，任風披拂各西東。

遊雲龍山登張山人放鶴亭

雲龍山高壓河曲，曲曲黃流繞山麓。翠微罨畫聳孤亭，尚留北宋高人躅。山人遯世深入林，仙蹤伴結雙胎禽。朝看放鶴暮招鶴，白雲片片吹閒心。趺憩松陰玩鶴舞，掃花石上彈瑤琴。鴻都小謫玉局叟，河復詩成慕雲岫。羽衣吹笛坐黃樓，相逢塵外交情厚。奇文一記足千秋，亭以人傳兩不朽。眨眼滄桑變幾迴，人生安得如鶴壽。名流勝跡漸模糊，影入寥天鶴夢孤。碧落悠悠去不返，空瞻華表弔髯蘇。吁嗟乎鶴兮，珠林枝折芝田蕪，青山無恙，曷不歸來乎？

著雍困敦（戊子）

元日渡黄河二首

水國村村鬧鼓簫，五更微覺浪聲驕。不知身臥孤篷底，猶擁雲衾夢早朝。
火輪湧出曙光融，萬象春浮大澤中。忽聽長年傳吉語，元辰快得一帆風。

淮上遇劉給事竹軒程庶常晴嵐沆兼以志别

橐筆同登白玉堂，歡場閒逞少年狂。三人蘭契徵同臭，兩院花陰共異香。在京與竹軒比鄰而居。宦迹漫矜前後輩，歸心久戀水雲鄉。重期後會知何日，前路萍蹤總渺茫。

瓜步晚泊〔一〕

酒美梅香客乍還〔二〕，布帆晚卸碧蘆灣〔三〕。空江水闊疑無岸，遠樹煙濃似有山。鳥入餘霞明滅裏，潮來落照渺茫間。漁家鎮日渾高臥，贏得輕鷗一樣閒〔四〕。

【校記】

〔一〕杏雨草堂本題作『渡江』。

〔二〕『酒美梅香客乍還』，杏雨草堂本作『鱸美蓴香客始還』。

〔三〕『卸』，杏雨草堂本作『掛』。

〔四〕『贏得輕鷗一樣閒』，杏雨草堂本作『誰道人生不易閒』。

大風望黃天蕩〔一〕

峰峭立潮頭〔二〕，風帆下急流。山隨江不斷，天與地俱浮。身世真無著，魚龍不自由。眼前輕涉險，底處泊孤舟〔三〕？

【校記】

〔一〕『望』，青箱書屋本作『過』。

〔二〕『峰峭立潮頭』，青箱書屋本作『葭菼曉修修』。

〔三〕『眼前輕涉險』二句，青箱書屋本作『舟中忘六月，早晚尚披裘』。

青箱書屋本王批

妙處惟在稱題，才力之富健，更不待言矣。

宿金山寺臨江閣先寄鮑中翰雅堂之鍾〔一〕

駭浪空掀一葉舟，記曾除夕賦登樓。辛未除夕渡江，中流阻風，泊舟金山度歲。海吞天塹開雙島，地擁雲陽控五州山名。十七年驚彈指過，五千里待掛帆游。明朝快挹如蘭臭，駒縶應為信宿留。

【校記】

〔一〕杏雨草堂本題作『臨江閣寄鮑雅堂』。

訪雅堂賦贈

江頭融景漸催梅，蠟屐衝泥訪友來。詞賦清名居異等，江山靈氣洩奇才。十年聽雨裁箋素，一夕挑燈共酒杯。只悵舊游星散盡，謂夢樓、冬友。兩人同上妙高臺。時約同游金、焦。

再宿臨江閣與雅堂夜話〔一〕

煙凝碧樹暗朱甍，今雨聯牀對短檠。山寺清鐘雲外濕〔二〕，江樓紅日夜中生。蘭成射策虛前夢，徐孺留賓共此情〔三〕。一寸心期千古事，波光宵閃佛燈明。

【校記】

〔一〕杏雨草堂本題作『宿臨江閣與王夢樓鮑雅堂夜話因成長句』。

〔二〕『清』，杏雨草堂本作『疏』。

〔三〕『徐孺留賓』，杏雨草堂本作『坡老歸田』。

寄懷王夢樓同年時官臨安

窺窻浮玉望模糊，更憶長安舊酒徒。一枕游仙同入夢，雙萍泛海各殊途。斗看東指飛鳥疾，水不西流雙鯉紆。莫被江靈貽笑柄，歸田成約誓非誣。

舟夜偶書

鼕近鼓逢逢，船牕鐙影紅。江流平似鏡，新月曲如弓。夢出人情外，寒生雁叫中。經營原我輩，未敢怨飄蓬。

望崑山

路近心還遠，家門隔半程。風光饒綺麗，城郭記分明。酒價豐年減，鄉音久客生。吴淞春水碧，澹蕩寫離情。

上元夕抵家得詩四首

夾岸人家雞犬喧，落篷時候過黄昏。橋南門巷燈光裏，頭白扶鳩正倚門。

渺渺吳淞路轉遥，星河絡角麗層霄。金錢費盡千回卜，難得團圞是此宵。

北鴈書傳路阻艱，年年慈夢夜空還。登堂喜極翻無語，秉燭先看遊子顔。

錦幔銀花夜色妍，曰歸纔及試燈天。桂輪皎潔萱枝茂，天上人間一樣圓。

歸靈巖草堂〔一〕

老鶴司園栅，歡迎導我前〔二〕。松枯藤走蔓，砌壞竹行篵。魚鳥疑生客，風花憶昔年。勞勞塵土面，羞鑒在山泉。

繡盡蒼苔色，扶闌上石臺〔三〕。廊虚雲偶到，窻鎖月空迴〔四〕。畫壁延蝸跡〔五〕，圍屏汚麝煤。禁寒梅未放〔六〕，似待主人來〔七〕。

【校記】

〔一〕青箱書屋本題作『故園二首』。

〔二〕『老鶴司園栅』二句，青箱書屋本作『不到故園久，歸來神愴然』。
〔三〕『繡盡蒼苔色』二句，青箱書屋本作『少小游行處，茅亭與石臺』。
〔四〕『迴』，青箱書屋本作『來』。
〔五〕『蝸跡』，青箱書屋本作『秋蘚』。
〔六〕『禁寒梅未放』，青箱書屋本作『闌前叢桂好』。
〔七〕『似』，青箱書屋本作『尚』。『來』，青箱書屋本作『開』。

山居偶作〔一〕

書籤親整幔親鈎，多謝山靈許暫休。何物安排款歸客？萬枝香雪一扁舟〔二〕。

【校記】

〔一〕青箱書屋本題作『偶作』。
〔二〕『多謝山靈許暫休』三句，青箱書屋本作『客裏歸來擬暫休。落盡碧梧風不定，小窻無處更容秋』。

虎丘雜詩四首〔一〕

不到兹山十二年，壥牆零落舊詩篇。柘枝已嫁楊枝老，處處重尋未了緣。
背牆餘燄暗長檠，半怯春寒半宿酲。驚醒小紅樓上夢，街頭初曉賣花聲。

花開笑靨柳低眉，二月中旬日落遲〔二〕。我自傷春春不管〔三〕，真娘墓畔立多時。
客散歌停酒易醒，夜分偶上可中亭。風鈴不語山門閉，竹裏飛來月亦青。

【校記】
〔一〕『四首』，杏雨草堂本無。
〔二〕『日落』，杏雨草堂本作『落日』。
〔三〕『自』，杏雨草堂本作『是』。

山塘感舊

霧閣風簾畫檻臨，綠楊隄外碧江潯。情痕眉底覘濃淡，春信花前測淺深。芳影自憐齊錦瑟，幽期誰與辨瑤琴。亂香何處埋蘇小，紅雨宵酣記抱衾。

重遊水木明瑟園

少臥研山堂，湖山歸一覽。名園舊遊地〔一〕，風景不少減。賦擬小長蘆，提筆仍未敢〔二〕。銀塘明鏡開〔三〕，依稀見苕剡。帷林敞幽軒〔四〕，坐疑乘畫艦。喬木環為墉，奇石聚成檻。老梅背窻開，空庭落數點〔五〕。微風偶拔拂，池光亦瀲灩〔六〕。方塘系青萍〔七〕，圓盤貼翠芡。萬山圍一閣，經雨綠新染。沿隄石徑平，苔片大如毯。柴柵架樹成，浄帶白雲掩。逶迤歷坡陀，傴僂入巖广。杏蕋鬬緋衫〔八〕，梨花低粉臉〔九〕。布罫莎亭蛛，營窠蘚樹蜑。靈巖天平間，奇境勝全攬〔一〇〕。石瘦古藤纏，林密濃煙黤。風捲松濤來〔一一〕，如有萬夫喊〔一二〕。果熟尚無期〔一三〕，盡供倉鼠啖。小憩據雲根，觸景忽生感。老屋斐江濱〔一四〕，林塘頗幽澹。雙柏碧陰陰〔一五〕，萬花紅閃閃〔一六〕。桐瓢雨颼飀，荷蓋風磨颭。自踏東華月〔一七〕，年華頓荏苒。韡牆半傾頽〔一八〕，鶴砦已搖撼〔一九〕。曲闌朽吐菌，三徑荒生蟏。邪蒿何人芟〔二〇〕，惡行無因斬。重尋幽境幽〔二一〕，歸興詎能貶。偶爾此盤桓〔二二〕，曉昏看厓隒〔二三〕。又恐四無鄰，屋古眠易魘。訂約遂初衣〔二四〕，餘味留橄欖。歸舟江月落，城樓鼓坎坎。

【校記】

〔一〕「少臥研山堂」三句，青箱書屋本無，而有「疇昔過名園，勝處失徧覽。擬題詩紀遊，捉筆仍未敢。今晨重造門」數句。

〔二〕「賦擬小長蘆」二句，青箱書屋本無。

〔三〕「明」，青箱書屋本作「一」。

〔四〕「帷林敞幽軒」，青箱書屋本作「虛堂敞雕櫺」。

〔五〕「老梅背窻開」二句，青箱書屋本作「日影映波心，秋橘金一點」。

〔六〕「池」，青箱書屋本作「水」。「亦」，青箱書屋本誤作「赤」。

〔七〕「方塘系青萍」，青箱書屋本作「長劍抽青蒲」。

〔八〕「杏蕋」，青箱書屋本作「海榴」。

〔九〕「梨花」，青箱書屋本作「蜀葵」。

〔一〇〕「奇境」，青箱書屋本作「湖山」。
〔一一〕「松濤」，青箱書屋本作「市聲」。
〔一二〕「夫」，青箱書屋本作「人」。
〔一三〕「尚無期」，青箱書屋本作「無人收」。
〔一四〕「老屋」，青箱書屋本作「我家」。
〔一五〕「雙柏」，青箱書屋本作「松雲」。
〔一六〕「萬花」，青箱書屋本作「榿日」。
〔一七〕「踏東華月」，青箱書屋本作「從薄遊後」。
〔一八〕「半」，青箱書屋本作「諒」。
〔一九〕「已」，青箱書屋本作「諒」。
〔二〇〕「人」，青箱書屋本作「由」。
〔二一〕「重尋」，青箱書屋本作「值茲」。
〔二二〕「偶爾」，青箱書屋本作「擬借」。
〔二三〕「曉昏」，青箱書屋本作「兼旬」。
〔二四〕「訂約遂初衣」，青箱書屋本作「不若且棄去」。

重過桐橋即事有作

橫塘一水碧遙遙，為訪前游蕩畫橈。花裏旗亭人喚酒，橋邊鐙舫客吹簫。情難自禁先期在，事到無成妄念消。惆悵昔年妝閣畔，垂楊不見舊長條。

杏雨草堂本王批 是香匳極新俊語，卻是道家極平實語。（『情難自禁先期在，事到無成妄念消』）

横塘曲

打槳度横塘，撥轉波心月。驚起兩鴛鴦，隔花何處歇？

與顧星橋宗泰游支硎遇中峰詩僧念亭

古洞雲封戶，清泉去亦迴。萬松高閣雨，一佛半身苔。被酒朱顏在，逢山青眼開。可知吾道重，問字有僧來。

寒山别墅

山靈應笑我，奇境久忘歸。石腳鉤雲住，鐘聲挾鳥飛。滿樓圍削壁，瘦骨怯春衣。林際禪房近，孤燈出翠微。

呈歸愚先生二首

蘆溝祖帳萃羣英，重拜玄亭歲七更。辛巳歲，先生祝嘏入都，圖象香山。南歸，門下士在都者俱祖餞于蘆溝橋。當代詩人無老輩，即今天子有門生。御賜詩有『天子門生更故人』之句。春秋甲子尊耆宿，壇坫東南仗主盟。曾記心香拈一瓣，終思碧海掣長鯨。

幾閱先天不老春，松心柏性練精神。傳經伏勝垂黄髮，授几桓榮侍紫宸。清廟和鸞誰繼響，碧城瘦鶴自前身。古來文苑中人物，晚達如師有幾人？

西行有日太夫人以路遠不允迎養臨别敬賦寫懷

弇山舊書堂，庭蔭雙株柏。上巢返哺烏，啞啞啼晨夕。憫予烏不如，頻年苦行役。少走長安道，青衫事挾策。幸依三島樹，名氏注仙籍。思親在遠道，宴寢不安席。北堂萱花枝，入夢時驚嚇。陳情請解組，重整阮家屐。我母遺長鬚，手書寄江驛。上題平安字，下言家食迫。汝叨上第榮，陰騭賴祖澤。克紹堂構基，光大是汝責。老身尚康強，遽戀泉石。丁寧復誥誡，寸緘語千百。欷歔淚珠零，拭紙再三繹。將母願尚違，定省天涯隔。雲山一萬重，愁思日紛積。羝羊占觸藩，籠鶴阻奮翮。卒讀南陔詩，俯仰總跼蹐。飛光轉雙輪，七見星霜易。昨冬擢隴右，走馬流沙磧。急告旋里門，草沒子雲宅。入門拜慈闈，扶杖訝鶴瘠。昔別顔尚丹，今歸頭已白。仙蓂倏載零，愛日等疇昔。明知還鄉樂，簡書期逼迫。請奉安輿行，禄養甘旨適。母云程路遙，關河多阻阸。肝疾近未瘳，跋涉怕增劇。汝妹又新寡，離情安忍釋。汝行毋念我，王事慎綜覈。量移得近地，就養暢歡懌。汝但思飲冰，我自甘茹蘗。相見彈指間，小別輕一擲。聆言心骨酸，怦怦刺芒螫。更欲暫褰回，又懼煩訓斥。書劍整行裝，扁舟維水柵。歸家復辭家，悵如逆旅客。

別友

不是無家別，臨行倍黯然。春花驚已落，鄉月看重圓。破有盧仝屋，空無趙壹錢。故山居未得，苦勸笑嘅鵑。

放舟

風帆帖帖逆波行，去向天涯第一程。到底多情是流水，繞船都做別離聲。

梁溪舟次寄吳門同學諸子〔一〕

風滿帆孤浪蹴聲，鴨頭綠漲水初生〔二〕。舟停碧嶂當窗立，村近紅霞絢眼明〔三〕。圓月忽來如有約〔四〕，故人新別豈無情〔五〕。離鄉不遠添鄉思，夾岸鶯啼夢不成〔六〕。

【校記】

〔一〕 青箱書屋本題作『舟次』。

〔二〕『風滿帆孤浪蹴聲』二句，青箱書屋本作『兩岸蕭蕭蘆荻聲，砲車雲散雨初晴』。

〔三〕『村近紅霞絢眼明』，青箱書屋本作『楓死青藤借葉生』。

〔四〕『圓』，青箱書屋本作『涼』。

〔五〕『人』，青箱書屋本作『鄉』。

〔六〕『離鄉不遠添鄉思』二句，青箱書屋本作『依舷跂腳思酣寢，攪耳蟲聲夢不成』。

青箱書屋本王批

『濯濯如春月柳。』（『涼月忽來如有約，故鄉新別豈無情』）

過毗陵喜晤蔣四侍御蓉龕和寧前輩

歷歷前塵彈指過，隙駒光影半蹉跎。西清舊雨尋盟少，南國才人失職多。飲酒豈為子美累，長貧不礙杜陵歌。人生得失同蕉鹿，莫向尊前喚奈何。

丹陽阻風有作

碧柳維舟泊小村，鬧開沙岸水留痕。雲高不受風牽引，天遠常隨浪吐吞。綠樹漁莊晴晒網，紅牆神廟晝關門。居人淳朴真堪羨，馬磨牛衣長子孫。

句容道上

春深花益麗，錦繡滿郊原。酒店藏村塢，茶亭傍寺門。民饒米價賤，市遠古風存。一抹栖霞色，遙青出短垣。

望句曲山

華陽古洞天，山名曰地肺。翠影拔層霄，雲腰鎖螺黛。一氣闢混茫，萬靈宅其内。聞昔三茅君，修真俗緣廢。雷雨役鬼神，陰陽洞明昧。金鼎内丹成，遐舉控鶴背。碧落超鴻濛，飈輪去無礙。位業圖中人，靈跡著歷代。鴻都掌道籙，玉印至今在。秘笈龍虎符，書作飛霞佩。紫虛劒氣騰，能驅妖魅退。

予幼慕玄學，企訪赤松輩。悠悠墮塵海，福地到難再。偶來眺雲峰，峰峰出奇態。紅霞一萬重，儼與三島對。遙叩雲中君，幾時許津逮。星冠拜列真，瓊文授十賚。

孝陵詠古四首〔一〕

崛起曾無尺土憑〔二〕，開天濠泗說龍興〔三〕。紫雲大澤藏真主〔四〕，白馬空門度聖僧〔五〕。帝在白馬寺為僧。一劍親提膺寶命〔六〕，兩箋勸進奠金陵〔七〕。周家枉鑿荊塗嶺，王氣當年洩未曾。柴世宗以荊、塗二山有王氣，命鑿之。後三百年，明太祖生〔八〕。

角鹿羣雄互盪摩〔九〕，興王草澤奮天戈。少甘貧賤秦人贅，威壓風雲猛士歌〔一〇〕。吳楚掃除正統定〔一一〕，江淮形勢異人多。奇祥自古由天授，舊史蕉園跡半磨。

揭竿徒步張空拳〔一二〕，武烈神謨易代傳。定鼎功資褒鄂輩，開基治軼宋唐前〔一三〕。北都繼葉添三案，南渡殘枝擁一年。野老不知興廢事，水天閒話釣魚船。

三百丕基啟鎬酆〔一四〕，滄桑彈指又成空。石麟草沒王侯墓，鐵馬風嘶禾黍宮〔一五〕。芒碭雲山非舊宅，枌榆父老話新豐。長淮近帶龍潛地，春雨荒城鬼火紅〔一六〕。

【校記】

〔一〕青箱書屋本題作『鳳陽懷古四首』。

〔二〕『尺』，青箱書屋本作『寸』。

〔三〕『開天』，青箱書屋本作『真人』。

〔四〕『藏真主』，青箱書屋本作『常留帝』。

〔五〕『度聖』，青箱書屋本作『舊度』。

〔六〕『膺』，青箱書屋本作『歸』。

〔七〕青箱書屋本此句下有小注：『韓林兒死，李善長等勸進，遂即帝位。』

〔八〕青箱書屋本無此小注。

〔九〕『角鹿』，青箱書屋本作『鹿角』。

〔一〇〕『少甘貧賤秦人贅』二句，青箱書屋本作『滁陽兵柄歸秦贅，鄂渚舟師散楚歌』。

〔一一〕『吳楚掃除正統定』，青箱書屋本作『華夏聲靈三統正』。

〔一二〕『揭』，青箱書屋本作『揚』。『張』，青箱書屋本下有小注：『去聲。』『巻』，青箱書屋本誤作『拳』。

〔一三〕青箱書屋本此句下有小注：『聖祖南巡謁孝陵，有御書「治隆唐宋」額。』

〔一四〕『敁』，青箱書屋本作『起』。

〔一五〕『嘶』，青箱書屋本作『酸』。

〔一六〕青箱書屋本此句下有小注：『其地先代祖陵在焉。』

青箱書屋本王批

濡染大筆。（『崛起曾無寸土憑』一首）

重過隨園訪袁簡齋前輩不值即題小倉山房壁

吟壇旗鼓擅雄名，把臂無緣快合并。風馬神交經半世，雲龍道契訂平生。名山製作千秋上，秋水兼葭廿載情。載叩松庵人寂寂，只留白鶴款關迎。

山寺訪藥根上人〔一〕

輕款禪扉訪懶殘〔二〕，夕陽旛影落空壇。小籠春圃人挑菜，清磬齋堂僧挂單。靜聽禽聲無限樂，遥疑竹翠不勝寒。猶餘十指旃檀氣，鐵筆流傳永不刓。上人精通六書，兼工鐵筆。

【校記】

〔一〕杏雨草堂本題作『花之寺訪藥根上人』。

〔二〕『輕款禪扉』，杏雨草堂本作『吟得新詩』。

登浦口敵臺口占

寺鐘何處暮鎗鎗，百尺高臺萬木參。野色汀煙深似海，不容征客望江南。

烏衣巷

王謝風流彼一時，春花如夢柳如絲。閒將六代江山恨，説與庭前燕子知。

曉行滁州道中題句寄都中舊友〔一〕

薄薄霜花點敝裘，嚴城形勢控神州〔二〕。青山似象迎人面〔三〕，紅杏窺牆笑馬頭〔四〕。小别又成千里客，曰歸重續十年游。數聲牧笛煙村曉〔五〕，殘月雲端玉一鈎〔六〕。

【校記】

〔一〕青箱書屋本題作『歸次鳳陽馬上題寄在京諸友』。

〔二〕『薄薄霜花點敝裘』二句，青箱書屋本作『行李匆匆出壽州，征程風物值殘秋』。

〔三〕『似』，青箱書屋本作『如』。

〔四〕『紅杏窺牆笑馬頭』，青箱書屋本作『紅葉如花落馬頭』。

〔五〕『曉』，青箱書屋本作『晚』。

〔六〕『殘』，青箱書屋本作『新』。

清流關

設險當年天塹同，江淮控制地稱雄。一丸西塞雄圖遠，百戰南唐廢壘空。環堞嵐光朝撲翠，清時戍火夜銷紅。玉門此去平如砥，容易千關匹馬通。

滁州過南滁王廟郭子興

草昧方天造，維王翊帝躬。真龍潛破衲〔一〕，銅馬混羣雄。日角驚劉季，刀頭識呂翁。明太祖至滁州，為門者所獲，子興活之。再生開貳室，一旅付重瞳。授柄憑專制，摧枯起戰攻。南都旋定鼎，北伐遂弢弓。戚畹諸郎替，王三子亡，遂絕。王封異姓崇。洪武三年追封南滁王。張韓慚僞號，徐鄧讓先功。此地臨濠泗，當年等沛豐。帝基資創造，廟食表孤忠。奕嗣虛盟府，賢妃共閟宮。張夫人。玉衣靈自肅，鐵券義俱隆〔二〕。一自滄桑改，于今肹蠁同。神弦春賽曲，鬼馬夜嘶風。浩劫江山外，荒祠風雨中。奉常明詔在，磨滅斷碑空。帝命太常卿張來攸撰廟碑〔三〕。

【校記】

〔一〕『龍』，杏雨草堂本作『王』。

〔二〕『義』，杏雨草堂本作『意』。

〔三〕『卿』，杏雨草堂本誤作『郎』。

遊醉翁亭

馬蹄亍彳趁東風，幽磵危橋曲曲通。魚鳥亦知林壑美，文章應訝古今同。四時景已虛良讌，一醉人還重此翁。自笑讀書多結癖，慚無著錄質宗工。

符離弔宋張魏公潰師處

黄沙颳捲白日蔽，荒原彌望荆榛翳。枯骨飛灰鬼護頭，陰雨啾啾夜討祭。南宋當年舊戰場，金源彍騎鋭莫當。置酒高會忌輕敵，生兵十萬來汴梁。顯忠苦戰宏淵遁，忽思羽扇搖清涼。兵心瓦解成空壘，河南之地不復矣。督師虎節駐盱眙，迢隔軍營四百里。斷槍遺鏃半蟲沙，納印難雪兩宮耻。至今落月懸孤城，清淮嗚咽多死聲。魏公盡瘁誓恢復，平生矢志誠忠貞。吁嗟乎！德餘于才難了事，先見我服蘇雲卿。

壽陽道中

春陰低壓古城背，淮上青山横翠黛。叢祠晝静鵩相呼，古冢月明狐出拜。六朝戰壘滿蒿萊，梁武當年事可哀。如此迢迢芳草路，青絲白馬舊曾來。興廢千秋何足慨，暝色蒼茫呈萬態。戍樓畫角客思家，茅屋紅燈人守菜。

宿州旅店見尹六似村題壁詩步原韻封寄三首

尊前曾記唱驪歌，回首燕雲奈別何。江上鶯花淮上月，青山比似故人多。
絢春舊話夢悠悠，我到江南子更愁。畫舫銀鐙三月暮，一春游跡占花頭。
淡墨紅螺贈妓詩，玉關西去柳枝枝。他時東閣重逢日，定話旗亭畫壁時。

次西三鋪王書田秀才率弟子來謁出素紙索句口占二絕贈之

落拓名場志已灰，花前邂逅倒金罍。三家村裏春風帳，也見侯芭問字來。
打頭破屋兀窮年，自笑囊無趙壹錢。土銼坐看茅店月，一宵閒話即前緣。

宿花莊戲同行者

蹀躞青驄弄影忙，綠楊門巷近花莊。全身鏡寫宜春髻，半臂衣翻入世妝。徽曲愁聽金縷調，問名愛傍月輪香。怱怱又作銷魂別，莫怪腰支損沈郎。

杏雨草堂本王批

可弗存否？

臨淮

鐵鎖連鉤界巨舟，長淮浩蕩走清流。境連濠泗新關隘，社逼枌榆古帝州。千丈魚龍波浪惡，十年鴻雁稻粱謀。鳳屬連歲屢見災祲。小春廢縣征車邁〔一〕，喜見青青麥滿疇。臨淮被水，縣遂廢。

【校記】

〔一〕『小』，杏雨草堂本作『晚』。

題旅次壁

日蒸水氣成雲去，風捲沙聲作雨來。澤國瘡痍艱活計，村醪莫慰客愁懷。

會亭驛食櫻桃

節物陳珍果，鸎含小摘頻。景風剛紀候，獨客又嘗新。火齊雙盤落，筠籃萬顆勻。明光曾侍直，沾賜逮詞臣。

憩五女店喜雨

待澤經旬盼滿盈，時中州一月未雨。疾雷殷殷雨絲縈。驟霑渴土飛無力，怒長新苗㩳有聲〔一〕。農喜一犁歌斷續，客支半枕夢淒清。晚來踏月騎驢去，嵩少峰峰落眼明。

【校記】

〔一〕『㩳』，杏雨草堂本作『析』。

拾葚澗蔡順拾葚處

孝子遺祠潁水潯，當年紫葚執筐尋。小人有母飢仍惄，萇楚無家歲屢祲。誠至能褫羣盜魄〔一〕，行奇只盡匹夫心〔二〕。白頭鐙影慈幃遠，歸夢前宵悵不禁。

【校記】

〔一〕『魄』，杏雨草堂本誤作『醜』。

〔二〕『匹』，杏雨草堂本誤作『正』。

襄城道中作

長衢立馬路悠悠，候吏郵亭耳語稠。羽檄風馳官點卒，時滇兵過境。檻車月落鬼呼囚。額爾登額拏解進京。髮牽未免全身動，巢破應無完卵謀。聞楊重英已陷賊中。推轂近聞重擇帥，好修矛戟快同仇。命大學士忠勇傅公經畧滇事。

洛陽旅館題壁

衰草荒寒一徑斜，棲鴉數點樹椏杈。孤村破屋愁中月，半壁孤燈夢裏家。未見征輪生四角，可堪歧路復三叉。青山無恙繁華盡，懶問名園富貴花。

望嵩嶽三首

形勢神州亦壯哉，嵩高恰背汴京開。土中一柱撐三極，規外千山拓九垓。樞軸元功盤地轉，芙蓉翠影劃天裁。陰陽是處資和會，袞爵從來列鼎台。

面南威柄足尊崇，厚德資生配厥功。網絡靈區蟠邃古，胚胎元氣貫當中。共球風雨圖王會，象緯星辰應帝宫。父老愛談游洛日，太平萬歲聽呼嵩。北宋東周迹久刊，懷柔仍及萬靈歡。雲埋紫蓋中峰出，紫蓋峰，七十二峰最高處。天落黄河一帶寬。或有英靈降申甫，愧無手筆繼崔韓。他年好結吹笙侣，突兀青空鶴背看。

古白楊關

陂陀壓層岡，一線拆古境。土門呀然開，峭敵兩厓并。厓口倒青楓，暹紅漏陽景。側坂縣修垠，攲橋亘危嶺。十步九紆折，虚光洞溟涬。天風吹一葉，送我墮眢井。下視無底泉，悸魄怯引領。馬足極蹣跚，淩躐澗松頂。峰迴側身望，始覺占地迥〔一〕。

【校記】

〔一〕『占』，青箱書屋本作『此』。

臥鐘歌

白楊關在招提東〔一〕，停驂菜圃看臥鐘〔二〕。頹垣斷礎兩寂寞，數尺下陷春泥中。斑斑壘赤鐵花汚，神螭尚齧金環固〔三〕。篆體疑從斯籀鑱，銘文恨失支干據〔四〕。硃斑啖逼太陰暖，翠暈光凝九疑沍。不知何代敕采銅山銅〔五〕，鑪金釁血汞水鎔〔六〕。靁回隱起形濩落，萬夫曳綆如縋龍。一百八聲吼朝暮，不論神姦魂膽懼〔七〕。誰知小劫閲紅羊〔八〕，蒲牢墮地鯨魚去〔九〕。雨淋日炙歎年年〔一〇〕，神物沉埋大道邊。終古不移資鎮寂〔一一〕，洪聲自在任投閒。我來訪古頻摩撫〔一二〕，東洛繁華何處所〔一三〕。月明夢斷鳳凰簫，草深愁伴蝦蟇鼓〔一四〕。

【校記】

〔一〕「在」，青箱書屋本作「左」。

〔二〕「停驂菜圃」，青箱書屋本作「訪古偶來」。

〔三〕「螭」，青箱書屋本作「蟜」。

〔四〕「支干」，青箱書屋本作「年時」。

〔五〕「不知何代」，青箱書屋本作「憶從」。

〔六〕「汞」，青箱書屋本誤作「永」。

〔七〕「魂膽」，青箱書屋本作「望風」。

〔八〕「閲」，青箱書屋本作「又」。

〔九〕「墮」，青箱書屋作「下」。

〔一〇〕「歎」，青箱書屋本作「自」。

〔一一〕「移資鎮寂」，青箱書屋本作「疑恒鎮静」。

〔一二〕「訪古」，青箱書屋本作「太息」。

〔一三〕「東洛」，青箱書屋本作「昔日」。

〔一四〕「伴」，青箱書屋本作「斷」。

河底鎮山行

征軺人過麥寒天，荏苒輕愁壓錦韉。修徑忽穿鼇背上，危峰直墮馬頭前。土厓崩裂多銜石，穴屋荒涼半斷煙。差喜遺風勤稼穡，綠雲如繡蔚山田。

青箱書屋本王批　景真，故語妙。（『修徑忽穿鼇背上，危峰直墮馬頭前』）

百福鎮夜雨

野店廉纖雨，支更夜已深。喜蘇枯麥病，愁滴冷官心。侵曉鐙逾淡，輕寒夢轉沉。夢移銅井棹，漠漠濕香林。

崤陵弔古

中原紛格鬭，此地闢提封。浩蕩開重險，轘轅達四衝。河山撐白骨，風雨瘞青烽。野哭全師失，人謀詎弗庸。

青箱書屋本王批

古者世稱大手筆。（『河山撑白骨，風雨瘗青烽。野哭全師失，人謀詎弗庸』）

行至峽口聞家人已抵西安口占寄内

間關難免病愁兼，三月青門暫滯淹。曉起試看明鏡裏，終南翠色落眉尖。

潼關

崇墉百雉跨山巔[一]，厓逼人從鳥路穿[二]。鎖鑰中原開四扇，車書大統達三邊。奇爭嶽色河聲外，雄據秦都漢闕前。設險到頭成破竹，幾朝能守一丸堅。

【校記】

〔一〕『崇墉』，青箱書屋本作『如牆』。

〔二〕『逼』，青箱書屋本作『合』。

青箱書屋本王批

雄傑稱題，千古絕作。

比『兩戒中分蟠太華』何如？願與海内能詩之士平心論之。（『鎖鑰中原開四扇，車書大統達三邊。奇爭嶽色河聲外，雄據秦都漢闕前。設險到頭成破竹，幾朝能守一丸堅』）

望華嶽

蒼翠連朝潑眼濃，亭亭馬首峙三峰。勢侵天闕五千仞，影壓秦關百二重。夜午已窺東極日，雲深不落上方鐘。焚香默籲祈金帝，何日探奇一拄笻？

宋寇萊公祠四首

石碣春深繡蘚痕，入門松檜晝昏昏。樓臺何必生前起，贏得崇祠今古存。

怡山潭映蔚藍天，少華峰峰落眼前。萬綠柳條春一色，臨風如舞柘枝顛。

靈旗風捲綉帷開，五色流蘇費翦裁。時有村人來祭賽，筵前蠟淚也成堆。

澶淵一策矢孤忠，隻手擎天再造功。淪謫榮華兩無戀，要從本色見英雄。

渭南旅館阻雨遣懷作

馬瘏泥滑滯征鑣，誰料淹留暮復朝。破壁青燈風颯颯，空庭綠樹雨蕭蕭。已交炎夏秋相似，將近長安日果遙。幾度巡檐聽鵲噪，那知雲族即難消。

鳳凰原

為尋鸚鵡谷，卻至鳳凰原。青幔飄茅店，黃花滿菜園。山晴雲斂迹，林煖鳥爭言。唐相前時宅，韋嗣立構別業於此。猶堪認繚垣。

灞橋

碧柳千株惹客愁，日斜風細灞橋頭。揭來自笑無詩思，走馬怱怱向隴州。

靈巖山館詩集卷二十二

隴頭吟

回中山謁王母宮四十韻

紅雲湧瑤房，縹緲阻靈壑。自非飈輪駕，底處飛仙著？西征望隴阪，馬首芙蓉落。扶桑掛朝暾，綠煙塞寥廓。煙開露觚稜，閶闔手可摸。羽衣漾晴霞，斜徑穿林薄。迂威上雲步，迴顧神錯愕。上有化人居，輕風語檐鐸。百盤淩絕頂，雙丸袖底躍。空同展翠屏，清涇絡其腳。谿轉松門古，繚牆紅土堊。千年淩霄柏，夾道陰漠漠。祇謁青琳宇，葳蕤垂繡箔。仰瞻金母容，翠扇交花蕚。寶鼎香煙煴，錦幡珠絡索。玉殿敞高寒，仙扉扃寂寞。窈窕巡長廊，路通九靈閣。塞雲陣陣飛，春晚吹枯萚。高下疊雲根，巧類鬼工鑿。杳睇三光遙，俯怯十地弱。瑤草滿階除，應是長生藥。漢武昔求仙，龍軿駐青崿。盤盛方朔桃，局邀叔卿簙。真靈紛如麻，瓊漿手親酌。可惜戀萬乘，塵心欠剷削。拓土與傾城，事事皆糟粕。茂陵閟弓劍，涼雲緑不涸。予少慕玄契，丹經窺秘橐。靈飛定有符，玉笈豈無籥。曾受步虛籙，好製游仙作。仙游夢十洲，名字蕋珠託。雙成飛瓊輩，冷笑齊手拍。導入光碧堂，玉繩麗金雀。夜煮紫芝湌，曉掇紅霞嚼。羽觴斟沆瀣，能令颜色澤。夢醒落塵寰，卅年負雙屩。今來謁玄宮，方蓬景如昨。脫屣匪難事，神仙事灼灼。指點路虛無，瑤池分一勺。人影出天風，學乘珠樹鶴。

送春曲

春日春明十四年，年年例設餞春筵。春來無端去無迹，柳花不見塵連天。客冬南歸冒風雪，金閶正是芳菲節。韶華如夢夢如仙，花影衣香兩奇絕。靈巖夜雨虎丘燈，翻似消魂昔未曾。紅豆徵歌杯乍暖，白蘋停棹月初升。廿番芳訊忽如掃，征人又走秦關道。渡江煙景話姑蘇，料理鶯花亦草草。回頭別思正淒迷，為惜餘春駐馬蹄。羌笛一聲人萬里，柳條青到玉門西。

見缾中折枝桃花

惱恨顛狂昨夜風，催將芳事去怱怱。山桃憐我無情思，故向明窻試小紅。

題寓樓壁

飛樓蒼翠挹崆峒，坐看亭亭落日紅。笑指太虛雲一片，自思出岫不因風。

平涼行館聞承恩毅勇公明筠制府歿于緬甸軍營為位哭之並製誄詩八章〔一〕

倒叱風霆萬里行，鼠車螳斧敢縱橫。大星昨夜前軍落，噩夢中宵旅館驚。挾纊恩能酬死士，裹尸志已畢生平。雨昏霧暗龍江畔，鐵馬猶呼殺賊聲。

蠻壘艱難百戰收，誰教援絕墮奸謀。公長驅渡天生橋，援師不進，木邦路梗〔二〕，遂及于難。游魂脅蠱亡精魄，新鬼爭頭作髑髏。箕尾人歸垣宿朗，旄頭星壓塞雲愁。可憐遺札塵天覽，聚米還思借一籌。公臨歿前手札六紙，間道送滇撫進呈。

帶劍便繁侍未央，妙齡血戰至窮荒。椒塗懿戚三公貴，公為孝賢皇后姪。蔥嶺遐庭一面當。由伊犁將軍督師雲南。生入玉門天再見，死標銅柱國難忘。躬擐金鎖連環甲，遺像丹青繪紫光。紫光閣五十功臣像，公名列第十六。

半壁西南隻手支，臨軒竚望捷音馳。僨轅有恨輕開釁，前督楊應琚。覆轍無謀又老師。都統額爾登額擁兵新街不進，故有此變。敵愾羣資諸將力，提督扎拉豐阿、總兵李全、觀音保亦力戰歿。捐軀仰答聖人知。曲江風度中朝重，玉陛難忘曳履時。

匹馬重圍矢石中，礮車殷地夕烽紅。沉灰又見昆明劫，孤注難成阿瓦功。天子責躬頒手詔，相公專閫統元戎。命相國忠勇公經畧滇事。歸魂應戀蘭滄路，十月蒼山早挂弓。

幕府征西寵命專，慈祥不殺令名全。誰知碧血磷斑日，猶是瓊枝旖旎年。長樂小侯仍白面，睢陽遺事入青編〔三〕。殺身本是貞臣事，實為朝廷惜此賢。

春和園外慣停驂，蘭臭當年我舊諳。隨淚碑傳羊叔子，耽書癖擬杜征南。引杯看劍雄心在，刻燭成詩夜語酣。此指公在戶部時也。華屋丘山千古恨，死綏真不愧奇男。

雁序孤忠矢一心，招魂江上隔楓林。秋墳宿草埋雙璧，公弟瑤林額駙先歿永昌。芸篋殘書抵萬金。公有遺札並舊日唱和詩稿，存篋中。挂去空悲吳札劍，爨餘宜碎蔡邕琴。挑燈擬續英雄傳，銀管瑤編涕不禁。

【校記】

〔一〕青箱書屋本題作『明筠庭大將軍挽詩八首』。

〔二〕『木』，青箱書屋本作『禾』。『路』，青箱書屋本作『道』。

〔三〕『青』，青箱書屋本作『新』。

青箱書屋本王批

絕對。可謂用古而化。（『沉灰又見昆明劫，孤注難成阿瓦功』）

寄題思潛亭鎮原縣北

高風今已邈，亭尚表潛夫。雲嶠如屏障，煙村似畫圖。鐘聲來遠寺，春色在平蕪。想見桃花日，紅霞十里鋪。亭西有桃坡。

遊崆峒山

笄頭障隴雲，靈氣抉雙眦。蕩搖虛無中，羣峰倚天起。奧區洩神秀，秦隴互表裏。西極冠名山，真靈實萃此。策馬衝風煙，泉壑闘奇詭。異境開恍惚，一步一移徙。盤旋入山心，愈進進不已。千松萬松巔，蒼翠潤石髓。遠眺金銀臺，瑤宮近尺咫。軒皇問道處，丹竈未全圮。鼎湖龍上升，至道泯終始。日月沃精華，石色變金紫。我來游福地，萬古一瞬耳。塵鞅絆羈蹤，飛光迅如駛。玄鶴近可招，白雲坦可履。芝草長靈苗，食之能不死。入山復出山，欲問廣成子。

玄鶴行

空同南峰絕壁下，鶴巢高嵌芙蓉朵。胎禽孕精邃古初，丹穴幻毓玄陰卵。盤空羽化幾千年，傳聞出世當堯天。奇寒大雪曾聞語，明月吹笙定控仙。邊風塞雪恒匿跡，翔舞人間亦偶然。靈禽兩兩為前導，仙侶重逢是夙緣。踏破煙霞石磴仄，車輪蓦展摩天翼。清唳霜高出九霄，玄裳影帶殘陽黑。充使遙傳閬苑書，餐風那覓芝田食。白雲無際碧山青，飛飛點破寥天色。歌調招鶴鶴歸來，玉宇高寒閶闔開。游戲滄溟水清淺，御風送我到蓬萊。

蕭關

北出朝那道[一]，寒沙淡落暉。黄蒿蟠戰骨，碧火點征衣。霜雪春猶在，牛羊暮自歸。荒村人影絕，茅店酒旗飛。

【校記】

〔一〕『那』，疑當作『邦』。

彈箏峽

劈面立壁青，石門通邃谷。雙厓插虚根，細路容雙轂。環抱峰一重，瀠洄水一曲。峰轉水亦轉，委宛入山腹。涇源出雲頂，滿空濺碎玉。銀潢百道飛，至此始一束。地勢抱險隘，溪光漾寒淥。馬上殘夢醒，如聞奏琴筑。

瓦亭

塞日淡無光，雲霾翳蒼昊。度隴賦西征，驅車固原道。岑樓指故關，遺鏃認殘堡。宋吳玠與金兵戰於此。戰功難具論，陳迹已如埽。踠地柳空腔，拂天山四抱。黯黯霏紅霞，萋萋萌碧草。馬蹶路益艱，鷺唬春已老。不知行役勞，但覺邊景好。金笳與玉笛，壯我篋中稿。

孤樹川 隆德縣北

破縣多貧戶，荒村帶小川。搖峰陰自曲，漾日影難圓。岸抱黃砂磧，波縈碧柳煙。分明香崦曲，少箇釣魚船。

安定

定西留廢堞，訪古一停鞍。泉斷民流徙，山深地苦寒。雄藩開馬市，降虜逼烏蘭。三面臨邊地，周防自古難。

巉口

徑絕峰迴路又通，曉行山月正朦朧。征衫暗落孤鴻影，古驛寒嘶萬馬風。一片芳菲殘夢外，幾家團聚破窑中。人生苦樂真無定，莫向前途泣轉蓬。

胡麻嶺安定西

傳聞博望留仙種，此嶺因傳巨勝名。武帝枉教求藥物，不知狗蝨可長生。

定遠驛

小驛層崖下，荒村落照中。羣峰迷向背，流水失西東。澗底炊煙直，雲顛汲路通。乍離城市遠，衰草颯淒風。

東岡鎮

四月金城道〔一〕，千山未放青。風煙埋臘雪，鐙火散春星。田父朝驅犢，番僧晚課經。征塵來往客，蹤跡幾曾停。

【校記】

〔一〕「四」，杏雨草堂本作「二」。

喜晤蔡三西齋鴻業方伯

半接街南舊結鄰，退朝門外聽車轔。問刑誰肯求生路，交友今猶見古人。經學元長流澤遠，書名忠惠得師真。同舟莫嘆粗官惡，何計災餘濟鮮民？時甘省連告祲。

五泉

玉竇靈源樹杪生，蘭山背挾古金城。千峰雪閃禪鐙影，萬里河流戰鼓聲。心了殘經能度劫，血凝斷鏃會成精。嫖姚勳業飛塵盡，奇傑難同佛力爭。

蘭二首〔一〕

九畹誰人蓺，青青翠帶翻〔二〕。秋風吹澧浦，香影抱雲根。獨夜豈無夢，相思不敢言〔三〕。何妨更移植，只是莫當門。

芳草復芳草〔四〕，曾邀楚客吟。譽推誰竟體，言憶我同心〔五〕。影寫溪堂壁，香生石几琴。何常不可恃〔六〕，紉佩到而今。

【校記】

〔一〕『二』，杏雨草堂本誤作『三』。

〔二〕『帶』，杏雨草堂本作『黛』。

〔三〕『不』，杏雨草堂本作『未』。

〔四〕『復』，杏雨草堂本作『忘』。

〔五〕『言』，杏雨草堂本作『空』。

〔六〕『常』，杏雨草堂本作『嘗』。

觀棋絶句四首

清簟疎簾坐隱偏，參差月落不成眠。珠塵百斛渾輸卻，只失枰中一著先。〔一〕

勝固欣然敗勿嗔，幾番落子幾逡巡。旁觀儘有高閒手，白眼看他當局人。

國手須知審局先，進攻退守議紛然。西南一角斜飛處，急劫分明在那邊。

客散閒房穩據梧，身如蜩甲化枝枯。輸贏萬事無成局，懶向鐙前覆舊圖。

【校記】

〔一〕『失』，青箱書屋本作『為』。

夜坐

紫柏胡牀水墨屏，銅檠尺半燭熒熒。全無一事成癡坐，為有幽蘭插膽瓶。

雨

閔雨臨初伏，乾風撼徹宵。金天炎勢灼，火繖毒雲燒。河底交龜兆，山頭舞魃妖。渠枯淤地渴，煙出石田焦。頻歲逢災祲，三農廢蓑蕉。旱徵今更甚，生計益無聊。救死餐枯草，逃荒牓破窑。稻粱空雁戶，雲霧翳龍綃。漢驗豬豨浴，盂翻蜥蜴驕。焚輪騰虐焰，沒釜聽訛謠。赤地耕奚補，蒼生澤自憿。恒暘經六月，甘澍錫崇朝。黯黕迷蘭嶺，飄零浥柳條。密霔鬆土滑，急灑亂珠跳。委草全含笑，判花半浸腰。聲稠聽愈喜，雲展勢偏遙。簷溜飛銀練，峰藏隱翠翹。絃調琴帶潤，墨膩硯添潮。欹枕眠難穩，昏鐙燼復挑。病夫愁骨冷，邊邑瘴氛消。粒綻將枯麥，犁翻未種莜。蓄泉防水厄，入市漸糧饒。百物生精彩，千村賽鼓簫。迎涼新霽色，簾月照清寮。

蘭山行館坐雨

金鼎香銷掩畫寮，琉璃八尺臥無聊。泉翻雲影穿簾落，風挾河聲入塞驕。客愛微涼怯薄暑〔一〕，天將靈澤潤枯苗。空階滴斷悠揚夢，更皷沉沉濕麗譙。

【校記】

〔一〕『祛』，杏雨草堂本作『驅』。

金城寓齋與座上諸君述舊感賦

玉笙吹罷拂雲箋，妙想靈容憶列仙。曾是龍頭虛夙望，劇憐馬齒逼中年。世情飽盡翻雲手，時命真同上水船。後夜鄰雞嘶曉月，壯心應倦著先鞭。

題吳紉秋小傳後十二首〔一〕

油壁迎來已十年，花時惆悵送嬋娟。蘇臺一樣垂楊柳，綠到蕭關絕可憐。

芳名空向楚騷尋，九畹秋風恨不禁。一縷香魂如未沫〔二〕，他年仍許結同心。

雲窗霧閣傍蓮臺，蓮性都因宿世胎。一盞香鐙半牀月，拈針猶記繡如來。

玉琢嬰兒贈一枚，幾年裙帶重玫瑰。葳蕤帳底憑肩語，此物曾聽密誓來。臨終將玉宜男一事解贈。

三五雲鬟互頡頏，芳情只爲月漪長。他時葉子金閨戲，腸斷春風姊妹行。月漪姓浦氏，亦味嗛侍姬〔三〕。曾有《閨中行樂圖》寫諸姬葉子戲。

空房牆角罥蛛絲，想像臨窗步屧遲。寶鏡塵昏妝閣晚，蘭山猶學絳仙眉。

鴛衾獨擁淚縱横，夢欲圓來夢不成。春雨乍顛鐙又謝，錯聽吴語唤卿卿。

蓬島仙緣已渺茫，靈芽纔茁又摧傷。可憐泉下重相見，半歲孤兒未識娘。

瀟瀟夜雨滴秋墳，連理他年定不分。卻怪多情蘇玉局，一抔海外葬朝雲。將歸葬平陽。

依然銀燭寫烏絲，金翠宵圍擁髻時。一自麗人成死别，微霜漸已上吟髭。味嗛《夢中》詩有『留得餘生哭麗人』句〔四〕。

木皮嶺外雁南飛，水態雲容轉眼非。我向畫圖曾識面，卷中人是舊崔徽。味嗛曾囑題紉秋小照〔五〕。

聽雨樓空舊斷魂，至今屈戍冷黄昏。傷心忍問西陵路，冷翠愁紅滿墓門。聽雨樓，余京邸舊居也。

【校記】

〔一〕　青箱書屋本題作『題吴紉秋小傳後為王二味嗛作十二首』。

〔二〕『沫』，青箱書屋本作『昧』。

〔三〕『嗛』，青箱書屋本作『隒』。

〔四〕『嗛』，青箱書屋本作『隒』。

〔五〕『嗛』，青箱書屋本作『隒』。

青箱書屋本王批

能令有情一起淚下。（『他時葉子金閨戲，腸斷春風姊妹行』）

霜災行

己丑秋仲又三日，瀰天黑霧飛飈疾。須臾焚輪撼地地軸翻，人意倉皇鬼膽怵。倏聞東鄰西舍驢馬驚，又聞千村萬落呼號聲。撞窻冷氣砭肌骨，非雨非雹屋瓦淅瀝中宵鳴。曉來農人入城滿路哭，背負秋禾捆一束。玄霜殺死顆粒無，鶉衣鳩面何處謀饘粥？隴頭山多土脈磽，十年田功九不熟。今年伏雨幸優霑，黄雲遍野秋可卜。民命死生彈指間，一宵歲變豐凶局。玄枵司令最無情，白虎憑威亦太酷。議捐議賑官倉開，大府削牘陳霜災。吁嗟乎！旱災未甦遭霜災，金城月冷滿目愁蒿萊。

寧夏詠古

降王執梃侍金鑾，開國規模亦可觀。掃穴功成期破竹，養癰患大在彈丸。東京全力輸關隴，西夏忠謀惜范韓。創業已留孱弱勢，漫言奕葉振興難。

聞蛩〔一〕

唧唧淒鳴怨不休，王孫牆角訴清愁。喚回雞塞千家夢，織出鴛機一段秋。金井雕欄流韻遠，青苔白露浥香幽。中年節物偏增感，月淡風涼擁錦裯〔二〕。

【校記】

〔一〕青箱書屋本題下有小注：「六月十六日。次日立秋。」

〔二〕「淡」，青箱書屋本作「淺」。

青箱書屋本王批

公可謂風流人豪矣。

金城秋感

落日驅蓬跡，因風過隴頭。微茫鴻爪雪，晼晚客心秋。月影臨邊迥，河聲入枕流。畫屏銀燭燼，無意候牽牛。

打更鳥

隴山有小鳥，其名曰打更。纖禽類實繁，此鳥含微靈。紅衿承翠領，五色光儀呈。巧舌敵鸜鵒，翽羽炫鶬鶊。一更打一聲，更更聲不停。清音間鼓角，幽響雜柝鈴。交交抱微智，刷翎頗自矜。嗟爾鳥誠靈，軀質蓋已輕。知時乏遠識，謬詡心瓏玲。曷不守貞默，寥廓任翾翎。矰繳善遠禍，鷽鳩利得朋。胡為不自量，鼛鼓逞厥能。翻令兒童輩，掩捕周邏偵。四圍密樊籠，飄瞥落阱阬。遂因以為利，計直紛哎爭。自誤受羈紲，飲啄恒淩兢。爾智我弗取，爾鳴我不平。聲依蓮漏轉，要令實副名。沉沉秋夜長，輕颸響疎欞。鐙殘閃羅幌，頻喚愁夢醒。使我夜達旦，開眼難為情。呼童亟放去，毋使混我聽。

秋柳

衰草寒雲入望平，幾株殘影拂金城。飄零關塞逢今日，旖旎靈和似隔生〔一〕。南國銷魂愁浩蕩，西風揮手涕縱横。美人晥晚芳條折，一樣相思愴客神。

【校記】

〔一〕『靈』，青箱書屋本作『雲』。

青箱書屋本王批

『飄零關塞』一聯無限深情，恐阮亭四首未能如此親切。

宿古良沙蕭寺中庭翠柏叢篁景致幽絕牡丹五株高數尺枝葉繁盛問之僧人不知何年移植于此題壁二首

佛鐘打罷寂無譁，殘夢纔醒月已斜〔一〕。錯認雲堂讀書處，空庭竹柏影交加。

富貴繁華悟往因，相看誰是此花身。最憐第一傾城色，冷落僧寮幾十春。

【校記】

〔一〕『殘』，杏雨草堂本作『淺』。

偶閱元人集齋中詠物八首

焦桐

幾歷紅羊劫，終含白雪音。材疑生炭谷，客聽易灰心。軫稱昆岡玉，徽宜大冶金。夜窗燈耿耿，誰譜負薪吟？

蠹簡

偶爾搜藤笈，殘編理殺青。蠶叢圖繭紙，蛾術據麟經。貫串蟲魚注，分明蝌蚪形。冥心思誤處，翻得省囊螢。

殘畫

可惜鵞溪絹，前人付等閒。數株留古木，一角送殘山。款識依稀在，坡陀斷續閒。雖無寒具涴，屋漏雨痕斑。

舊劒

龜文何代物，檑具飾瓊英。需犢人方賣，如書學不成。莊生空著說，薛燭或知名。那用勤磨厲，聞風魑魅驚。

破硯

小苑疏籬角，誰抛一段雲。石田從割裂，池水漫平分。底用求完璧，猶堪補闕文。斕斒火黯色，火黯又名熨斗焦。疑是陸機焚。

廢檠

牆根抛鳳脛，累月不曾移。親炙思前哲，揚暉聽後期。本無埋照意，未屈下帷時。用舍寧庸論，長歌笑退之。

塵鏡

玉臺塵積久，負局客無聞。翳障潛相襲，妍媸遂不分。花藏仙洞霧，月隱海天雲。儻自新猶易，漸磨莫憚勤。

斷碑

此碑誰所搨，斷處字微昏。缺陷知難補，風神喜尚存。儻非横廢寺，即係臥荒村。可惜題名處，牛傷礪角痕。

黄子久劍門小隱圖卷

巒重嶂疊斧劈皴，栗林桃隖曉色新。小橋跨谿徑沿岸，茅店柴門飄酒幔。應是山村四月天，煖風低罨焙茶煙。一客何來揞短策，古木梢頭現樓宅。宅有環堵樓無牆，好挹山色迎波光。前横竹几後石榻，几列熏鑪榻琴匣。分明舊日硯山居，屏後牙籤兩架書。可知難免山靈哂，如此林泉曷歸隱。輾轉單衾月影斜，白雲歸夢隔天涯。一帆風穩滄波濶，老屋秋藤正作花。

題祁佩香遇蘭同年溪山雲樹卷三首〔一〕

丘壑何當位置君，此身吏隱竟難分。浮蹤幾載空飄泊，也筭無心出岫雲。

小隱靈巖有墓田，連宵歸夢浩無邊。儂家罨畫溪邊住，孤負河山已廿年〔二〕。

金城折柳望車塵〔三〕，難定他年執手晨。汾水鴈飛秋漸老，碧山紅樹憶詩人。

【校記】

〔一〕『祁』，杏雨草堂本誤作『折』。『遇蘭』，杏雨草堂本無。

〔二〕『河』，杏雨草堂本作『湖』。

〔三〕『金城』，杏雨草堂本作『離情』。